Anita Shreve
Wenn die Nacht in Flammen steht

Zu diesem Buch

Maine, 1947: Nach den Bränden in der gesamten Umgebung ist für Grace nichts mehr, wie es einmal war. Zwar haben sie und ihre Kinder das Feuer unverletzt überstanden, doch von ihrem Ehemann Gene fehlt nach der Unglücksnacht jede Spur. Für ihre Kinder ist Grace stark und tut alles, um ihrer Familie eine neue Existenz aufzubauen. Als sie den Pianisten Aidan kennenlernt, der durch das Feuer ebenfalls alles verloren hat, ist Grace erstmals seit Langem wieder glücklich. Mit ihm teilt sie ihre Leidenschaft für Musik und Literatur. Im Leben von Grace und den Kindern kehrt langsam wieder so etwas wie Alltag ein – bis eines Tages Gene vor der Tür steht.

Anita Shreve, geboren 1946 in Massachusetts, verbrachte einige Jahre als Journalistin in Afrika und bereiste weite Teile Kenias, bevor sie in die USA zurückkehrte und Schriftstellerin wurde. »Die Frau des Piloten« und der für den Orange Prize nominierte Roman »Das Gewicht des Wassers« waren große internationale Erfolge. Anita Shreve verstarb Ende März 2018 im Alter von 71 Jahren in New Hampshire.

Anita Shreve

Wenn die Nacht in Flammen steht

Roman

Aus dem Amerikanischen
von Mechtild Ciletti

PIPER

Mehr über unsere Autoren und Bücher:
www.piper.de

Wenn Ihnen dieser Roman gefallen hat, schreiben Sie uns unter Nennung des Titels »Wenn die Nacht in Flammen steht« an *empfehlungen@piper.de,* und wir empfehlen Ihnen gerne vergleichbare Bücher.

Von Anita Shreve liegen im Piper Verlag vor:

Die Frau des Piloten	Eine Hochzeit im Dezember
Verschlossenes Paradies	Die Nacht am Strand
Gefesselt in Seide	Weil sie sich liebten
Das Gewicht des Wassers	Beim Leben meiner Familie
Der weiße Klang der Wellen	Das erste Jahr ihrer Ehe
Alles, was er wollte	Das Echo der verlorenen Dinge
Stille über dem Schnee	Wenn die Nacht in Flammen steht

Das Motto auf Seite 8 stammt aus: William Shakespeare: Hamlet, übersetzt von August Wilhelm von Schlegel. Sigbert Mohn Verlag, Gütersloh 1832.

MIX
Papier aus verantwor-
tungsvollen Quellen
FSC **FSC® C083411**
www.fsc.org

Ungekürzte Taschenbuchausgabe
ISBN 978-3-492-31469-5
Dezember 2019
© Anita Shreve 2017
Titel der amerikanischen Originalausgabe:
»The Stars Are Fire«, Alfred A. Knopf, New York 2017
© der deutschsprachigen Ausgabe:
Piper Verlag GmbH, München 2019,
erschienen im Verlagsprogramm Pendo
Umschlaggestaltung: u1 berlin/Patrizia Di Stefano
Umschlagabbildung: Richard Jenkins
Satz: Uhl + Massopust, Aalen
Gesetzt aus der Bembo
Druck und Bindung: CPI books GmbH, Leck
Printed in the EU

*Für meinen Mann
in Dankbarkeit und Liebe*

INHALT

Zweifle an der Sonne Klarheit,
Zweifle an der Sterne Licht,
Zweifl', ob lügen kann die Wahrheit,
Nur an meiner Liebe nicht.

WILLIAM SHAKESPEARE, *HAMLET*

NÄSSE

Ein Frühling, der keiner ist. Grace hängt Genes Kakihose an einer Leine auf, die diagonal über dem gelben
Linoleum der Küche gespannt ist. Die Baumwolle trocknet nur in der Wärme des Herds. Die Handtücher lässt
sie erst mal liegen, in der Hoffnung, dass es morgen oder
übermorgen besser wird. Am letzten schönen Nachmittag vor mehr als zwei Wochen hingen überall auf den
Veranden und in den Gärten die Leinen voller Wäsche.
Weiße Laken, Unterhemden und Tücher flatterten im
Wind; es sah aus, als hätte eine Stadt der Frauen kapituliert.

Grace sieht nach ihren zwei Kindern, die zusammen
im Wagen schlafen, dem mit den großen Gummirä-
dern und dem dunkelblau lackierten Chassis. Innen ist
er mit weißem Leder ausgeschlagen. Er ist ihr Parade-
stück, ein Geschenk ihrer Mutter zu Claires Geburt.
Wenn er gerade nicht gebraucht wird, nimmt er die
halbe Küche ein und versperrt den Gang. Claire, zwan-

zig Monate, schwitzt im Schlaf, der Kragen ihres Strampelanzugs ist durchnässt. Tom ist mit seinen fünf Monaten ein zufriedenes Baby. Grace kocht die Glasflaschen und die Gummisauger in einem Topf auf dem Herd aus. Ihre Milch floss nur sporadisch, als sie Claire stillte. Bei Tom hat sie es gar nicht erst versucht.

Nachts, wenn sie mit Gene im gemeinsamen Ehebett schläft, trägt Grace ein Nachthemd, leichte Baumwolle im Sommer, Flanell im Winter. Gene ist immer nackt. Obwohl sie lieber auf dem Rücken liegt, schafft Gene es fast jedes Mal, sie auf den Bauch zu drehen. Diese Art des Verkehrs ist nichts für sie. Wie denn auch, hat sie doch nie diese unverschämte Lust erlebt, von der Rosie, ihre Nachbarin, geschwärmt hat. Andererseits ist die Stellung offenbar gut fürs Kinderzeugen.

Abgesehen von dieser Unannehmlichkeit, die nicht wichtig erscheint und in jedem Fall schnell erledigt ist, schätzt Grace Gene als Ehemann. Er ist ein stattlicher Mann mit dünnen Haaren von der Farbe feuchten Sands und sehr dunklen blauen Augen. Am Kinn hat er eine kurze wulstige Narbe, die stets weiß bleibt, ganz gleich, ob sein Gesicht zornrot, rosig, winterlich blass oder sommerlich braun ist. Er arbeitet sechs Tage die Woche als Vermessungsingenieur, fünf davon an einem Großprojekt des Staates Maine, dem Bau einer mautpflichtigen Schnellstraße, das ihn bisweilen drei, vier Tage hintereinander von zu Hause wegführt. Sie stellt sich vor, dass sein Kopf voll ist mit Mathematik und Physik, Maßeinheiten und Geometrie, und dennoch scheint er ganz in seinen Kindern aufzugehen, sobald er nach Hause kommt. Beim Essen redet er gern, und Grace weiß, dass sie sich in dieser Hinsicht glücklich schätzen kann; so viele Ehefrauen, die sie kennt, klagen über das stumpfsinnige Schweigen zu Hause.

Während sie Tom auf dem Arm hält, plappert Gene mit Claire in ihrem Hochstuhl aus Holz. Grace lächelt. Das sind die schönsten Momente, die Familie in Harmonie vereint. In vielerlei Hinsicht, findet sie, ist ihre Familie vollkommen. Zwei wohlgeratene Kinder, ein Junge und ein Mädchen; ein Mann, der hart arbeitet und sich nicht sträubt, zu Hause zu helfen. Jeden Abend spült Gene das Geschirr und beschwert sich kaum je über die Leine voller Wäsche zwischen Spülbecken und Ablage. Sie leben in einem Bungalow mit Holzschindelverschalung, zwei Straßen vom Meer entfernt. Gute Kapitalanlage, sagt Gene immer.

An diesem Abend schaltet Grace vor dem Zubettgehen einen Brenner auf dem Gasherd ein und stellt die Flamme auf Stufe eins. Nachdem sie ihre Haare zurückgenommen hat, damit sie nicht Feuer fangen, beugt sie sich über die Flamme und zündet sich die letzte Zigarette des Tages an. Die Kakihose muss morgen früh trocken sein, dann wird sie die Hose waschen, die Gene übers Wochenende getragen hat. Sie kann, während sie da am Fenster steht, den Birnbaum nicht erkennen, aber sie hört den Regen auf seine Blätter prasseln, unerbittlich, ohne nachzulassen.

Bitte lass es einen trockenen Tag werden.

Sie schaltet sämtliche Brenner ein und stellt die Flammen auf Stufe eins. Bei dieser Luftfeuchtigkeit besteht keine Brandgefahr, das weiß sie. Zwischen T-Shirts und

Unterwäsche hindurch schlängelt sie sich durch die Küche und geht die Treppe hinauf.

Ich hätte nichts dagegen, die Sterne zu sehen.

Oben angekommen, bleibt Grace stehen, holt einmal Atem und geht dann ins Schlafzimmer. Sie zieht ihr weißes Flanellnachthemd über. Die Außentemperatur liegt, wie sie vom Thermometer vor dem Schlafzimmerfenster abliest, bei fünf Grad.

»Morgen soll's weiterregnen«, sagt Gene.

»Wie lang noch?«

»Vielleicht die ganze Woche.«

Grace stöhnt. »Da saugt sich ja das ganze Haus mit Wasser voll, und dann stürzt es ein.«

»Nie im Leben.«

»Alles ist feucht. Die Buchseiten wellen sich schon.«

»Verlass dich drauf, sie trocknen wieder. Komm ins Bett, Täubchen.«

Sie wurde nie Gracie genannt, immer nur Grace. Und dann Täubchen, von Gene. Grace fühlt sich nicht wie ein Täubchen und ist überzeugt, dass sie nicht die geringste Ähnlichkeit mit einem Täubchen hat, aber sie weiß, dass der Name zärtlich gemeint ist. Sie überlegt, ob es etwas zu bedeuten hat, dass sie keinen Kose- oder Spitznamen für ihren Mann hat.

Am Morgen steht sie vor Gene auf, damit sie Zeit hat, ihm den Kaffee zu machen und die Grapefruit zu zerteilen, eine Kostbarkeit, die ihn überraschen wird. Zum Frühstück gibt es heute Eier und Toast, keinen Bacon.

Dafür drei Eier. Die Mahlzeit muss vorhalten bis zu seinem Mittagessen aus dem Henkelmann. Ned Gardiner im Lebensmittelgeschäft hat ihr gestern erzählt, dass die Bäcker jetzt im Rahmen der Kampagne »Lebensmittel sparen für Europa« kleinere Laibe und ungedeckte Kuchen backen. Wenn man sich das vorstellt! Ein ganzer Kontinent, der hungert.

Gene redet nie über den Krieg, den er als Mechaniker an Bord einer B-17 erlebt und dem er die Narbe am Kinn zu verdanken hat. Die anderen Ehemänner auch nicht.

Sie hört, wie Gene sich in dem winzigen Bad, das zwischen den beiden Zimmern im oberen Stockwerk wie eingeklemmt wirkt, wäscht. Einmal in der Woche baden sie beide, dann holt er die Zinkwanne, die auf der von Fliegengittern geschützten Veranda steht, in die Küche. Er badet stets nach ihr in ihrem Wasser, weil es zu umständlich wäre, die Wanne erst wieder hinauszuschleppen und auszuleeren.

Nach Toms Geburt hat Grace ihr dickes braunes Haar kurz geschnitten. Gene war nicht begeistert von dem Schnitt, doch ihre Mutter meinte, die neue Frisur bringe ihre Wangenknochen und ihre großen blauen Augen zur Geltung. Es war das einzige Mal, soweit Grace sich erinnern kann, dass ihre Mutter sie schön nannte, mit einem Ausruf, als wäre sie von einer Biene gestochen worden. Gene sagte, sie sei hübsch, als sie sich kennenlernten. Für sie bedeutete das weniger als schön.

Grace ist es gerade egal, was die anderen denken; auch wenn es nicht der Mode entspricht, macht kurzes Haar weniger Arbeit als Lockenwickel und eine Dauerwelle. Sie schiebt es einfach hinter die Ohren. Sie sieht gut aus mit einem Hut. Wenn sie ausgeht, trägt sie Ohrclips.

Sie ist etwas mehr als mittelgroß, in hohen Absätzen groß. Nach Toms Geburt hat sie schnell wieder abgenommen. Zwei Kinder unter zwei Jahren halten sie die meiste Zeit auf Trab. Gerade jetzt stellt sie sich ihren Mann vor, mit nacktem Oberkörper, wie er sich mit einem nassen Waschlappen voll Seife zuerst das Gesicht wäscht, dann den Hals und schließlich die Achselhöhlen. Häufig schrubbt er seine Handgelenke. Sie hört, wie er den Rasierer am Beckenrand abklopft. Pfeift er?

Grace benutzt kein Make-up außer mauvefarbenen Lippenstift, den sie immer gut abtupft. Ihre Lippen würden dadurch voller wirken, behauptet Gene. Wenn sie mit ihm redet, starrt er auf ihren Mund, als wäre er schwerhörig.

Sie nimmt ein Streichholz aus der Schachtel, entzündet es und steckt sich mit einem tiefen Einatmen eine Zigarette an. Die erste des Tages.

»Welcher Abschnitt ist heute dran?«, fragt sie und sieht mit der Befriedigung der Ehefrau zu, wie Gene sich über seine Grapefruit hermacht.

»Wir nehmen eine Nachvermessung beim Abschnitt Kittery vor, um zu kontrollieren, wie er sich gesetzt hat.«

Gene hat ihr erklärt, wie er die dreidimensionalen Aufrisse und Karten für Ingenieure und Bauunternehmer anfertigt. Die Namen der Geräte und Werkzeuge, die er sich in Katalogen ansieht, gefallen ihr – Theodoliten und Tachymeter, Alhidaden und Autokollimatoren –, aber sie hat keine Ahnung, wozu diese Instrumente dienen. Einmal, sie waren gerade frisch verliebt, hat er sie auf den Meserve Hill mitgenommen und sein Stativ aufgestellt, weil er ihr zeigen wollte, wie ein Tachymeter verwendet wird. Doch bevor sie durch das Okular schauen konnte, legte er seine Hände an ihre Taille, um sie in die richtige Position zu bringen, und sie registrierte gar nicht mehr, was er sagte. Sie vermutet, dass Gene es so geplant hatte. Grace würde den Ausflug gern wiederholen und diesmal aufmerksamer zuhören. Falls es jemals aufhören würde zu regnen. Sie könnten die Kinder mitnehmen und ein Picknick machen. Höchst unwahrscheinlich, dass ihr Mann ihr jetzt noch die Hände an die Taille legen würde. Abgesehen von einem flüchtigen Kuss, bevor er aus dem Haus geht, und einem zweiten, wenn er heimkommt, tauschen sie, außer im Bett, kaum noch Berührungen aus.

»Schadet der Regen nicht den Instrumenten?«, fragt sie.

»Wir haben Spezialschirme. Planen. Was hast du heute vor?«

»Ich geh vielleicht rüber zu meiner Mutter.«

Er nickt, sieht sie aber nicht an. Er hätte es lieber, wenn sie *seine* Mutter besuchte. Die Beziehung zwischen seiner Frau und seiner Mutter lässt einiges zu wünschen übrig. Möchte er, dass Grace einen gedeckten Apfelkuchen backt und ihn ihr bringt? Soll sie die neuen Beschränkungen für Bäckereien erwähnen? Würde ihn das interessieren, oder fiele das unter die Kategorie »Frauensache«, ein Thema, das ihn nicht zu kümmern braucht?

»Ich habe eine Plane für den Wagen gebastelt«, sagt sie.

»Tatsächlich?« Er hebt den Kopf, scheint beeindruckt.

Vielleicht sieht er in der Konstruktion einer Plane für einen Kinderwagen eine gewisse technische Leistung. Doch wenn sie ihm erklären würde, wie sie es gemacht hat, wäre er enttäuscht. Sie arbeitet nicht mit Mathematik. Stattdessen probiert sie, faltet, schneidet, probiert, faltet und schneidet von Neuem, und dann näht sie. Na ja, immerhin nimmt sie Maß.

Sie hat außerdem einen Sitz konstruiert, der es Claire erlaubt, aufrecht im Wagen zu sitzen, während Tom neben ihr liegt. Tom mit seinem feinen dunklen Haarflaum, dem pummeligen kleinen Körper, der warmen Haut, aus der die Knitterfältchen fast verschwunden sind, seinem krähenden Stimmchen. Und Claire mit ihrem weißblonden gelockten Haar, den kurzen Sätzen, die wie Radiomeldungen unversehens aus dem statischen Rauschen hervorschießen und Grace überraschen. Claire hat von Geburt an alle Aufmerksamkeit auf sich gezogen, zunächst mit ihrer erstaunlichen Schönheit und jetzt, da diese sich zeigt, mit ihrer Lebhaftigkeit. Grace kann sich nichts Schöneres vorstellen, als mit ihren Kindern auf dem Bett zu liegen, auf der einen Seite dicht neben sich Tom und auf der anderen Claire, das Gesicht ganz nah an der Haut ihrer Mutter. Manchmal machen sie alle zusammen ein Nickerchen, manchmal singen sie.

Doch sobald sie zur Tür hinausrumpeln, beginnt Claire zu weinen, wie vom Regen angesteckt. Grace weiß, dass die Ursache von Claires Kummer die Plane ist, die sie so geschickt konstruiert hat und durch die ihre Tochter kaum nach draußen sehen kann. Oder vielleicht doch nicht. Grace würde am liebsten mit ihr weinen.

Ihre Stiefel sind voller Wasser, noch ehe sie den ungepflasterten Gehweg erreicht. Der Kirschbaum in Rosies Vorgarten hat rosa Knospen. Werden sie bei diesem Regen überhaupt aufblühen? Sie hofft es. Tropfen rinnen von ihrem durchsichtigen Plastikkopftuch unter ihren Kragen. Sie erreicht eine Folge von Trittsteinen, die sie zu Rosies Haustür führen. Ihre Freundin wird noch in ihrem mandarinroten Bademantel sein, das Haar in Lockenwickeln, aber sie wird sie mit Enthusiasmus hereinbitten. Noch einen Tag in ihren eigenen vier Wänden eingesperrt zu sein würde Grace nicht aushalten. Sie hat alle ihre Heftchenromane gelesen, Bücher, die nicht anspruchsvoll genug sind, um es in den verglasten Bücherschrank neben der Esszimmertür zu schaffen. Die Geschichten strotzen von romantischer Liebe und finsteren Intrigen.

»Ich habe eine halbe Grapefruit mitgebracht«, ruft Grace, als Rosie ihr aufmacht.

Rosie winkt sie alle herein, mitsamt dem Kinderwagen, den Grace im Flur stehen lässt. Wenn sie ihre Freundin so ansieht, Gesicht, Haare, Morgenrock und Lockenwickel, alles mehr oder weniger aufeinander abgestimmt, muss sie an eine orangerote Flammensäule denken. Rosie ist attraktiv, selbst mit Lockenwickeln, aber nachlässig. Gene hat einmal das Wort »verlottert« gebraucht, um ihren Haushalt zu beschreiben. Grace hat ihm widersprochen, aber in manchen Punkten stimmt sie ihm zu.

Rosie nimmt Claire auf den Arm und zieht der Kleinen sogleich den roten Gummimantel und die dazugehörige Regenhaube aus. Claire lässt sich an Rosies Brust fallen, und nach einem kleinen Moment drückt Rosie sie fest an sich. Aber dann will Claire hinunter, um Freddie zu suchen, den Cockerspaniel. Grace, die Tom auf dem Arm hält, kramt aus ihrer Handtasche die sorgfältig in Wachspapier verpackte Grapefruithälfte hervor und überreicht sie Rosie.

»Wo hast du die denn ergattert?«, fragt Rosie, als hielte Grace ein Fabergé-Ei in der Hand.

»Bei Gardiner. Er hat eine Lieferung von sechs Stück bekommen. Eine durfte ich kaufen.«

Das stimmt nicht. Er hat sie Grace geschenkt, und sie hat keine Einwände erhoben.

»Wahrscheinlich hat er eine Schwäche für dich«, scherzt Rosie.

Grace sieht sie an, bis die Freundin den Blick senkt, dann lächelt sie.

»Kannst du dir das vorstellen?«, prustet Rosie los.

»Nein!« Grace lacht. Rosie quietscht vor Vergnügen.

Sie sind überzeugt, dass Ned Gardiner die Hälfte seiner Waren im Hinterzimmer selbst isst, er wiegt bestimmt an die anderthalb Zentner. Sein schwabbeliger Bauch hängt über den tief sitzenden Gürtel, und Grace fragt sich oft, wie er und seine Frau Sophia, früher einmal eine schöne Brünette und jetzt selbst völlig aus der Fasson, im Bett zurechtkommen. Aber dann meldet sich bei Grace das schlechte Gewissen, weil sie sich über einen Mann lustig macht, der ihr eine Grapefruit geschenkt hat.

»Ich teile mit dir«, sagt Rosie.

»Ich hab meine Hälfte gehabt«, lügt Grace. »Iss nur.«

Rosies Haus scheint mit Sachen vollgestopft zu sein, doch ein Hochstuhl, ein Laufstall oder eine Babywanne fehlen. Auch Rosie hat zwei Kinder, ein Krabbelkind und einen Säugling, typisch für die jungen Familien hier im Viertel. Claire hält Rosies kleinen Jungen, Ian, im Schwitzkasten gefangen.

»Tim sagt, dass er immer wieder rausfahren und Autos abschleppen muss, die im Schlamm stecken geblieben sind«, bemerkt Rosie, während sie bedächtig jeden Grape-fruitschnitz auslutscht. Vor Genuss schließt sie die Augen. Tim gehört zur Hälfte eine Autowerkstatt an der Route 1.

»Gene meint, die Erde ist so nass, dass die Bauern nicht aussäen können.«

Grace bläst ihren Zigarettenrauch an Toms Gesicht vorbei und zieht erneut. »Es wird schon aufhören«, sagt sie wenig überzeugt.

»Kaffee?«, fragt Rosie, als sie den letzten Rest Saft aus der Frucht gesaugt hat. Grace bemerkt, dass ein Kern in einer Falte von Rosies Morgenrock hängen geblieben ist. Eddie, Rosies Jüngster, hat zu weinen angefangen. Grace, die gar nicht bemerkt hat, dass der Kleine im Zimmer ist, sieht zu, wie ihre Freundin Decken von der Couch reißt und ein rosiges Baby hochnimmt, nach Haut- und Haarfarbe ganz die Mutter. Wie leicht hätte sie Eddie erdrücken können, als sie sich auf die Couch gesetzt hat, denkt Grace erschrocken. Alles muss seine Ordnung haben, hat ihre Mutter einmal zu Grace gesagt, als verriete sie ihr das Geheimnis geistiger Gesundheit. Sie bezog das genauso auf Kinder wie auf den Haushalt.

»Heute ist Einkaufsabend«, sagt Grace zu ihrer Freundin, die ihren Morgenrock über einer blau geäderten Brust mit heller Brustwarze geöffnet hat. »Brauchst du was?«

Donnerstag ist Genes Zahltag. Jede Woche holt er

Grace und die Kinder abends gleich nach der Arbeit ab, und sie fahren direkt zu Shaw's. Steak für den Abend, Kalbsleber, Bacon, Kabeljaufrikadellen, Puffreis, Tomatensuppe, Mortadella, Eier, Butter, Schinken, Dosenlachs, Dosenerbsen, Würstchen, Brötchen, weiße Bohnen in Tomatensoße, dunkles Brot und Rice Krispies. Gene zieht seine Lohntüte aus der Tasche und zählt die Scheine und Münzen genau ab. Alles andere – Milch, Brot, Hackfleisch – kann sie jederzeit bei Gardiner besorgen. Grace bemüht sich, jeden Abend Proteine auf den Tisch zu bringen, doch spätestens am Mittwoch gibt es Reis mit Soße und gebratenem Bacon.

»Wie kriegst du die Windeln trocken?«, fragt Rosie.

»Ich gebe sie weg«, bekennt Grace. »Aber sobald der Regen aufhört, mach ich es wieder selbst.«

Einen Moment ist es still. Tim verdient nicht so viel wie Gene. »Lieber Gott, Grace, wie hältst du den Gestank aus dem Windeleimer aus?«

Rosie hat ihr einmal völlig unbefangen erzählt, dass sie und Tim mindestens einmal am Tag miteinander schlafen. Grace, die sich sofort arm vorkam neben Rosie, überlegte kurz, ob die Freundin deshalb immer einen Morgenrock trug. Um bereit zu sein. Eines Abends, als sie und Gene auf der Veranda saßen, hörte sie von nebenan einen Schrei. Es war eindeutig ein Lustschrei. Sie wusste, dass Gene ihn auch gehört hatte, aber keiner von ihnen verlor ein Wort darüber. Eine Minute später stand Gene auf und ging.

In Graces Haus hat alles seine Ordnung. Ein Laufstall mit Spielsachen darin steht in einer Ecke des Alkovens, der ans Wohnzimmer anschließt. Die Babywanne kann zum Waschbecken gerollt werden. Der Stubenwagen steht im Esszimmer in einer Ecke. Das Kinderbett mit dem Gitter und Toms Babybettchen sind oben im Kinderzimmer. Der alte hölzerne Hochstuhl, in dem früher Grace gesessen hat, steht gleich rechts von Genes Stuhl am Esstisch. Das kleine Stück Arbeitsplatte in der Küche ist leer, kein Mehl, keine Küchenutensilien. Sie wäscht im Ausguss unten im Keller und benutzt ein Waschbrett.

Vielleicht verlässt sie deshalb so ungern Rosies Haus, wo der Küchentisch mit Frühstücksflocken gesprenkelt ist und neben der Kellertür ein Kleiderhaufen liegt, in dem der Hund auf der Suche nach Unterwäsche herumschnüffelt. Wo sich unter Bergen von Decken und Kissen auf dem Sofa manchmal eine Überraschung versteckt: Bei früheren Besuchen ist Grace einmal auf eine Haarbürste und ein andermal auf einen Schraubenzieher gestoßen. Wo auf dem Couchtisch Becher Ringe hinterlassen haben und es einen Ruck braucht, wenn man ein Glas heben will. In Rosies Haus verspürt sie ein erlösendes Gefühl des Loslassens, nicht unähnlich dem Gefühl, das sie verspürte, als nach Claires Geburt, zumindest für kurze Zeit, ihre Milch zu fließen begann. Sie hätte das mit dem Stillen besser hinbekommen, glaubt sie, wenn sie bei Rosie gelebt hätte.

In ihrem Haus hat Gene über dem Kaminsims eine Zeichnung aufgehängt, die er von ihrem eigenen Anwesen gemacht hat. Sie ist in schlichtem Schwarz gerahmt, und darunter hängt ein Gewehr, das nicht funktioniert.

Sie weiß nicht, warum Gene es da angebracht hat, aber Gewehre scheinen in Neuengland als Dekorationsstücke üblich zu sein. Neben dem offenen Kamin stehen eine alte Wärmflasche aus Messing und ein Ständer mit Kamingeschirr. Im Winter wird ihr immer erst richtig warm, wenn abends oder sonntags das Feuer brennt. Die Tapete im Wohnzimmer haben sie und Gene zusammen ausgesucht, nachdem sie Musterbücher durchgeblättert hatten, bis ihnen alles vor den Augen verschwamm. Die Schonbezüge hat sie selbst genäht, passend zum Grün der französischen Tapete, ebenso die cremefarbenen Vorhänge an den Fenstern. Sie hat in der Highschool nähen gelernt, aber die Feinheiten hat sie sich selbst beigebracht. Ab und zu musste Gene helfen, weil plastisches Denken nicht ihre Stärke ist.

Plastisch gesehen ist Rosie anders als Grace. Graces Formen sind weicher, eine schmale Taille allerdings haben beide Frauen trotz der Schwangerschaften. Neben der dunklen Grace wirken Rosies Züge blass, mit einem zarten Stich ins Orange. Ihre Wimpern und Augenbrauen heben sich kaum von der Haut ab, und den dünnen, schnittlauchglatten Haaren muss sie mit Lockenwicklern aufhelfen. Rosie kleidet sich und die Kinder, wenn sie sich dazu aufrafft, mit ihnen außer Haus zu gehen, in Marineblau oder Dunkelgrün. Bei jeder anderen Farbe hätte man den Eindruck, sie würden sich gleich in Luft auflösen.

Grace würde den ganzen Tag mit Rosie verbringen, wenn sie könnte, aber ein Blick auf ihre goldfarbene Timex zeigt ihr, dass sie für den Besuch bei ihrer Mutter schon spät dran ist.

Als Grace das Haus ihrer Mutter betritt, verspürt sie ein Gefühl großer Wärme und Geborgenheit. In ihrem eigenen Haus ist das nicht so, obwohl nachts und sonntags ein Mann da ist, um sie zu beschützen. Ihre Mutter, Marjorie, hat keinen Mann, der sie beschützt, und hat gelernt, damit zu leben. Schon im Flur, noch bevor sie die Kinder aus dem Wagen gehoben hat, fühlt Grace sich von dem vertrauten Geruch – der Wände, der Teppiche, der Mäntel an den Haken – in eine frühere Welt versetzt, bevor sie Gene kennenlernte, bevor das Leben ungewiss und sogar ein wenig beängstigend wurde.

»Für die Hungernden in Europa«, sagt Grace und hebt den Apfelkuchen hoch, den sie am Vormittag gebacken hat. Sie hat beim Boden an Höhe und beim Rand an Verzierungen gespart, um Teig für zwei kreuzweise Streifen über die Früchte zu erübrigen. Der Kuchen ist schön zart gebräunt, findet sie. Es gefällt ihr, dass ihre Mutter nicht sagt »Ach, das wäre doch nicht nötig gewesen« oder »Wie lieb von dir!«. Ein bloßes »Danke« tut's für ihre Mutter.

Manche Leute legen Marjories wortkarge Art als Ungeselligkeit aus, aber das sehen sie falsch und ihre besten Freundinnen wissen das. Es sind zwei, Evelyn und Gladys, die lang, nachdem das Trauermahl im Gemeindesaal verzehrt und ihr Vater in die Erde gelegt worden war, an der Seite ihrer Mutter geblieben sind.

Graces Vater starb vor dem Krieg, als er sich auf See mit dem Fuß in einer Leine verfing und von seinem Hummerkutter aus ins eiskalte Januarwasser gerissen wurde. Der Tod müsse augenblicklich eingetreten sein, sagte Dr. Franklin ihrer Mutter, ein schwacher Trost. Das Meer ist so kalt, dass die meisten Hummerfischer gar nicht erst schwimmen lernen. Ihre Mutter brauchte bis nach Kriegsende, bis zu Graces Heirat, um ihre lähmende Trauer zu überwinden. Mit sechsundvierzig hat sie gesagt, dass sie nie wieder heiraten werde. Grace glaubt ihr, und ebenso tun das offenbar die Männer in Hunts Beach, denn Grace hat nie mitbekommen, dass einer versucht hätte, sich ihr zu nähern. Es ist, als wäre mit ihrem Mann auch ihre Schönheit gestorben.

Sie essen an dem alten Küchentisch. Der Kuchen schmeckt so gut, wie Grace gehofft hat. Besser noch der Kaffee, in den ihre Mutter, bevor sie ihn durchlaufen lässt, immer ein Ei schlägt, um den Satz zu binden. Grace hält Claire auf dem Schoß und füttert sie mit kleinen Stückchen Apfelkuchen, und die Kleine entwickelt dabei einen Appetit, wie Grace ihn noch nie bei ihr erlebt hat. Sie stellt Claire ihren Kuchenteller hin und gibt ihr einen Kinderlöffel. Ihre Tochter isst wie im Rausch.

»Sie ist ein richtiges Leckermaul«, bemerkt ihre Mutter, während sie mit Tom turtelt. Sie trägt ihren Hausmantel zugeknöpft über ihrem grauen Winterkleid. Als Tom beginnt, sein Gesicht in den Stoff zu bohren, sagt sie: »Setz doch mal Wasser auf. Du weißt ja, wo die Flaschen und die Sauger sind. Ich habe frische Milch im Kühlschrank.«

Claire, endlich gesättigt, hockt wie betäubt inmitten ihrer Bauklötze auf dem Boden. Graces Mutter lebt zum einen von monatlichen Spenden des Verbands der Hummerfischer, die einen Teil ihres Lohns an Frauen vergeben, die ihre Männer auf See verloren haben. Und zum anderen bekommt sie Zahlungen aus der Lebensversicherung ihres Mannes. Ihr Abschluss war das Werk eines Versicherungsvertreters, der wusste, wie man mit einem Fischer reden musste.

Tassen mit Rosenmuster an Haken. Unter der Zimmerdecke eine Verzierung in einem Muster aus der Kolonialzeit. Unter dem Holztisch ein Flickenteppich. Das Zweitwaschbecken, an dem ihr Vater sich wusch, um den Fischgestank loszuwerden, bevor er sich zu seiner Familie gesellte. Der Türstopper aus Hartgummi. Der Küchenschrank mit den Schubladen, die klemmen. Die Stelle, wo das blau-weiße Linoleum immer schon brüchig war. Das zwei mal zwei Meter große Küchenfenster über der Spüle, das ihre Mutter aller Versuchung zum Trotz nie dekoriert hat. Der Schrank, in dem die Frühstücksflocken stehen. Die Mica-Scheibe in der Backofenklappe. Grace fragt sich, ob Tom und Claire, wenn sie sie später einmal besuchen, ein ähnliches Gefühl von Zuhause verspüren werden. Jedes Zuhause besitzt einen eigenen Charakter, den niemand erkennt außer die erwachsenen Kinder, wenn sie es wieder aufsuchen.

Grace würde gern darüber reden, was sich in ihrem Ehebett abspielt, aber über Sexualität haben Mutter und Tochter nie gesprochen. Als Grace mit zwölf das erste Mal ihre Periode bekam, hatte sie keine Ahnung, was vor sich ging. Da das Blut aus ihrem Unterleib kam, erriet sie schließlich, dass es etwas mit dem Kinderkriegen zu tun haben musste. Im Badezimmerschrank, versteckt hinter den Handtüchern auf dem ersten Bord, fand sie eine

Packung Kotex-Binden und dazu eine Art dünnen Gürtel aus Gummiband, von dem kleine Klemmen herabhingen. Sie konnte nur versuchen, die Binde so gut wie möglich festzumachen. Am nächsten Morgen vor der Schule, als Grace am Tisch saß und ihre Rice Krispies aß, legte ihre Mutter ihr die Hand auf die Schulter. Sie ließ sie eine Weile dort ruhen, und Grace, die unter der Berührung erstarrte, verstand, dass ihre Mutter Bescheid wusste. Es wunderte sie und doch auch wieder nicht. Am Tag zuvor hatte sie anderthalb Stunden im Badezimmer zugebracht.

In diesen anderthalb Stunden hatte Grace den ganzen Schrank durchgekramt, weil sie hoffte, es ließe sich etwas Bequemeres zum Befestigen der Binde finden. Auf dem obersten Bord stieß sie auf einen alten rosa Gummiball mit einem langen dünnen Schlauch daran. Sie konnte sich nicht vorstellen, wozu man so etwas brauchte, aber sie wusste, dass es mit Sex zu tun hatte, sonst wäre es nicht dort versteckt gewesen. Erst kurz vor ihrer Heirat, als ihre Mutter darauf bestand, dass Grace vorher noch Dr. Franklin aufsuchte (vielleicht in der Hoffnung, dass der Arzt sie aufklären würde), und dieser ihr erklärte, eine Intimdusche sei nicht nötig, sie sei der Vaginalflora nicht einmal besonders zuträglich, begriff Grace. Sie wurde rot, allerdings nicht, weil die Neuigkeit ihr peinlich war. Sie wurde rot, weil sie sich ihre Mutter mit diesem Ding vorstellte.

Auf dem Heimweg von ihrer Mutter fragt sich Grace, warum sie Gene nicht sagen kann, wie es ihr im Bett mit ihm geht. Schließlich haben nur sie beide über ihre Ehe zu entscheiden. Fürchtet sie, dass einer von ihnen bei so einem Gespräch außer sich geraten könnte? Reicht es nicht, wenn *sie* weiß, dass sie im Bett nicht glücklich ist? Würde sie, wenn Gene stürbe, in einen ähnlich tiefen und verstörenden Zustand der Trauer verfallen wie ihre Mutter beim Tod ihres Mannes?

Am Abend, nachdem sie die Kinder zu Bett gebracht hat, zieht sie ihren Regenmantel über und geht den schmalen Weg hinauf bis zum Gehsteig. Ihr bleibt vielleicht eine Minute, bevor Gene ihre Abwesenheit bemerken wird. Es ist nicht viel, doch es ist alles. Sie ist die, die sie ist, nicht mehr und nicht weniger. Sie darf sich darüber Gedanken machen, dass der Nebel heranrollt und dass Regentropfen von den Blättern springen; dass das alte Ehepaar von gegenüber schon zu Bett gegangen ist; dass ihre Haare sich im Dunst leicht kräuseln und ihr das egal ist; dass ihre Kinder im Haus sind und schlafen und sie nicht brauchen; dass sie am Morgen nicht zum Fenster wird hinaussehen können; dass sie wahrscheinlich niemals das Autofahren lernen wird; dass sie immer nur so weit kommen wird, wie ihre Füße sie tragen; dass sie anfangen könnte, trotz des Wetters lange Spaziergänge mit den Kindern zu machen; dass jemand diese ziellosen Ausflüge bemerken und sich über sie wundern wird; dass Gene, wenn sie in weniger als einer Minute wieder ins Haus kommt, sagen wird, dass er jetzt nach oben geht; dass sie auf seinen Tonfall und seinen Blick achten muss, um zu erkennen, ob sie mit ihm hinaufgehen soll oder ob sie am Küchentisch noch eine Zigarette rauchen kann.

Als Grace sich an diesem Abend ins Bett legt, zieht sie kein Nachthemd an und lässt ihren Busen unbedeckt, damit Gene gleich beim Hereinkommen sieht, dass sie nackt ist. Sie weiß nicht, ob sie das tut, um ihn herauszufordern, oder weil sie, in Erinnerung an ihre ersten gemeinsamen Tage, wiederhaben will, was damals war. Gene macht ein überraschtes Gesicht, als er ins Zimmer tritt, und dreht ihr den Rücken zu, um sich auszukleiden. Grace möchte sich am liebsten zudecken, tut es aber nicht. Diese eine Nacht, ist das zu viel verlangt?

Erregt kommt er zu ihr ins Bett und schleudert die Decken weg. Zu spät erkennt Grace, dass an diesem Abend nichts zärtlich werden wird. Sie hat ihn eben doch herausgefordert. Er dringt augenblicklich in sie ein, obwohl sie längst nicht so weit ist. Es ist ein schmerzhafter Überfall. Er stößt in sie hinein, und es scheint, als nähme er absichtlich keine Rücksicht auf den Schnitt, der notwendig war, um Claire und Tom zur Welt zu bringen. Dort ist ihre empfindlichste Stelle, und Grace muss sich auf die Lippen beißen, um nicht laut aufzuschreien. Einmal versucht sie, ihm eine andere Position aufzuzwingen. Aber er drückt ihr mit einer Hand die Arme hinter den Kopf, und in dieser Stellung, angesichts ihrer Wehrlosigkeit, steigert sich seine Erregung bis zum höchsten Punkt. Aufbrüllend lässt er ihre Arme los, zieht sich aus ihr zurück und dreht sich von ihr weg. Es bleibt Grace überlassen, die Decken aufzuheben und über das Bett zu werfen.

Als sie sich wieder hinlegt, ist sie wund und muss das Laken auf die Stelle drücken, aus der sie vermutlich blutet. Es erscheint jetzt wenig wahrscheinlich, dass ihr je ein liebevoller Beiname für ihren Mann einfallen wird.

Drei Wochen nach der unsäglichen Nacht, die sich nicht wiederholt hat, unternimmt Grace ihren mittlerweile all-abendlichen Ausflug zum Gehweg. Neben der wachsenden Zahl von Pfützen auf der Schotterstraße und den Fliederbüschen, die sich unter der Last ihrer welken, von Wasser durchtränkten Blüten beugen, bemerkt sie am westlichen Horizont einen breiten Streifen Blau unter einer dunklen Wolke. Helle Freude durchströmt sie. Morgen wird die Wäsche draußen an der Leine hängen, und sie wird ihre Haare in der Sonne trocknen lassen.

TROCKENHEIT

Ein keilförmiger Ausschnitt zwischen zwei Häuserreihen bietet Grace einen beglückenden Blick auf glitzerndes Wasser und die Sonne, die im Osten hoch über dem Meer steht. Sie läuft in ihrem geblümten Morgenrock zur Tür hinaus, schaut zum Himmel und zum Kirschbaum hinauf und breitet dankbar und erleichtert die Arme aus. Sie bemerkt einen orangefarbenen Schimmer, Rosie taucht neben ihr auf und lacht über Grace und die Güte des Schicksals. »Gott sei Dank«, sagt sie.

»Endlich«, sagt Grace.

Sie öffnet alle Fenster, um die frische Luft hereinzulassen, und tanzt durch die Räume. Sie leert den Wäscheschrank, wäscht alles, was darin war, und hofft auf sonnengetrocknete Laken bis zum Abend. Die Frottiertücher werden kratzig, wenn sie an der Luft trocknen, genau wie es sein muss. Weiche Frottiertücher sind kuschlig, aber mit ihnen kriegt man die abgestorbenen Hautzellen nicht herunter.

Noch vor zehn Uhr morgens hat das Städtchen Hunts Beach frohgemut kapituliert, mit wehenden weißen Laken, bunten Handtüchern, blauen Hemden, rosa Kleidern, karierten Kitteln und grünen Bettüberwürfen. Es ist ein Wunder, denkt Grace auf dem Weg durch die Straßen, von denen Dampf in die kühle, trockene Luft aufsteigt. Hin und wieder schüttelt ein leichter Wind kurze Regenschauer vom Laub der hohen Eichen. Der modrige Geruch, der über der Stadt lag, verschwindet wie von Zauberhand. In jedem Haus sind fast alle Fenster geöffnet, obwohl die Temperatur sicher nicht über zehn Grad liegt. Sie hält im Gehen ihr Gesicht in die Sonne. Neues Leben. Die flatternden Laken und Kleider, denkt Grace, sind doch kein Zeichen der Kapitulation, vielmehr ein Symbol des Überlebens.

Gene kommt nach Hause, bevor Grace überhaupt mit den Vorbereitungen für das Abendessen angefangen hat. Sämtliche Körbe, die sie besitzt, sind randvoll mit lose gefalteten Wäschestücken, die morgen gebügelt werden sollen. Durch das Seitenfenster sieht sie seinen Wagen mitsamt einem Anhänger, dicht bei der Veranda. Grace macht die Tür auf, um zu sehen, was sich unter der Plane befindet, und mit großer Geste enthüllt Gene eine gebrauchte Wasch- und Wringmaschine, ein Geschenk für Grace. Sie weiß genau, was das Geschenk bedeutet, eine verspätete Bitte um Verzeihung für eine Nacht, an die zu denken unerträglich ist. Aber wider Willen ist sie fasziniert von dem Gerät, seinem großen Flügelradbottich und den hölzernen Rollen, die das Wasser besser aus der Wäsche pressen, als zwei geübte Hände es können.

Gemeinsam bugsieren sie die schwere Maschine die schmale Rampe des Anhängers hinunter und begutachten sie dann, als sie auf dem Rasen gelandet ist. Alle Wasch- und Wringmaschinen sind mit Rollen versehen, erklärt Gene, damit man sie zum Spülbecken rollen kann, wo der Wasserschlauch an den Hahn angeschlossen werden muss. Eine Waschmaschine über den Rasen zu schieben ist schweißtreibende Arbeit, aber Grace möchte sie erledigen, bevor zu viele Nachbarn etwas mitbekommen. Eine Wasch- und Wringmaschine ist ein großer Luxus. Nur Merle, Genes Mutter, und Dr. Franklins Frau besitzen eine, soweit Grace weiß. Sie und Gene hieven die Maschine über die Stufe zur Veranda und dann noch einmal über die Schwelle zur Küche. Claire, die im Wohnzimmer im Laufstall spielt, quietscht laut, als sie die Stimme ihres Vaters hört.

»Wir machen jetzt zur Probe erst mal eine kleine Wäsche«, sagt er.

Er nimmt Claire auf den Arm, trägt sie in die Küche und setzt sie auf den Boden. Auch sie ist fasziniert von dem Gerät, ganz weiß und größer als ein Mensch. Gene führt vor, wie verschiedene Ringe aus Gummi verwendet werden können, um, wenn nötig, die Verbindung zwischen Schlauch und Wasserhahn besser abzudichten. Während Grace zusieht, wie sich der Bottich mit Wasser füllt, läuft Gene zum Auto hinaus und kehrt mit einer Flasche Vano zurück. »Das brauchst du für die Maschine«, sagt er.

Er hebt Claire hoch, damit sie zuschauen kann, wie der Seifenschaum bis zum Rand des Bottichs aufsteigt. Grace läuft nach oben, um einen Stapel Kissenbezüge zu holen, die sie dann genau nach Genes Anweisung in den

Bottich wirft. Als er den Stecker in die Steckdose steckt, beginnt das Flügelrad, sich hin- und herzudrehen.

»Toll«, sagt Grace.

Claire klatscht in die Hände.

Zehn Minuten lang sehen sie zu. Dann dreht Gene den Wasserhahn zu und führt den Schlauch über das Fensterbrett nach draußen. Er legt einen Hebel unten an der Waschmaschine um. Das Seifenwasser fließt in die Erde ab, und zurück bleiben die schaumbedeckten Kissenbezüge auf dem Grund des Bottichs. Grace lässt ihn bis zur Hälfte volllaufen und rührt die Kissenbezüge durch, um sie auszuspülen. Danach zeigt ihr Gene, indem er seine Hände auf ihre legt, mit wie viel Spannung man die Bezüge durch die Wringvorrichtung ziehen muss.

Als Grace einen stramm gezogenen Kissenbezug in der Hand hält, hebt Gene ihr Gesicht zu seinem. Er drückt ihr einen sanften Kuss auf die Lippen. Er nennt sie Täubchen.

Kann eine Waschmaschine eine Ehe retten? Sie hält ein Ja für wahrscheinlich.

In den nächsten Wochen wäscht Grace fröhlich sämtliche Kleidung und Bettwäsche im Haus und zieht jedes einzelne Stück durch die Wringmaschine. Ihr passieren ein paar Missgeschicke, so zum Beispiel als der Schlauch mit dem Seifenwasser ins Haus zurückschnellt und die Küche einsprengt, wobei das Radio mit knapper Not einem Bad entgeht. Oder als sie, wie gebannt vom Hin und Her des Flügelrads, ein Stück Toast in die Waschmaschine fallen lässt. Sie greift mit der Hand danach, bevor sie das Gerät ausgestellt hat, und bekommt zur Strafe einen heftigen Schlag. Sie zieht den Stecker und versucht, den Toast mit einem Sieb herauszufischen. Aber das Brot zerfällt bei der Berührung. Als sie am nächsten Morgen die Wäschestücke dieser Ladung bügelt, findet sie winzige Toastkrümel an ihrer Lieblingsbluse.

Sie wäscht so viel, dass alle Leinen im Garten voll sind. Sie muss eine weitere über die Veranda spannen und noch eine quer durch die Küche. Der Haufen Bügelwäsche wächst ins Uferlose.

Gene, der sich durch die Küche ins Wohnzimmer schlängelt, erklärt Grace, dass Wasser Geld kostet.

An einem sommerlichen Samstag, für Grace immer noch der Beginn des Wochenendes, obwohl Gene an dem Tag zur Arbeit muss, zieht sie den Kindern etwas Leichtes an und geht mit ihnen an den Strand. Der Sand ist kühl, aber trocken. Anscheinend haben alle Leute aus Hunts Beach und dem Umkreis die gleiche Idee gehabt; auf dem Deich stehen reihenweise Autos jeder Farbe und jeden Modells. Grace breitet die mitgebrachte Decke auf dem Sand aus und errichtet ein Zelt aus dünnem Stoff, unter dem Tom schlafen kann, wenn er will. Zögernd knöpft sie ihr Kleid auf, unter dem sie den zweiteiligen weißen Badeanzug mit dem schulterfreien, im Nacken gebundenen Oberteil und dem kurzen Röckchen trägt. Sie weiß, dass die Farbe ihrer Haut schmeichelt, wenn sie gebräunt ist. Obwohl sie den Blick aufs Wasser gerichtet hält, merkt sie, dass man nach ihr schaut. Sie zieht Claire bis auf ihren kleinen rot-weiß gepunkteten Anzug aus, dann gehen sie gemeinsam zum Wasser. Der Atlantik ist noch kalt, aber Grace hält aus, bis ihre Füße bis zu den Knöcheln taub sind. Im seichten Wasser macht sie mit Claire eine kleine Spritzschlacht. Das Geräusch der Brandung beruhigt Grace – es überblendet die einzelnen Stimmen um sie herum. Claire gefällt das sanfte Auf und Ab des Meers, von dem sie hinausgezogen und wieder zurückgeschoben wird. Grace setzt sich im flachen Wasser auf und sieht Claire eine Weile zu, bevor sie sich ebenfalls ausstreckt und sich gemeinsam mit ihrer Tochter von den Wellen ziehen und schieben lässt. Claire lacht ihre Mutter im Wasser an, und Grace lacht mit. Die rhythmische Bewegung des Meers wirkt auf alle Sinne – sie hat das aus ihrer Kindheit lebhaft in Erinnerung –, und es dauert nicht lang, da sammelt sich nicht nur in Claires, sondern auch in ihrem Badeanzug Sand. Sie strampeln mit den Füßen, bis das Wasser schäumt, dann schlägt Grace vor, eine Burg zu bauen. Doch sobald Grace eine Masse kompakten Sands angehäuft hat, stößt Claire ihre Hand hinein. Sie scheint zu glauben, das sei der Sinn des Spiels.

Nach einer Stunde etwa beginnt Tom, der sonst immer ungewöhnlich brav ist, zu wimmern. Grace hebt den dünnen Gaze-Schal hoch, aus dem sie das Zelt konstruiert hat, und entdeckt, dass Gesicht und Hals ihres Sohnes krebsrot sind. Als sie einen Finger auf seine Wange drückt, hinterlässt er einen deutlichen weißen Abdruck, der nur langsam wieder vergeht.

»Ach, Tom«, sagt sie und nimmt ihn auf den Arm.

Hätte Rosie zugelassen, dass ihr Kind sich einen Sonnenbrand holt? Niemals. Rosie wäre mit einem Schirm und einem Mützchen für Eddie gekommen und hätte den Säugling die ganze Zeit getragen.

Ein Sonnenbrand klingt nicht innerhalb eines Tages ab. Am Abend hat Tom Fältchen um die Augen. Als Gene zur Tür hereinkommt und seinen Sohn sieht, sagt er: »Was zum Teufel ist mit Tom los?« Und gleich darauf: »Meine Mutter ist im Krankenhaus.«

»Was hat sie denn?«, fragt Grace.

»Brustkrebs.«

Das Wort trifft Grace wie ein Schlag in den Nacken. Sie meint, sie sollten einen Babysitter besorgen. »Dann können wir zu ihr fahren. Ich habe frische Rosen, die wir ihr mitbringen können.«

»Ich war schon dort.« Gene wirft seine Sachen auf den Küchentisch, als wäre der noch gar nicht gedeckt. »Ich war den ganzen Nachmittag bei ihr.«

Grace lässt sich schwer auf einen Stuhl fallen, und Kaffeepulver stäubt von einem Löffel. »Wann hast du es erfahren?«

»Letzte Woche, als ich die Kinder rübergebracht habe. Sie wird am Montag operiert.«

»Und du hast mir nichts gesagt?«

»Sie wollte kein Theater.«

»Ich mache kein Theater, das weißt du «

Gene starrt seinen rot verbrannten Sohn an. »Sie nehmen ihr die Nebennieren heraus. Und die Eierstöcke auch.«

»Mein Gott«, sagt Grace. »Warum denn die Nebennieren?« Sie weiß, dass sie nicht zeigen könnte, wo in ihrem Körper die Nebennieren sitzen.

»Damit kein Östrogen mehr produziert wird. Deswegen auch die Eierstöcke.«

»Beide?«, fragt Grace.

»Eierstöcke?«

»Brüste.«

»Natürlich«, antwortet Gene und sieht seine Frau an, als wäre sie schwachsinnig.

Grace möchte nicht, dass Merle stirbt. Wenn das geschähe, würde sie ihren Mann an die Trauer verlieren, und ihre Kinder hätten keine Nana mehr.

»Vielleicht nach der Operation«, sagt Gene beschwichtigend. Die Erkrankung seiner Mutter ist schließlich nicht Graces Schuld. »Dann besuchen wir sie zusammen. Ich fahr jetzt wieder zu ihr, um sie zu beruhigen.«

»Hat sie Angst?«

»Hättest du keine?«

Gene küsst Claire und Tom und öffnet die Tür.

»Alles Liebe von mir«, ruft Grace, genauso überrascht wie Gene über dieses Wort, das sie in Bezug auf ihre Schwiegermutter nie zuvor gebraucht hat.

»Richte ich aus«, sagt Gene, aber Grace weiß, dass er es nicht tun wird. Warum seine Mutter mit einem Namen aufregen, den diese nicht ausstehen kann?

Da Toms Haut sich zu schälen beginnt, verpasst Grace absichtlich einen Termin bei Dr. Franklin.

Nach der Operation möchte Genes Mutter nur noch sterben. Sie glaubt, keine Frau mehr zu sein.

Gene verbringt immer mehr Zeit bei seiner Mutter, und das erweist sich als ein Glück, denn Mrs Holland stirbt zehn Tage nach der Operation an einem Blutgerinnsel, das ihr Herz erreicht. Gene ist überzeugt, dass seine Mutter sterben wollte. Grace, die nie Gelegenheit zu einem Besuch hatte, ist überzeugt, dass Genes Mutter gar nichts wusste oder sich wünschte, als das Gerinnsel ihr Herz traf.

»Wie geht es Gene?«, erkundigt sich Rosie ein paar Tage nach der Beerdigung, als sie und Grace mit den Kindern in ihrem Garten sitzen. Rosie hat gerade mehrere Ladungen Wäsche in Graces Maschine gewaschen.

»Es geht so.«

»Die Wahrheit.«

»Es geht ihm schrecklich schlecht. Ich fühle mich schuldig. Ihm gegenüber.«

»Wieso denn?«

»Wenn ich seine Mutter ab und zu mal besucht hätte, hätte sie keinen Brustkrebs bekommen.«

»Also, das ist das Dümmste, was ich je gehört habe.«

»Ja, na ja.« Sie überlegt einen Moment. »Aber weißt du, es kommt mir so vor.«

Es kommt ihr so vor, als hätte sie ihre Schwiegermutter fortgewünscht. Nicht tot, nur fort. Es kommt ihr so vor, als hätte sie auch diese entsetzliche Nacht selbst herausgefordert, obwohl sie im Grunde weiß, dass es nicht so ist. Eins weiß sie jedenfalls gewiss, nämlich dass sie und Gene viel zu lang nicht mehr miteinander geschlafen haben. Und irgendwie kommt es ihr so vor, als wollte sie gar nicht wieder damit anfangen.

Eines Morgens, als Grace die Kinder füttert, hört sie durchs Fenster das Klatschen der Brandung, die am Strand, zwei Straßen entfernt, gegen die Felsen knallt. Natürlich hat sie die Brandung auch früher schon von ihrem Haus aus gehört, aber sie scheint ihr an diesem stillen klaren Sommertag besonders laut zu sein, ein Paradox, das sie verwundert.

Mit Claire an der Hand und Tom im Kinderwagen – inzwischen hat sie einen kleinen Schirm daran befestigt – geht sie zum Strand. Sie kommt nicht weiter als bis zum Gehweg gegenüber vom Damm, denn jedes Mal, wenn eine hohe Welle hereinkommt, spritzt die Gischt über ihn hinweg. Eine solch heftige Brandung hat sie noch nie gesehen. Die Bewohner der Häuser direkt gegenüber dem Damm sind herausgekommen, um sich das anzuschauen. Claire hüpft auf und ab, zitternd vor Vergnügen und Furcht. Gerade als es so aussieht, als wollte eine Welle so hoch aufspritzen, dass die Gischt über die Straße fliegen und sie alle durchnässen würde, bricht sie sich am Deich und wird von der Gegenströmung fortgerissen.

Eine Frau, die Grace nie gesehen hat, stellt sich zu ihr und sagt: »Wenn es das Haus schluckt, hab ich nichts mehr.«

»Das wird es nicht. Es geht ja kein Wind.«

»Dabei ist noch nicht mal Hochwasser«, bemerkt die Frau in dem praktischen grünen Kleid.

Wenn Grace auch nur das geringste Interesse für die Gezeitentabelle aufbrächte, die Gene innen an die Kellertür geheftet hat, wüsste sie das. »Wahrscheinlich war irgendwo draußen auf dem Meer ein Sturm.«

»Keine Ahnung. Auf jeden Fall macht's ganz schön Angst.«

Der Kopf der Frau wirkt klein, aber das kommt daher, dass sie die Haare rundherum mit Haarnadeln aufgedreht hat. Ganz sicher aber sieht sie schlecht: Keine Frau würde sonst außer Haus eine Brille tragen. Ihre hat einen Goldrand und ovale Gläser. »Wohnen Sie auch hier in der Straße? Ich habe Sie noch nie gesehen«, sagt die Frau.

»Nein, unser Haus ist zwei Straßen weiter hinten.«

»Ach so, ja, dann brauchen Sie sich nicht zu sorgen.« Die Frau starrt Graces Kinder an. »George und ich konnten keine bekommen.«

»Das tut mir leid«, antwortet Grace, leicht aus der Fassung gebracht durch diese Enthüllung. »Wenn Sie sich welche gewünscht haben, meine ich.«

»O ja, und wie ich sie mir gewünscht habe. Für George kann ich nicht sprechen, er ist schon lange nicht mehr da.« Mit verschränkten Armen und zusammengekniffenem Mund fragt die Frau: »Mögen Sie Ihren Mann?«

»Ja.«

»Dann lassen Sie ihn nicht gehen. Das Leben ohne Mann ist verdammt hart.«

Grace sieht ihr nach, als sie sich in ihr Haus zurückzieht. Wird sie jetzt die Fenster mit Brettern vernageln? Hätte Grace ihr Hilfe anbieten sollen? Wie muss die Frau sie hassen, sie mit ihrem Haus, das zwei Straßen weiter in Sicherheit liegt, mit ihrem Mann und ihren zwei Kindern.

Die Brandung steigt bis zur Höhe der Bäume hinter ihr. Die Gischt nässt die Straße. Was sind das für Botschaften von anderswo? Es ist unmöglich, das Meer in diesem Moment nicht bedrohlich zu finden. Ihm nicht einen eigenen zornigen Willen zuzuschreiben.

Am Abend, als Grace das Essen macht, ruft Rosie sie an den Zaun, um ihr von einem Unglücksfall zu berichten. Als der Wellengang sich beruhigte, waren zwei Männer und ein kleiner Junge von vielleicht sieben oder acht Jahren zum Angeln an den Strand gekommen. Einer der Männer watete ins Wasser, weil seine Schnur sich verheddert hatte, und wurde von der Rückströmung ins Meer hinausgerissen, was nach einem Sturm immer wieder einmal passiert. Der andere Mann rannte los, um Hilfe zu holen, während der kleine Junge laut schreiend und wie ein Hampelmann auf und ab springend am Strand zurückblieb.

»Der Fischer ist ertrunken, die Wasserwacht wartet jetzt darauf, dass die Leiche angespült wird«, berichtet Rosie. »Niemand im Ort kennt die Männer.«

»Und der Junge?«, fragt Grace.

»Es war sein Vater. Schrecklich, nicht?«

Ein paar Minuten später, nachdem Rosie gegangen ist, steht Grace mit einer Kartoffel in der einen Hand und einem Schäler in der anderen am Spülbecken und weint. Um Merle hat sie nicht geweint, aber sie weint um einen vaterlosen Jungen und einen Mann, den sie nicht gekannt hat. Das Meer hat doch noch seine Beute gefordert.

»Was ist denn?«, fragt Gene, als er heimkommt.

»Die Zwiebeln.«

Sie kann Gene nicht von dem Unglück erzählen, sie fürchtet, sie würde in Tränen ausbrechen. Und dann würde Gene sich sofort wieder daran erinnern, dass sie um seine Mutter nicht geweint hat.

Genes Trauer ist so, wie Grace es sich vorgestellt hat. Beim Abendessen redet er kaum ein Wort. Sogar Claire hat aufgehört, mit ihm zu schwatzen. Meistens sagt er einen einzigen Satz zu Grace, wie um seiner Pflicht als Ehemann zu genügen. Und meistens dreht es sich dabei um irgendeine aus dem Zusammenhang gerissene Tatsache, mit der sie nichts anfangen kann.

»Auf der neuen Schnellstraße kann man eine Meile pro Minute fahren«.

»Das ist schnell.«

Gene antwortet nicht. Das war es für heute Abend.

»Lass ihm Zeit«, rät Rosie. »Als Tims Vater gestorben ist, hat er zwei Jahre gebraucht, um drüber wegzukommen.«

»Bei meiner Mutter war es auch so«, antwortet Grace, wobei sie vier auf zwei abrundet. »Aber diese Jahre sind wichtig für Claire und Tom.«

»Beschäftigt sich Gene gar nicht mit ihnen?«, fragt Rosie.

»Nein.«

Rosie taucht die Finger in den Sand. Sie ist vollständig bekleidet und sitzt von breitkrempigem Hut und Sonnenbrille geschützt unter einem Schirm. Trotzdem kann sie nur eine Stunde bleiben. Heute spielen die Wellen am Strand wie Kinder.

»Wie ist er im Bett?«, fragt Rosie.

Grace wird rot und hofft, dass die Sonnenbräune ihre Verlegenheit, ihre Verzweiflung, ihre Erleichterung verbirgt. »Wie immer«, sagt sie.

»Tim war wie ein Verrückter. Er konnte überhaupt nicht genug bekommen.«

»Um zu beweisen, dass er noch lebendig ist«, sagt Grace.

»O ja, ein Teil von ihm war quicklebendig.« Rosie lässt sich zurückfallen in den Sand und streckt die Arme über dem Kopf aus. »Ich konnte monatelang kaum laufen!«, ruft sie und lässt keinen Zweifel daran, dass sie jede Minute genossen hat.

Grace findet das nahezu unverständlich. Soll man Rosie beneiden oder bemitleiden? Beneiden, wenn es sie so glücklich macht, wie es scheint. Es ist eine Sache, bei der Grace nicht mitreden kann, da Gene ihr schon seit mehr als zwei Monaten nicht mehr nahe gekommen ist.

Grace findet, es sei ihre Pflicht, den Schmerz ihres Mannes zu lindern. Sie wäscht sich im Bad von oben bis unten und schlüpft in ihr Baumwollnachthemd. Sie legt sich bäuchlings ins Bett und zieht das Nachthemd über ihre Schenkel hoch. Die Bettdecke lässt sie aufgeschlagen über die Bettkante hängen. Ein deutlicheres Signal kann sie ihrem Mann nicht geben, ohne die Sache direkt anzusprechen.

Sie hört Gene die Treppe heraufkommen. Er tritt ins Zimmer und bleibt abrupt stehen. Sie hat das Gefühl, dass er sie ansieht, doch sie vernimmt keines der Geräusche, die sonst das Auskleiden begleiten – das Klirren der Gürtelschließe, wenn sie geöffnet wird, das Plumpsen der Schuhe, die zu Boden fallen, das Rascheln von Stoff, der an seinen Beinen herabrutscht. Sie beißt sich auf die Lippe und drückt ihr Gesicht ins Kopfkissen. Sie spürt, dass er sich auf seiner Seite aufs Bett setzt, die Matratze gibt nach, dann folgen die gewohnten Geräusche von Gürtel, Schuhen, Hose. Er legt sich neben sie und zieht die Decke hoch, sorgsam bis über ihre Schultern, ohne sie zu berühren. Dann ein leichter Zug an der Decke, als er sich von ihr wegdreht.

Quälende Scham lähmt Grace. Erst als sie Genes Schnarchen hört, wagt sie, sich zu bewegen und sich von ihm weg auf die Seite zu drehen. Eine Stunde lang liegt sie wach da. Blockiert Trauer den Geschlechtstrieb eines Mannes? Bei Tim war es nicht so. Findet ihr Mann sie nicht mehr anziehend? War ihr Angebot ihm zuwider? Was, denkt sie sich, würde passieren, wenn sie sich im Bett herumdrehte, ihn wach rüttelte und fragte, warum er sie ignoriert hat? Würde er so tun, als wüsste er nicht, wovon sie redet?

Ein neues Gefühl überkommt sie, ein Gefühl sinkender Hoffnung und schwindenden Friedens, das sich in ihrem Bauch einnistet. Sie erträgt das Gefühl, ohne es recht zu verstehen, solange es geht. Dann, als ginge es um ihr Leben, schleudert sie die Decke weg und springt auf. Sie läuft nach unten und greift in der Küche nach ihren Zigaretten. Mit zitternden Fingern zündet sie sich eine an und inhaliert tief. Die Panik lässt nach, und sie setzt sich an den Küchentisch. Die Küche ist ihr Reich. Ja, gut, das ist sie immer, aber im Dunkeln, ohne Arbeiten, die getan werden müssen, ist sie eine Oase. Sie lässt die Luft, die durch das Fliegengitter hereinkommt, über ihr Gesicht strömen. Ihre Schultern lockern sich, sie lehnt sich an den Stuhlrücken. Draußen raschelt es im üppigen Sommerlaub. Von irgendwoher wird ein Fetzen Musik, eine Stimme zu ihr getragen. Unter dem fast vollen Mond leuchtet das Haus hinter ihrem weiß.

Sie schnippt die Asche ihrer Zigarette in ein Glas auf dem Tisch, und von der Asche aufgewirbelt steigt ein unverwechselbarer Geruch zu ihr auf. Gin? Sie hebt das Glas hoch. Ein Fingerbreit Flüssigkeit ist noch darin. Trinkt Gene, wenn sie nach oben geht? Einen schnellen Schluck, um seine Nerven zu beruhigen? Seinen Schmerz zu betäuben? Sie erinnert sich, morgens Gläser im Spülbecken vorgefunden zu haben. Wassergläser, hat sie gedacht. Die muss er alle gründlich gespült haben. Aber dieses hier riecht nach Asche und Gin. Wie lange trinkt er schon heimlich? Sie überlegt, ob sie das Glas mit der Asche darin auf dem Tisch stehen lassen soll, um ihn wissen zu lassen, dass sie es gesehen hat. Vielleicht sollte sie auch gleich den Stummel ihrer Zigarette zurücklassen. Was die Frage aufwirft, ob er wollte, dass sie das Glas sieht, merkt, dass er trinkt.

Eine Folge trockener, sonniger Tage ist ein Gesprächsthema. Bräute in Schleiern treten aus der Methodistenkirche, überzeugt, das schöne Wetter sei ein Zeichen des Himmels. Grace, die ihre Kinder im Wagen vor sich herschiebt, sieht sie sich an und versucht vorherzusagen, welche Paare miteinander glücklich werden und welche nicht. Der Braut mit dem Satinkäppchen, hinter dem sich der Schleier bläht, ist unverkennbar das Hochzeitsfoto wichtiger als der Bräutigam. Sie stößt sogar seine Hand von ihrem Arm fort. Sie wird verlieren, denkt Grace. Die Braut, die vor dem gierigen, schmatzenden Kuss ihres frischgebackenen Ehemanns zurückschreckt und dabei über ihr eigenes Kleid stolpert, wird Mühe haben. Doch die junge Frau in dem blassblauen Brautkleid, deren Mann sich zu ihr hinunterneigt, als sie ihm beim Verlassen der Kirche etwas zuflüstert, und dann lächelt wie über einen heimlichen Scherz, kann sich freuen. Die Bräute entzücken Grace. Ein neues Leben, neue Möglichkeiten. Sie hebt Claire hoch, damit sie sie auch sehen kann.

»Ist sie nicht schön?«, ruft Grace.

An einem der schwülen Tage Ende August fällt Grace beim Abspülen ein Teller herunter, als ihr der Gedanke durch den Kopf schießt, dass sie seit drei Monaten ihre Periode nicht mehr gehabt hat. Sie lässt sich auf einen Küchenstuhl sinken. Ihre Hände sind eiskalt. Sie betastet ihren Bauch, der ihr nichts verrät. Sie knüllt den Stoff ihres Rocks in der Faust zusammen. Sie schließt die Augen und zählt nach.

Sekunden später kommt sie bei der einzigen Nacht an, in der das Kind gezeugt werden konnte. Sie drückt die Stirn auf den Tisch und rechnet noch einmal nach.

Mit einem Ruck richtet sie sich auf. Das Kind in ihrem Bauch ist das Ergebnis einer entsetzlichen Nacht. Gene wird es wissen. Er kann so gut zählen wie sie.

Bei der Geburt dieses Kindes wird Tom vierzehn Monate alt sein. Sie wird drei Kinder unter drei Jahren haben. Praktisch Drillinge.

Grace starrt auf die Knitterfältchen, die sie in ihren Rock gepresst hat. Sie spürt, wie unter ihrer ärmellosen Bluse Schweißtropfen über ihre Haut rinnen. Sie stopft ein Küchentuch zwischen ihre Brüste und wischt die Feuchtigkeit dort weg, ehe sie sich das Tuch in den Nacken legt. Gene wird sagen, dass sie sich drei Kinder nicht leisten können. Aber vielleicht wird er auch nichts sagen, weil er sich schuldig fühlt.

Sie muss es ihm auf jeden Fall sagen. Nein, muss sie nicht. Er soll sie ansehen und sich Gedanken machen. Und dann soll er es aussprechen. Wenn er nachgerechnet hat und weiß, in welcher Nacht sie das Kind gezeugt haben. Grace überlegt, ob die Umstände der Zeugung die Persönlichkeit des Kindes beeinflussen. Nein, selbstverständlich nicht. Das sind Ammenmärchen.

In der Hitze lösen sich alle Formen auf. Grace fehlt die Energie, eine richtige Mahlzeit zu kochen, aber nur Butterbrote aufzutischen geht nicht. An manchen Nachmittagen nimmt sie den Gartenschlauch, beugt sich vor und lässt schaudernd vor Wonne das kühle Wasser über Nacken, Rücken und Haare strömen. Nachts, wenn der Ventilator am Fenster drückend heiße Luft von draußen nach drinnen wirbelt, kann sie selbst das Baumwollnachthemd nicht ertragen. Sie sorgt sich um Tom, der ständig wund ist. Sie weiß, dass sie Dr. Franklin aufsuchen muss, um sich von ihm bestätigen zu lassen, dass sie schwanger ist. Ihre Mutter errät es schon bald, nachdem sie selbst es gemerkt hat. »Ich will es nicht haben«, sagt Grace.

Ihre Mutter reißt die Augen auf. »Versprich es mir«, sagt sie.

»Ich verspreche es«, antwortet Grace. Sie weiß, dass es keine Alternative gibt. Wenn sie in Portland oder Boston leben würde, wüsste sie vielleicht, an wen sie sich wenden müsste. Aber sie hat nie von jemandem in Hunts Beach gehört, der ihr helfen könnte, den Fötus abzutreiben. Dr. Franklin weiß wahrscheinlich, wie man das macht, aber ihn kann sie nicht fragen. Er würde es sowieso nicht tun.

In der ersten Septemberwoche beginnt Grace, Regen herbeizuwünschen. Diese ganze blendende Sonnenpracht hat etwas Unnatürliches. Sie weiß, dass andere ebenso denken, es aber nicht sagen, aus Angst davor, damit den endlosen Regen des Frühjahrs wieder heraufzubeschwören. Als könnte man mit einem Gedanken das Wetter bestimmen.

Grace schneidert sich größere Kleider. Ihre Mutter kauft ihr einen Umstandskittel und hilft ihr beim Weitermachen ihrer Röcke. Am ersten Abend, an dem sie die geänderten Sachen trägt, sagt Gene, sobald er in die Küche tritt: »Du bist schwanger.«

»Ah, du hast es bemerkt.«

»Wie weit bist du?«

»Rate mal.«

Darauf folgt ein langes Schweigen. Grace weiß, dass sie sich auf gefährlichem Terrain befindet.

»Freust du dich?«, fragt Gene.

»Du?«

Grace erwartet keine Antwort, sie braucht keine.

»Ich habe gehört, dass der Wasserstand in den Seen und Bächen sehr niedrig ist.«

»Tatsächlich?«

»Ich bin draußen beim Rasenmähen.«

Vom Fenster aus sieht Grace ihrem Mann zu, der den

Rasenmäher vor sich herschiebt und Staubwolken hinter sich aufwirbelt.

Grace lässt sich einen Termin bei Dr. Franklin geben. Er ist ein Mann, der keine Zeit an höfliches Geplauder verschwendet, der, wenn er ein Haus betritt, noch ehe die Familie sichs versieht, schnurstracks nach oben geht, wo sein Patient wartet. Er sieht sich Graces Karte an.

»Dachte ich mir's doch«, sagt er. »Das ist Ihr Drittes in weniger als zwei Jahren.«

»So ungefähr.«

Mit einer Geste fordert er sie auf, die Beine zu spreizen. »Brauchen Sie Informationen zur Verhütung?«, fragt er, während seine Finger in ihre Vagina vordringen.

»Nein. Aber mein Mann vielleicht.«

Noch nie hat sie dem Arzt gegenüber diesen schnippischen Ton angeschlagen. Er kennt sie wahrscheinlich besser als die meisten. Er hat sie auf die Welt geholt.

»Sie sind wie alt?«, fragt er, während er sie innerlich abtastet.

Grace zuckt vor Unbehagen zusammen. »Dreiundzwanzig.«

»Sie sollten vielleicht überlegen, etwas zu bremsen«, meint er, die Untersuchung beendend.

Grace weiß nicht, was sie darauf antworten soll. Meint er damit weniger Sex? Sie kann wohl kaum etwas bremsen, was gar nicht passiert.

»Sie können sich jetzt aufsetzen.«

Grace folgt der Aufforderung und zieht das Hemd über ihren Brüsten zusammen, die er bereits abgetastet hat.

In der Praxis riecht es immer gleich – nach einer Mischung von Chemikalien, die sie nicht benennen kann. Als sie noch ein Kind war, haben die Gerüche ihr Angst gemacht, und sie musste mit Gewalt über die Schwelle ins Untersuchungszimmer gezogen werden. Jetzt empfindet sie sie als seltsam tröstlich.

»Glücklich sind Sie nicht darüber, hm?«, fragt er, während er sich die Hände abtrocknet. Er wird alt, fällt ihr mit einem Mal auf, sein Haar ist fast ganz weiß, seine Brille kann die Tränensäcke unter seinen Augen nicht kaschieren.

»Es geht mir zu schnell.«

»In manchen Ländern würde man das nicht so sehen, aber dort zehren sie ihre Frauen aus. Und wir wollen Sie doch nicht auszehren, hm?«

Sie fühlt sich schon jetzt ausgezehrt. Weitere Jahre voller Windeln und Fläschchen.

»Aber in fünf Jahren werden Sie in der beneidenswerten Situation sein, das Gröbste hinter sich zu haben und eine fest zusammengewachsene fertige Familie um sich zu haben.«

Ihr liegt die nächste schnippische Antwort auf der Zunge, aber es bringt ja nichts, ihre Wut an diesem netten Mann auszulassen, der nur helfen will.

»Schwangerschaftsbetreuung und Entbindung kosten achtzig Dollar«, sagt er. »Ich weiß, das ist mehr als bei Tom, aber ich musste meine Preise dieses Jahr um fünf Dollar erhöhen.«

»Natürlich«, sagt sie.

Unvermittelt fordert er sie auf sich anzukleiden und geht aus dem Zimmer. Wenn er ihr zu ihrer Schwangerschaft etwas Besonderes zu sagen gehabt hätte, hätte er das getan. Mit ihr und dem Kind ist offenbar alles in Ordnung.

Das Wartezimmer ist voll.

Ein schöner Tag folgt dem anderen. Der Strand ist derart überlaufen, dass nach zehn Uhr morgens keine einzige Decke mehr Platz hat. Claire will ins Planschbecken, sobald sie wach wird. Grace hält Tom, damit er die Beine im lauwarmen Wasser baumeln lassen kann. Der Vorrat im Eishaus schmilzt, und manchmal hat Grace tagelang keine Kühlung in der Küche. Sie und Rosie gehen jetzt jeden Tag bei Gardiner einkaufen, damit sie immer etwas Frisches auf dem Tisch haben und sich nicht um kühle Lagerung zu kümmern brauchen. Der Mais ist gut. Die Tomaten sind fleischig. Die Zuckermelonen sind so klein wie Gummibälle, die Wassermelonen hingegen gigantisch. Abends essen sie und Gene draußen im Garten Wassermelone und spucken die Kerne ins Gras.

Eines Abends, als die Kinder schon schlafen, sagt Gene: »Gehen wir ins Bett.«

Grace weiß nicht, ob das heißt, dass er müde ist oder dass er mit ihr schlafen will.

Sie bekommt die Antwort im Bett, als er sich ihr zuwendet. Sein Penis ist steif, und er führt ihre Hand zu ihm hin, aber als sie ihr Bein hebt und sich dreht, damit er in sie eindringen kann, erschlafft er. Beunruhigt, weil sie weiß, dass es jetzt auf sie ankommt, beginnt sie, ihn zu streicheln, doch anscheinend macht sie es falsch, denn er hält ihre Hand fest und sagt: »Es tut mir leid.«

»Das braucht es nicht«, sagt sie.

Als jeder wieder auf seiner Seite des Betts liegt, fragt Grace sich zum ersten Mal, ob Gene vielleicht genauso ratlos ist wie sie. Kann es sein, dass er ebenso verzweifelt wie sie versucht, in dieser Ehe einen Sinn zu sehen? Bei diesem Gedanken wird Grace nicht etwa von einer Flut von Liebe überschwemmt, sie hat eher Mitleid. Sie will ihren Mann nicht bemitleiden.

Am Horizont steht feiner Dunst, als Gene Grace und die Kinder zum Haus seiner Mutter fährt, das jetzt ihm gehört. Es liegt etwa sechs Kilometer südlich von Hunts Beach auf einem Kap mit Blick auf Felsenküste und Meer. Grace war nur ein halbes Dutzend Mal bei ihrer Schwiegermutter, zweimal – denkwürdige Besuche – vor der Hochzeit, als es Mrs Holland kaum gelang, mit ihrem Misstrauen hinterm Berg zu halten gegenüber Grace und der »weiblichen Raffiniertheit«, wie sie es nannte, mit der diese es geschafft hatte, sich schwängern zu lassen und ihren Sohn einzufangen, bevor er sein Studium beendet hatte. Grace dachte damals und denkt noch heute, dass Merle, zumindest in einem lichten Moment, nicht ernsthaft glauben konnte, ihr Sohn habe nicht das Seine dazu beigetragen.

Der Ford fährt eine gewundene Straße zum Haus hinauf, einem gepflegten viktorianischen Bau, grün gestrichen und mit Weiß abgesetzt zur Betonung der feinen Schnitzereien um Türen, Fenster und entlang der breiten Vorderveranda. Der verstorbene Mr Holland besaß Aktien und Rentenpapiere, über die Grace nichts weiß, außer dass sie Merle Holland ein bequemes

Auskommen sicherten. Gene nimmt Tom auf den Arm, und Grace fasst Claire an der Hand, als sie zur Veranda hinaufgehen. Grace dreht sich um und schaut hinunter auf den langen Küstenstreifen. Gene hantiert mit einem Schlüsselbund, dann treten sie ein.

Das Gesicht ihres Mannes wirkt angespannt, als sie den langen dunklen Flur vor sich sehen, von dem aus man rechts ins Wohnzimmer und links zum Turmzimmer gelangt. Grace fragt sich, ob Gene traurig ist oder entsetzt. Er öffnet die hohe Doppeltür zum Wohnzimmer. Grace würde am liebsten sämtliche Fenster aufreißen. Sie zieht ein Raffrollo hoch, um Licht hereinzulassen, und Gene runzelt die Stirn, als hätte sie das nicht tun dürfen.

»Die Aussicht ist großartig«, sagt sie.

»Mit der Sonne kommt die Hitze herein«, erklärt Gene, als plapperte er eine Floskel seiner Mutter nach.

»Glaubst du, es macht den Möbeln was aus?«

»Nichts anfassen«, sagt Gene zu Claire, aber Grace weiß, dass die Warnung ihr gilt.

Ohne ihn zu beachten, zieht sie das Rollo hoch.

Im scharfen Licht der hellen Sonne sieht man dem Haus sein Alter an. Unter der Tapete, die sich an manchen Stellen gelöst hat, tritt weißer Putz hervor. Alles Holz im Raum ist zu einem dunklen Mahagoni gebeizt. Claire klammert sich an Graces Bein, Grace braucht niemanden zum Klammern.

Ist die Pflanze, die hier wuchs, infolge des Lichtmangels verkümmert? Schnell geht sie durch das Esszimmer mit einem Tisch, an dem nie ein Kind sitzen durfte, und dann in die Küche mit dem Fenster zum Garten. Der in Blassgelb und Weiß gehaltene Raum ist eine Oase. Claire, die es auch zu spüren scheint, hüpft über das Linoleum, und Grace sucht ihr ein paar Holzlöffel zum Spielen heraus.

»Die Küche gefällt mir«, sagt Grace.

Gene nickt, ohne sie anzusehen, als gäbe er seiner Mutter recht. Die Küche ist der Platz fürs Personal. Grace bezweifelt, dass Merle ihre Küche je betreten hat, sie hatte ja Clodagh, die für sie kochte und putzte. Wenn Grace mit den Kindern zu Besuch kam, war es immer Clodagh, die Kekse für Claire dahatte und eine perfekt vorgewärmte Flasche für Tom. Gene hat sie entlassen. Was wird aus der Frau werden?

Der Garten ist ausgetrocknet, ihm fehlt der Regen. Grace erinnert sich, dass er immer eine Pracht war, dank Merles Sachkenntnis und dem Bemühen von Joe, dem Gärtner.

Gene lotst sie aus der Küche hinaus nach oben, ins erste Stockwerk, das ganz von Merles Schlafzimmer, ihrem Ankleidezimmer und dem Bad eingenommen wird sowie von einem Klavier im Turmzimmer. So viel Raum für eine Frau allein, denkt Grace staunend, gewiss so viel mehr, als ihr eigenes Haus bietet. Sie berührt Stoffe und Silber, Briefpapier und Schreibzeug. Sie lässt ihre Finger über Halsketten gleiten, die von einem verschnörkelten Spiegel herabhängen, eine Provokation, auf die Gene nicht reagiert.

Er möchte, dass es mir hier gefällt, denkt sie.

Er eröffnet ihnen erst, wie er sich ihre Zukunft denkt, als sie im dritten Stock die Gästezimmer besichtigen, die ein gemeinsames Badezimmer mit Holzmobiliar und einer Toilettenspülung mit Kettenzug haben. Gene fordert sie auf, aus einem Fenster des Zimmers zu schauen, das früher einmal seins war. Der Blick ist grandios. »Von hier aus kann man die Schiffe sehen, die von Boston nach Portland fahren«, sagt er.

Grace bekommt Claire noch an einem Fuß zu fassen, bevor sie unter das Bett kriechen kann.

»Also, was hältst du davon?«, fragt Gene.

»Von dem Haus? Es ist riesengroß.«

»Davon, hierherzuziehen.«

Sie weiß schon seit dem zweiten Stock, dass Gene das fragen würde, und am liebsten würde sie sofort laut Nein schreien, aber sie weiß, dass sie behutsam sein muss.

»Es ist ein tolles Haus«, sagt sie, »aber es liegt sehr isoliert. Ich weiß nicht, mit wem die Kinder hier spielen könnten. Wenn sie das Grundstück verlassen wollen, müssen sie die Küstenstraße überqueren, und dann haben sie auch nur die Felsen und das Meer vor sich. Wie sollen sie zur Schule kommen, wenn es mal so weit ist?«

»Es gibt einen Bus«, antwortet Gene. »Mit dem bin ich auch immer gefahren.«

»Die Küche ist wirklich schön, aber das ganze Haus ist einfach zu viel. Ich käme gar nicht mit der Arbeit hinterher.«

»Du kommst doch schon jetzt mit der Arbeit nicht hinterher.«

»Das stimmt nicht.«

»Trotzdem, hier wäre doch vieles einfacher«, erklärt er. »Wir hätten mehr Platz.«

Grace findet, das ist ein schwaches Argument. Platz wofür? »Stellst du dir vor, dass wir unten schlafen würden und die Kinder hier oben?«

»Na ja, das Baby würde in den ersten Monaten bei uns schlafen.«

»Und Tom und Claire oben, wo wir sie nicht hören könnten?«

Gene schnaubt durch die Nase. Grace denkt an Rosie. Wer wären hier ihre Nachbarn? »Sind die Steuern nicht sehr hoch?«

»Das Haus ist hypothekenfrei.«

»Wir würden für den Bungalow nicht viel bekommen«. Ihr Haus ist hoch belastet.

»Wir bräuchten das Geld nicht, wenn wir hier leben würden.«

»Unsere ganzen Ersparnisse würden für Steuern und Unterhalt draufgehen«, entgegnet sie.

»Ich bekomme bald eine Lohnerhöhung.«

Sie niest. Und niest gleich noch einmal. Sie entschuldigt sich und niest ein drittes Mal.

»Das ist der Staub hier oben«, sagt Gene. »Da muss nur mal gründlich geputzt werden.«

Grace hatte keine Ahnung, dass sie so gut künstlich niesen kann.

»Ich kann nicht«, sagt sie. Sie hasst dieses Haus – die viktorianische Düsternis, die Lampenschirme mit den Fransen, die schweren Mahagonimöbel. Sie hungert nach Luft in dieser drückenden Atmosphäre.

»Ich finde, das zu entscheiden ist meine Sache, meinst du nicht?«

»Nein!«

»Grace, Herrgott noch mal, schrei nicht so!«

Claire starrt ihre Eltern an. Irgendwo, in weiter Ferne, zerstört jemand eine Sandburg.

Nachdem sie im Haus ihrer eigenen Mutter Eistee getrunken haben und Grace einen Blick auf die Babyausstattung geworfen hat, an der Marjorie strickt, fragt diese: »Wie geht es dir und Gene?«

»Im Moment ist es ein bisschen schwierig«, antwortet Grace.

»Finanziell?«

»Nein.«

»Ist es die Belastung durch das Kind, das ihr erwartet?«

»Ich könnte Ja sagen«, meint Grace, »aber das wäre nicht die Wahrheit.«

Ihre Mutter hält ihr eiskaltes Glas an Toms Wange. Er zuckt lachend zurück, fordert aber gleich eine Zugabe. »Was findest du gut an deinem Leben?«, fragt ihre Mutter.

Grace ist überrascht, sie muss nachdenken. »Ich habe zwei wunderbare Kinder.«

»Und?«

»Ich habe ein Haus, das ich mag, eine Nachbarin, die meine Freundin ist, und eine Waschmaschine.«

»Und?«

»Wir sind alle gesund.«

»Und?«

Grace fällt ihrer Mutter ins Wort, weil sie weiß, wohin dieses Verhör führt. »Und ich habe einen Mann, der für uns sorgt, der gut mit den Kindern umgeht und außerdem gut aussieht.«

Sie sagt nicht, dass Gene ihrer Meinung nach ein tief verunsicherter Mensch ist.

Die Trockenheit wird zur Dürre. Das Wort ist in aller Munde und wird mindestens einmal am Tag laut ausgesprochen. Das Gras knirscht, wenn man darauf tritt. Männer, die an der Landstraße, wo eine Raststätte gebaut werden soll, eine Grube ausheben, berichten, dass die oberen fünfzehn Zentimeter Boden nur noch aus Staub bestehen. Auf den Straßen von Hunts Beach wirbeln die Fahrzeuge erstickende Wolken hinter sich auf, und die Frauen hängen die Wäsche jetzt wieder im Haus auf, weil sie fürchten, dass winzige Schmutzteilchen sich in den Wäschestücken festsetzen werden. Grace kann nicht genau sagen, wann das Wohltuende an den Sonnentagen ins Unnatürliche umschlägt, hat aber das Gefühl, dass es Ende September passiert, nachdem die Schule wieder begonnen hat und viele der Sommergäste abgereist sind. Das nagende Gefühl, dass etwas nicht stimmt, entwickelt sich langsam zu einer gewissen Beunruhigung. Die Chrysanthemen und Rosen in den Rabatten ihres Gartens sind verdorrt. Grace rechnet damit, dass die Nächte kühler werden, aber so ist es nicht. Zum ersten Mal seit mehr als einem Jahr sehnt sie Regen herbei.

FUNKEN

Anfang Oktober müssen die Bauern im Binnenland Wasser für das Vieh liefern lassen, weil die Brunnen ausgetrocknet sind. Bäche sind versiegt, in den Seen fällt der Wasserstand. Staub und Rauch hängen am Horizont.

Der herrlichste Sommer seit Jahren, sagt im Laden jemand.

Die Regierung fordert die Bürgerinnen und Bürger auf, Zigaretten und Zündhölzer in Wasserbehältern zu löschen. In einem Moment der Langeweile lässt Grace eine brennende Zigarette auf den Boden fallen, nur um zu sehen, was passiert. Das Gras entzündet sich sofort, und das Feuer breitet sich schneller aus, als sie je erwartet hätte. Mit ihrem Wasserkrug löscht sie es, bevor es einen Haufen dürres Holz erreicht, den Gene zusammengerecht hat. Doch von hinten haben sich lodernde Flämmchen an ihr vorbeigeschlängelt und rasen jetzt auf das Haus zu. Sie versucht, sie niederzutrampeln, dann rennt sie in die Küche, schaltet die Waschmaschine aus und drückt den Hebel, um das Seifenwasser abfließen zu lassen. Sie fängt es mit ihrem Krug auf und kippt es auf die Flammen, bis sie wirklich gelöscht sind. Außer Atem lässt sie sich auf die Verandastufe fallen und senkt den Kopf vor Scham über ihr dummes Experiment.

Die Tücke des Feuers macht ihr Angst.

Jäger berichten am Eröffnungstag der Jagdsaison, dass Falllaub und Fichtennadeln bei bloßer Berührung zerfallen. Es wird viel darüber diskutiert, ob man überhaupt gefahrlos ein Gewehr abfeuern kann.

Die bunt gefärbten Blätter zerbröseln in der Hand, noch bevor man die Farben würdigen kann. Als Grace ein Kind war, suchte sie immer die leuchtendsten Rottöne, und ihre Mutter bügelte die Blätter dann zwischen Wachspapier, um sie zu konservieren. Grace erinnert sich an ihre Befriedigung angesichts der farbigen Päckchen auf dem Küchentisch. Es macht sie traurig, dass sie für Claire keine Blätter pressen kann, denn der Kleinen würde es gefallen, die gewachsten Blätter zu berühren.

Gene erzählt, dass Arbeiter auf der Schnellstraße Feuer gemacht haben, um ein Stück Land zu roden. Die Feuerwehr löschte es, doch am nächsten Tag entdeckte man, dass sich das Feuer unter die Erde zurückgezogen hatte und an den Wurzeln mehrerer Bäume wieder zum Vorschein gekommen war. Die Brände wurden von Neuem gelöscht. Am folgenden Tag brannte es an noch mehr Stellen.

»Das Feuer brennt unter der Erde weiter?«, fragt Grace.

»Genau.«

Sie stellt sich unentdeckte Brände vor, die sich unter

dem Haus durchfressen. »Aber wie denn? Da gibt es doch keinen Sauerstoff.«

»Torf und abgestorbene Pflanzen enthalten Sauerstoff«, erklärt Gene. Das Feuer verbreitet sich langsam unter der Oberfläche, fügt er hinzu, und verbrennt dabei genug Material, um zusätzlichen Sauerstoff im Erdreich zu produzieren. Solche Feuer können monate-, jahrelang unentdeckt brennen. Ein Feuer, das sich im Herbst in den Untergrund zurückzieht, kann im Frühjahr neu aufspringen.

Die Vorstellung fasziniert Grace. Wenn sie mit bloßen Füßen durch die Wiesen ginge, würde sie dann unter den Sohlen Hitze spüren?

Es fällt ihr schwer, den unterirdischen Bränden nicht etwas Bedrohliches zuzuschreiben, so wie vorher dem Meer.

Die Herbstpflanzung muss ausfallen, weil die staubtrockene Erde nicht auf den Furchen liegen bleibt. In den Stauweihern steht so wenig Wasser wie seit dreißig Jahren nicht mehr. In einem ausgetrockneten Weiher entdeckt ein Bauer die Überreste einer alten Straße. Feuer, nicht Dürre, ist das Wort, das jedem auf der Zunge liegt.

Als Grace im fünften Monat ist, geht sie in den Speicher hinauf, um ihre Wintersachen zu holen, unter denen auch noch Umstandskleidung ist. Aber als sie den Karton öffnet und die dicken Stoffe unter den Fingern fühlt, weiß sie, dass es zu früh ist. In den letzten zwei Wochen hat es keinen Tag weniger als fünfundzwanzig Grad gehabt, alle Frauen tragen noch Baumwolle. In alten Zeiten hätten die Eingeborenen viel Aufhebens um den unnatürlichen Charakter der Jahreszeit gemacht. Die Stammesältesten wären zusammengekommen und hätten darüber beraten, was dieser Sommer ohne Ende bedeuten könnte. Hatten sie die Ahnen verärgert? Würde es nun über Monate Sommer bleiben? Über Jahre? Würden sie fürchten zu sterben? Fürchten, dass der Planet stirbt? Was für ein Mittel wirkte gegen so etwas?

Staub dringt ins Haus ein und überzieht jedes Ding. Wenn Grace sich abends das Gesicht wäscht, spürt sie feinste Staubkörnchen unter dem Waschlappen.

Grace hat draußen im Garten eine kleine Geburtstagsfeier für Claire ausgerichtet und steht mit einem Krug Zitronenlimonade wachsam neben der Torte mit den zwei Kerzen. Claire steigt auf einen Stuhl und pustet feierlich die Kerzen aus, höchst zufrieden mit sich. Rosie zieht tief an ihrer Zigarette und lässt sie zu Boden fallen. Grace stürzt um den Tisch herum und übergießt den Stummel mit Limonade, die auf Rosies Schuhe spritzt.

»Was soll das?«, ruft Rosie und springt zur Seite.

»Ich hab neulich einen Stummel auf den Rasen geworfen, und das Feuer hat sich ausgebreitet wie −«

»− ein Lauffeuer?«, meint Rosie lächelnd. Sie nimmt eine neue Zigarette und ihr Feuerzeug aus der Tasche, überlegt es sich dann aber anders und steckt beides wieder ein.

Jeden Morgen erwacht Grace gespannt, ob die Welt wieder im Lot ist. Der feine Sand, den sie im Gesicht gefühlt hat, scheint sich ihr in Augen, Nase und Kopf gesetzt zu haben, denn es sind Körnchen in ihrem Gehirn, wo vorher keine waren. Während Gene einsilbig ist, ist Grace gereizt, als stecke ihre Haut voller Glassplitter. Sie bemüht sich, die Kinder nicht anzufahren, doch Gene gegenüber fehlt ihr die Beherrschung.

»Ich dachte, du wolltest die Fliegengitter putzen«, faucht sie, kaum dass Gene zur Tür hereinkommt.

»Du musst mir Eis besorgen«, herrscht sie ihn am folgenden Tag an.

»Woher soll ich das wissen?«, antwortet sie, als Gene fragt: »Wann essen wir?«

Sie möchte gern freundlicher sein, aber mit Sand zwischen den Zähnen schafft sie das nicht.

Eines Morgens geht Grace mit den Kindern an den Strand, wo schon andere aus dem Ort sich versammelt haben. Es gibt keine Gespräche, keine herzlichen Begrüßungen, es gibt nur den Nebel vor der Küste. Im Licht, das aus Osten durch den Dunst schimmert, kann man einen Hummerkutter bei der Arbeit erkennen. Seit Wochen ist kein Hauch von Feuchtigkeit Hunts Beach so nahe gekommen. Es ist wie eine Verheißung. Grace und die Kinder warten darauf, dass der Nebel näher rückt, sodass er sie, wenn sie ins Meer wateten, einhüllen und ihre Haut und Lippen mit Wassertröpfchen benetzen würde. Die Sehnsucht nach Wasser wird beinahe überwältigend, und sie bemerkt, dass mehrere Leute, Männer und Frauen, ins Meer waten. Werden sie versuchen, bis zu der Nebelbank zu gelangen, oder wird sie – nichts als Hohn – umso weiter zurückweichen, je näher sie kommen?

Einer nach dem anderen verlassen die Leute den Strand wieder. Rosie und Grace gehen aufeinander zu.

»So eine Enttäuschung«, sagt Rosie seufzend.

»Hast du mal dran gedacht, mit Pfarrer Phillips zu sprechen?«, fragt Graces Mutter.

»Was?«, fragt Grace perplex.

»Na, mit eurem Geistlichen. Du weißt, er hat in Harvard Theologie studiert.«

»Na und?«

»Er berät Paare«, erklärt ihre Mutter. »Frauen. Und auch Männer wahrscheinlich. Ich weiß, dass Dot Truitt und ihr Mann bei ihm waren.«

»Und was ist dabei rausgekommen?«, fragt Grace.

»Sie sind noch verheiratet.«

Damit kann Grace nichts anfangen. »Das könnte ich nie«, sagt sie.

»Ich bin sicher, er kennt das alles. Was soll bei dir und Gene so anders sein?«

Ärgerlich sagt Grace: »Wir reden nicht und schlafen nicht miteinander.«

Ihre Mutter sieht schockiert aus, dann peinlich berührt. Ihr Mund zieht sich zusammen, wie Grace es aus ihrer Kindheit kennt, und sie zeigt auf Graces Bauch. »Und wie ist das da reingekommen?«

»Das war das letzte Mal«, antwortet Grace, »und es war furchtbar.«

»Ich will nichts mehr hören.« Ihre Mutter steht auf

und geht aus dem Zimmer. Als sie zurückkommt, wirkt sie entschlossen. »Geh«, sagt sie. »Ich pass auf die Kinder auf. Geh du rüber in die Kirche und schau, ob du Pfarrer Phillips findest.«

Grace lässt Claire und Tom in der Obhut ihrer Mutter und geht, aber nicht zur Kirche, sondern zu Rosie. Als ihr die Freundin die Tür öffnet, sagt sie: »Wir schlafen nicht miteinander.«

Wenn die Mitteilung Rosie verblüfft, zeigt sie es nicht. »Überhaupt nicht?«, fragt sie mit einer Geste, die Grace zum Eintreten auffordert.

»Nicht mehr seit…« Grace zeigt auf ihren Bauch. »Und da war es furchtbar.«

Rosie nimmt einen Dessertteller, eine Gummiente und einen Waschlappen vom Sofa. »Die Kinder machen Mittagsschlaf.«

An den Papierchen auf dem Beistelltisch sieht Grace, dass Rosie während ihrer freien Zeit Zeitschriften gelesen und Schokokaramellen gelutscht hat.

Rosie reicht Grace ein Glas Wasser. »Ich wusste immer, dass du in deiner Ehe nicht richtig glücklich bist. Du hast das manchmal ausgestrahlt. Was ist denn los mit Gene?«

»Ich weiß nicht. Er will nie mein Gesicht sehen. Es ist ihm egal, wie es mir dabei geht.« Sie hält inne. »Beim Sex, meine ich.«

»War das immer schon so?«

»Eigentlich ja.«

Grace sieht Rosie an, dass sie sich bemüht, Überraschung und Bestürzung zu verbergen. »Hat es dir denn nie Spaß gemacht?«, fragt ihre Freundin.

»Am Anfang vielleicht«, antwortet Grace, aber dann

wird ihr klar, dass Rosie von der unverschämten Lust spricht, die sie einmal frohgemut erwähnt hat. »Aber nein. Nicht so, wie du es dir vorstellst.«

Rosie schweigt.

Grace spürt, wie ihr Gesicht heiß wird. »Ich wollte nie, dass du es erfährst. Du und Tim…«

»Ich und Tim«, seufzt Rosie. »In jeder Ehe gibt es Probleme.«

»Aber du magst Sex«, sagt Grace.

»Ja.«

»Ich nicht. Jedenfalls nicht so, wie er jetzt ist. Ich weiß nicht mal, ob ich überhaupt je daran Spaß hätte. Gene ist ein guter Kerl. Na ja, er war ein guter Kerl. Es ist mir peinlich, dass ich dir das erzählen musste. Ich wollte mit meiner Mutter darüber reden, aber das war ein Riesenfehler.« Als sie den Blick senkt, sieht sie, dass ein Fingerbreit Brandy das Wasser im Glas ersetzt hat.

»Kann nicht schaden«, sagt Rosie und hebt ihr Glas. »Du zitterst unaufhörlich, seit du zur Tür reingekommen bist.«

»Du bist eine gute Freundin«, sagt Grace.

»Das will ich auch sein.«

»Das bist du.« Die zwei Frauen stoßen an, dann fängt Grace an zu lachen. »Oh, Rosie, du hast mich vor dem Pfarrer gerettet. Zu dem wollte meine Mutter mich nämlich schicken.«

»Du solltest mit eurem Pfarrer über Sex reden?«, fragt Rosie ungläubig.

In der Zeitung liest Grace von Bränden in Waldoboro, Topsham und Lisbon Falls. Die Meldungen sind immer ein, zwei Tage alt, und Grace denkt darüber nach, was den Menschen, von denen berichtet wurde, weiter widerfahren ist. Was, zum Beispiel, ist aus dem Haus geworden, das der Eigentümer mit einem Schlauch unter Wasser gesetzt hat, als das Feuer näher kam? Konnte er es retten? Oder wie ist es dem Mann ergangen, der mitsamt seinen Steuerbescheiden geflohen ist? Hat er sie in dem Sturm, den das Feuer entfesselte, verloren? Oder der Frau, die bat, ihren Kühlschrank mitnehmen zu dürfen? Am nächsten Tag gibt es schon wieder Neues und keine Folgeberichte. Wie wollte die Frau eigentlich ihren kostbaren Kühlschrank transportieren?

In vielen Meldungen wird erwähnt, dass es in Maine kein Brandfrühwarnsystem gibt. Häufig ist die erste Warnung der Brandgeruch, gefolgt von einem Mann, der in einem Auto in die Stadt rast und die Einwohner auffordert, ihre Häuser zu räumen. Gebäude explodieren wie Bomben. Tiere, die in brennenden Ställen gefangen sind, sterben. Die, die in letzter Minute befreit werden können, werden manchmal gerettet.

Ihr schweißfeuchter Arm klebt an der Zeitung fest, als sie umblättern will.

Die Frauen von Hunts Beach sieht man selten einfach so durch die Straßen spazieren, ohne eine Tasche oder ein Kind oder einen Kinderwagen. Grace, die die Kinder zu ihrer Mutter gebracht hat, hat nichts zu erledigen, als sie aus dem Haus geht. In einem losen Umstandsrock und ärmelloser Bluse lässt sie die Arme schwingen, und weil sie sonst immer Richtung Süden, zur Ortsmitte, geht, wendet sie sich diesmal nach Norden. Die meisten Leute, die ihre Ferien in den Häusern direkt am Wasser verbracht haben, sind abgereist, denn zu Hause warten Schule und Arbeit – die Einheimischen wohnen eher zwei, drei Straßen vom Strand entfernt –, aber hier und dort bemerkt sie ein offenes Fenster, einen Rechen, der an einem Baum lehnt, einen geschnitzten Kürbis auf der Vortreppe. Der Strand wird allmählich felsiger, die Brandung begleitet sie, ein angenehmes, meditatives Rauschen. Sie genießt es, einmal schneller zu laufen, als es mit den Kindern möglich ist, weit auszuschreiten, ihrer Kraft die Zügel schießen zu lassen. Sie lässt alle Gedanken los, oder versucht es zumindest.

Was würde sie mitnehmen, wenn jetzt jemand käme und sagte, sie müsse ihr Haus räumen? Ihre Kinder natürlich, Flaschen für Tom und saubere Kleider für Claire. Vielleicht ein paar Sachen zum Wechseln für sie selbst, hinter den Kindern in den Wagen gestopft. Ein Hochzeitsfoto? Fotos von den Kindern, als sie noch kleiner waren? Ja, eins oder zwei. Ein Bild von ihrem Vater. Die Babyausstattung? Ihre Handtasche. Ein Adressbuch? Zigaretten? Aber wie ginge es dann weiter? Sie kann gar nicht so schnell laufen, dass sie einem solchen Brand entkäme. Vielleicht würde sie die Kinder und einen Koffer hinten auf einen Lastwagen heben. Aber sich selbst kann sie sich nur zu Fuß vorstellen, wie sie den Kinderwagen schiebt, so schnell es geht, und dabei versucht, Claire zu beruhigen, die die Gefahr wittern, wenn auch nicht direkt erkennen würde. Einem Kind braucht man eine Feuersbrunst nicht zu erklären.

Eigentlich liebt Grace diese Jahreszeit. Es geht ihr nicht nur um die Farbenpracht des Laubs und das frische Wetter, das man erwartet; es geht ihr mehr um ein Gefühl der Entspannung, das sich einstellt, während die Welt rundherum geschäftiger wird. Es sind weniger Menschen im Ort, die Straßen leeren sich. Es wird still. Dieses Jahr aber ist das Gefühl einkehrenden Friedens zu fieberhaftem Warten mutiert. Es muss doch jetzt bald mal regnen, sagen alle. Irgendwann muss es regnen, stöhnen sie.

»Hey, Missy!«

Der Ruf lässt Grace herumfahren. Der Mann, der sie gerufen hat, sitzt in einem schwarzen Ford auf der anderen Straßenseite. Im ersten Moment glaubt sie, es sei Gene, der sie necken will, dann aber bemerkt sie, dass der Fahrer einen Strohhut trägt. Gene trägt nie einen Strohhut.

»Lady, können Sie mir vielleicht weiterhelfen?«

»Wohin wollen Sie denn?«, ruft sie zurück und hält die Hand über die Augen, um das Gesicht des Mannes besser erkennen zu können. Mittleres Alter, ein bisschen schwammig.

»Ich will nach Cape Porpoise. Ich hab hier auch eine Karte.«

Grace zögert.

Aber warum?

Als sie sich dem Wagen nähert, stellt sie fest, dass die Schultern des Mannes nackt sind. Bei der Hitze ziehen viele Männer einfach ihre Hemden aus. Er kann nicht sehr groß sein, denkt sie, sein Hals reicht gerade bis zum unteren Fensterrand. Wie sieht er beim Fahren überhaupt auf die Straße hinaus?

»Wie kann ich Ihnen helfen?«, fragt sie.

»Also, ich hab diese Karte hier.«

Sie beugt sich hinunter, um besser sehen zu können. Der Mann ist nackt und grinst, mit der Hand am Penis, zu ihr hinauf. Die Zahnlücke, die wulstigen Falten am Bauch, der schlaffe Penis.

Sie weicht langsam zurück, ohne auf die Anzüglichkeiten zu achten, die er ihr hinterherruft. Sie tritt auf den Grasstreifen, dann auf den Gehweg. Sie dreht um. Sie geht mit gesenktem Kopf und gekrümmten Schultern und betet, dass er ihr nicht folgen möge.

Ein dicklicher nackter Mann in einer schweren Maschine aus Stahl. Der sie mit einem Trick dazu gebracht hat, ihm zuzusehen, wenn auch nur eine Sekunde lang, wie er sich selbst begrapscht. Sie weiß, dass ihr Gesicht knallrot ist, unter der Bluse rinnt ihr der Schweiß über die Haut. Warum tun Männer so etwas?, fragt sie sich. Sie meint nicht die Selbstberührung – da gibt es nicht viel zu verstehen –, sondern die Arglist, dieses Bedürfnis, Frauen zu verletzen, zu beschämen. Rosie hätte gelacht und eine vulgäre Bemerkung über die Größe seines Glieds gemacht. Besäße sie nur Rosies Chuzpe und Schlagfertigkeit.

Am Strand angelangt, steuert Grace aufs Wasser zu. Sie zieht ihre Schuhe aus und watet hinein. Sie ist nicht nach Hause gegangen, weil sie nicht wollte, dass der Mann, falls er ihr folge, erfahren würde, wo sie wohnt. Wenn er an den Strand kommt, wird sie einfach im Wasser bleiben. Sollte er aussteigen und sich nähern, wird sie laut schreien und rennen wie der Teufel. Aber Moment, er kann gar nicht aussteigen. Er ist ja nackt.

Sie setzt sich in den Sand, die Knie hochgezogen, nur die Füße in den seichten Wellen. Sie würde jetzt gern schwimmen. So kühl und reinigend das Wasser, wenn sie untertauchen und dann wieder hochkommen würde, um Luft zu holen. Wie gut das täte!

Warum eigentlich nicht?

Abgesehen von dem knielangen Baumwollrock könnte das, was sie anhat, als Umstandsbadeanzug durchgehen. Und wenn das Kind sie hinunterzieht? Unsinn. Bei all dem zusätzlichen Speck sollte sie von ganz allein an der Wasseroberfläche treiben.

Aus dem spielerischen Gedanken wird ein Bedürfnis. Und das Bedürfnis wird immer dringlicher.

Sie steht auf und watet bis zu den Knien ins Wasser. Sie rafft ihren Rock, läuft und stolpert, aber dann wirft sie sich rücklings in die Wellen und beginnt, in Rückenlage zu schwimmen, wie sie es vor so langer Zeit im Sommerlager gelernt hat. Ihr Rock bauscht sich neben ihr, sie hat Beinfreiheit und kann jede Bewegung ausführen, die sie will. Sie taucht und geht unter Wasser zum Brustschwimmen über.

An einer ganz anderen Stelle als der, wo sie ins Wasser gegangen ist, taucht sie wieder auf. Die Strömung hat sie fortgetragen. Sie kneift die Augen zusammen und erkennt in der Ferne einen schwarzen Ford, der über eine Straßenkreuzung fährt. Viele Leute fahren schwarze Fords. Ihr Mann zum Beispiel und der Pfarrer.

Niemals wird sie jemandem die Geschichte mit dem Mann im schwarzen Ford erzählen – nicht Gene, nicht Rosie, nicht ihrer Mutter.

Mit gespreizten Armen lässt sie sich auf den Wellen treiben, die sie näher zum Strand schieben. Sie bemerkt einen Geruch, den sie eigentlich nicht mit dem Meer verbindet, und stellt sich auf die Beine, zieht die Luft ein.

Es riecht ganz schwach nach Rauch.

Vielleicht verbrennt jemand Laub? Ja, das muss es sein. Aber im Westen wirkt die Luft leicht dunstig. Der schwarze Ford biegt um eine Ecke und kommt die Strandstraße herunter. Grace ist drauf und dran zu tauchen, als sie erkennt, dass zwei Männer in dem Wagen sitzen. Und auf dem Dach befindet sich ein Lautsprecher.

FEUER

Als es dunkel wird, zeigt sich am westlichen Horizont rötliche Glut. Mit Tom auf dem Arm beobachtet Grace das unheilvolle und prächtige Phänomen. Selbst Tom scheint wie gebannt, und in seinen dunklen Augen sieht Grace, vom unerwarteten Licht erzeugt, ein silhouettenhaftes Bild: hohe Fichten, Ahornbäume, einen Strommast, eine Scheune. Wie weit weg ist das Feuer noch? Wie schnell rückt es vor?

Sie vermutet, die Indianer hätten den Glutschein als eine Botschaft der Verdammung von den Ahnen ausgelegt und wären zu ihren Kanus am Fluss gelaufen. Grace und ihre Nachbarn leben zwar dicht am Wasser, doch nur wenige besitzen ein Boot, gleich, welcher Art. Ein Motorboot kann vom Strand aus nicht gestartet werden. Ein Kanu ist nutzlos, außer es herrscht völlige Windstille. Selbst Ruderboote liegen einzig am Kai im Ort, einige Meilen entfernt. Zwei Grace bekannte Familien haben sich in ihre Autos gesetzt und sind geflohen, als zuvor der schwarze Ford mit dem Lautsprecher durch die Straßen fuhr und die Leute aufforderte, das Nötigste zu packen

und die Stadt zu verlassen. Überall klappern Fliegengit-
tertüren, man hört Stimmen, gedämpft zuerst, dann laut
und heftig.

Berichte von Bränden in Kennebunk verbieten es,
nach Süden zu fliehen. Nach Westen führe man dem
Feuer entgegen. Im Osten liegt das Meer. Und die Fahrt
Richtung Norden ist nicht ungefährlich. Es heißt, dass
an der Hauptstraße nach Biddeford kleinere Brände aus-
gebrochen seien. Könnten sie, Gene und die Kinder es
bis Cape Porpoise schaffen, ein Stück weiter oben an der
Küste? Ließe sich dort ein Boot auftreiben?

Viele ihrer Nachbarn bleiben, um ihre Häuser zu
beschützen. Wenige können sich vorstellen, dass ein
Feuer sich ausgerechnet auf das Meer zubewegen soll,
wo es keinerlei Nahrung fände. Nach Genes Berechnun-
gen haben sie noch mindestens einen Tag Zeit, bevor sie
anfangen müssen, sich Sorgen zu machen. Heute Morgen beim Frühstück hat er sie eine Unke genannt.

Zwei Worte.

Sie starrt wieder auf die rote Glut am Horizont. Wer
lebt dort? Sind die Häuser der Leute schon in Flammen
aufgegangen? Es gibt jetzt keine Zeitungen mehr, und
wenn Rosies Behauptung stimmt, kann jeden Moment
der Strom ausfallen. Sie hat Grace gedrängt, in allen
Zimmern Kerzen aufzustellen, was nach Graces Meinung das Haus eher in Brand setzen wird als die noch
ferne Feuersbrunst.

»Ich hab Angst«, sagt Rosie, als sie abends um sieben zu
Grace in die Küche kommt.

»Aber nein.«

Rosie sitzt gebeugt auf dem Küchenstuhl und schaukelt Eddie in Toms alter Wiege, während Claire und Ian sich auf dem Boden mit Papier und Stiften vergnügen.

»Wenn wir das Haus verlieren, haben wir nichts mehr«, jammert Rosie.

Grace muss an die Frau denken, die unten am Wasser vor ihrem Haus stand und Angst vor einer Sturzflut hatte. Sie hat das Gleiche gesagt. Fühlt diese Frau sich nun sicherer als ihre Nachbarn, da ihr Haus so nah am Wasser steht?

»Seid ihr nicht versichert?«, fragt Grace.

Rosie schüttelt den Kopf.

»Oh, Rosie.«

»Wir wollten ja, wirklich, aber dann brauchten wir das Geld immer für was anderes. Jetzt ist es wahrscheinlich zu spät.«

»Ja, ich glaub schon.«

»Was sollen wir bloß tun?«

»Das Feuer ist noch meilenweit weg«, sagt Grace.

»Was nimmst du mit?«

Grace hat im Wohnzimmer auf dem Boden einiges zurechtgelegt. Kleidung, Babynahrung, Dosenmilch, ein paar Fotos, zwei von Genes antiken Messinstrumenten, die ihm besonders teuer sind, alle wichtigen Papiere aus der Schreibtischschublade, Decken, mehrere Flaschen Wasser. Die Frage ist, wie sie dieses ganze Gepäck mit zwei Kindern im Schlepptau aus dem Haus bekommen soll. Gene ist am Morgen mit dem Wagen weggefahren, um, wie er erklärte, den anderen Männern beim Anlegen einer Brandschneise zu helfen, die das Feuer von Hunts Beach fernhalten soll. Sie wünscht, er käme nach Hause.

»Decken, Papiere, Kleidung, Wasser«, antwortet sie Rosie.

»Ich kann mich nicht konzentrieren. Soll ich mitnehmen, woran ich hänge, oder nur Nützliches?«

»Ein bisschen was vom Ersten. Mehr vom Zweiten.«

»Meinst du, es gibt überhaupt eine Warnung?«

Wälzt sich ein Flammenmeer mit solcher Geschwindigkeit einen Hügel herab, dass es die Menschen verschlingt, bevor sie fliehen können? Grace denkt an Pompeji. Die Bewohner wurden von Lavaströmen überwältigt. Bewegt Feuer sich schneller als Lava?

»Ich habe heute Morgen gehört, wie Edith hinten auf der Veranda geweint hat«, berichtet Rosie. »Sie hat mir so leidgetan, beinahe wäre ich rübergegangen. Und Tim hat erzählt, dass die Bakers einen Krach hatten, wie er ihn noch nie gehört hat.«

»Wir stehen alle unter Spannung. Dieses ewige Warten auf Regen. Und jetzt die Angst.«

»Wir haben doch alle geahnt, dass etwas Schlimmes passieren würde.«

»Wirklich?«, fragt Grace. »Uns?«

»Die Dürre. Die unnatürliche Hitze.«

Eine Vorwarnung, die sie nicht beachtet haben. Hätten sie sich besser vorbereiten müssen? Auf eine Katastrophe? Wer lebt denn so?

Grace trägt die Sachen, die sie zurechtgelegt hat, auf die hintere Veranda hinaus, um dem Auto näher zu sein, sobald Gene kommt und sie holt. Etwas, das aussieht wie eine Fledermaus, segelt am Fliegengitter vorbei und erschreckt Grace. Aber es fliegt zu langsam und zu tief für eine Fledermaus. Es schwebt, scheinbar schwerelos, zum ausgedörrten Rasen hinunter und bleibt dort liegen. Vorsichtig öffnet sie die Tür, um es sich genauer anzusehen, und in diesem Moment streift ein flatterndes Insekt ihre Wange. Sie schlägt es weg und sieht Fetzchen zu Boden schweben. Keine Fledermaus, kein Insekt. Vom Wind getragene Schnipsel verbrannten Papiers.

Rosie steht wieder vor Graces Tür. Grace kommt heraus, und die beiden Frauen gehen zusammen bis zur Mittellinie zwischen beiden Häusern, wo sie hören können, wenn eines der Kinder weint. »Wo ist Gene?«, fragt Rosie.

»Er ist noch nicht zurück. Und Tim?«

»Auch nicht.«

»Es ist schon nach neun«, sagt Grace.

»Glaubst du, sie arbeiten immer noch an der Brandschneise?«

»Vermutlich.«

»Wieso kommen sie nicht heim, wo ihre Familien sie brauchen?«, klagt Rosie.

Von irgendwo in der Nähe hört Grace Motorengeheul. »Wenn wenigstens einer von beiden käme. Dann könnten wir uns alle in ein Auto quetschen und abhauen.«

»Ich glaub's einfach nicht, dass uns so was passiert.«

»Es sind nicht nur wir«, entgegnet Grace. »Wenn die Berichte wahr sind, steht die halbe Küste von Maine in Flammen. Und landeinwärts brennt es auch.«

»Okay«, sagt Rosie, »überlegen wir mal vernünftig.«

Grace lächelt.

»Du kannst alles, was du hast, im Kinderwagen unterbringen, oder?«, fragt Rosie.

»Nicht alles.«

»Wir müssen beweglich sein.«

»Ich hab gehört, dass die Leute bei Shaw's Einkaufswagen klauen«, sagt Grace.

»Wieso bin ich darauf nicht gekommen?«

»Im Ernst? Das ist Diebstahl.«

»Findest du, das spielt eine Rolle, wenn es um das Leben unserer Kinder geht?« Rosie schnippt mit den Fingern. »Wir haben ein Kanu.«

»Ich weiß nicht«, sagt Grace. »Nachts ein Kanu voll Kinder ins Meer zu stoßen, das ist ganz schön gefährlich.«

»Nein. Ich lade die Kinder und das ganze Gepäck ein, und dann zieh ich es.«

»Wohin?«

»Zum Strand.«

»Und dann?«

»Das Feuer kommt bestimmt nicht bis zum Strand runter«, versichert Rosie.

»Ich weiß nicht.«

»Ausgeschlossen.«

»Und was ist mit Funken? Wenn die uns erreichen?«

»Ganz einfach«, erwidert Rosie. »Wir machen alles nass.«

»Und die Kinder?«

»Ach, Grace, ich weiß nicht. Sieht's denn aus, als wär das Feuer näher gekommen?«

Die Silhouette hat sich verändert. Zwei Häuser, ein freies Feld. Ja, das Feuer ist näher gerückt, aber sie wird diese Gewissheit fürs Erste für sich behalten. »Weißt du, wo die Brandschneise ist?«, fragt sie stattdessen.

»An der Route 1 vielleicht?«

Grace wendet sich wieder dem Strand zu. Sie ist sich sicher, dass sie etwas Neues auf der Haut spürt. Feuchtigkeit, ein kühles Lüftchen. Sie atmet tief ein. Der

Geruch ist unverwechselbar. Sie greift nach Rosies Hand. »Riechst du das?«, fragt sie.

Rosie hebt das Gesicht. »Ostwind?«

Grace nickt.

Eine Minute lang bleiben sie im Gras stehen, halten einander an den Händen und atmen in gierigen Zügen die erfrischende feuchte Luft ein. Offenbar bemerken nun auch andere Leute im Ort, was vor sich geht. Motoren werden angehalten, Streitereien mitten im Satz abgebrochen.

»Sind wir gerettet?«, fragt Rosie.

»Vorläufig jedenfalls.«

»Gott, ich liebe Ostwind.«

Wie ein Fetzchen Asche, so leicht schwebt Grace ins Haus und nach oben, wo die Kinder schlafen. Taumelnd vor Erschöpfung und Erleichterung schlüpft sie in ihr Sommernachthemd und legt sich aufs Bett. Sie sollte wach bleiben, zum Schutz ihrer Kinder und ihres Hauses, falls der Wind umschlägt. Sie sollte nach unten gehen und in der Küche auf Gene warten, der vielleicht von Ruß bedeckt ist und nach einem Glas Wasser lechzt. Aber müsste der Ostwind nicht inzwischen die Männer erreicht und ihnen signalisiert haben, dass sie nach Hause fahren und sich ein paar Stunden Schlaf gönnen können?

Sie dreht sich zur Seite, um die Wange ins Kissen zu drücken. Sie wird ein Nickerchen machen und dann erfrischt erwachen, zu allem bereit, was als Nächstes kommen mag.

Heißer Atem auf Graces Gesicht. Claire schreit, und Grace springt vom Bett. Als sie ihre Tochter hochnimmt, steht vor dem Fenster eine Feuerwand. Ungefähr eine Viertelmeile entfernt, höchstens. Wo ist Gene? Ist er nicht nach Hause gekommen? Sie hebt Tom aus seinem Bettchen. Seine Windel ist feucht. Keine Zeit, ihn zu wickeln.

Mit beiden Kindern auf dem Arm rennt sie die Treppe hinunter, setzt sie in den Kinderwagen im Flur und schiebt ihn auf die von Fliegengittern geschützte Veranda hinaus. Claire beginnt in der rauchigen Luft zu husten. »Süße, du«, sagt Grace liebevoll, »hast uns alle gerettet, hm?«

Sie stopft Decken, Windeln, Babynahrung und Wasserflaschen hinter den Kindern in den Wagen. Die Kleider der beiden schlingt sie um das obere Metallgestänge und verknotet sie. Die Erinnerungsstücke muss sie hierlassen.

Da sie den jetzt viel zu schweren Wagen nicht die Verandastufe hinunterschieben kann, wendet sie ihn, um ihn rückwärts die Stufe hinunterrollen zu lassen. Claire und Tom weinen, aber Grace hat keine Zeit, sie zu trösten.

Während sie den Wagen zum Rasen hinunterbugsiert, explodiert eine Bombe mit so heftiger Erschütterung, dass es Grace in Füße und Beine fährt. Die Kinder sind plötzlich still, wie erstarrt in Furcht vor dem Geräusch.

»Ein Heizkessel in einem Haus in der Siebenten Straße!«, hört sie einen Mann rufen.

Um Grace herum wirbeln Funken und glimmende Asche. Auf den Straßen herrscht Chaos. Sie hört Autos fahren, Frauen schreien. Feuerbälle, die von Baumwipfel zu Baumwipfel zu springen scheinen, verleihen dem Brand eine beängstigende Dynamik. Ein Wipfel fängt Feuer, und die Flammen rasen den Stamm hinab in das Haus darunter. Und wieder eine Bombe. Das Feuer entzündet Baum um Baum zu riesigen Fackeln.

Die Felder gleichen glühender Kohle. So weit ihr Blick reicht, sieht sie nichts als Feuer. Autos bewegen sich auf den Straßen, aber wohin können sie fahren?

Ein glimmendes Ascheteilchen setzt sich auf die Plane des Kinderwagens. Grace wischt es weg und beginnt zu laufen. Hitze und gesunder Menschenverstand treiben sie zum Deich. Neben ihr springt ein Reh über die Straße, wie sie auf der Flucht vor der entfesselten Gewalt, die sie alle bedroht.

Sie hebt die Kinder aus dem Wagen und setzt sie auf eine Decke im Sand. Auf einer zweiten Decke breitet sie die wenigen Vorräte aus, die sie mitgenommen hat. Ohne sich noch um den Wagen zu kümmern, zieht sie beide Decken vom Feuer weg, näher ans Wasser. Als sich der Sand unter ihren Füßen feucht anfühlt, hält sie an.

Dichter Rauch vernebelt alles. Einen Moment lang sieht sie Rosie, die ein Kanu hinter sich herzieht, dann nicht mehr.

»Rosie!«, ruft sie laut.

»Grace, wo seid ihr?«

»Direkt am Wasser! Komm!«

Zusammen mit der Freundin zieht sie das Kanu neben die zwei Decken. »Wo sind nur Gene und Tim?«, jammert Rosie.

»Ich habe keine Ahnung«, antwortet Grace, dem Weinen nahe.

»Wo wollen die Leute alle hin?«, fragt Rosie.

»Zum Schulhaus, hab ich gehört.«

»Das ist doch verrückt. Das brennt doch sofort ab, wenn es nicht schon abgebrannt ist.«

Grace kniet sich auf eine der Decken, um Tom zu wickeln. Der Schlafanzug ist nur ein wenig feucht, den kann er anbehalten. Sie spürt die Glut in ihrem Gesicht.

»O Gott!«, ruft Rosie.

»Was denn?«

»Eben hat es das Haus von den Hinkels erwischt. Es liegt nur eine Straße hinter unserem.«

Grace weiß nicht, was sie sagen soll. Als sie aufblickt, sieht sie, wie funkelnde Edelsteine, die Flammen zwischen Felsen und Kies.

»Rosie, hol alles, was du tragen kannst, aus dem Kanu, und bring es ans Wasser. Dann stoß das Kanu raus.«

»Aber —«

»Es ist aus Holz. Wenn es von Funken getroffen wird, ist das Feuer da. Mach dir die Haare nass und den Kindern auch.«

Rosie tut, was Grace sagt, und Grace ist froh, dass Rosie nicht sehen wird, wie ihr Haus in Flammen aufgeht. Der Dachstuhl brennt schon.

»Mach meine Kinder auch gleich mit!«, ruft Grace, um Zeit zu gewinnen.

Der herrliche Ahorn neben Graces eigenem Haus glüht schlagartig orange auf, als hätte jemand einen Scheinwerfer eingeschaltet. Der Baum stürzt um. Grace kann ihre Veranda nicht sehen, aber sie weiß, dass das Feuer sie als Nächstes erfassen und dann auf das Haus übergreifen wird. Sie hat die Fotografien, die Papiere, die Babyausstattung und die antiken Instrumente zurückgelassen.

Rosies Haus explodiert, als der Brand den Heizkessel im Keller erreicht. Rosie reißt den Kopf in die Höhe.

»Nicht schauen, Rosie«, schreit Grace, und anscheinend schwingt in ihrer Stimme ein Ton mit, der die Freundin veranlasst zu gehorchen, denn Rosie wendet sich dem Wasser zu und schlägt die Hände vor ihr Gesicht.

Grace stellt sich vor, wie das Feuer sich durch ihr eigenes Haus frisst. Von der Küche mit der Waschmaschine durch den Flur, wo immer der Wagen steht, ins Wohnzimmer mit den von ihr geschneiderten Sesselbezügen und Vorhängen – ein Bild von den Flammen, die wie Eichhörnchen an den Vorhängen hinaufhuschen, lähmt sie einen Moment lang –, nach oben, zu den Betten der Kinder und ihrem Ehebett. Alles, was sie besessen haben, Asche. Alles, wofür sie und Gene gearbeitet haben.

»Rosie, pass auf. Geh runter zum Wasser und leg dich mit dem Gesicht nach unten so hin, dass nur deine Füße im Wasser sind. Grab ein Loch in den Sand, in dem sich Luft sammeln kann. Dann bring ich dir Ian und Eddie. Nimm jedes Kind unter einen Arm und drück sie beide fest an dich. Für sie musst du auch Luftlöcher graben. Ich mache deine Decke nass und breite sie über euch aus. Ich decke auch eure Köpfe zu. Lass den Kopf unten, lass die Hände unter der Decke und unbedingt auch die Haare.«

Rosie schweigt.

»Okay?«, ruft Grace.

»Okay«, sagt Rosie.

Grace rennt ins Wasser, um die Decke zu durchnässen. Männer in Jacken und Mützen tragen Kinder zum Wasser wie bei einem grausamen Opferritual. Die Frauen folgen mit Gepäck beladen. Nachdem sie wie versprochen die Decke über Rosie und ihre Kinder gebreitet hat, setzt sie ihre eigenen Kinder in den Sand und taucht eine zweite Decke ins Wasser. Die tropfende Wolle im Arm, holt sie Tom, legt sich auf den Rücken, zieht die Decke zu ihrem Gesicht hinauf und klemmt das Ende unter ihre Füße. Sie winkt Claire zu sich. Als sie die Kinder sicher an ihrer Seite weiß, lässt sie sie einen Moment los, dreht sich auf den Bauch und gräbt drei Luftlöcher in den Sand. Dann dreht sie auch die Kinder herum, sodass sie nun alle bäuchlings liegen. Mit einer Hand hält sie ihre Haare zusammen, zieht die Decke über ihre Köpfe und tastet um Claire und Tom herum alles ab, um sich zu vergewissern, dass sie bis auf die letzte Haarspitze zugedeckt sind.

Sie hört Schreie – nicht des Schmerzes, sondern des Entsetzens, und vermutet, dass gleich die Häuser direkt am Wasser in Flammen aufgehen werden. Alle, die es nicht geschafft haben, die Stadt zu verlassen, sind gefangen und rennen wie die Ratten zum Wasser. Sie betet darum, dass kein Tier auf sie treten oder, schlimmer noch, versuchen wird, unter die Decke zu kriechen.

Die Hitze auf ihren Körpern ist kaum auszuhalten. Die Decke wird nicht lange feucht bleiben.

»Rosie!«, ruft Grace.

Sie hört nichts.

»Rosie!«

»Noch da!«

»Rutscht vorsichtig weiter runter ins Wasser, du bis zu den Schenkeln, die Kinder nicht weiter als bis zu den Füßen.«

»Warum?«

»Tu's einfach, bitte.«

Grace rutscht selbst abwärts, bis sie fast bis zur Taille im Wasser liegt. Sie wollte, sie hätte daran gedacht, eine Grube für ihren Bauch auszuheben. Sie gräbt neue Luftlöcher für die Kinder und sich selbst.

»Ganz gleich, was du tust, schau auf keinen Fall hoch. Rosie, hast du mich gehört?«

»Ja.«

»Hast du hochgeschaut?«

»Ja.«

Grace atmet nur ganz flach, weil sie Angst hat, Sand einzuatmen. Sie fragt sich, ob sie und ihre Kinder so sterben werden, unter einer brennenden Decke, wenn das Feuer zum Strandroggen am Deich vordringt. Wird es zu spät sein, wenn sie den Schmerz spürt, oder werden ihr ein paar Sekunden bleiben, um Tom und Claire bis zu den Schultern ins Wasser zu stoßen? Sie wird vielleicht tauchen und die Kinder ganz unter Wasser ziehen müssen, wenn das Feuer so nahe kommt. Kann Sand sich entzünden?

Sie kann nichts tun als warten, bis das Feuer sich erschöpft. Das Meerwasser muss um die siebzehn oder achtzehn Grad haben, sie beginnt unter der Decke zu frösteln. Sie hat nur ihr Baumwollnachthemd an. Die Kinder sind kaum wärmer gekleidet. Sie kann nicht unterscheiden, ob sie vor Kälte zittert oder vor Angst. Die Wärme entweicht schnell aus dem Körper, wenn man auf der bloßen Erde liegt, auch wenn sie das Gefühl hat, dass ihr Rücken sich unter der Hitze von oben jeden Moment entzünden wird. Lieber will sie die Kälte aushalten, bis das Feuer ganz und gar erloschen ist. Wie lang wird das dauern?

Von draußen hört sie Holz krachen, Gras knistern. Wie viele Menschen sind jetzt am Strand? Sie wagt es nicht, nachzusehen. Sie wünscht, sie könnte einfach ruhig bleiben, aber das Zittern lässt nicht nach. Sie hat jetzt nur eine Aufgabe. Ihre Kinder zu retten.

Und dann Rosies Kinder und Rosie.

Das Zittern wird so heftig, dass es die Kinder anzustecken scheint. Eine Methode der Natur, sie innerlich warm zu halten.

Als sie dem Drang, einen Blick nach draußen zu werfen, nicht länger widerstehen kann, sieht sie einen roten Mond. Verbrannte Bäume stürzen unter Funkenschauern zu Boden. Die ganze Stadt, so weit Graces Auge reicht, steht in Flammen. Nichts regt sich, nur das Feuer tobt – gierig und gnadenlos.

So muss die Hölle sein, denkt sie, als sie die Decke wieder senkt.

Grace sorgt sich um ihre Mutter und sagt sich zum Trost, dass sie bestimmt in Sicherheit ist. Ihre zwei Freundinnen werden sich um sie gekümmert haben. Gladys hat ein Auto. Vielleicht haben sie sie schon früher weggebracht, und ihre Mutter, die keine Möglichkeit hat, Kontakt aufzunehmen, konnte Grace nicht Bescheid geben. Oder vielleicht ist ihre Mutter auch am anderen Ende des Strands, über eine Meile entfernt, und wartet in Ungewissheit in der Nähe des Wassers, so wie sie.

Claire beginnt zu weinen. Grace, die fürchtet, das Kind könnte Sand einatmen, zieht ihren Arm von ihrer Tochter weg und füllt das Loch auf, so gut sie kann.

»Dreh den Kopf zur Seite«, sagt sie zu Claire. »Sodass du mich sehen kannst.«

Sie wischt den Sand vom Gesicht ihrer Tochter. »Schlaf jetzt ein bisschen«, sagt sie und legt den Arm wieder über Claire.

Als diese beruhigt ist, wendet sich Grace ihrem Sohn zu. Sein Gesicht ist ebenfalls mit Sand bedeckt. Sie füllt auch seine Grube auf und dreht seinen Kopf zu sich. Sie kann nicht verstehen, dass Tom so ungewöhnlich still ist. Seine Augen sind geöffnet, und er atmet, aber eigentlich müsste er doch weinen wie seine ältere Schwester. Stattdessen ist sein Gesicht starr, als wäre er im Schock. Sie wünscht, die Kinder würden einschlafen. Wie sollen sie das allerdings, wenn zwanzig Meter entfernt der Tod droht? Sie wissen, dass das kein Spiel ist. Nachts spielt man nicht. Schon gar nicht in nassem Sand.

Grace möchte an Gene denken, kann jedoch keinen klaren Gedanken fassen, weil sie sich nicht vorstellen kann, wo er ist und was er tut. Hält er eine Schaufel in den Händen? Kauert er in einem Fluss wie sie hier im Meer? Oder sitzt er in irgendjemandes Küche bei einer Tasse Kaffee und einem Donut, um neue Kraft zu schöpfen?

Grace ist jetzt klar, dass er keine Chance hatte, ihr eine Nachricht zukommen zu lassen, geschweige denn nach Hause zu fahren, um sie zu retten. Wie kann es sein, dass sie alle das Feuer so falsch eingeschätzt haben und niemand begriffen hat, dass der ganze Ort und möglicherweise seine Bewohner am Morgen nur noch Asche sein würden, glühende Asche unter einem pfeifenden Wind?

Das Zittern schüttelt ihren Körper so heftig, dass sie meint, ihre Glieder würden zerbrechen. Sie kann ihre Hände kaum steuern, als sie über ihre Kinder hinweggreift, um sich zu vergewissern, dass nichts unter der Decke hervorspitzt. Kein Haar, kein Füßchen.

Sie wehrt sich gegen die Vorstellung, das Feuer könnte zum Wasser vorrücken. Sie werden nicht verbrennen. Sie werden nicht ertrinken.

»Rosie!«, schreit sie.

Sie bekommt keine Antwort. Sie wagt es nicht, die Decke zu heben. Die Hitze hat nicht nachgelassen.

Sie wartet einen Moment.

»Rosie?«

Stundenlang hält Grace ihre Kinder an sich gedrückt. Sie versucht, sie mit ihrem Körper warm zu halten. Ihre Glieder werden steif und schmerzen.

Ein Eindruck natürlichen Lichts. Stille. Nur das Rauschen des Wassers, gelegentlich eine Stimme von weither.

Sie versucht, Tom und Claire näher an sich zu ziehen, aber sie kann sich nicht mehr rühren.

»Hierher!«, ruft ein Mann laut.

Zwei Männer, die Grace noch nie gesehen hat, knien im Sand und schauen ihr in die Augen.

»Sind Sie verletzt?«, fragt der eine.

»Nehmen Sie die Kinder«, stößt sie hervor. »Bitte. Wärmen Sie sie auf.«

»Machen wir«, sagt der eine, und die beiden Männer heben die Decke hoch.

»Mein Gott!«, sagt der andere Mann.

Sie weiß, dass ihr Nachthemd hochgeschoben ist, aber das kann sie jetzt nicht kümmern. Einer der Männer nimmt Claire, der andere Tom. Aus ihrem Albtraum erwacht, beginnt Claire zu weinen, eine beruhigende Reaktion.

»Keine Sorge, Madam. Wir holen Sie auch gleich.«

Graces Blick folgt ihren Kindern.

Das einzige Anzeichen dafür, dass es hier einmal eine kleine Stadt gegeben hat, sind die völlig unversehrten Backsteinschornsteine, hohe Wächter, die Schreckliches zu berichten haben. An einem Schornstein sind noch zwei offene Kamine zu erkennen, einer über dem anderen, bei dem oberen ragt noch die Feuerstelle hervor.

Sie bemerkt einen großen Transporter, der auf der anderen Straßenseite steht. Die Kinder werden an jemanden in seinem Inneren übergeben. Sie hört noch immer Claires Weinen.

Einer der beiden Männer kommt sie holen.

»Die Frau des Kollegen ist bei Ihren Kindern im Wagen. Können Sie gehen?«

Die Schmerzen im Rücken und in den Schultern sind beinahe unerträglich. Sie schüttelt den Kopf.

»Waren Sie die ganze Nacht hier?«

»Ja.«

Sie kann nur seine Stiefel sehen und dann seine Knie.

»Ich versuche jetzt, Sie umzudrehen«, sagt er.

Sie spürt seine Hände unter ihren Schultern und Hüften. Sie bemüht sich nach Kräften, ihm zu helfen, indem sie sich mit einem dumpfen Aufprall herumrollt, als wäre sie ein Eisblock. Sie sieht, dass er ihr Nachthemd herunterzieht, aber sie fühlt nichts an ihren Beinen.

»Sie erwarten ein Kind«, sagt er, hörbar erschrocken. »Wir müssen Sie in ein Krankenhaus bringen.«

»Warum? Ein Krankenhaus?«

»Sie sind stark unterkühlt. Können Sie meine Hände nehmen?«

Grace ergreift seine Hände, die er ihr entgegenstreckt, und versucht, sich aufzurichten, während er zieht. Es gelingt ihm, sie auf die Beine zu stellen, doch diese versagen ihr den Dienst, sobald er sie loslässt, und sie fällt wieder in den Sand. Er hilft ihr erneut auf und befiehlt ihr, ihre Hände auf seinen Kopf zu legen und sich abzustützen. Er zieht seine blaue Jacke aus und reibt ihre Beine mit dem Flanellfutter, unsanft und energisch, um ihren Kreislauf wieder in Gang zu bringen.

Dann steht er auf, legt Grace die Jacke um und fordert sie auf, sich bei ihm einzuhängen.

»Versuchen wir's noch mal.«

Mithilfe von allen Seiten wird sie in den Transporter gehievt und legt sich unter viel gutem Zureden in Seitenlage auf einen Stapel Decken. Irgendwo über sich hört sie Claire »Mamamamamama« rufen.

»Ja, meine Süße, ich bin da. Jetzt ist alles gut.«

Der Transporter fährt an.

Grace denkt: Ich habe es geschafft. Ich habe meine Kinder gerettet.

ASCHE

Aber nein, hat sie nicht.

Erschöpft sinkt Grace in einen Dämmerschlaf, bis ein Schmerz im Unterleib sie weckt. Sie schlägt die Decke zurück und sieht die roten Flecken auf ihrem Nachthemd und der dünnen Decke.

»Nein!«

Sie kennt diese Schmerzen. Sie weiß, was sie bedeuten. Sie presst die Beine fest zusammen und stopft die Decke zwischen sie.

»Halten Sie durch«, sagt die Frau.

»Nein, nein, nein, nein, nein«, weint Grace.

Sie schließt die Augen und betet. Sie weiß nur ein Gebet auswendig. Sie denkt die Worte, so fest es geht, bis der Schmerz sie innerlich zerreißt. Bei jeder Wehe greift Grace nach der Hand der Frau. Sie hält den Atem an.

Bitte, bitte, bitte bleib bei mir, mein Kind.

Zwischen den Wehen nickt sie ein. Sie kann nicht anders, obwohl sie weiß, dass sie wach bleiben muss, um das Kind zu behüten.

Sobald der Transporter anhält, wird die hintere Tür von einem Mann in einem weißen Kittel aufgerissen.

»Welcher Monat?«, fragt er.

»Fünfter.«

»Wehen?«

»Ja.«

»Abstände?«

»Ich weiß nicht.«

Etwas in Graces Blick erschreckt den Arzt offenbar, denn er ruft nach einer Trage. Während sie warten, prüft er ihren Puls.

Er runzelt die Stirn.

»Was ist?«, fragt Grace.

»Ihr Puls rast«, erklärt er.

Zwei Männer helfen ihr aus dem Transporter auf eine fahrbare Krankentrage. Sie rollen sie zur Flügeltür eines Backsteinbaus. Der Fahrer des Transporters beugt sich zu ihr hinunter. »Ihre Kinder werden gut versorgt. Wir kommen Sie besuchen.«

Im Krankenhaus schwindelt ihr unter den grellen Lichtern. Sie hört bellendes Husten, Schmerzensschreie, wimmerndes Geheul. Die Patienten liegen auf Tragen im Korridor, andere stehen mit verzerrten Gesichtern an weiße Kacheln gelehnt. Sie hofft, dass jemand ihr blutverschmiertes Nachthemd zugedeckt hat. Eine Wehe überfällt sie mit unerwarteter Heftigkeit, und sie presst gegen das Gitter des Betts gestemmt.

»Nicht pressen«, sagt die Schwester hinter ihr.

Doch Grace kann ihren Körper nicht beherrschen. Im Zimmer hilft man ihr von der Trage und führt sie ins Bad, wo ihr das Nachthemd ausgezogen wird. Sie wird gewaschen, bekommt ein frisches Nachthemd und wird auf die Toilette beordert. Ihr Körper wird von Schmerzen geschüttelt.

Man hilft ihr zurück auf die Trage, und eine Schwester nimmt ihre Daten auf.

»Grace Holland.«

»Eugene Holland.«

»Hunts Beach.«

»Ich weiß nicht. Es existiert nicht mehr.«

»Meine Mutter. Marjorie Tate. Ihr Haus existiert möglicherweise auch nicht mehr.«

»Zwei, ein Mädchen, zwei Jahre, und einen Jungen, ein Dreivierteljahr.«

Die Schwester sieht sie an.

»Sie entbinden heute«, klärt ein Arzt sie auf, ein anderer als vorher.

»Aber es ist viel zu früh«, widerspricht Grace.

Eine Maske wird ihr auf Nase und Mund gedrückt. Dämmerschlaf. Scopolamin. Sie kennt das alles.

Grace erwacht mit durchdringenden Schmerzen, wie sie sie von vor neun Monaten noch in Erinnerung hat. Sie möchte sich aufsetzen, pressen.

»Jetzt dürfen Sie«, sagt der Arzt.

Sie stützt sich mit Armen und Beinen ab, und während eine Schwester ihren Oberkörper anhebt, presst sie ohne Besinnung, nur dem Schmerz folgend, sie presst und presst und presst.

Zum zweiten Mal wird ihr eine Maske über Mund und Nase gedrückt.

Sie träumt, dass das Meer sie überrollt hat.

Sie träumt, dass sie unter ihrem Nachthemd nach ihren Kindern sucht.

Als sie erwacht, sieht sie frisches Blut auf einer Decke. Neeeeeiiin!, schreit sie lautlos.

An der Tür steht ein Arzt. Grace fleht im Stillen darum, dass er nicht ins Zimmer kommt. Wenn er hereinkommt, wird er ihr sagen, was sie nicht hören will und doch schon weiß.

»Es tut mir leid«, sagt der Arzt, als er zu ihr ans Bett tritt. »Das Kind wurde tot geboren.«

Tränen schießen ihr in die Augen, aber es ist noch nicht Trauer, die sie überkommt. Es ist Fassungslosigkeit.

»Es war ein Junge«, fährt der Arzt fort. »Er hat nicht geatmet.«

Sie schließt die Augen und nickt.

»Die Frau, die sich um Ihren Sohn und Ihre Tochter kümmert, war hier, um ihre Adresse zu hinterlassen und Ihnen mitzuteilen, dass es beiden gut geht.«

Der Arzt fragt nicht, ob sie das Ding sehen will, das sie aus ihrem Körper ausgetrieben hat, was nur ihr Verständnis der Tatsachen bestätigt.

»Sie müssen noch mindestens eine Woche in einer anderen Abteilung bleiben. Sie wären in der Nacht am Strand beinahe umgekommen.«

Nein, möchte sie sagen, wäre ich nicht. Stattdessen fragt sie nach ihrem Mann.

»Ich habe keinen Patienten dieses Namens behandelt. Ich prüfe das nach.«

Wieder allein, dreht Grace sich auf die Seite, den Rücken zur Tür. Sie rollt sich in Embryostellung zusammen und weint um ihr totes Kind, einen Sohn. Er wäre so winzig klein gewesen, und sie hätte ihn so sehr geliebt. Sie versucht, mit ihm zu sprechen, ihm zu sagen, wie sehr sie trauert, aber es gelingt ihr nicht, das Bild eines Wesens heraufzubeschwören, mit dem sie sprechen könnte.

Und was wird Gene sagen, wenn er es erfährt? Wird er ihr die Schuld geben, sie bestrafen? Sie würde das der Reaktion vorziehen, die sie von ihm erwartet. Schweigen. Vielleicht ein Wort. Vielleicht zwei.

Sie stellt sich vor, dass Gene sich irgendwie nach Hunts Beach durchgeschlagen hat, zu den Aschehaufen, die die Stadt zudecken. Gibt es dort überhaupt noch Häuser? Gibt es niemanden, der Gene sagen kann, wo seine Frau sich aufhält? Hat er vielleicht irgendwie seine Kinder gefunden?

Ein eisiger Gedanke durchzuckt sie. Nicht, dass er womöglich tot ist, nein; sondern dass er womöglich seine Familie verlassen hat. Er könnte den Brand als offenes Tor in ein neues Leben gesehen haben. Ein Leben, in dem er nie mit seiner Frau würde reden müssen, in dem er nie wieder würde nach Hause zurückkehren müssen.

Grace tut alles weh, Schultern, Rücken, Arme. Ihr Bauch fühlt sich schwer und wund an. In ihren Beinen kribbelt es. Sie wird, denkt sie, wahrscheinlich tagelang in dieser Stellung verharren müssen. So zusammengerollt zu liegen ist das einzig Erträgliche.

Wann hat sie entbunden? Heute Morgen? Gestern Abend? Wann hat sie mit den Beinen im Wasser am

Strand gelegen? Ist ihr ein Tag abhandengekommen? Vielleicht wollte der Fötus, als sie sich in den Sand grub, zurück ins Wasser, sich zwischen ihren Beinen hindurchschlängeln und davonschwimmen, da er wusste, dass er nie geboren werden konnte.

Sie wird kein Kind mehr bekommen. Sie wird nie wieder mit einem Mann schlafen. Ihr Schoß wird sich von der Verletzung, die sie ihm beigebracht hat, nie erholen.

Wenn Grace an ihre Kinder denkt, ist sie beruhigt: Eine freundliche Frau hat versprochen, sich um sie zu kümmern. Grace muss jemanden zu dem Haus schicken, dessen Adresse am Empfang auf sie wartet, um sich zu vergewissern, dass es ihren Kindern gut geht. Vielleicht bringt die Frau Claire und Tom ans Fenster, sodass Grace sie sehen und ihnen zuwinken kann.

Wie einfach alles ist in diesem weißen Raum mit dem gedämpften Licht. Sind die Brände endlich erloschen?

Sie fällt in einen tiefen Schlaf ohne Träume.

Grace wird von einer Schwester geweckt, die nach den Blutungen sehen, ihre Temperatur messen und ihr Herz abhören will. Die Schwester hat einen barschen Ton und eine recht grobe Art, mit Grace umzugehen. Gibt sie Grace die Schuld an ihrer Situation, oder ist dieses Verhalten ein Überbleibsel aus dem Krieg? Im Vergleich zu dieser Schwester ist Dr. Franklin ein Lamm.

Ein Lamm. Ein Lamm auf dem Einband eines Kinderbuchs. Fort für immer.

Graces Haus mit allem, was darin war, fort für immer.

Auch die Papiere und die Kleider der Kinder. Zu Asche zerfallen.

Erkennt eine Versicherungsgesellschaft eine Police an, wenn die versicherte Person nicht beweisen kann, dass eine Versicherung bestand? Sie kann sich weder an den Namen der Gesellschaft noch an den des Mannes erinnern, der ihnen die Police verkauft hat. Gene weiß das sicher. Aber wo ist Gene?

Eine andere, jüngere Schwester bringt ihr ein Tablett mit Essen. Ein Schinkenbrot und eine Schale Reisauflauf, also vermutlich das Mittagessen.

»Wie lang bin ich jetzt hier?«, fragt Grace.

»Das weiß ich nicht, Mrs Holland. Aber ich kann nachfragen. Meine Schicht hat eben erst angefangen.«

»Gut, danke. Wie heißen Sie?«

»Julie.«

Julie hat kurzes blondes Haar unter einem schicken kleinen Häubchen und trägt eine weiße Schürze über ihrem hellblauen Kleid.

»Sie sind freiwillige Helferin?«

»Ja.«

»Wie alt sind Sie?«, fragt Grace und schiebt sich einen Löffel Reisauflauf in den Mund. Den wird sie vielleicht hinunterbekommen. Das Schinkenbrot kann sie nicht einmal ansehen.

»Siebzehn.«

»Und mit der Highschool fertig?«

»Ich komme in die letzte Klasse.«

Julie steht in respektvollem Abstand da, die Hände auf ihrer Schürze übereinandergelegt.

»Sie tun wirklich etwas Gutes«, sagt Grace.

»Ich musste einfach helfen. Überall ist Chaos wegen der Brände.«

»Haben Sie Zugang zu den Krankenhausunterlagen?«, will Grace wissen.

»Nein, aber ich kann fragen.«

»Ich weiß nicht, wo mein Mann ist, und auch nicht, wo meine Mutter und meine beste Freundin sind. Ich bin mit meinen zwei Kindern am Strand gerettet worden.«

»Ich weiß.«

»Oh?«

»Jeder weiß das hier.«

Grace ist überrascht. »Ich brauche Auskunft über Eugene Holland, Marjorie Tate, Rosie MacFarland oder ihren Mann Tim. Wollen Sie sich das nicht aufschreiben?«

»Das brauch ich nicht.«

»Ich wäre für jede Information dankbar. Ach, und am Empfang wurde eine Adresse für mich hinterlassen. Meine Kinder sind dort untergebracht. Könnten Sie mir die bringen?«

»Ja. Es tut mir leid, dass Ihr Baby gestorben ist.«

Grace nickt. Einen Moment lang herrscht peinliches Schweigen. »Sie können ruhig gehen, wenn Sie wollen. Vergessen Sie nur bitte die Namen nicht.«

»Ich soll bleiben, bis Sie aufgegessen haben.«

Grace mustert das Tablett. »Wenn ich das halbe Brot esse, wäre das in Ordnung?«

Das Mädchen lächelt.

Als das zur Hälfte gegessene Brot abgetragen ist, erscheint wieder die barsche Schwester, um Grace die Brüste einzubinden. Grace dachte, diese Prozedur wäre unnötig, da das

Kind so früh gestorben ist. Aber ihr kommt schmerzlich zu Bewusstsein, wie voll ihre Brüste sind, als die Schwester sie mit beinahe sadistischer Effizienz umwickelt.

»Ich kann gar nicht atmen«, sagt Grace.

»Sie können schon atmen.« Die Schwester fährt sie an wie ein quengelndes Kind.

In ihrer stramm gewickelten weißen Zwangsjacke versinkt Grace in einem Meer von Trauer. Ihr Körper trauert genauso wie ihre Seele. Um das tote Kind, um ihren vermissten Mann, um ihre Un-Ehe. Wie soll sie Claire und Tom ohne Vater großziehen? Ist Gene unter unsäglichen Schmerzen verbrannt, oder ist er im Rauch erstickt? Ist es möglich, dass er irgendwie überlebt hat?

Stundenlang ist Grace der Betrachtung des Gekreuzigten an der Wand gegenüber ausgesetzt, einer besonders schauerlichen Darstellung menschlichen Leidens. Wieso legt man eine kranke Frau in ein Zimmer mit einer solch makabren Mahnung an den Tod? So, wie man die Figur platziert hat, lässt sie sich nicht ignorieren, was nahelegt, dass sie die Patienten auffordern soll, entweder um Linderung ihrer Schmerzen zu beten oder zu erkennen, dass zahllose andere Schlimmeres mitgemacht haben. Vielleicht sollen sie aber auch über die Geschichte nachdenken, die auf das Kreuz folgte, die von einem Leben nach dem Tod, eine Aussicht, die sich Grace verschlossen hat, als die Vernunft ihre kindlichen Fantasien verdrängte.

Soll sie Buße tun? Für fleischliche Begierde? Für aufreizendes Verhalten ihrem Mann gegenüber?

Sie überlegt, ob sie darum bitten soll, das gruselige Ding zu entfernen.

An Graces drittem Erholungstag platzt die barsche Schwester mit der Nachricht herein, dass ihr Bett in der Notaufnahme für ein Ehepaar mit schweren Verbrennungen gebraucht wird.

Zwei Leute mit Verbrennungen in einem Einzelbett?

Grace steht sofort auf, wobei sie das Gefühl hat, dass ihr gleich die Gebärmutter aus dem Körper fällt. Sie krümmt sich zusammen, um sie in sich zu halten, doch es ist nur Einbildung.

»Sie müssen nur ihren Honigtopf innen fest zusammenkneifen«, sagt die Schwester und demonstriert, was wohl ein Zusammenziehen der Vagina darstellen soll. Sie sieht eher aus wie eine Frau, die dringend pinkeln muss.

Grace kann nur nicken.

»Aber schnell jetzt, ziehen Sie sich an. Sie gehen nach Hause.«

»Ich habe kein Zuhause und auch nichts zum Anziehen.«

»Nichts zum Anziehen, wirklich?«, fragt die Schwester, nicht im Geringsten beeindruckt von der Eröffnung, dass kein Zuhause vorhanden sei. Wer hat schon noch ein Haus? »Na gut. Wechseln Sie die Binde. Machen Sie Toilette. Sie hatten kein Fieber, keinen Infekt. Ich bringe gleich was zum Anziehen.«

Der Mann mit dem Transporter erwartet sie, als sie in die Sonne hinaustritt. Die junge freiwillige Helferin hat ihn für sie benachrichtigen lassen. Er kommt zu ihr und nimmt ihren Arm. »Unser Beileid«, sagt er wie jemand, der nie andere Worte gelernt hat, um das Unsagbare auszudrücken. »Ich fürchte mich ein bisschen davor, Sie wieder in den Transporter steigen zu lassen ...« Er führt den Satz nicht zu Ende, der sich darauf bezieht, dass dort ihr Kind gestorben ist.

»Entschuldigen Sie«, sagt Grace. »Ich weiß Ihren Namen gar nicht.«

»Matthew«, antwortet er. »Und meine Frau heißt Joan.«

»Und ich Grace.«

»Ja.«

»Wo wohnen Sie?«, fragt sie.

»In Cape Porpoise.«

»Als der Brand immer näher kam«, sagt sie, »wollten wir eigentlich nach Cape Porpoise flüchten.«

»Seien Sie froh, dass Sie das nicht getan haben. Das Feuer hat eine Menge Schaden angerichtet. Wir sind nur davongekommen, weil mein Sohn sich etwas ausgedacht hat, um Wasser aus dem Meer zum Haus abzusaugen. Es hat funktioniert. Das Feuer hat uns verschont.«

Grace mustert Matthew. Er erscheint ihr nicht alt genug, um einen erwachsenen Sohn zu haben. »Gescheiter junger Mann«, sagt sie.

Matthew lächelt. »Er ist elf.«

Grace lacht. »Ein genialer Junge dann.«

»Na ja, Sie wissen, wie sie sind. Im einen Moment genial und im nächsten die reinsten Schafsköpfe.«

»Nein, ich weiß es noch nicht, aber ich werde es sicher eines Tages erleben.«

»Meine Frau ist begeistert von Ihren Kindern. Ihr hat was Kleines gefehlt. Ich soll Ihnen ausrichten, dass Sie bleiben können, solange Sie wollen.«

Matthew und Grace fahren durch eine Landschaft, die aussieht wie der Bodensatz der Hölle, alles schwarz, die

Bäume dunkle zackig aufragende Gestalten, verkohlte Trümmer einer explodierten Tankstelle, der Straßenbelag verschmort. Ausgebrannte Autos stehen kreuz und quer auf der Straße, und Grace hofft, dass die Insassen dem Feuer entfliehen konnten. Sie kommen an einem Klumpen Metall vorbei, der ein schwarzer Ford gewesen sein könnte, doch Grace weigert sich, dem irgendeine Bedeutung beizumessen.

Sie biegen in eine gewundene Straße ab, die früher einmal durch einen Wald führte, kommen an einer abgebrannten Scheune vorüber, einem Schornstein, der die Stelle markiert, an der einmal das Bauernhaus stand. Sie bemerkt Stellen, wo das Feuer im Flug von Baumkrone zu Baumkrone sprang, dabei die oberen Äste versengte, aber die Stämme und den Boden unberührt ließ. Der Anblick eines einsamen Hauses, vor dem eine Leine mit Wäsche gespannt ist, erschüttert Grace, nicht nur wegen seiner Gottverlassenheit inmitten dieser Wüste, sondern auch wegen der Sinnlosigkeit dieser Idee, nasse Wäsche hinauszuhängen. Sie wird nur die vom leichten Wind getragenen Ascheteilchen einfangen und bis zum Abend grau sein.

Ach, aber ein Haus zu haben, fließendes Wasser, Leintücher …

Grace trägt einen Schwesternkittel mit einem wollenen Cape, das sie warm halten soll, und weiße Schwesternschuhe, die drücken. Sie besitzt keinen Cent.

Buchten säumen das Meer. An einer von ihnen biegt Matthew ab und fährt eine Schotterstraße entlang. Er hält vor dem einzigen Haus, das hier steht, mit weißen Holzschindeln und einem Giebeldach. Hinter ihm fällt das Land jäh zu dem tiefblauen Wasser ab, das die Flut zweimal am Tag in die Bucht spült.

Noch ehe sie aus dem Wagen gestiegen ist, kommt Claire ihr entgegengerannt. Grace kniet sich hin und drückt ihre Tochter so fest an sich, dass diese sich strampelnd von ihr losreißt, nur um sich dann gleich noch eine Umarmung zu holen. Grace hört Matthew lachen. Eine Fliegengittertür schlägt zu. Als Grace aufschaut, sieht sie Joan, Matthews Frau, mit Tom auf dem Arm. Matthew stützt Grace, und während Claire ihr Bein umklammert hält, nimmt sie von der fremden Frau ihren Sohn entgegen. Sie möchte ihren Jungen riechen, sicher sein, dass er seinen Babyduft nicht verloren hat. Tom brabbelt aufgeregt, und ein Lachen fliegt über sein Gesicht. Als er vor Freude zu strampeln beginnt, übergibt Grace ihn wieder der Frau, die sich um ihn gekümmert hat

»Ich kann Ihnen nicht genug danken«, sagt Grace.

»Es ist eine Freude, sie hier zu haben.«

Joan ist keine schöne Frau. Ihr Haar ist vorzeitig ergraut, ihre Nase ist breit, und ihr Kleid spannt in der Taille und über der Brust. Aber ihr Lächeln ist so herzlich, dass Grace sie schön findet, und, vermutet sie, Matthew ebenso, so, wie er sie anstrahlt.

»Ich mache gerade das Abendessen«, erklärt Joan.

Sie erwähnt das verstorbene Kind nicht. Gut, denkt Grace, hier kann ich so tun, als ginge das Leben weiter, bis es tatsächlich weitergeht. Wird es für mich überhaupt weitergehen?

An der Haustür wartet ein Junge. »Hallo, ich bin Roger«, sagt er. »Ich weiß, dass Sie Mrs Holland sind.«

»Hallo, Roger. Tut mir leid, dass du dein Haus mit meinen Kindern teilen musstest.«

»Ach, sie sind in Ordnung. Mit Tom kann man nicht viel anfangen, aber Claire bringe ich Mathe bei.«

Grace lacht. »Das ist sicher keine dankbare Aufgabe.«

»Es geht ganz gut. Sie ist nur ein bisschen langsam.«

Roger trägt ein rot kariertes Hemd und Bluejeans. Sie kann die Rußflecken in Höhe der Knie erkennen. Er hat seine Schuhe neben der Haustür abgestellt, wo noch drei weitere Paar stehen. Grace setzt sich auf einen Stuhl und zieht ebenfalls die Schuhe aus.

»Ich putze den ganzen Tag«, sagt Joan, »aber ich kriege die Asche nicht aus dem Haus. Wahrscheinlich müssen wir warten, bis der erste Schnee fällt und das schwarze Zeug sich setzt.«

Grace schaut ins Wohnzimmer, wo über allem ein feiner schwarzer Schleier liegt.

»Irgendwann erwische ich schon alles«, fährt Joan fort, während sie eine Schürze umbindet. »Ich schwenke den ganzen Tag feuchte Tücher.«

Neben der Küchentür hat Joan einen Laufstall und ein Gitterbett aufgestellt. Tom streckt die Arme in die Luft, zum Zeichen, dass seine Mutter ihn hochnehmen soll. Matthew schiebt einen Stuhl neben das Gitterbett, sodass Grace den Kleinen berühren kann.

»Mama, schau mal!«, ruft Claire, und Grace sieht erstaunt zu, wie ihre Tochter eine Serviette faltet und dann neben einem Teller auf dem Küchentisch aufstellt. Ihre Kinder wirken um Monate älter als vor vier Tagen.

An den Wänden hübsche Tapeten. Ein buntes Wachstuch auf dem Tisch. Wohlgebügelte gelb karierte Vorhänge an den Fenstern. Und rundherum alles schwarz. Schwarze

Bäume, schwarze Büsche, schwarze Ruinen. Die Luft, die sie atmen, ist schwarz durchtränkt. An den Ufern der Bucht liegen verkohlte Äste und Bretter, die angespülten Reste Hunderter zerstörter Häuser.

Sie setzen sich zum Essen, Claire bekommt einen Hochstuhl.

»Die Methodistenkirche in Hunts Beach ist nicht abgebrannt«, sagt Matthew zu Grace. »Sie wird jetzt als Notunterkunft genutzt. Und als eine Art Nachrichtenbörse. Ich will damit nicht sagen, dass Sie dorthin übersiedeln sollen, aber vielleicht sollten Sie sich die Anschläge dort ansehen. Vielleicht finden Sie Ihre Freunde.«

Er sagt nicht *Ihren Mann*. Er sagt nicht *Ihre Familie*.

»Ich habe vor zwei Tagen Ihren Namen und Ihre Adresse auf der Tafel hinterlassen«, fügt er hinzu.

»Wir haben allerdings kein Telefon und kein Postamt«, bemerkt Joan. »Es könnte eine Weile dauern, bis eine Nachricht uns erreicht.«

Niemand hat nach mir gesucht, denkt Grace. »Ich würde da gern morgen hinfahren«, sagt sie. »Können Sie mich bringen?«

»Aber sicher«, sagt Matthew.

»Ich habe aber kein Geld«, wendet Grace ein. »Ich kann Sie nicht bezahlen.«

»Um Gottes willen«, ruft Joan. »Was für eine Idee! Wir sind froh, dass wir ein Dach über dem Kopf haben, das wir mit anderen teilen können.«

»Und was zu essen im Schrank. Ich hoffe, Sie haben nichts gegen grüne Bohnen und Pfirsiche. Ich habe mich über meine Frau lustig gemacht, als sie so viele Bohnen anpflanzte. Jetzt finde ich das sehr klug von ihr.«

»Und Hummer«, meldet sich Roger. »Mein Dad schafft mehr Fallen als jeder andere.«

»Na, na«, brummt Matthew.

»Sie sind Hummerfischer«, sagt Grace.

»Stimmt.«

»Aber heute sind Sie nicht rausgefahren.«

»Doch, doch. Auf dem Heimweg bin ich am Krankenhaus vorbeigefahren und hab gehört, dass Sie entlassen werden. Da hab ich auf Sie gewartet.«

So viel Herzensgüte. Grace fehlen die Worte.

Grace und ihre Kinder wohnen im Gästezimmer, in dem zwei Kinderbetten stehen. Grace vermutet, dass Joan und Matthew mindestens eines davon ausgeliehen haben. Joan hat offensichtlich Kleidung für Claire und Tom gesammelt und präsentiert Grace ein Kostüm, das noch von vor dem Krieg zu stammen scheint – ein blauer Tweedrock mit passender Jacke und eine Nylonbluse – und dazu eine neue Garnitur Unterwäsche. Wie ist Joan an neue Unterwäsche gekommen? Grace beschließt, in ihrem Schwesternkittel zu schlafen. Morgen früh wird sie die neuen Sachen anziehen, viel zu elegant fürs Frühstück.

»Sehen Sie schick aus!«, ruft Joan, als Grace mit ihren Kindern in die Küche kommt. »Es passt Ihnen wie angegossen.«

»Danke«, sagt Grace.

»Mein Hochzeitskostüm«, erklärt Joan, während sie mit einer Gabel Eier schlägt.

Grace betrachtet den Stoff, streicht mit den Händen

über den Rock. »Das können Sie mir nicht geben«, sagt sie verlegen. »Sie hängen doch sicher daran.«

»Ehrlich gesagt, bin ich fast aus den Nähten geplatzt, als ich es bei meiner Hochzeit anhatte. Ich hab's seitdem nie wieder getragen. Aber jetzt hab ich gute Verwendung dafür gefunden. Man kann sein Herz nicht an Kleider hängen, wenn andere sie brauchen.«

»Sobald ich kann, bezahle ich es.«

»Hören Sie auf. Essen Sie lieber ein paar Eier. Sie haben einen harten Tag vor sich.«

Wenn sie ihr Kind bekommen hätte, denkt Grace, läge sie jetzt zur Erholung für zwei Wochen auf der Entbindungsstation. Man würde ihr das Kind dreimal am Tag zum Füttern bringen. Nach Toms Geburt hat man ihr angeboten, nach Hause zu gehen und Tom dreißig Tage lang für einen Dollar pro Tag im Krankenhaus zu lassen. »Dann können Sie sich erholen, und der Kleine wird hier inzwischen dick und rund gefüttert«, hatte die Schwester gesagt.

Aber ein Kind zu gebären und dann ohne es nach Hause zurückzukehren, das war für Grace unvorstellbar. Was sollte das?

»Ich kann ganz gut schneidern«, bemerkt Grace. »Ich müsste nur irgendwo einen Werksladen finden, wo es Stoffreste gibt. Ich kann im Handumdrehen ein Kleid nähen, wenn Sie eine Maschine haben.«

»Ich frag Matt, wenn er heimkommt, ob er auf dem Weg zur Kirche oder auch auf dem Rückweg mit Ihnen nach Biddeford reinfährt.«

»Ich muss versuchen, irgendwie Geld zu verdienen«, sagt Grace.

Joan sieht auf die Uhr. »Matt kommt heute früher nach Hause, damit er Sie zur Kirche fahren kann. Sie machen sich bestimmt Sorgen um Ihren Mann.«

»Ja«, antwortet Grace und legt Tom klein geschnittenes Brot auf den Teller. Er isst es mit den Fingern. Claire beharrt darauf, mit einer Gabel für Erwachsene zu essen, doch in ihren begierigen Händen verwandelt diese sich in ein Katapult, das Ei in alle Richtungen schleudert. Grace macht alles wieder sauber, so gut sie kann. »Eigentlich geht es mir gut, aber wenn ich daran denke, was auf mich zukommt, wird mir angst.«

»Wir sind auch noch da, und in der Kirche treffen Sie sicher viele, die Ihnen gern helfen. Alle wohltätigen Organisationen sind im Einsatz: das Rote Kreuz, die Heilsarmee, jede Kirche, die nicht abgebrannt ist.«

Grace starrt durch das Küchenfenster auf das ungebrochene Schwarz. So ist es also, wenn man eine Katastrophe überlebt.

Die Anschlagtafel ist von einer Handvoll Leuten umgeben. Grace, in ihrem blauen Kostüm, schiebt sich immer weiter nach vorne, bis sie die Meldungen lesen kann.

Henri, ich bin bei Arnaud. Bitte komme sofort.

Vermisst: Dunkelbrauner Terrier. Hört auf den Namen Scruff. Bitte hinterlassen Sie eine Nachricht, wenn Sie ihn finden.

Mutter, wir sind bei Bishops Eltern in Kennebunk. Anne

Bitte hinterlassen Sie eine Nachricht, wenn Sie etwas von
David Smith oder David Smith jr., Vater und Sohn, gehört
haben. Wurden zuletzt in der Gegend von Hunts Beach
gesehen.

Schafe mit rotem Brandzeichen am rechten Hinterbein
gehören zur Biscassic Farm, Route 1, Sanford, Maine.

Grace liest jede einzelne Nachricht, dann überfliegt sie
die Tafel zur Sicherheit noch einmal. Nichts. Unter der
Tafel steht ein Tisch mit Zetteln und einem Bleistift. Sie
schreibt:
Suche Eugene Holland, Marjorie Tate und Rosie
MacFarland. Bitte schreiben Sie an Grace Holland,
bei Matthew und Joan York, Cape Porpoise
In einer der unteren Ecken der Tafel findet sie einen
freien Platz. Dort bringt sie ihre Suchmeldung an.

Grace macht sich auf die Suche nach Matthew, der nichts
zu berichten hat, und zusammen entfliehen sie dem viel-
stimmigen Lärmen in der Notunterkunft. An der Tür
hört Grace schnelle Schritte hinter sich, und als sie sich
umdreht, sieht sie sich einem abgekämpften Pfarrer Phillips gegenüber.

»Grace«, sagt er außer Atem. »Das ist für Sie gekommen. Direkt an die Kirche. Ich wollte es nicht ans Brett
hängen.«

Grace wartet eine Ewigkeit, bis der Pfarrer ihr endlich den Brief übergibt. Falls er erwartet, dass sie ihn in

seinem Beisein öffnet, wird er enttäuscht werden. Grace knickt den Umschlag in der Mitte und steckt ihn in die von Joan ausgeliehene Handtasche. »Das ist Matthew York. Er und seine Frau helfen mir und den Kindern.«

»Gott segne Sie«, sagt der Pfarrer. »Es ist eine Katastrophe. Jede Minute kommen mehr Leute hier an.«

Nach fast einer Stunde Fahrt hält Matthew den Wagen vor der Pepperell Textilfabrik an. »Ich versteh nicht viel von Stoffen und so, ich warte im Wagen und lese inzwischen die Zeitung.«

»Danke.«

Als Grace die Tür zur Fabrik öffnet, sieht sie, dass die Räume vorübergehend als Unterkünfte benutzt werden. Sie mustert die Gesichter, erkennt aber keines, und überfliegt die Anschläge an der Tafel ohne Erfolg. Auf der anderen Seite des riesigen Fensters kann Grace Matthew erkennen, der im Transporter sitzt und in der Zeitung blättert. Sie tritt näher ans Fenster, um mehr Licht zu haben, und öffnet den Brief.

Liebe Grace,
Rosie war noch nie eine große Briefschreiberin, also schreibe ich dir stattdessen. Aber sie sitzt hier neben mir und sagt mir, was ich schreiben soll. Zuerst einmal muss ich dir dafür danken, dass du ihr und unseren Kindern das Leben gerettet hast. Nach allem, was Rosie mir erzählt hat, wäre sie beinahe mit Sicherheit bei dem Brand umgekommen, wenn du nicht gewesen wärst. Ich mag gar nicht daran denken.
Rosie weiß nicht, wo ihr seid, und bittet dich, ihr an die Adresse auf dem Umschlag zu schreiben. Dir wird auffallen,

dass es eine Adresse in Nova Scotia ist. Wir sind noch nicht dort, wir sind immer noch unterwegs. Unser Ziel ist der Ort, an dem meine Eltern leben. Da wollen wir uns erst mal niederlassen, und ich werde versuchen, Arbeit zu finden. In Hunts Beach wartet nichts mehr auf uns. Das Haus ist weg, und wir hatten keine Versicherung. Die Autowerkstatt ist auch abgebrannt.

Bitte schreib uns, sobald du diesen Brief bekommst, wo du jetzt bist. Rosie vermisst dich sehr. Sie hat das Gefühl, dich im Stich gelassen zu haben, aber sie hatte gar keine Wahl, als die Feuerwehrleute kamen und sie in den Wagen einsteigen musste. Sie hatten ihr versprochen, dass sie gleich wiederkommen und dich holen würden.

Ich wollte, ich könnte dir etwas über Gene sagen. Wie du weißt, sind wir zu fünft an den Stadtrand gefahren, um eine Brandschneise zu schlagen und zu verhindern, dass das Feuer auf Hunts Beach übergreift. Ehe wir wussten, was passiert, raste das Feuer den Hügel hinunter direkt auf uns zu. Zwei von uns sind geflohen, ich und ein anderer haben uns auf den Boden geworfen und das Gesicht in die Erde gedrückt. Wir waren sicher, dass wir sterben würden. Aber zu unserem Glück hat das Feuer nur die Baumkronen erfasst und ist über uns hinweggesprungen. Als wir wieder aufgestanden sind, war Gene nicht mehr da. Einer von den Männern hat geschworen, er hätte Gene auf das Feuer zulaufen sehen, was gar nicht so abwegig gewesen wäre. Wenn man es schafft, sich in der Erde einzugraben, braucht es manchmal nur einen Moment, bis das Feuer vorbeizieht, und dann ist man gerettet, weil alles hinter dem Feuer schon verbrannt ist. Ich kann nicht sagen, ob Gene bei dem Brand umgekommen ist. Er war der Schlaueste von uns. Ich bete, dass ihm nichts passiert ist.

Rosie meint gerade, dass sie sich in Nova Scotia zu Tode langweilen wird. Du musst also unbedingt kommen, wenn alles geregelt ist.
Deine Freunde
Rosie und Tim

Grace rutscht an der Wand hinunter auf eine Bank. Den Brief hält sie an ihre Brust gedrückt, tief getroffen von der Erkenntnis, dass nichts von Hunts Beach bleiben wird. Alle werden wegziehen. Was erwartet einen denn bei einer Rückkehr? Kahl gebranntes Land ohne ein Haus darauf. An Wiederaufbau ist nicht zu denken. Nicht ohne Gene. Nicht einmal mit Gene. Wo würden sie Holz auftreiben, das nicht verkohlt ist? Woher sollten sie das Geld nehmen? Wie könnten sie als Familie allein in einer Landschaft aus Asche leben?

Nach einigem Suchen entdeckt Grace einen Werksladen, der Reste verkauft. Die meisten Stücke sind zu groß oder eignen sich von der Form her nicht für ihr Vorhaben. Aber dann findet sie doch noch, was sie sucht, ein Stück dunkelblauen Baumwollstoff, das gerade richtig ist, um ein Kleid und noch etwas für Claire und Tom daraus zu schneidern. Joan hat ihr am Morgen, als sie aus dem Haus ging, einen Ein-Dollar-Schein mitgegeben.

Der dunkelblaue Baumwollstoff kostet einen Dollar vier.

»Ich habe nur einen Dollar«, sagt Grace.

Die Frau an der Kasse zögert. Ein Reststück nochmals zu zerstückeln, ist das der Mühe wert?

»Ach, nehmen Sie's einfach mit«, sagt sie. »Ist gut so.«

»Danke«, sagt Grace mit ihrem Päckchen im Arm.

»Matthew, würden Sie mir einen Gefallen tun?«, fragt Grace, als sie in den Transporter steigt.

»Gern, wenn ich kann.«

»Ich würde gern nach Hunts Beach fahren und sehen, ob dort noch Leute sind, die ich kenne.«

»Die Feuerwehr hat alle Häuser, die noch stehen, ziemlich gründlich durchsucht, aber ein Versuch schadet nie.«

»Mein Vater war Hummerfischer«, bemerkt Grace.

»Ach was.«

»Er ist gestorben, als ich vierzehn war. Er ist über Bord gegangen. Es war Januar.«

Nicht nötig, Matthew zu erklären, was dann geschah.

»Das tut mir leid«, sagt Matthew.

»Es ist sicher schnell gegangen«, wiederholt Grace den nicht sonderlich tröstlichen altbewährten Spruch. Zu oft hat sie versucht, sich vorzustellen, was in ihrem Vater vorging, bevor Schock und Kälte ihn töteten.

»Ja, sicher.«

»Meine Mutter hat Jahre gebraucht, um darüber hinwegzukommen. Sie lebt von freiwilligen Zuwendungen des Hummerfischer-Verbands. Manchmal reicht das Geld, manchmal nicht. Ich habe eine Ausbildung als Sekretärin gemacht, um etwas beizusteuern. Aber dann habe ich Gene kennengelernt.«

»Das hat sie bestimmt gefreut.«

»Ja.«

Sie fahren über Straßen, an deren Rändern gelbes und oranges Laub leuchtet, dann wieder durch Gebiete, wo alles rabenschwarz ist wie in einem Tunnel. Wo Grün ist, sucht Grace nach Kürbissen und farbenfrohen Chrysanthemen, nach allem, was nur einen Hauch von Normalität signalisiert.

Als Matthew um eine Ecke biegt, kann sie schon von Weitem erkennen, dass ihr altes Viertel nicht mehr existiert. Im Geist wandert ihr Blick über jede Wand ihres Hauses, jeden Stuhl, jedes Küchengerät, den Henkelbecher, aus dem ihre Mutter ihren Tee am liebsten getrunken hat.

»Das ist grauenvoll«, sagt sie.

»Ich kann's kaum erwarten, bis der erste Schnee fällt«, sagt Matthew. »Ich glaube, das habe ich noch nie gesagt.«

»Ich muss hier weg.«

Die untergehende Sonne verleiht dem Wasser einen Blauton, den Grace immer geliebt hat. Stets war das Meer für sie im Winter der große Trost: so fahl die Welt um sie herum sich zeigte, das Wasser verlor selten seine Farbe. Heute ist der Kontrast zwischen dem toten Schwarz und dem satten Blau kaum zu fassen.

Sie zieht die Schuhe aus und gräbt mit den Füßen im Sand. In fünf oder sechs Zentimetern Tiefe treffen ihre Zehen auf Feuchtigkeit. Sie geht zum Wasser.

Sie taucht einen Fuß hinein und zieht ihn sofort zurück. Es lockt sie nicht, hineinzuwaten – sie weiß, wie kalt das Wasser im November ist, aber sie ist in einer Mission hierhergekommen, so seltsam sie auch sein mag. Sie dankt dem Meer, dieser gewaltigen, gleichgültigen Wassermasse, dafür, dass es sie und Claire und Tom gerettet hat.

INFORMATIONEN

Allein in ihrem Zimmer, setzt Grace sich mit mehreren Kissen im Rücken aufs Bett und liest die Zeitungen, die sie in Joans Küche entdeckt hat. Sie erfährt, dass Brände Hunts Beach verwüstet haben und hundertfünfzig von hundertsechsundfünfzig Häusern in einem anderen Küstendorf bis auf die Grundmauern niedergebrannt sind. Neben Hunts Beach wurden fünf weitere Orte völlig zerstört. Sie erfährt, dass dreitausendfünfhundert Menschen, die auf einem Landungssteg in Bar Harbor festsaßen, von der Küstenwache in Sicherheit gebracht wurden. Sie hat keine Ahnung gehabt, dass die Brände sich so weit nach Südosten ausgedehnt hatten. Sie liest von einem Ehepaar, das sein gesamtes Mobiliar in die Scheune schleppte, nur um dann zusehen zu müssen, wie die Scheune abbrannte, während das Haus gerettet werden konnte. Männer in Flugzeugen versuchten erfolglos, aus Trockeneis Regen zu produzieren, das Alter der Brandopfer reicht von sechzehn bis achtzig, einige Bauern weigerten sich, ihr Vieh im Stich zu lassen. Der durch die Brände entstandene Schaden wird auf fünfzig Millionen Dollar geschätzt, eine Baugenossenschaft plant, eintausend Häuser zu bauen, und Halloweenfeiern waren in Maine verboten.

Überall um sie herum liegen die Zeitungen, gesammeltes Zeugnis von der ungeheuren Gewalt des Feuers und dem schrecklichen Tribut, den es gefordert hat. Aus den Artikeln ergibt sich kein genaues geografisches Bild, doch die Feuersbrunst scheint die Küste Maines von Bar Harbor bis Kittery überzogen zu haben.

Das Maß der Verheerung, die sie angerichtet hat, trifft Grace noch einmal mit ganzer Macht. So viele Menschen obdachlos, verletzt oder tot. Sie schaudert bei dem Bericht von dem sechzehnjährigen Mädchen, das auf der Flucht vor dem Feuer bei einem Autounfall ums Leben kam. Grace stellt sich die Panik des Mädchens vor, die Hektik und das Entsetzen bei der Erkenntnis, dass sie auf der Flucht vor der Gefahr dem Unheil direkt in die Arme lief. Sie macht sich Gedanken über die Toten auf der Liste, vor allem über einen Mr John Doe aus Sanford oder Biddeford. Könnte es sich um einen unbekannten Toten handeln, dem ein Rechtsmediziner vorläufig den üblichen Stellvertreternamen John Doe gegeben hat? Und hat dann vielleicht ein Reporter angenommen, das wäre der echte Name des Mannes? Könnte der Tote Gene sein, der sich von den vier anderen Männern trennte und dem Feuer entgegenlief, was sie für reinen Selbstmord gehalten hätte, wäre da nicht Tims Brief? Sie erinnert sich an ihre Angst, er könnte einfach gehen und sein Leben hinter sich lassen.

Andere Meldungen muss sie ein zweites Mal lesen, wie etwa die von dem Mann, der sich weigerte, seinen Hof ohne sein Pferd zu verlassen, und infolgedessen erstickte. Ein Gefühl der Ohnmacht überkommt sie bei den Berichten über die Kosten der Brandschäden, vor allem auch deshalb, weil ihr Verlust nur ein winziger Teil des Ganzen ist, und es Jahre dauern kann, bis die Ermittler zu ihr vordringen. Doch die Meldung über die geplanten Baumaßnahmen muntert sie auf, und sie schreibt sich den Namen des Verbands auf.

Ihr Blick fällt auf die Geschichte eines Ehepaars, das sich nach einundfünfzig Jahren Ehe trennen musste, weil die Ehefrau nicht mehr für ihren Mann sorgen konnte. Sie blieb in Maine zurück, während der Ehemann nach Kalifornien flog, wo der gemeinsame Sohn lebt. Mit dem Feuer hat dieser Bericht nichts zu tun, aber der menschliche Aspekt der Geschichte beschäftigt sie. Auf dem dazugehörigen Foto überragt die Frau, eine imposante Person, ihren Mann, einen rundlichen kleinen Brillenträger, um Haupteslänge. Grace wüsste gern, ob die Frau froh ist, ihren langjährigen Ehemann los zu sein, oder ob sie leidet und nur vor der Kamera eine stoische Miene zeigt. Grace wird es nie erfahren.

Sie faltet die Zeitungen und legt sie so ordentlich, wie sie sie in der Küche gefunden hat, wieder zusammen. Morgen werden sie und Matthew wahrscheinlich noch einmal zur Kirche fahren, um einen zweiten Blick auf die Anschlagtafel zu werfen. Oder sollte sie sich direkt an die Polizei wenden und sich nach diesem Mr Doe erkundigen? Sie hat Matthews Großzügigkeit schon über die Maßen in Anspruch genommen und kann nicht noch mehr verlangen. Aber sie muss handeln – ihren Mann ausfindig machen, Arbeit suchen, Mittel und Wege finden, um ihr Zuhause wiederaufzubauen.

Scheinwerferlicht gleitet über das Fenster und erlischt. Es ist, als hielte das ganze Haus den Atem an. Grace geht zum Treppenabsatz, und als unten im Flur die Haustür geöffnet wird, erblickt sie einen vertrauten dunkelgrünen Mantel.

»Mutter!« Sie rennt die Treppe hinunter. Öffentliche Umarmungen sind nicht die Art ihrer Mutter, doch Grace spürt ihre tiefe Erleichterung auch so. Claire springt mit einem lauten »Grandma!« von Joans Schoß. Hinter Marjorie steht Gladys, die die Freundin zu den Yorks gefahren hat. Und hinter Gladys steht Marjories andere Freundin, Evelyn.

»Am Abend des Brands haben Gladys und Evelyn mich mit dem Auto abgeholt, und wir wollten zu euch rausfahren«, sprudelt es aus ihrer Mutter hervor. »Aber die Straße war gesperrt und die Hitze so fürchterlich, dass wir nicht zu euch durchgekommen sind. Man sagte uns, euer Viertel sei evakuiert worden. Ach, Grace«, fügt sie mit einem Blick auf Graces flachen Bauch leise hinzu.

Grace hat das Gefühl, dass alle ihren flachen Bauch anstarren.

»Habt ihr von Gene gehört?« fragt sie, als sie zusammen in die Küche gehen und sich setzen.

»Bis jetzt nicht, aber die Männer kämpfen immer noch gegen die Brände weiter landeinwärts«, bemerkt Evelyn und blickt zu Boden.

Die Erklärung, die keine Erklärung ist, bringt alle zum Schweigen. Niemand erwähnt Mr Doe. Niemand erwähnt die Polizei. Claire, die das Zittern eines unhörbaren Schreis in der Luft aufnimmt, rutscht vom Schoß ihrer Großmutter und kriecht unter dem Tisch hindurch zu ihrer Mutter. Grace zieht sie hoch und legt die Arme um sie.

»Köstlich, der Kuchen.«

»Hmm. Gut.«

Matthew trinkt unterdessen seinen Kaffee und beantwortet die höflichen Fragen, die an ihn gerichtet werden. Grace hat keine Ahnung, was in ihm vorgeht. Vielleicht ist ihm unbehaglich in dieser Frauengruppe. Ihr fällt ein, dass er um vier Uhr aufstehen muss.

Als das Gespräch einschläft, spürt Grace die Frage, die über dem Tisch mit den Kuchenresten in der Luft liegt.

Eigentlich müssten Grace und die Kinder mit ihrer Mutter gehen. Aber ihre Mutter hat ebenfalls ihr Haus verloren und ist bei Gladys untergekommen. Würde Gladys Grace und die Kinder aufnehmen? Sie kann das jetzt nicht fragen, im Beisein von Joan und Matthew. Doch nach einer zweiten Runde Kaffee wendet sich Graces Mutter an Joan.

»Ich weiß nicht, wie ich Ihnen je dafür danken soll, dass Sie meine Tochter und ihre Kinder gerettet haben. Wir hörten in der Kirche davon, noch bevor wir die Nachricht mit Ihrer Adresse sahen. Und dass Sie die drei dann auch noch bei sich aufgenommen haben und –«

»Es war eine Freude«, sagt Joan errötend.

»Aber wir nehmen sie mit. Meine Freundin Gladys hat oben in ihrem Haus ein freies Zimmer, wo wir Betten und einen Laufstall aufstellen können.«

»Ich hätte sie alle drei gern noch hierbehalten.«

»Ich auch«, sagt Matthew. »Wobei wir uns natürlich freuen, wenn die Familie wieder zusammen ist.«

»Wir nehmen sie gleich heute Abend mit«, sagt Graces Mutter, und damit ist die Sache erledigt.

Nach einem dankerfüllten Abschied von Matthew und Joan wollen Grace, ihre Mutter, die beiden anderen Frauen und die zwei Kinder gerade aus der Einfahrt auf die Straße hinausfahren, als ein Polizeiauto mit blinkenden Lichtern ihnen den Weg versperrt. Der Polizist beugt sich zum Fahrerfenster hinunter und sagt zu Gladys, die am Steuer sitzt: »Wir suchen Grace Holland. Ist sie bei Ihnen im Wagen?«

»Ich bin Grace«, ruft sie vom Rücksitz.

»Würden Sie bitte aussteigen?«

Der Polizist geht zehn Schritte vom Wagen weg, und Grace folgt ihm.

»Sie haben diese Nachricht in der Kirche hinterlassen?« Er hält den Zettel hoch, auf dem sie ihre derzeitige Adresse niedergeschrieben hat.

»Ja.«

»Hat sich jemand von diesen Personen gemeldet?«

»Ja, meine Mutter, Marjorie Tate, sie sitzt im Wagen, und meine Freundin Rosie, die auf dem Weg nach Nova Scotia ist. Von meinem Mann habe ich nichts gehört.«

»Das wäre Eugene Holland?«

»Ja.«

Er schiebt seine Mütze etwas höher. »Wir haben im ganzen Brandgebiet und in sämtlichen Krankenhäusern gesucht und niemanden dieses Namens gefunden. Wir haben ihn in die Liste der Vermissten aufgenommen.«

»Gibt es viele Vermisste?«, fragt Grace.

»Anfangs hatten wir siebenundzwanzig, jetzt sind es noch zwei – mit Ihrem Mann. Haben Sie ein Foto von ihm?«

Ja, aber nicht zur Hand.

»Können Sie ihn beschreiben?«

»Ungefähr eins achtzig, schlank, rotblonde Haare, dunkelblaue Augen. Er ist neunundzwanzig. Eine Narbe am Kinn. Er hatte eine braune Hose und eine braune Jacke an. Er wollte beim Bau einer Brandschneise mithelfen.«

»Ja, das wissen wir.« Der Polizist reicht ihr eine Karte. »Wenn er zurückkommt, rufen Sie uns an, damit wir seinen Namen von der Liste streichen können. Er hat wahrscheinlich einen Schlag auf den Kopf bekommen, oder jemand hat ihn aufgenommen.« Nach einer kleinen Pause fügt er hinzu: »Oder vielleicht ist er durch den Schock vorübergehend verwirrt.«

Grace weiß, was der Polizist denkt, auch wenn er es nicht ausspricht. Dass Gene tot ist. Grace denkt etwas anderes: dass er sich aus dem Staub gemacht hat.

»Es kommt darauf an«, erklärt Gladys, »die Kupplung langsam kommen zu lassen und dabei leicht Gas zu geben. Dann allmählich etwas mehr, bis das Auto anfährt. Du bleibst ungefähr vier, fünf Sekunden in diesem Gang – dem ersten –, und wenn du dieses Geräusch hörst, also wenn der Motor höher dreht, schaltest du in den zweiten. Du drückst die Kupplung und ziehst den Knüppel gerade durch. Beim dritten drückst du ihn rechts rüber und dann hoch, und wenn du in den vierten schaltest, ziehst du ihn von hier gerade runter. Es ist ein ›H‹, wenn du dir das vorstellen kannst. Das kommt schon mit ein bisschen Übung.«

Gladys, in ihrem fliederfarbenen Mantel mit passendem Hut, hat sich beim Frühstück erboten, Grace das Autofahren beizubringen. Vielleicht hat sie bemerkt, wie rastlos Grace ist, wie getrieben von dem Bedürfnis, sich Arbeit zu suchen, um sich und die Kinder allein durchbringen zu können, solange Gene nicht da ist. Vier Frauen und zwei Kinder in einem Haus, das ist nicht immer einfach. Grace ist überzeugt, dass Gladys und Evelyn lesbisch sind, obwohl ihr dieser Gedanke früher nie gekommen ist. Es ist die Art, wie ein Handrücken den anderen streift, wenn die beiden in der Küche sind; es ist die Spannung am Abend, wenn sie im Flur auseinandergehen müssen. Häufig treffen sich ihre Hände auf dem Knauf des Treppengeländers und verweilen dort, während sie die Trennung hinauszögern. Graces Mutter weiß es sicher auch, wenngleich sie zu Grace nie ein Wort gesagt hat. Kommt sie sich oft vor wie das fünfte Rad am Wagen?

»Gut, jetzt fahren wir«, sagt Gladys, »aber nimm an, ich will rechts abbiegen. Ich kurble das Fenster runter, strecke den Arm raus, beuge ihn am Ellbogen und hebe die Hand nach oben − so. Das zeigt dem Fahrer hinter mir an, dass ich gleich abbremsen werde, um rechts einzubiegen. Also, Kupplung treten, vom vierten in den dritten Gang schalten, dann in den zweiten, vielleicht sogar in den ersten runter, obwohl das selten notwendig ist. Willst du's mal versuchen?«

Am Thanksgiving-Abend versucht Claire, ihrer Mutter auf den Schoß zu klettern. Als Grace sie hochnimmt, merkt sie sofort, dass das Kind Fieber hat, sie braucht ihre Stirn gar nicht zu berühren.

»Mutter, komm mal, Claire ist ganz heiß.«

Ihre Mutter legt das Geschirrtuch fort und hält ihren Handrücken an die Stirn des Mädchens. Grace bemerkt, wie ihre Augen sich weiten. »Sie hat einen Fieberanfall«, sagt Marjorie. »Sie muss sofort ins Bett.«

»Erst mal aufs Sofa«, widerspricht Grace. »Ich möchte sie beobachten können.«

Gladys bringt in ein Geschirrtuch eingeschlagene Eisstückchen. »Leg ihr das auf die Stirn.«

»Mutter, hast du Aspirin da?«

»Ja, kann sein. Oben, in meiner Handtasche.«

»Sie hat Schüttelfrost.«

»Deck sie fest zu, sie muss schwitzen.«

Grace hält dieses Rezept für falsch, sie findet, man müsste versuchen, das Fieber zu senken, aber ihre Mutter hat so viel mehr Erfahrung als sie mit kranken Kindern, dass sie nicht protestiert. Decken werden geholt, um Claire einzupacken.

Grace setzt sich zu ihrer Tochter und hält ihr die Eisstückchen an die Stirn. Womit hat sich Claire da angesteckt, und wo? Sie überlegt, wo überall sie mit ihr gewesen ist. Auf der Polizeistation, um ein Foto von Gene abzugeben, das ihre Mutter in einem Album hatte. Bei Shaw's, um Zutaten für einen Kürbiskuchen zu besorgen, den sie dann Matt und Joan brachten.

Claire beginnt von Neuem, heftig zu zittern, und Grace versucht instinktiv, sie ruhig zu halten. Entsetzt sieht sie zu, wie ihre Tochter sich am ganzen Körper verkrampft und dann mit weißem Schaum auf den Lippen erschlafft. »O Gott, was war das?«

»Das war ein Krampfanfall«, sagt Gladys. »Das ist ernst.«

Mit einer schnellen Bewegung reißt Grace ihr Kind vom Sofa. »Ich bring sie zum Arzt.« Sie kann nur beten, dass Claire nicht unterwegs wieder einen Anfall bekommt.

Im Schein der Innenbeleuchtung, neben sich auf dem Beifahrersitz das zusammengekrümmte Kind, liest Grace den Zettel mit Dr. Franklins Adresse und der hastig hingekritzelten Wegbeschreibung ihrer Mutter. Sie fährt durch verwüstetes Land und biegt auf die Route 1 ab. Nach einigen Minuten bemerkt sie ein Auto, das sich der Kreuzung vor ihr nähert, schaltet herunter und bremst ab. Der Wagen beginnt zu schlingern. Erschrocken hält sie Claire mit einer Hand fest und lenkt, so gut sie kann, mit der linken. Nur bewirkt das gar nichts, die Lenkung scheint nicht zu funktionieren. Blitzeis. Graces Wagen rutscht quer über die Fahrbahn, das andere Fahrzeug verfehlt sie um Zentimeter, der Fahrer hupt wie wild, entweder froh, einem Unfall entgangen zu sein, oder wütend, dass es beinahe zu einem Zusammenstoß gekommen wäre.

Es gelingt ihr, den Wagen wieder auszurichten, und sie fährt ängstlich und vorsichtig weiter. Es ist so finster, dass sie vor Wegweisern anhalten muss, um sie im Licht ihrer Scheinwerfer zu entziffern. Nach einer halben Stunde entdeckt sie die Straße, die sie sucht, und folgt ihr bis zum Ende. Dort hält sie dicht bei einer Nissenhütte, vor der nur ein einsames Auto steht. Mit Claire auf dem Arm läuft sie zur Eingangstür. Sie muss mehrmals kräftig dagegenschlagen, ehe ein Mann im weißen Kittel ihr öffnet.

»Meine Tochter hat einen Krampfanfall gehabt.«

»Ich bin Dr. Lighthart.« Er nimmt Claire auf den Arm und fühlt ihre Stirn. Ohne ein Wort eilt er mit ihr in einen Raum hinter dem leeren Empfangstisch. Grace muss laufen, um mit ihm Schritt zu halten. Er legt Claire auf eine Trage, nimmt ihr die Decken ab, schiebt die

Pyjamajacke hoch, untersucht sie und hört sie ab. Er sieht sich ihren Rücken an, ihre Zunge und steckt ihr ein Thermometer in den Mund. »Halten Sie das bitte«, sagt er zu Grace.

»Wo ist Dr. Franklin?«, fragt sie.

»Er hat nach dem Brand aufgehört. Ich habe die Praxis übernommen.«

Ein sauberes Tuch wird über die Trage gebreitet. Claires Körper ist schlaff.

»Wir müssen schnellstens das Fieber herunterbekommen.« Er nimmt Claire das Thermometer aus dem Mund und wirft einen Blick darauf. »Haben Sie ihr etwas gegeben?«

»Ein Aspirin.«

»Wir wickeln sie erst mal in kalte Tücher. Und wenn nötig, legen wir sie dann in ein Eisbad. Das wird ihr alles gar nicht gefallen, seien Sie also vorbereitet. Am besten ziehen Sie sie jetzt aus.«

Zum ersten Mal sieht er Grace an.

»Sie!«, sagt er verblüfft.

»Sie!«, sagt sie erstaunt.

Grace hält ein bloßes Handgelenk unter den Kran, bis das Wasser so kalt ist, wie es nur geht. Sie erinnert sich, wie sie dagelegen hat, die Füße im Schlick der Ebbe; der Arzt und Matthew hielten sie für tot. Es gelang ihr, den Kopf zu heben, aber Arme und Beine konnte sie nicht bewegen, die Männer mussten die Kinder aus ihrer Umklammerung befreien.

»Als wir Sie gefunden haben«, sagt Dr. Lighthart, »hatte das Hochwasser vom Abend vorher die meisten Sachen der Leute, die ans Wasser geflüchtet waren, mitgerissen, aber hier und dort wurden Gegenstände von der nächsten Flut wieder angespült. Wir hatten Leute eingesammelt, die ihre Häuser räumen mussten. Ich weiß noch, dass ich auf die Benzinuhr im Transporter schaute. Der Zeiger stand unter ›leer‹. Wir waren uns einig, dass Sie die letzte Person sein würden, die wir retten konnten, solang wir keine intakte Tankstelle fänden. Als wir Sie dann im Wagen hatten, hatte ich Angst, wir würden es nicht bis zum Krankenhaus schaffen.«

»Aber Sie haben's geschafft. Danke.«

Grace fragt sich, ob die Sachen, die mit der neuen Flut angetrieben wurden, zurückgekehrt waren, um wieder mit ihren Besitzern vereint zu werden.

Claire sieht aus, als wäre sie in ein Leichentuch gehüllt. Tot. Grace zittern die Knie.

»Sie braucht jetzt das Eisbad«, entscheidet der Arzt. »Ich hole das Eis. Sobald die Tücher sich warm anfühlen, packen Sie sie aus.«

»Was hat sie? Was glauben Sie?«, drängt Grace.

»Scharlach höchstwahrscheinlich. Es könnte aber auch Meningitis oder Kinderlähmung sein. Sie braucht ein Antibiotikum.«

Kinderlähmung.

Als der Arzt wieder ins Zimmer kommt, stellt er eine blaue Gummiwanne mit mehreren Schichten Eis unter den Wasserhahn und lässt sie halb voll laufen. »Das wird sie aufwecken. Wie heißt sie?«

»Claire. Claire Holland.«

»Alter?«

»Zwei und ein bisschen.«

»Sagen Sie mir auch Ihren Namen? Ich glaube, ich habe ihn nie erfahren.«

»Grace.«

Er nimmt das Kind auf die Arme und lässt es langsam in das Eisbad hinunter. Claire erwacht schaudernd. Zuerst jammert sie leise, dann schreit sie.

»Halten Sie sie so«, sagt er. »Ich geb ihr gleich eine Spritze.«

»Was für eine?«

»Penicillin. Für den Fall, dass es ein bakterieller Infekt ist. Das werden wir erst morgen wissen, wenn sich die ersten Symptome zeigen.«

»Ist ein Krampfanfall kein Symptom?«

»Er ist eine Folge hohen Fiebers. Nicht der eigentlichen Krankheit. Ist Ihre Tochter gegen Penicillin allergisch?«

»Ich weiß nicht. Sie hat nie welches bekommen.«

Grace muss kämpfen, um den glitschigen Körper ihrer Tochter in der Wanne zu halten. Der Kampf verstößt gegen jeden ihrer Instinkte.

Mit der vorbereiteten Spritze in der Hand sagt Dr. Lighthart: »Machen wir das hier drüben.«

Grace hebt ihre Tochter aus der Wanne, und während sie sich abtrocknet, denkt sie: Das müssen Qualen sein für Claire. Das Kind ist stumm, dankbar, der Wanne entkommen zu sein.

»Drehen Sie sie auf die Seite, mit dem Gesicht zu Ihnen. Sprechen Sie mit ihr.«

Grace hält Claires Gesicht umschlossen und redet zärtlich auf sie ein, trotzdem sieht sie das Aufblitzen der Nadel beim Einstich. Den Bruchteil einer Sekunde bleibt es still, dann schreit Claire.

»Das ist gut«, sagt der Arzt. »Apathie wäre schlecht.«

Grace packt Claire in ein trockenes Badetuch und hält sie fest an sich gedrückt. Die Erleichterung des Augenblicks ist überwältigend.

Grace folgt dem Arzt in einen kleinen Raum, in dem zwei Kinderbetten stehen. Er klappt das Seitengitter des einen Betts herunter. »Ich decke sie nur mit einem dünnen Leintuch zu. Ich bin gegenüber in meinem Büro. Wenn irgendetwas ist, rufen Sie einfach, ich höre Sie. Wenn Sie den Eindruck haben, dass das Fieber steigt, wenn sie Ausschlag bekommt, krampft, erbricht, anfängt zu bellen wie ein Hund, ganz gleich, was, holen Sie mich sofort.«

Grace nickt. Er wird ihr nicht sagen, dass alles gut werden wird, weil er, genau wie sie, weiß, dass das vielleicht nicht so ist.

Claire scheint sehr warm zu sein. An welchem Punkt genau wird Wärme zu Hitze? Grace möchte nicht messen, weil Claire schläft, und sie weiß, dass das Kind den Schlaf braucht. Sie lehnt den Kopf an das Gitter des Betts. Es ist zu viel, beinahe hätte sie es laut gesagt. Das Feuer, die Fehlgeburt, Gene, und jetzt Claire. Grace weiß, wenn Claire etwas passieren sollte, wird sie zerbrechen und nie wieder ganz werden.

Warm wird heiß, eine Linie ist überschritten. Grace steht auf, sie ist unsicher. Soll sie Dr. Lighthart holen, oder soll sie selbst versuchen zu messen? Sie legt den Handrücken an die Stirn des Kindes. Sie braucht kein Thermometer.

An der Tür zum Sprechzimmer des Arztes bleibt sie stehen. Er ist über seinem Schreibtisch eingeschlafen und hat irgendein dünnes Buch fast über die Tischkante geschoben, es ist ein Wunder, dass es nicht hinuntergefallen ist.

»Dr. Lighthart?«, ruft sie leise.

Er reibt sich das Gesicht, und das Buch fällt zu Boden. Er sieht auf seine Uhr. Viertel nach zwölf, Grace hat es an der großen Uhr im anderen Zimmer gesehen.

Er steht auf und streicht über seinen zerknautschten Kittel, bevor er Grace folgt. »Sie ist heiß«, erklärt sie.

Er berührt die Haut unter Claires Arm. »O ja«, stimmt er zu. »Wann hat sie das Aspirin bekommen?«

»Halb acht vielleicht.«

Er nimmt eine braune Glasflasche aus einem Schrank. »Wecken Sie sie, versuchen Sie, sie aufzusetzen.«

Der Arzt zerdrückt das Aspirin in einem Löffel und gibt Wasser dazu. »Wollen Sie das selbst machen?«

»Ja.«

Grace klappt das Gitter herunter und nimmt den Löffel, während der Arzt Claire aufrichtet. Sie reibt mit dem Fingerrücken sachte über Claires Wange. Das Kind öffnet den Mund – der Trick wirkt immer –, und Grace flößt ihr so viel wie möglich von dem Medikament ein.

»Lassen Sie ihr einen Moment Zeit, um das zu verdauen, dann machen wir die ganze Prozedur noch mal von vorn.«

»Das Eisbad?«

»Ich weiß von einem Vater, der mit seinem acht Monate alten Sohn mitten im Winter aus dem Haus gestürzt ist und sich mit ihm in den Schnee geworfen hat. Er hat dem Jungen das Leben gerettet.«

»Der Ehemann einer meiner Patientinnen hat mir einen ganzen Teller Truthahn mit Füllung und Kartoffeln mitgebracht«, sagt Dr. Lighthart. »Er hat sich sogar entschuldigt, dass keine Preiselbeeren dabei sind, weil das Moor gebrannt hat. Ich brauche wohl nicht zu sagen, dass ich mich trotzdem gefreut habe. Und zur Entschädigung für die karge Mahlzeit hatte er auch noch einen Kürbiskuchen dabei. ›Meine Frau hatte einen übrig‹, sagte er. Ich weiß nicht, wie es Ihnen geht, aber ich könnte jetzt so ein Stück Kuchen gebrauchen.«

»Danke.«

Während er draußen ist, sieht Grace zu Claire hinunter und versucht, sein Alter zu schätzen. Dreißig, fünfunddreißig? Der weiße Kittel lässt ihn vielleicht älter erscheinen, dennoch haben seine Gesichtszüge etwas Ernstes. Es würde sie interessieren, warum er sich in einen so verschlafenen Teil der Welt zurückgezogen hat und nicht, jung wie er ist, die Geschäftigkeit eines Krankenhauses in der Großstadt gesucht hat.

Er kommt mit dem Kuchen, zwei Tellern, Gabeln und Servietten zurück. Grace streichelt Claire, während er zwei große Stücke abschneidet.

Beim ersten Bissen schließt sie die Augen vor Genuss. Es liegt vielleicht an den besonderen Umständen, aber ihr kommt es vor, als hätte sie nie besseren Kürbiskuchen gegessen – dunkel, mit einem Hauch von Muskat.

»Der schmeckt ja köstlich«, sagt sie.

»Ich muss mich mehr anstrengen, die Namen meiner Patienten zu behalten. Ich konnte mich nicht an den Namen der Ehefrau des Mannes erinnern, aber ihr Gesicht habe ich klar und deutlich vor mir gesehen. Wenn sie das nächste Mal kommt, bedanke ich mich in Ihrem Namen.«

Zum ersten Mal an diesem Abend lächelt Grace. »Und nicht in Ihrem eigenen?«

»Als ich Sie das letzte Mal gesehen habe«, sagt er nach einer Weile, »waren Sie schwanger.«

»Ich habe das Kind verloren.«

»Oh, das tut mir leid. Das muss sehr schwer gewesen sein.«

»Ich würde lügen, wenn ich es bestreiten würde.«

»Dann konzentrieren wir uns jetzt mal darauf, dieses hübsche kleine Mädchen wieder gesund zu machen.«

Grace sammelt Teller und Besteck ein und geht unsicheren Schritts zur Küche, einem langen schmalen Raum mit einer weißen Arbeitsplatte. Sie deckt den Kuchen zu und stellt ihn in den Kühlschrank, in dem Medikamente und zwei Flaschen Milch stehen. Für Babys? Zum Kaffee?

Dann spült sie die paar Dinge, die sie benutzt haben, und trocknet sie mit einem Geschirrtuch ab, das sie danach ordentlich gefaltet auf die Arbeitsplatte legt.

Sie hat Schwierigkeiten, die Toilettentür abzuschließen. Ihre Hände zittern so stark, dass sie kaum ihren Hüfthalter hinunterschieben kann. Als sie sitzt, starrt sie auf ihre Finger, die, selbst als sie sie ineinander verschränkt, nicht aufhören zu flattern. Ihr Gesicht ist nass von Tränen. Sie reißt ein Stück Toilettenpapier ab, um sie wegzuwischen, völlig nutzlos, denn nun beginnt sie erst recht zu weinen. Sie weiß, dass sie die Tränen jetzt nicht zurückhalten kann – einfach weil sie endlich allein ist, hinter einer abgeschlossenen Tür. Vielleicht sind es wirklich die überwältigenden Verluste, einer nach dem anderen, doch das Weinen ist anders – eine rein körperliche Reaktion, eine Befreiung –, und als sie sich ausgeweint hat, fühlt sie sich besser, obwohl sich an ihrer Situation nichts geändert hat. Sie fährt sich durch die Haare, wäscht Gesicht und Hände, trocknet sich ab und tritt dann etwas zurück, um sich im Spiegel anzuschauen. Ihre Augen sind geschwollen und gerötet. Dr. Lighthart wird gleich erkennen, dass sie geweint hat. Und – was spielt das für eine Rolle? Was hat sie noch zu verbergen?

Er hat einen Block auf den Knien und einen Stift in der Hand. Macht sich Notizen.

Mit einem Lächeln sieht er zu ihr auf, doch das Lächeln verschwindet. »Was ist passiert?«

»Muss denn noch etwas passieren?«

Er klappt den Block zu, schiebt den Stift in die Tasche seines Kittels. »Im Moment ist sie stabil«, sagt er, »aber die Temperatur kann wieder steigen. Wir werden sehen.«

»Sie haben sicher eine Menge Arbeit. Wir haben Sie schon viel zu lange in Anspruch genommen. Außerdem brauchen Sie Schlaf.«

»Ich finde, Sie brauchen Schlaf.«

»Nein«, entgegnet sie, »ich brauche jemanden zum Reden.«

»Waren Sie im Krieg?«, fragt sie.

»Ja. Als Sanitäter. Ich war im zweiten Studienjahr, als der Krieg ausbrach. Ich habe es fertig gemacht und mich dann freiwillig gemeldet.«

»Es muss grauenhaft gewesen sein.«

»Ja, es war ziemlich schlimm.«

»Reden Sie manchmal darüber?«, fragt sie.

»Wenn jemand fragt.«

»Es ist komisch, wissen Sie, mein Mann hat den Krieg fast nie erwähnt. Ich habe festgestellt, dass es bei den meisten Männern unseres Alters so ist.«

»Das kann man ihnen nicht übel nehmen. Niemand denkt gern an Schreckliches zurück. Oder an eigene Schuld.«

»Wieso sprechen Sie von Schuld?«

»Man erhält Befehle, die man nicht für richtig hält, aber ausführen muss man sie trotzdem. Jeden Tag muss man sich entscheiden, und manchmal entscheidet man egoistisch.«

»Egoistisch inwiefern?«

»Man sondert einen Verwundeten aus, von dem man meint, dass er den Mittag nicht überleben wird, obwohl er zur Operation eingeteilt ist. Und dann schlägt man sich wochenlang mit dieser Entscheidung herum.«

Grace schweigt einen Moment. »Darf ich fragen, wie Sie ausgerechnet hierhergekommen sind?«, fragt sie dann.

»Nach dem Krieg habe ich mein Studium fertig gemacht. Ich wollte dann als niedergelassener Arzt arbeiten. Da holt man sich erst einmal eine Karte und schaut sich mögliche Orte an. Wenn man Glück hat, rutscht man irgendwo rein und kann Erfahrung sammeln. Ich wollte nicht in ein Krankenhaus. Ich hatte genug Krankensäle gesehen. Ich wollte gern in eine hausärztliche Praxis in einer Kleinstadt. Nach dem Feuer hörte ich, dass das Haus des hiesigen Arztes abgebrannt war und er vorübergehend seine Zelte hier aufgeschlagen hatte, in dieser Baracke. Ich habe ihn aufgesucht, um meine Hilfe anzubieten, und habe sofort gesehen, dass er mit den Nerven völlig am Ende war. Da hab ich ihm erklärt, was ich suche, und er schien ungeheuer erleichtert. Wir haben uns mit unseren Anwälten zusammengesetzt, und ich habe die Praxis gekauft.«

Sie mustert die Nissenhütte, in der überall die Metallnieten zu sehen sind. »Ich hoffe, Sie haben nicht zu viel dafür bezahlt.«

Er lacht. »Diese Hütte hat der Staat hierhin gestellt. Es ist ein Provisorium. Ich hab vor, ein Haus mit angeschlossener Praxis zu bauen.«

»In Hunts Beach?«

»Ja.«

»Da wird die Praxis aber sehr klein werden«, sagt sie.

Er wirft einen Blick auf Claire, legt ihr die Hand auf die Stirn. »Wenn Hunts Beach im Inland wäre, würde ich Ihnen zustimmen. Kaum jemand würde einen Ort ohne Infrastruktur wiederaufbauen wollen. Keine Schulen, keine Polizei, keine Feuerwehr. Aber Hunts Beach wird immer eine gesuchte Gegend sein, weil es am Meer liegt. Es wird wieder besiedelt werden. Ob von den früheren Einwohnern, kann ich nicht sagen.« Er schweigt einen Moment. »Es ist, als wäre man jetzt in der Diaspora.«

Grace kann mit dem Wort nicht viel anfangen.

»Aus der Heimat vertrieben.«

Sie nickt. Die Juden. Sie hat die Filme gesehen. Grauenvoll und unvorstellbar.

Sie schaut zum Fenster hinaus. Es schneit immer noch. Wird man ihren Kindern in der Schule von den Juden erzählen?

»Aber was ist mit Ihnen?«, fragt er.

Grace erzählt von ihrem Vater, von dem Sekretärinnenkurs, wie sie Gene an dem kleinen College kennenlernte, zu dem sie beide täglich pendelten, und ihn heiratete, noch bevor sie ihr zweites Studienjahr begonnen hatten. Sie sagt dem Arzt nicht, dass sie Gene damals gut aussehend und ernsthaft fand, im Gegensatz zu den jungen Männern, denen sie auf Festen begegnet war, und dass sie diese Ernsthaftigkeit für Charakterstärke hielt. Sie sagt ihm nicht, dass sie geheiratet haben, als sie merkte, dass sie schwanger war, und dass es Gene damals buchstäblich schüttelte, entweder vor Wut oder vor Glück. Es ist gut, es ist das, was ich mir immer gewünscht habe, sagte sie sich. Und wenn es nicht so romantisch oder abenteuerlich war, wie sie es sich erträumt hatte, dann war das auch in Ordnung.

»Stört's Sie, wenn ich rauche?«, fragt der Arzt.

»Überhaupt nicht.«

Er hält ihr die Packung hin, und sie nimmt eine Zigarette. Er schlägt die Beine übereinander und hakt einen Arm über die Stuhllehne. Er wirkt lässig und sehr langgliedrig. »Erzählen Sie mir noch etwas von Ihrem Mann.«

»Er ist Vermessungsingenieur beim Straßenbau. Vor Kurzem ist seine Mutter gestorben. Ich habe natürlich erwartet, dass er trauert, aber nicht, dass er nur noch schweigt.« Sie zieht an ihrer Zigarette. »Ich habe jeden Tag die Wörter gezählt, die er mit mir gesprochen hat. Manchmal waren es nur zwei. Als junges Mädchen wollte ich immer einen starken, wortkargen Typ heiraten. Aber in Wirklichkeit ist das so langweilig.«

»Haben Sie Freunde?«, fragt er.

»Ich hatte eine sehr gute Freundin. Aber nach dem Brand ist sie mit ihrem Mann und ihren Kindern nach Nova Scotia gezogen.«

»Da haben Sie's, die Diaspora. Warum gleich so weit weg?«

»Sie haben dort Familie. Rosie war wunderbar. Mit ihr war jeder Tag schön.« Sie hält inne. »Fast alle Leute aus Hunts Beach sind jetzt obdachlos. Viele sind bettelarm.«

»Die Behandlung heute ist kostenlos.«

»Oh, darauf wollte ich nicht hinaus«, wehrt sie hastig ab. »Ich bezahle. Das ist selbstverständlich. Sie können sich doch keine Praxis aufbauen, wenn die Patienten nicht bezahlen.«

»Ich werde die Gebühren staffeln. Nach dem Einkommen der Patienten.«

»Ist das denn gesetzlich erlaubt?«

»Es ist ein alter Brauch.«

»Das wird ein schönes Buchhaltungschaos geben.«

»Verstehen Sie was von Buchhaltung?«

»O ja. Und ich zahle den Standardsatz, weil sie gerade meiner Tochter das Leben gerettet haben.«

»Sie haben Ihrer Tochter das Leben gerettet, indem Sie sie hierher gebracht haben. Krampfanfälle können lebensgefährlich sein.«

Grace erinnert sich an den Schreckensmoment bei Gladys.

»Sagen wir einfach, sie ist ein Glückskind«, meint er.

»Wird sie wirklich wieder ganz gesund?«

»Das werden wir morgen sehen, aber ich denke schon.«

Am Morgen sind Claires Wangen feuerrot, ihre Zunge ist weiß belegt, ihr Hals stark gerötet, und auf Brust und Armen hat sich ein Ausschlag ausgebreitet. Alle Symptome deuten auf Scharlach hin, erklärt Dr. Lighthart.

»Gab es erkrankte Kinder in ihrer Umgebung?«, fragt er. Die Morgensonne scheint zum Fenster herein.

»Nicht, dass ich wüsste«, antwortet Grace.

»Es ist nicht ungefährlich und sehr ansteckend. Sie haben noch ein Kind zu Hause.«

»Ja.«

»Können Sie Claire in ein separates Zimmer legen? Sie muss isoliert werden. Sie wissen, was das bedeutet?«

Grace denkt an das Dachzimmer, in dem sie zu dritt hausen. Tom wird bei seiner Großmutter schlafen müssen. »Claire und ich können in einem Zimmer schlafen.«

»Ich möchte sie auf jeden Fall noch vierundzwanzig Stunden hierbehalten, aber ich muss Sie beide in einem Isolierzimmer unterbringen. Heute Vormittag sind die Sprechstundenhilfe und eine Schwester da. Ich hinterlasse ihnen eine Nachricht am Empfang, damit sie wissen, wo Sie untergebracht sind und wie die Diagnose lautet.«

Die Schwester, Amy, lässt Grace für sich und Claire eine Karte ausfüllen, in der nach Namen, Adresse, Telefonnummer, Blutgruppe, früheren Erkrankungen gefragt wird. Name und frühere Erkrankungen sind kein Problem – Masern, Windpocken, Entfernung der Mandeln –, doch Adresse und Telefonnummer sind nur vorübergehend. Sie überlegt, wie viel Geld sie im Portemonnaie hat und ob sie den Arzt gleich heute bezahlen kann, damit er ihr nicht erst eine Rechnung schicken muss.

Amy versorgt Grace mit einem Nachthemd, einem Bademantel und Hausschuhen. So richtig passt nichts davon. Ihre Beine sind von den Knien bis zu den Fesseln nackt, was für eine Patientin akzeptabel wäre. Aber nicht für eine ordentliche Frau. Die Hausschuhe sind klein und ausgetreten, aber sie kann ja nicht zu Nachthemd und Bademantel hohe Absätze tragen.

Claire ist unruhig, weint und hustet fast den ganzen Morgen, was, wie Grace inzwischen weiß, ein gutes Zeichen ist. Ihr Kind ist nicht apathisch. Dem Arzt zufolge hat Claire wahrscheinlich scheußliche Halsschmerzen und Kopfweh. Grace bemüht sich, ihrer Tochter zu erklären, dass sie krank ist und bald wieder gesund wird, aber für ein kleines Kind hat Zeit keine Bedeutung. Eine Stunde, zwei Tage, vier Tage. Jetzt tut es weh. Das ist alles, was sie weiß.

Eine Stunde, zwei Tage, vier Tage. Das ist alles, was auch Grace weiß.

Barbara, die Sprechstundenhilfe, taucht nicht auf. Sie ist am frühen Morgen mit ihrem Wagen ins Schleudern geraten und gegen einen Baum geprallt. Das erfährt Grace von Amy, während diese Claire mit einem kühlen Schwamm wäscht. »Ich sag ihr jedes Mal, komm doch einfach ein bisschen später rein, wenn's morgens glatt oder alles verschneit ist. Warte, bis die Pflüge durch sind. Aber ihr Mann, Burt, behauptet, es wär das Gescheiteste, als Erster auf der Straße zu sein – da besteht angeblich weniger Gefahr, dass man mit jemandem zusammenkracht, wenn man ins Rutschen gerät. Die Bäume hat er wahrscheinlich vergessen. Burt ist ein Idiot. Brunnenschächte bohren kann er wie ein Weltmeister, aber gesunden Menschenverstand hat er keinen Funken. Komisch für einen Mann, finden Sie nicht auch? Und Barbara tut brav, was er sagt. Ich hoffe, sie ist nicht verletzt, aber alle Arbeit bleibt jetzt an mir hängen. Dauernd muss ich ins Wartezimmer schauen, weil uns ja niemand Bescheid sagen kann, ob da jemand wartet.«

»Um uns brauchen Sie sich nicht zu kümmern«, sagt Grace. »Ich schaff das schon allein.«

»Sie können wahrscheinlich regelmäßig Fieber messen, aber Spritzen geben können Sie nicht.«

»Spritzen?«

»Ja, eine heute Abend um sechs.«

»Antibiotikum?«

Amy sieht Grace an, als würde auch sie zu den Idioten gehören.

»Zehn Tage lang.«

»Aber Dr. Lighthart sagte, die Symptome sollten in fünf Tagen abflauen.«

»Das stimmt schon, allerdings müssen Antibiotika bis zum Schluss der Einnahmezeit verabreicht werden, sonst kann die Krankheit wieder aufflammen, manchmal in schlimmerer Form. Wenn der Doktor Sie heimschickt, gibt er Ihnen ein Rezept für Tropfen mit, die sie löffelweise einnehmen kann.«

Als Claire endlich einschläft, legt Grace sich auf das Feldbett und zieht die Decke hoch. Sie dreht sich auf die Seite, um ihre Tochter im Auge zu haben Sie muss besser für ihre Kinder sorgen; sie kann sich nicht endlos auf die Hilfsbereitschaft anderer verlassen. Autofahren kann sie inzwischen ganz gut, aber was sie wirklich braucht, ist Arbeit in einem Dorf oder einer Stadt, wo sie zu Fuß zur Arbeit gehen, einen Babysitter bekommen kann und zum Einkaufen kein Auto braucht. Wenn ihre Mutter hilft, bis sie etwas verdient, könnte sie vielleicht mit

Müh und Not eine Einzimmerwohnung in einer Stadt bezahlen. Aber in welcher Stadt? Biddeford? Portland? Portsmouth? Hier brechen ihre Überlegungen ab und weichen, während sie einschläft, Bildern von funkelnden Schneefeldern und einem Kind, ganz in der Ferne. Sie horcht angestrengt, doch sie kann es nicht hören.

MUSIK

Achtunddreißig Tage sind seit den Bränden vergangen, und Grace hat ein ganzes Leben hinter sich. Claire ist draußen und lässt sich von Gladys auf dem Schlitten ziehen, und ihre Mutter, froh, dass ihre Tochter nicht mehr in Quarantäne ist, scheint sehr vergnügt zu sein an diesem verschneiten Wintertag. »Ich glaube, er wird jeden Moment laufen«, sagt sie, wobei sie Tom meint. »Solange ich auf ihn aufgepasst habe, hat er sich die ganze Zeit von den Sitzkissen zu den Beistelltischen und den Sesseln gehangelt.«

»Ich hab das Gefühl, als wär ich lange, lange weg gewesen.«

»Wenn ich dran denke, was du mitgemacht hast – ich meine, ich war sicher manchmal kurz wütend auf dich –, aber du hast keine Ahnung, wie sehr ich dich bewundere.«

In der Woche, die sie an Claires Seite wachte, hatte Grace stundenlang Zeit, über ihr scheinbar unlösbares Problem nachzudenken. Sie kann nicht ewig mit ihren

Kindern und ihrer Mutter bei Gladys leben. Sie muss eine andere Unterkunft für sie alle finden oder wenigstens den Bau-Ausschuss dazu bringen, sie ganz oben auf die Liste der Anwärter auf ein neues Haus zu setzen. Sie ist eine alleinerziehende Mutter, die alles verloren hat. Würde man nicht anerkennen, dass sie sich in einer weit prekäreren Situation befindet als eine Familie mit mehreren Erwachsenen, die in der Lage sind, Geld zu verdienen? Aber selbst wenn es ihr gelänge, heute einen Beamten davon zu überzeugen, würde es Monate dauern, bis das Haus fertig wäre.

In einer schlaflosen Nacht kommt ihr ein Gedanke, den sie im ersten Moment verwirft, der ihr dann aber zunehmend vernünftig erscheint. Wenn Gladys ihr den Chevrolet leiht, könnte sie zu Merle Hollands Haus fahren und sehen, ob es leer steht. Wenn ja, könnte sie die Kinder und ihre Mutter dorthin bringen; ihre Mutter könnte die Kinder hüten, während sie auf Arbeitssuche ginge. Sie hätten ein komplett eingerichtetes Haus und im Frühjahr einen blühenden Garten. Es wären genug Zimmer für alle da, und ein zusätzlicher Vorteil wäre, dass dies der erste Ort ist, den Gene aufsuchen würde, wenn er je zurückkehrte. Am Morgen hat der Plan feste Form angenommen.

»Mutter, ich habe eine Idee. Ich könnte doch mal zu Merle Hollands Haus fahren – es gehört ja jetzt Gene. Und wenn ich sehe, dass es leer steht, könnten wir – die Kinder, du und ich – dorthin ziehen. Wir hätten eine Unterkunft, und Gladys und Evelyn wären die Belastung los. Wir könnten alle Fenster aufmachen, frische Luft reinlassen, sehen, was an Bettwäsche und Geschirr da ist. Kann sein, dass da ein sofort beziehbares Haus für uns bereitsteht.«

»Aber das geht doch nicht.«

»Doch. Überleg mal. Gene hat das Haus geerbt, er wird vermisst, ich bin seine Frau, und das sind seine Kinder, er würde wollen, dass wir ein Dach über dem Kopf haben.«

»Wie willst du dich im Haus einer Frau wohlfühlen, die nie ein gutes Wort für dich übrig gehabt hat?«

»Die Zeiten haben sich geändert, Mutter. Ich habe mich geändert. Ich hätte überhaupt kein Problem damit, mich in ihrem Haus wohlzufühlen. Und wenn ich mich richtig erinnere, gibt es da auch ein Kinderzimmer mit einem Kinderbett und Spielsachen. Ich fahre erst mal hin und seh nach, ob sich nicht Hausbesetzer oder irgendein lang verschollener Verwandter von Gene, von dem ich nie gehört habe, dort eingenistet haben. Ich werde ein bisschen lüften und prüfen, ob Strom und Wasser eingeschaltet sind. Das Haus ist nie zum Verkauf angeboten worden, weil Gene mit uns einziehen wollte.« Sie schweigt. Wenn er wüsste.

»Na ja, es ist ein Gedanke. Etwas lästig komm ich mir hier schon vor.«

Grace sieht ihre Mutter an und erkennt, dass sie von der Beziehung zwischen Gladys und Evelyn weiß. Wie auch nicht? Grace würde von ihrer Mutter gern mehr darüber wissen, aber jetzt ist nicht der Moment für Fragen.

Im Fall eines Umzugs in Merles Haus würde Grace kein Auto mehr zur Verfügung haben, bitter, nachdem sie das Autofahren gerade gelernt hat. Aber es muss einen Bus geben, überlegt sie, der die Küstenstraße entlangfährt. Erst in diesem Moment fällt ihr ein, dass ja vielleicht auch Merles Haus abgebrannt ist

Ihre Nervosität wächst, als sie in Richtung Küste fährt und sieht, dass das Land dort größtenteils schwarz ist. Doch schon beim Abbiegen in Merles Viertel erkennt sie, dass alle Häuser unversehrt sind. Sie fährt die Auffahrt hinauf und fühlt sich ein wenig wie eine Einbrecherin. Gene hatte einen Schlüssel zum Haus, sie hat keinen. Es gibt nichts mehr, wo sie nach dem Schlüssel hätte suchen können, wie etwa in Genes Hosentaschen oder in einer Schublade. Sie geht die Treppe hinauf, die Tür ist abgeschlossen, wie sie vermutet hat. Sie hebt Matten hoch, taucht ihren Finger in Blumentöpfe, tastet Fenstersimse ab. Zurück am Fuß der Treppe geht sie auf der Suche nach einem offen gelassenen Fenster an der Hausseite entlang. Jetzt, da sie hier ist, will sie unbedingt ins Haus hinein. Sie prüft die Kellerfenster und versucht, eines aufzustemmen, das nicht abgeschlossen zu sein scheint, aber es klemmt. Als sie die Rückseite des Hauses erreicht, ist sie nahe daran aufzugeben. Ohne große Hoffnung versucht sie ihr Glück an der Verandatür, und die springt tatsächlich auf. Sie probiert die Hintertür – offen. Wie einfach. Dann hört sie Musik und erstarrt.

Jemand im Haus spielt eine Platte ab. Oder kommt die Musik von einem Radio, das versehentlich angelassen wurde? Vorsichtig schleicht sie zum Flur, der Wohnzimmer und Türmchen verbindet. Mit jedem Schritt hört sie die Musik deutlicher und kann jetzt erkennen, dass sie von oben kommt. Das kann nur Gene sein – er lebt! Einerseits würde sie am liebsten laut seinen Namen rufen und die Treppe hinaufrennen, andererseits ist sie wie gelähmt. Wenn es wirklich Gene ist, warum ist er dann ohne sie hier? Warum hat er sich nicht die Mühe gemacht, seine Frau und seine Kinder zu suchen?

Vor ihrem inneren Auge sieht sie der Lauf der Klaviatur, die unter einem Grollen dunkler Töne zittert, während die Melodie munter über die Tasten hüpft – genau so fühlt es sich an –, bis beide zu einem gewaltigen Crescendo zusammengeführt werden, bei dem sie ein Schauder überläuft und sie unwillkürlich die Augen schließt. Reiner, erhabener Klang. Das kann keine Schallplatte oder Radioübertragung sein. Ganz leise, um ja nicht zu stören, setzt sie sich auf einen Stuhl neben einem Telefontischchen. Sie hatte keine Ahnung, dass ihr Mann eine solche Begabung besitzt.

Grace fühlt sich an klimpernde Glasscherben erinnert, dann an eine mächtige Stimme, die alles beherrscht, und schließlich an ein wuchtiges Dröhnen der tieferen Töne. Die Melodie, schwermütig zum Teil, ergreift sie. Sie scheint über ihre Haut bis in ihr Innerstes vorzudringen. Wird wahre Sehnsucht aus Musik geboren? Das Verlangen, das Gleiche immer wieder zu erleben? Was eine Mutter ihrem Kind vorsingt, ist ja eine Melodie. Einfach und nicht immer schön, aber sie ist ein Bezugspunkt, nach dem man sich vielleicht im Leben sehnt. Grace verlangt es nach der zarten Berührung der Finger auf den Tasten, die sie als Finger in ihrem Nacken empfindet. Sie senkt den Kopf.

Die Musik endet.

Schritte im oberen Flur. Vielleicht kann Gene Graces Stiefel sehen. Sie hört ihn die Treppe herunterkommen. Sie kann nicht aufstehen. Noch nicht.

Ein Moment des Zögerns. Dann beginnen Grace und der Fremde gleichzeitig zu sprechen.

»Sie spielen wunderbar.«

»Ich wusste nicht, dass das Haus bewohnt ist. Verzeihen Sie.«

»Verzeihen Sie.«

»Ich weiß nicht, wohin.«

»Dieses Haus.«

»Es wirkte unbewohnt.«

»Ist es auch. Oder nein, ist es nicht. Wie sind Sie hereingekommen?«

»In Häuser wie dieses ist immer leicht hineinzukommen. Man kann sie nicht absichern.«

»Ich glaube ...«

»Ich glaube ...«

»Das Haus gehört meinem Mann. Ich bin Grace Holland.«

»Aidan Berne.«

Sie reichen einander die Hand. Sein Händedruck ist herzlich.

Grace setzt den Kessel auf, sucht Tee und Zucker, entdeckt einen Rest Milch und, in einem der Schränke, eine Packung Kekse. Sie fragt sich, ob auch Aidan Berne durch das Feuer alles verloren hat.

Er ist mindestens einen Meter achtzig groß. Das hellbraune Haar trägt er lang. Seine Augen sind hellbraun, das verraten ihr die kurzen Blicke, die er ihr zuwirft. Er trägt einen dunkelblauen Pullover und eine graue Flanellhose in dem zugigen Haus. Sie hat ihn in Hausschuhen überrascht.

»Wann sind Sie hierhergekommen?«, fragt sie.

»An dem Nachmittag, als das Feuer auf Kennebunk übergriff. Wir waren mitten in der Probe und wurden plötzlich über Lautsprecher aufgefordert, uns in Sicherheit zu bringen. Wir packten in fliegender Eile alles zusammen und rannten zu wartenden Autos. An der Route 1 haben sie uns dann ohne weitere Hinweise abgesetzt. Sie sagten, sie müssten ins Dorf zurück, um weitere Menschen herauszubringen. Da konnten wir uns kaum beschweren.« Er trinkt einen Schluck Tee und hält ihr den Teller mit den Keksen hin. Sie nimmt einen.

»Wir wollten natürlich dem Feuer entkommen«, fährt er fort. »Die Leute, die sich in der Gegend auskannten, führten uns über irgendwelche kleinen Wege zu Häusern, aber wir sahen schon, dass das Feuer auf die Wälder an der Küste übergriff. Wir fingen an zu laufen. Als ich den Hang zum Hügel hinaufschaute, fiel mir ein Klavier in einem runden Zimmer auf, ich sah es nur ganz flüchtig, und ich trennte mich von den anderen. Ich habe dann bis beinahe acht Uhr morgens gespielt.«

»Was haben Sie denn vorhin gespielt?«, fragt Grace. Sie hat am Morgen Joans blaues Hochzeitskostüm angezogen, weil sie fand, für Merles Haus sei etwas Eleganz angebracht.

»Das zweite Klavierkonzert von Brahms.«

»Sie können das auswendig spielen?«

»Das können viele. Na ja, nicht viele. Einige. Es ist eigentlich für Orchester und Klavier gedacht.«

»Es hat mich sehr ergriffen«, bekennt Grace.

»Was genau? Das hat mich immer schon interessiert. Wie die Musik auf Menschen wirkt.«

»Die Melodie.« Sie stellt ihre Tasse hin. »Diese Passage, die sich in Variationen ständig wiederholt. Mich hat's richtig geschaudert.« Verlegen hält sie inne. »Ich erkläre das nicht sehr gut.«

»Für manche ist das Konzert ein rein intellektuelles

Vergnügen. Bei Ihnen hörte es sich an, als hätten Sie es über die Haut aufgenommen.«

»Ja, genau. Über die Haut.«

»Haben Sie zu Hause keine Musik gehört?«

»Radio.«

»Sie müssen sich Platten besorgen.«

Sie nickt, ist versucht zu sagen, dass sie kein Geld hat, wobei ihr wieder einfällt, warum sie überhaupt hier ist. »Ich habe zwei Kinder«, sagt sie. »Gene, mein Mann, ist weggefahren, um eine Feuerschneise anzulegen, und ist nicht wiedergekommen. Sein Leichnam wurde bis jetzt nicht gefunden.«

»Das tut mir leid.«

»Ja, danke, es ist schrecklich, aber es gibt noch ein anderes Problem. Unser Haus ist abgebrannt, und ich weiß nicht, wo wir hinsollen. Im Moment hausen wir unter dem Dach im Haus einer Freundin meiner Mutter, doch dort können wir nicht ewig bleiben. Dann fiel mir dieses Haus ein. Gene hat es geerbt, als seine Mutter gestorben ist.«

»Dann gehe ich natürlich«, sagt er. »Spätestens heute Abend kann ich weg sein.«

Grace würde gern seine Finger berühren. Wie können sie einen solchen Zauber erzeugen? »Sind Ihre Finger versichert?«, fragt sie.

»Meine Hände.«

»Ja, das ist klar, dass das sein muss.«

»Ich kann nichts außer Klavierspielen.«

»Ich will Sie nicht vertreiben«, gesteht Grace widerstrebend. »Ich möchte diese Musik gern wieder hören.«

Sie wird rot und senkt den Kopf. »Das Leben ist gerade so trübe und furchtbar.«

»Alles im Haus ist in Ordnung, soweit ich feststellen konnte«, bemerkt er. »Es ist heißes Wasser da, der Herd funktioniert, über das Backrohr kann ich nichts sagen, die Heizung ist oben besser als hier unten.«

»Bleiben Sie die Nacht«, sagt sie. Vielleicht, denkt sie, kann er als Untermieter bleiben. Das Geld wäre eine Hilfe, während sie nach Arbeit sucht. »Ich entscheide mich bis morgen, wenn ich mit den Kindern und meiner Mutter wiederkomme. Könnten Sie so nett sein und ungefähr um neun die Haustür aufsperren?«

Bevor Grace ihrer Mutter von dem Mann in Merles Haus erzählen kann, muss sie wissen, was sie will. Sie braucht nicht lang für ihre Entscheidung – der Mann muss bleiben, irgendwie, in irgendeiner Funktion. Sie ist selbst überrascht von ihrem Entschluss. Sie weiß nichts über Aidan Berne. Er könnte ein entflohener Sträfling sein, ein Schmarotzer, ein Spion, der sie alle in Gefahr bringt. Doch Grace ist sicher, dass er nichts anderes ist als ein Musiker, der mitten in der Probe vor einem Brand fliehen musste.

Grace muss bis zwei Uhr warten, bis alle zu einem Mittagsschlaf nach oben gehen, auch Gladys und Evelyn. Ihre Mutter allerdings verlässt die Küche nicht, sie weiß, dass ihre Tochter ihr etwas mitzuteilen hat.

Sie setzen sich, ihre Mutter mit einem Geschirrtuch in der Hand. »Und?«

»Das Haus ist in gutem Zustand, alles funktioniert, wir können jederzeit einziehen. Aber wir haben einen Untermieter.«

»Einen Untermieter? Der Miete bezahlt?«

»Genau das ist es. Wir haben das noch nicht geregelt.«

»Jetzt bin ich durcheinander.«

Grace zündet sich eine Zigarette an. »Es ist ein Pianist, der zurzeit im ersten Stock wohnt. Auf der Flucht vor dem Feuer hat er zufällig das Klavier im Turmzimmer bemerkt und ist aus Neugier ins Haus eingedrungen. Seit dieser Nacht lebt er dort.«

»Das ist Hausfriedensbruch.«

»Kann sein, aber er ist ungeheuer begabt. Und er hat angeboten, das Haus sofort zu räumen.«

»Na also«, sagt ihre Mutter und legt das gefaltete Geschirrtuch auf den Tisch. »Dann ist das geregelt.«

»Na ja, nicht so richtig«, entgegnet Grace. »Ich finde, wir sollten ihm erlauben zu bleiben.«

»Warum? Will er gut bezahlen?«

»Davon bin ich überzeugt, aber das ist nicht der einzige Grund. Die Musik ist wunderbar. In unserem Leben, ich meine, in deinem, meinem und dem der Kinder, hat es so wenig Schönheit und Musik gegeben.«

»Mit Musik lassen sich keine Rechnungen bezahlen«, sagt ihre Mutter. »Und was ist das für ein Mensch, der sich einfach in einem fremden Haus einnistet, ohne sich darum zu kümmern, wem es gehört?«

»Komm schon, Mutter, du weißt, dass so was im Moment überall an der Küste von Maine passiert.« Sie schnippt die Zigarettenasche in eine Untertasse. Gladys und Evelyn rauchen nicht.

»Wenn er keine Papiere hat, können wir ihm nicht trauen.«

»Ich bin sicher, er hat Papiere. Ich habe nur nicht danach gefragt. Aber ich habe mich mit ihm unterhalten. Er hat mir gefallen. Ich glaube, man kann ihm trauen.«

Ihre Mutter scheint drauf und dran zu sein, sie an Gelegenheiten zu erinnern, als ihr Instinkt sie getrogen hat, doch sie hält sich zurück.

»Ich möchte morgen mit dir und den Kindern hinfahren, damit ihr euch das Haus ansehen könnt«, sagt Grace.

»Vielleicht ist es ganz gut, einen Mann im Haus zu haben«, überlegt ihre Mutter laut. »Ich meine für Reparaturen und Ähnliches.«

»Es gibt allerdings noch einen Haken. Das Klavier steht im Türmchen im ersten Stock. Das gehört zu Merles Schlafzimmer. Ich kann ihn nur bei uns wohnen lassen, wenn er dafür sorgt, dass das Instrument ins Turmzimmer im Erdgeschoss gebracht wird.«

»Wie soll er das denn machen?«

»Die Treppe ist breit, aber ich vermute, man muss eines der hohen Fenster herausnehmen und das Klavier mit einem Kran nach unten befördern. Und unten im Turmzimmer muss auch ein Fenster raus, um es wieder hineinzubekommen.«

»Ist das alles notwendig?«

»Ich denke ja. Die Kinder und ich ziehen in Merles Schlafzimmer. Ich möchte sie vorläufig in meiner Nähe haben. Und du kannst unter den Räumen im zweiten Stock wählen. Einer davon ist auch ein Turmzimmer.«

»Ich habe bereits ein Zimmer«, versetzt ihre Mutter spitz, zweifellos in Gedanken an ihr Haus, das abgebrannt ist.

»Nicht mehr«, widerspricht Grace sanft.

»Aber was ist mit dem Mann? Wo soll er schlafen?«

»Im Erdgeschoss ist eine Bibliothek, gleich neben der Küche. Es ist ein ziemlich großer Raum, da können wir ein Bett aufstellen. Dann hat er alles, was er braucht, ein Bett, ein Badezimmer, sein Klavier und Zugang zur Küche. Eine richtige kleine Wohnung.«

»Du hast dir das alles schon genau überlegt.«

»Stimmt«, sagt Grace.

Claire, deren Blicke von einer Seite zur anderen fliegen, während sie die Treppe hochgehen, scheint sich an das Haus zu erinnern. Marjorie nimmt Tom, als Grace die Haustür öffnet. Aidan hat alle Rollos hochgezogen, um Licht hereinzulassen, und Grace kann nirgends ein Stäubchen entdecken. Sie haben nicht darüber gesprochen, ob er da sein sollte, wenn sie kommen, oder nicht; er hat offenbar beschlossen, nicht da zu sein. Das Licht, das durch die Fenster hereinströmt, ist freundlich zu den Räumen und gnadenlos zugleich. Sie bemerkt einen Wasserfleck auf einem kostbaren antiken Tisch, Kratzspuren von Hundekrallen an der Seite eines der Sofas, eine fadenscheinige Stelle im Teppich. Das ist alles gut, sogar besser so. Grace braucht sich weniger zu sorgen, dass die Kinder dem Mobiliar etwas antun.

Sie führt ihre Mutter mit Tom und Claire ins Esszimmer und dann in die gelb-weiße Küche. Vielleicht erinnert sich Claire an ihren letzten Besuch in diesem Haus, denn sie beginnt sogleich, Schubladen zu öffnen, und sucht nach den Holzlöffeln, die ihre Mutter ihr damals zum Spielen gegeben hat.

»Hier gefällt's mir«, sagt ihre Mutter, während sie die großen Fenster mustert.

Grace zeigt ihnen die Bibliothek, die sie Aidan, falls er einverstanden ist, als Schlafzimmer zugedacht hat.

Sie führt ihr Gefolge die breite, mit Teppich bespannte Bogentreppe hinauf in das Zimmer, das einmal Merle bewohnt hat. Claire läuft zum Toilettentisch, möchte den Schmuck dort in die Hand nehmen. »Jetzt nicht«, ermahnt Grace sie. Ihre Mutter ist schon ins Türmchen gewandert, wo das Klavier steht.

»Du meine Güte«, sagt sie, »wie wollen sie das Ding denn hier rausbekommen?«

»Kommt darauf an, wie viel Aidan daran liegt, hierzubleiben«, meint Grace.

»Aidan?«

»Aidan Berne.«

»Woher kommt er?«

Das weiß Grace nicht. »Du kannst ihn ja dann fragen. Jetzt der zweite Stock.«

Graces Erinnerung ist richtig, es gibt ein Kinderzimmer mit einem Kinderbett und einem Wandregal voll Holzspielsachen, alle wohlgeordnet. Einem Schaukelstuhl und Kinderzeichnungen an den Wänden. Einer kleinen Lampe mit Häschenbildern auf dem Schirm. Claire läuft sofort zu den Spielsachen, und auch Tom will nicht länger auf dem Arm bleiben. »Sieh du dir die Zimmer an«, sagt Grace zu ihrer Mutter. »Ich passe auf die Kinder auf.«

Später sitzen sie alle um den Küchentisch, Grace schenkt sich und ihrer Mutter Tee ein und den Kindern Milch. Sie findet die Packung Kekse und ist froh, dass noch welche da sind.

»Hier gefällt's mir«, sagt ihre Mutter wieder.

»Mir auch«, stimmt Grace zu.

»Mir auch«, sagt Claire.

»Welches Zimmer hast du dir ausgesucht?«, fragt Grace ihre Mutter.

»Ich finde das Turmzimmer schön.« Der Ton ihrer Mutter ist fragend. »Der Ausblick ist etwas ganz Besonderes.«

»Das freut mich.« Grace erwähnt nicht, dass es früher Genes Zimmer war. Die Türglocke schellt sowohl in der Küche als auch im Wohnzimmer. Sich die Krümel von den Händen wischend, geht Grace zur Haustür. Der richtige Zeitpunkt, denkt sie und sagt: »Hallo.«

»Ich dachte mir, es wäre besser so«, antwortet Aidan. »Ich wollte nicht, dass es aussieht, als wäre ich der Eigentümer hier.«

»Clever. Kommen Sie erst mal mit mir ins Wohnzimmer, dann mache ich Sie drüben in der Küche mit meiner Familie bekannt.«

Aidan trägt einen Anzug und schwarze Schuhe. Seine Konzertgarderobe, vermutet sie. Er hat sich die Haare geschnitten.

»Ich würde mich freuen, wenn Sie bleiben«, sagt sie, »aber die Sache hat einen Haken.«

»Ja?«

»Ich möchte den ersten Stock gern für die Kinder und mich. Das heißt, das Klavier müsste nach unten.«

Aidan zieht eine Augenbraue hoch, überlegt offensichtlich. Denkt er über die Größe der Fenster nach, die Kosten des Umzugs oder den möglichen Verlust an Klangqualität?

»Ein Riesenprojekt.« Er lehnt sich zurück.

»Ja. Ich frage das nicht gern, aber können Sie sich so eine Aktion leisten?«

»Das kann ich, ja«, antwortet er ohne Zögern. »Reisende Solisten haben bisweilen erfolgreiche Phasen.«

»Dann sind Sie einverstanden?«

»Ja, ich bin einverstanden. Es kann jedoch sein, dass es dem Klavier nicht guttut. Und ich kann nicht sagen, ob die Klangqualität durch seinen gegenwärtigen Standort bedingt ist. Ich denke, das werden wir einfach herausfinden müssen.«

»Ich würde es gern lassen, wo es ist«, erklärt Grace, »allerdings brauche ich einen Platz für die Kinder und mich. Ich glaube, meiner Mutter wäre es unangenehm, wenn wir alle im zweiten Stock schliefen und Sie im ersten.«

»Ich bin sicher, das Klavier wird es überleben. Aber wo soll ich schlafen?«

»Waren Sie schon in der Bibliothek?« Grace kreuzt die Beine. Da sie nicht wieder im blauen Kostüm erscheinen wollte, hat sie einen roten Pulli und einen grauen Wollrock angezogen. Der Rock gehörte einmal Gladys und passt ihr nicht richtig. »Da richten wir Ihnen ein Schlafzimmer ein.«

Aidan nickt.

»Und noch etwas.« Grace zögert. »Wir müssen so eine Art Miete vereinbaren.« Die Musik sollte genug sein, denkt sie. Mehr als genug. Sie nennt einen Preis, den sie für angemessen hält. Aidan stimmt ohne Weiteres zu. »Übrigens, ich warne Sie, meine Mutter möchte Papiere sehen. Sie wird nichts zu Ihnen sagen, aber ich muss irgendwas vorlegen.«

»Kein Problem«, sagt er.

Marjorie und die Kinder starren den Fremden an, den Grace in die Küche führt. Er geht direkt auf ihre Mutter zu. »Es freut mich sehr, Sie kennenzulernen. Aidan Berne.«

Beherzt klettert Claire auf den Tisch, wie um dafür zu sorgen, dass der Fremde sie nicht übersieht.

»Und wer bist du, kleines Ding?«, fragt er und gibt ihr die Hand.

»Ich bin Claire. Ich bin zwei. Aber ich bin größer als zwei.«

»Wirklich?«

»Claire, man stellt sich nicht auf den Tisch«, mahnt Grace, worauf Claire sich auf dem Tisch hinsetzt.

»Und der Kleine hier?«, fragt Aidan und krault Tom unter dem Kinn.

»Das ist Tom«, erklärt Grace mit einer Geste, die Aidan auffordert, Platz zu nehmen.

»Aidan und ich haben alles besprochen«, berichtet sie ihrer Mutter, die zu höflich ist, um vor dem Fremden um genauere Auskunft zu bitten.

»Claire, du magst das Haus doch, nicht?«, fragt Grace.

Claire sieht sich in der Küche um, als nähme sie eine Einschätzung vor. Sie nickt mit übertriebener Bewegung.

»Gut. Dann ziehen wir morgen ein«, sagt Grace zu Aidan. »Sie brauchen das Klavier nicht sofort nach unten bringen zu lassen, aber vielleicht könnten Sie ein Bett in die Bibliothek befördern.«

»Ich kann ein Bett auseinandernehmen, die Teile herunterbringen und es dann wieder zusammenbauen«, schlägt er vor.

»Bevor wir heute fahren, sehen meine Mutter und ich noch Bettwäsche und Handtücher durch, damit Sie alles haben, was Sie brauchen. Und solange ich noch den Wagen habe, fahre ich gleich einkaufen. Nach dem Umzug werde ich kein Auto mehr haben. Es gehört der Frau, bei der wir zurzeit untergekommen sind.«

»Die Geschäfte sind nicht weit. Ich kann Ihnen helfen, wenn Sie kein Auto mehr haben.«

»Das ist sehr nett von Ihnen.«

»Und Sie sind sehr großzügig«, erwidert er.

»So großzügig bin ich nun auch wieder nicht«, sagt Grace. »Würden Sie für meine Mutter etwas spielen?«

Die Erwachsenen stellen die Stühle in Merles Turmzimmer so, dass sie seitlich von Aidan aufgereiht sind. Grace möchte seine Hände im Blick haben. Als sie ihn das erste Mal spielen hörte, konnte sie sie sich nur vorstellen. Mit Tom auf dem Schoß, ihrer Mutter auf ihrer einen Seite und Claire auf ihrer anderen wartet sie, während Aidan sein Jackett ablegt und sich auf dem Hocker niederlässt. Er rollt die Ärmel auf. Sie hat keine Ahnung, um welches Stück sie ihn bitten soll, sie kennt keine klassischen Stücke mit Namen. Vielleicht vermutet er das, vielleicht aber möchte er auch einfach spielen, was ihm gefällt, er beginnt jedenfalls ohne Umschweife mit der rechten Hand und lässt dann, nach einer Minute, mit Wucht die linke einfallen. Claire wird mit einem Ruck hellwach. Tom klatscht in die Hände.

Und dann hört Grace die Melodie heraus, die Töne, die sich während des Stücks wiederholen werden. Da sie ihre Mutter neben sich weiß, bemüht sie sich, ihre Empfindungen zu verbergen, erlaubt sich allenfalls ein Lächeln. Es verlangt sie beinahe unwiderstehlich, den

Kopf zu senken und ihren Nacken zu entblößen, um die Spannungen des Tages abfließen zu lassen.

Sie beobachtet Aidans Finger – wie sie sich strecken, zugreifen, sicher und schnell. Sie betrachtet sein Gesicht, ein Abbild der Konzentration. Ihr selbst, denkt sie, fehlt diese Fähigkeit – sich so zu sammeln und in eine Aufgabe zu vertiefen, dass nichts anderes mehr zählt. Und dies jederzeit tun zu können – welch eine Gabe. Sie hat sich oft gewünscht, sie könnte singen. Wie herrlich, sich auf diese Weise selbst zu unterhalten. Aber das Spiel ist etwas anderes. Als das Stück endet, findet sie es absurd, von Miete auch nur gesprochen zu haben.

»Er macht einen netten Eindruck«, sagt ihre Mutter, während sie, die Kinder schlafend auf dem Rücksitz, von Merles Haus wegfahren.

»Ja«, antwortet Grace.

»Ich fand ihn sehr höflich. Gute Manieren.«

»Ja.«

»Und kultiviert«, fügt ihre Mutter hinzu.

»Ja, das ist er.«

»Und es hat mir gefallen, dass er am Schluss Kinderlieder für Claire gespielt hat.«

»Das war nett, ja.«

»Und diese Musik! Wirklich, ich weiß nicht, ob ich je...«

»Geht mir genauso.«

»Wo er wohl zur Schule gegangen ist? Er muss auf einer Musikschule gewesen sein.«

»Hm.«

»Er ist Ire, glaube ich. Sein Name.«

»Kann sein.«

»Die Rooneys sind Iren. Sehr angenehme Leute.«

»Ja.«

»Und ich muss zugeben, er sieht gut aus.«

»Mutter.«

»Ein unglaubliches Glück, dass du ausgerechnet jetzt auf ihn gestoßen bist.«

Am Abend bei Gladys, während ihre Mutter umständlich zu erklären versucht, warum sie ausziehen müssen, kann Grace an nichts anderes denken als an Aidans Hände, kräftige, geschmeidige Hände, stellt sie sich vor, weiche Haut, große Spannweite. Wie viele Jahre spielt er schon? Seit er ein kleiner Junge war? Und wie ist er zu einer solchen Begabung gekommen? Talent lässt sich nicht erlernen. Und warum spielt er nicht in New York oder Boston mit den Orchestern, die es dort gibt?

Gladys hat tatsächlich Tränen in den Augen, was ihre Mutter prompt rührselig macht. »Ihr wart so gut zu uns«, sagt sie. »Ihr wisst hoffentlich, wie dankbar wir sind.«

»Gladys hat ein weiches Herz, falls ihr das noch nicht gemerkt habt«, wirft Evelyn leicht geringschätzig ein und zeigt keine Spur von Bedauern über den Abzug ihrer vier Gäste.

»Und ihr kommt uns besuchen«, fügt Grace hinzu. »Sobald wir eingerichtet sind, müsst ihr zum Essen kommen.«

Eine Mahlzeit, um sich für Dutzende zu revanchieren? Armselig. Irgendetwas wird Grace schon einfallen, um den beiden die gute Versorgung zu entgelten. Oder würden sie das übel nehmen? Sie fragt sich, ob ihre Mutter weiterhin so eng mit den zwei Frauen befreundet bleiben wird, ob es ihr leidtut zu gehen.

Am Morgen packen sie, beziehen die Betten frisch, hinterlassen das Zimmer pieksauber.

Aus einem Zimmer unterm Dach plötzlich in ein Haus versetzt zu werden, das bestimmt zwanzigmal größer ist, das ist berauschend. Aidan scheint ohne Mühe eine Mannschaft von derzeit Arbeitslosen zusammengetrommelt zu haben, die bereit sind, das Klavier umzusiedeln. Obwohl die Außentemperatur laut Thermometer nur sechs Grad beträgt, muss das Fenster ausgehängt werden, während das Klavier an einem Kran befestigt wird, der im Vorgarten tiefe Furchen gezogen hat. Graces Mutter kann sich das alles nicht ansehen und bringt den größten Teil des Tages in der Küche zu, wo sie Geschirr, Töpfe und Pfannen nach eigenem Belieben in den Schränken verteilt. Danach macht sie sämtliche Betten, auch Aidans. Aidan wiederum gibt minutiöse Anweisungen, äußerst besorgt um das Klavier, das er nicht eine Sekunde länger als unbedingt nötig der kalten Luft ausgesetzt wissen will. Grace und er räumen alle Möbel aus dem Weg und sind sich einig, dass einige von ihnen in den Keller wandern müssen. Die Arme fest um den Oberkörper geschlungen, wagt Grace kaum hinzusehen, als das Klavier unten wieder ins Haus bugsiert wird. Aidan ist ruhig, reagiert jedoch prompt, wenn er den Eindruck hat, dass etwas schiefzugehen droht. Er hat den blauen Pullover und die graue Hose an, die er am Tag ihres Kennenlernens trug. Grace hat dasselbe an wie gestern. Claire und Tom befinden sich in der strengen Obhut von Graces Mutter.

»Mein Gott«, sagt Aidan, als das Klavier endlich dort

steht, wo es stehen soll. Die Mannschaft ist hocherfreut über den Erfolg ihres Einsatzes. Das Fenster im Erdgeschoss ist eingehängt, überall brennt Licht. Noch ehe Aidan seine Helfer bezahlt, setzt er sich ans Klavier, spielt ein paar Läufe, horcht, spielt sie noch einmal, horcht wieder, greift zu den Bässen, wiederholt das, schlägt voll in die Tasten, lächelt und stimmt dann *Yankee Doodle Dandy* an. Die Männer lachen, dann singen sie mit. Graces Mutter und die Kinder gesellen sich dazu, und Claire beginnt angesichts des Publikums auf ihre tollpatschige Art zu tanzen, sichtlich darauf bedacht, bemerkt zu werden. Graces Mutter kredenzt Most und Kekse, und die Männer langen kräftig zu. Wenn sie es nicht besser wüsste, denkt Grace, könnte man meinen, in Merle Hollands Haus werde ein Fest gefeiert.

Jetzt ihr Haus.

Manchmal stellt Grace sich vor, Gene träte plötzlich in das alte viktorianische Haus; sie meint, seine Überraschung und seinen Unmut über das Klavier im unteren Turmzimmer zu sehen, über das von Grace und den Kindern besetzte ehemalige Schlafzimmer seiner Mutter. Ihr früheres Leben erscheint ihr jetzt öde. Sie fürchtet es, wie man einen wiederkehrenden Albtraum fürchtet. Sie weiß, dass sie auf Genes Heimkehr hoffen muss, aber sie hat Angst davor, ihm die Tür zu öffnen.

Graces Mutter, die erschöpft und glücklich zu sein scheint, geht mit den Kindern um kurz nach acht zu Bett. Grace wandert mit einer Tasse Kakao ins Wohnzimmer gegenüber vom Turmzimmer und findet dort Aidan vor, der in einem Sessel sitzt und liest. Er steht auf.

Grace schüttelt den Kopf. »Meinetwegen brauchen Sie nicht aufzustehen.« Sie stellt ihre Tasse auf einen wackligen Beistelltisch. »Die Zimmer stehen Ihnen alle offen. Wir möchten, dass Sie sich wohlfühlen.«

»Das ist sehr nett«, sagt er, »aber Sie sind sicher müde.«

»Wenn ich allein sein will, kann ich jederzeit nach oben gehen. In meine Zimmerflucht. Sie haben keine Ahnung, wie klein das Haus war, in dem wir gewohnt haben.«

»Ich glaube, ich kann's mir vorstellen.«

»Sind Sie zufrieden mit dem Klavier?«

Zögert er da? »Ja. Es geht gut.«

»Ich weiß nicht, ob ich Ihnen glauben kann«, sagt sie.

»Na ja, ein, zwei Töne sind ein bisschen – daneben. Ich weiß nicht, ob der Laie es bemerken würde ... und ich bin sicher, dass ein Klavierstimmer das in Ordnung bringen kann.«

Grace sagt nichts.

»Es ist eines der besten Klaviere, auf denen ich gespielt habe.«

»Das kann nicht sein. Es hat jahrelang nur rumgestanden.«

»Ich liebe es.«

»Der Name ist merkwürdig. Ich habe ihn noch nie gehört.«

»Deutsch. Sehr selten.«

»Durch den Ortswechsel haben sich die Töne verändert?«

»Es ist unmöglich, den Standort eines Klaviers zu verändern, ohne dass es irgendwie darauf reagiert. Aber ich bin zufrieden mit dem Klang.«

Grace fühlt sich irgendwie schuldig. Hätte sie nicht

darauf bestanden, Merles Räume zu beziehen, wäre der Schaden nie eingetreten. Aber nein, sie alle zusammen mit einem Mann dort oben, das wäre unmöglich gewesen. Sie weist die Schuld zurück. Sie kann sich jetzt keine Schuldgefühle leisten.

Nach einer Weile greift Aidan zu seinem Buch. Grace holt einen Zettel und einen Bleistift aus ihrer Rocktasche und schreibt eine Liste all der Dinge, die sie am folgenden Tag erledigen muss.

Wie still das Haus ist. Wie unbehaglich sie sich fühlt. In einem Wohnzimmer, das ihr fremd ist, mit einem Mann, der ihr fremd ist. Ist das alles das Werk des Feuers? Sie erinnert sich an Dr. Lighthar ts Bemerkung über die Diaspora. Auch Aidan ist ein Vertriebener. Wohin gehört er?

Gene muss tot sein, erkennt sie mit innerem Erschrecken. Er hätte diesem Haus nicht den Rücken gekehrt. Er hätte seinen Kindern nicht den Rücken gekehrt. Kälte legt sich um ihre Schultern bei der Vorstellung, dass er tot ist, sein Fleisch verbrannt, seine weißen Knochen auf einem Maisfeld oder dem Waldboden, vielleicht Beute von Tieren. Die Qual eines solchen Todes. Und keinen Ruheplatz zu haben, kein Grab, an dem seine Frau und seine Kinder seiner gedenken können. Das ist nicht recht.

Sie setzt sich ein wenig anders in ihren Sessel und fragt sich, wie lang es dauern wird, all ihre schmerzlichen Erinnerungen durch liebevolle zu ersetzen.

Hundert Jahre, denkt sie. Mindestens hundert Jahre.

AIDAN

Das Wohnzimmer im Schein seiner Lampen scheint ihr ein freundlicher Ort zu sein. Sie hat sich angewöhnt, es aufzusuchen, sobald die Kinder im Bett sind, weil Aidan dort oft sitzt. Ihre Mutter kommt trotz ihrer Aufforderungen nie mit, sie geht lieber nach oben

»Sind Sie Ire?«, fragt sie Aidan eines Abends.

»Ja.« Er sieht von seinem Buch auf. Wenn Grace hereinkommt, begrüßt er sie immer, indem er halb aufsteht.

»Sprechen Sie Gälisch?«

»Früher mal, ja.«

»Sie haben keinen irischen Akzent.«

»Den hab ich abgelegt.«

Grace schlägt ihr Buch beim Lesezeichen auf. »Warum?«

»Keine Iren, bitte.«

»Immer noch?«

»Immer noch.«

»Ist Berne ein irischer Name?«

»Ja. Oder auch französisch.« Aidan sagt einen französischen Satz, in dem Berne vorkommt. Das »E« klingt

167

offen. »Oder deutsch.« Er lässt einen harten deutschen Wortschwall folgen. Grace hört nicht einmal das »Berne« heraus. »Oder auch Dänisch.« Er spricht Dänisch, und sie hört zwar das »Berne«, aber es klingt total verzerrt.

Sie sieht ihn an. »Das haben Sie alles erfunden, stimmt's?«

Er lächelt. »Vielleicht.«

Oben, in ihrem Schlafzimmer, sieht Grace noch einmal nach den schlafenden Kindern und bleibt vor dem Fenster stehen. Sie starrt auf ihre Füße. Als sie versuchsweise ein paar Schritte macht, kommt sie allmählich wieder in den Rhythmus, und ihre Füße folgen. Sie strafft den Rücken, hält die Arme seitlich und beginnt die einfachsten Schritte auszuführen. Sie wünscht, sie hätte Steppeisen an den Schuhen. Gerade das Klappern des Metalls war so befriedigend.

In der Gewissheit, dass niemand ihr zusieht, richtet Grace den Blick geradeaus (»Schaut nie auf eure Füße!«) und bewegt sich in gerader Linie seitlich durchs Zimmer, dann vor und zurück, wie sie es in Erinnerung hat. Zweimal in der Woche begleitete sie Pat Rooney zu ihrem Kurs in irischem Stepptanz. Sie hat nicht mitgetanzt, nur zugeschaut, aber manchmal hat Patty ihr nach dem Kurs diesen oder jenen Schritt beigebracht. Grace erinnert sich, bei einer Tanzaufführung, zu der Patty sie mitnahm, mit Mrs Rooney im Publikum gesessen zu haben, begeistert von der Disziplin der Tänzer, die die Oberkörper völlig unbewegt hielten, während die Füße herumwirbelten.

Grace tanzt bis zur Atemlosigkeit. Sie wischt sich die Stirn und die Unterarme mit einem Taschentuch ab. Sie spricht ein paar Worte Irisch.

Marjorie staffiert Claire und Tom mit dunkelgrünen Pullovern aus, die sie ihnen gestrickt hat.

»Wo hast du die Wolle gefunden?«, fragt Grace beim Frühstück.

»In einer Schublade voller Pullis. Sie müssen Gene gehört haben. Ich habe einen aufgetrennt, die Wolle gewaschen und damit die hier gestrickt.«

»Erstaunlich, deine Talente«, sagt Grace.

»In meiner Generation haben fast alle Frauen nähen und stricken gelernt.«

»Ich hatte auch Handarbeit.«

»Es ist etwas anderes, wenn man das zu Hause lernt. Wenn es eine Notwendigkeit ist.«

»Ich hab die Dreißiger miterlebt.«

»Ja, aber du warst nicht diejenige, die für alles sorgen musste.«

Über ihre Kaffeetasse hinweg bläst Grace ihrer Mutter ein Küsschen zu. »Du hast mir so geholfen.«

»Du bist jetzt mein Leben. So, wie Claire und Tom deins sind.«

Es klingt wahr, ist es aber nicht ganz. Zu Graces Leben gehören auch Gene und Merles Haus und die Notwendigkeit, Arbeit zu finden, die verzweifelte Geldnot und ein tiefer Wunsch nach mehr vom Leben.

»Ich hab mir gedacht, ich geh mit den Kindern nach nebenan«, sagt Marjorie. »Ich habe die Nachbarin kennengelernt, Maureen. Sie ist nett, hat mich eingeladen. Ich hab ihr gesagt, dass ich vielleicht die Kinder mitbringe.«

»Ich habe mir gedacht, ich bewerbe mich um eine Stellung.«

»Ach ja?«

»Angenommen, ich würde arbeiten, würdest du es hier allein schaffen?« Sie meint die Kinder versorgen, kochen, putzen.

»Ich denke schon. Bei den Einkäufen und schweren Arbeiten würde ich Aidan um Hilfe bitten. Wie willst du denn überhaupt zur Arbeit kommen?«

»Mit dem Bus. Oder zu Fuß, wenn's nicht anders geht.«

»Na ja, es ist ja nur vorübergehend. Bis Gene zurückkommt.«

»Genau«, stimmt Grace zu.

»Aber was willst du denn anziehen?«

»Ich nehme mir Merles Schrank vor, so, wie du dir Genes Schublade vorgenommen hast.«

Als Marjorie und die Kinder von ihrem Besuch bei Maureen zurückkommen, die sich als die Köchin entpuppte, nicht als die Hausherrin – »Köstliches Sodabrot; wir brauchen gar kein Mittagessen mehr« –, legen sie die Kinder zum Mittagsschlaf hin. Grace, die Merles Schrank nicht ohne ihre Mutter öffnen möchte, macht eine Zeremonie daraus, als ihre Mutter neben ihr steht.

»Du meine Güte«, sagt Marjorie. »Der ist ja riesengroß.«

Gemeinsam betreten sie den imposanten begehbaren Schrank, fasziniert von der überquellenden Fülle.

»Sie muss ja ein reges gesellschaftliches Leben geführt haben«, meint Marjorie mit einer umfassenden Geste. »Schau dir diese Unmengen Seidenkleider und Pelze an. Und das ist kein Biberlamm, das kannst du mir glauben.« Sie hält den Ärmel eines Pelzmantels hoch.

»Ich weiß nicht, wo ich anfangen soll«, sagt Grace.

»Sieh dich um, und ich überlege inzwischen, was wir heute Abend essen. Such ein paar Sachen aus, vielleicht kann ich sie dir passend machen. Du bist ungefähr genauso groß wie Merle, allerdings hatte sie, so wie ich das sehe, gut sieben Kilo mehr als du.«

Grace tritt ins Turmzimmer, wo Aidan am Klavier sitzt. Sie lässt einen Schwung Kleider auf einen Sessel fallen. »Meine Mutter will die ändern, damit ich etwas zum Anziehen habe, wenn ich auf Arbeitssuche gehe.«

»Woher kommen die?«

»Aus Merles Kleiderschrank.«

Aidan hat die Ärmel bis zu den Ellbogen aufgerollt. Er hat sich noch nicht rasiert.

»Sie finden, ich sollte das nicht tun«, sagt Grace.

Er dreht sich auf dem Hocker um. »Im Gegenteil, ich finde, Sie müssen.«

»Die alten Regeln gelten nicht mehr, oder?«

»Das ist im Fall einer Katastrophe so.«

»Ist es nicht Diebstahl?«, fragt sie.

»Nein, unter diesen Umständen nicht.«

»Na gut. Was halten Sie von dem hier?« Grace hält das Kleid an den Schultern vor ihren Körper. Ihrer Mutter hat die jadegrüne Seide mit den goldenen Knöpfen und dem goldenen Besatz an den Ärmeln gefallen. Sie fand, die Farbe passe zu Graces Teint.

»Und wo wollen Sie damit hin?« Aidan verschränkt die Arme.

»Es gefällt Ihnen nicht.«

»Es ist ein bisschen — ich weiß nicht — übertrieben?«

171

Grace dreht das Kleid und mustert es von vorn. Sie wirft es auf einen anderen Sessel. »Wie finden Sie das hier?«

Aidan neigt den Kopf zur Seite. »Es ist rot.«

»Ja?«

»Und es hat weiße Punkte.«

»Und?«

»Vielleicht sollten Sie etwas Gedeckteres nehmen.«

»Sie sind spießig.«

»Eigentlich nicht.«

Sie lächelt, kramt den Kleiderstapel durch und zieht ein dunkelblaues Kleid mit weißem Kragen heraus. Sie hält es hoch.

»Ist Ihre Mutter so gut, dass sie da eine Taille hinkriegt?«, fragt Aidan.

»Sie finden, es braucht eine Taille?«

»Sie haben eine sehr hübsche Taille.«

»Danke, aber es hat kurze Ärmel. Zu leicht für den Winter.«

Wieder sieht Grace die Kleider durch und entdeckt ein hellgraues mit schmalem Rock und einem Jäckchen, das die Arme bedeckt. Es ist aus Wollstoff und wird sie warm halten.

Aidan nickt.

»Das ist das Richtige?«, fragt sie.

»Das sollten Sie tragen. Sind Sie nervös?«

»Ein bisschen.« Sie legt das graue Kleid zu den anderen und setzt sich in einen freien Sessel. »Haben Sie eine Zigarette?«

»Sie sind wirklich nervös.«

Sie nimmt sich eine Zigarette aus der Packung und neigt sich ihm entgegen, damit er ihr Feuer geben kann.

In den Sessel gelehnt, zieht sie den Rauch ein. »Haben Sie vor einem Konzert Lampenfieber?«

»Manchmal schwitze ich. Wenn es wirklich schlimm ist, bekomme ich Schluckauf.«

»Mit Schluckauf können Sie nicht auf die Bühne gehen. Was tun Sie dagegen?«

»Ich such mir ein Messer und steck es in ein Glas Wasser. Dann leg ich die stumpfe Seite der Klinge an meine Stirn und schlucke zehn Mal ganz langsam.«

»Und das wirkt?«

»Immer.«

»Haben Sie das gerade erfunden?«

»Nein.«

Grace drückt ihre Zigarette aus, zieht das gold-grüne Kleid – das er zu übertrieben fand – aus dem Stapel auf dem Sessel und beginnt mit ihm zu tanzen, ohne sich an eine feste Form zu halten, so, wie es ihr gerade einfällt. Von dem Spiel angesteckt, stimmt Aidan einen Walzer an. Grace gibt sich dem Tanz hin, als wäre sie mit dem Stoff verwachsen, der sich flatternd mit ihr dreht. Sie tanzt durch das Zimmer, umkreist Aidan am Klavier. Als er zu einem Charleston wechselt, drückt Grace das Kleid an ihren Oberkörper und schwenkt im Takt einen Ärmel vor und zurück, während sie die Beine wirft, wie es die jungen Frauen der Generation ihrer Mutter taten. Aidans Übergang zum Jazz inspiriert sie dazu, sich, immer noch das grüne Kleid auf dem Körper, in lässiger Pose in einen Sessel sinken zu lassen und sich geziert vorzubeugen, als wollte sie sich für eine Zigarette in einer langen Spitze Feuer geben lassen. Dann lehnt sie sich mit aufreizender Trägheit zurück und schlägt die Beine übereinander.

Aidan lacht und gleitet über in ein langsames Jazz-stück, das er, vermutet sie, in einem Nachtlokal in Harlem gelernt haben muss.

»Merles Kleiderschrank ist unermesslich. Sie hatte Dutzende von Kleidern und Pelzmänteln«, sagt sie, das grüngoldene Kleid gefaltet auf dem Schoß.

»Jemand sollte all diese Sachen tragen«, meint Aidan.

»Seit den Bränden gibt es immer wieder Kleidersammlungen. Vielleicht kann ich jemanden bestellen, der sie abholt.«

»Und wenn Ihr Mann zurückkommt? Wird er es Ihnen nicht übel nehmen, dass Sie die Sachen seiner Mutter weggegeben haben, ohne es mit ihm zu besprechen?«

»Doch. Im ersten Moment. Aber dann würde er die Notwendigkeit einsehen. Wenn wir hierhergezogen wären, was er ja vorhatte, hätte ich vermutlich den Inhalt von Merles Kleiderschrank bekommen.«

»Können Sie sich in Pelzen sehen?«

Grace lacht. »Nein. Was für eine Vorstellung. Wo geh ich denn schon hin?«

»Sie könnten zu einem meiner Konzerte kommen. Sie sähen wunderschön aus in einem Pelz.«

An ihrem Hals kriecht Röte hoch. »Ich habe dieses Haus gehasst, als ich die ersten Male herkam«, bemerkt sie und schaut weg.

»Warum?«

»Meine Schwiegermutter mochte mich nicht. Sie fand, ich hätte einen schlechten Einfluss auf ihren Sohn.«

»Und stimmt das?«

»Von ihrem Standpunkt aus sicher. Er sollte es zu etwas bringen. Eine Frau aus besseren Kreisen heiraten.«

In ihrem Schlafzimmer steigt Grace im Unterkleid auf ein Sitzkissen und betrachtet sich im dreiteiligen Spiegel über dem Toilettentisch. Ihren Kopf kann sie nicht sehen, nur ihren Körper. Ihre Haut ist blass, und das Unterkleid hängt ihr lose von den Schultern, liegt nicht an wie früher. Der gesunde Menschenverstand sagt Grace, dass das im Spiegel ihr Körper ist, trotzdem bewegt sie einen Arm, um sicher zu sein. Und senkt den Kopf, um doppelt sicher zu sein. Sie ist das reinste Gespenst geworden.

»Ich habe alles, was ich brauche!«, ruft ihre Mutter, als sie ins Zimmer tritt. »Du kannst da runterkommen. Ich muss erst Maß nehmen, bevor ich loslegen kann. Welches hast du dir ausgesucht?«

Bisweilen, wenn Grace durch die Räume des riesigen Hauses geht, denkt sie, dass sie das große Los gezogen hat. Sie denkt, dass sie das große Los gestohlen hat.

In der geräumigen Küche entdeckten sie und ihre Mutter gleich nach der Ankunft eine Waschmaschine und einen Gas-Wäschetrockner. Auf den ersten Blick wusste Grace nicht, was für ein Gerät das war. Es ist einen Meter hoch, sechzig Zentimeter breit und steht dicht am Boden. Als sie den emaillierten Deckel öffnete, sah sie drinnen eine Metalltrommel. Das Gerät hat nur einen Schalter – an oder aus –, und sie und ihre Mutter stellten nach mehreren Versuchen fest, dass es nur fünf-zehn bis zwanzig Minuten dauert, eine Ladung Wäsche zu trocknen. Handtücher und Waschlappen brauchten nicht mehr gebügelt zu werden. Sie waren sprach-los. Wenn Grace daran dachte, wie lange die Leintücher in diesem nassen Frühling zum Trocknen brauchten, konnte sie nur den Kopf schütteln.

Grace ist überzeugt, dass Merle die Maschine nie benutzt hat. Die Wäsche wird Clodaghs Ressort gewesen sein.

»Jetzt werden Blechhäuser für die Obdachlosen gebaut«, bemerkt Aidan an diesem Abend, als er und Grace im Wohnzimmer sitzen und lesen.

»Woher wissen Sie das?«

»Ich hab's auf der Post gehört.«

»Ach, da gehen Sie hin, wenn die Kinder mittags schlafen?«

»Ja, oder zum Einkaufen. Die Häuser sind nur eine Übergangslösung, bis neue gebaut werden können.«

Grace erinnert sich an die Wellblechpraxis. »Da muss es doch eiskalt sein.«

»Irgendeine Art von Isolierung werden sie schon haben. Gemütlich sind sie sicher nicht, aber die Leute reißen sich darum.«

Grace schweigt. »Wir sollten hier Flüchtlinge aufnehmen.«

»Das haben Sie doch schon getan«, sagt er.

»Worüber unterhaltet ihr euch abends, du und Aidan?«, fragt Marjorie am nächsten Morgen, während sie ihre Haferflocken essen.

Grace starrt ihre Mutter an. Wieso nun diese Frage? »Wir reden nicht viel. Wir sind höflich, aber die meiste Zeit lesen wir einfach.«

»Lesen?«

»Ja.« Grace weicht dem Blick ihrer Mutter aus.

Sie steht auf, um ihre Teetasse zu spülen, und sieht draußen Aidan mit den Kindern beim Rodeln. Den Schlitten muss er oben in dem alten Schuppen entdeckt haben. Da der Schuppen höher am Hang steht als das Haus, kann sich bei der Abfahrt einiges an Geschwindigkeit entwickeln. Die Kinder quietschen und verlangen mehr. Aidan setzt Claire hinter Tom auf den Schlitten und befiehlt ihr, den kleinen Bruder gut festzuhalten, während er sie beide wieder nach oben zieht. Er stößt seine Stiefelspitzen in die Trittlöcher im Schnee, die er beim ersten Aufstieg geschlagen hat. Es sieht aus, als klettere er eine Treppe hinauf.

Grace nimmt ihren Wollmantel vom Haken und geht vors Haus. Ein paar Minuten ist sie frei. Sie schlittert den glatten Hang der Auffahrt hinunter, überquert die Küstenstraße, schlägt sich durch die niedrigen Büsche und erreicht den Strand. In ihrer Eile hat sie Mütze und Handschuhe vergessen. Sie friert an den Ohren. Sie schiebt ihre Hände in ihre Manteltaschen und stößt auf eine Viertel-Dollar-Münze. Wo kommt die plötzlich her?

Das Meer ist in lebhafter Bewegung, wodurch ein tiefer blaugrüner Farbton erzeugt wird. Wenn man am Wasser lebt, ist das, als sähe man sich einen Film in Farbe an. Sie entdeckt einen großen Felsbrocken und setzt sich, drückt die Hände auf die Ohren, bis ihre Finger zu kalt werden.

Sie kann nicht sagen, ob sie je so glücklich war – sicher und geborgen mit ihren Kindern und ihrer Mutter in einem großen Haus, mit Aidan zur Seite als Hilfe und als Gesprächspartner. Sie erinnert sich, wie sie in Hunts Beach rauchend am Küchentisch gesessen und das Spülbecken angestarrt hat. Wie einsam und freudlos ihr das jetzt erscheint.

»Sie haben Ihre Mütze und Ihre Handschuhe vergessen.«

Aidan stülpt ihr die Mütze auf den Kopf und reicht ihr die Handschuhe, und ihr wird bewusst, dass sie ihn hierher zu sich gewünscht hat.

»Danke.« Sie blickt zu ihm hinauf. »Mir haben schon die Ohren gebrannt.«

»Ja, es ist ganz schön kalt«, sagt er, den schwarzen Wollmantel enger um sich ziehend. Er klatscht in die Hände. Er trägt Handschuhe und eine schwarze Strickmütze.

»Sind die Kinder drinnen?«, fragt sie.

»Tom kriegte Schnee ins Gesicht und fing an zu weinen. Ich musste sie beide zu Ihrer Mutter bringen.«

»Aber sie hatten anscheinend Spaß.«

»Sie sind wundervoll.«

Grace lächelt. »Ja.«

Er stellt sich neben sie und starrt zum Meer hinaus. Vielleicht ist er so fasziniert wie sie von dem schaukelnden Wasser. Es lässt das Meer wie ein lebendiges Geschöpf erscheinen.

»Ich bin jedes Mal wieder erstaunt, dass wir nicht nach England schauen, sondern nach Portugal«, sagt sie. »Und in London ist es wärmer als hier.«

»Der Golfstrom«, sagen sie beide gleichzeitig.

»Wünschen Sie sich manchmal, Sie könnten nach Irland zurück?«, fragt sie.

»Im Krieg war ich in allen verbündeten Ländern an der europäischen Front, außer in Irland und der Schweiz, die waren ja neutral. Irgendwann möchte ich da schon mal wieder hin. Ich habe noch Brüder drüben.«

»Ach, wirklich?«, fragt Grace überrascht.

»Zwei. Sie sind älter als ich und waren beide schon selbstständiger, als wir weg sind.«

»Für Ihre Mutter muss es schmerzhaft gewesen sein, sie zurückzulassen.«

»Meine Eltern hatten vor, Geld für ihre Überfahrt auf die Seite zu legen, aber der ältere wollte nicht weg, und der zweite dann auch nicht.«

»Ich kann mir nicht vorstellen, wie es ist, in einer großen Familie aufzuwachsen. Ich bin ein Einzelkind.«

»Wie alt sind Sie?«

»Vierundzwanzig. Und Sie?«

»Ich bin im September neunundzwanzig geworden.«

»Und Sie reisen also von Ort zu Ort, wann immer ein Pianist gebraucht wird?«

»Ich hab schon alles Mögliche gemacht«, sagt er. »Musikunterricht in der Schule gegeben, als Solist mit Orchestern gespielt, ein paarmal versucht, eine Band zusammenzustellen.«

»Es stört Sie nicht, kein festes Zuhause zu haben?«

»Bisher hat's mich nicht gestört, nein.«

»Diese Hingabe an eine Sache muss etwas Wunderbares sein«, sagt Grace.

»Sie ist ein Geschenk. Das ist schon wahr. Aber ich bewundere Sie.«

»Mich? Wofür?« Sie sieht ihn mit zusammengekniffenen Augen an.

»Dass Sie Ihrer Familie diese Geborgenheit geben, einen klaren Kopf behalten, obwohl Sie sich entsetzliche Sorgen um Ihren Mann machen müssen.«

Nach dem Abendessen geht Grace mit ihrem Buch ins Wohnzimmer und freut sich, Aidan anzutreffen.

»Morgen geh ich los und such mir Arbeit«, bemerkt sie. »Unten fährt ein Bus, den ich nehmen kann.«

»Wo fangen Sie an?«

Sie legt den Kopf schief. »Das sag ich Ihnen, wenn ich etwas gefunden habe.«

»Ich kann's kaum erwarten.‹

Sie versetzt ihm einen leichten Tritt gegen den Stiefel. »Wie macht sich denn Ihre Suche?«, fragt sie.

»Ich habe ein halbes Dutzend Anfragen losgeschickt. Mal sehen, was dabei herauskommt.«

»Wo suchen Sie?« Ihr fällt seine handgestrickte Jacke aus brauner Wolle auf. Eine Mutter? Eine Geliebte? Eine Schwester? Eine Ehefrau?

»Boston. New York. Chicago. Baltimore.«

»So weit weg?«

Er setzt sich gerade auf und räuspert sich. »Ich muss an Orte, wo es Orchester gibt.«

»Was lesen Sie?«, fragt sie.

»Eine Biografie von Antonín Dvořák.«

Sie weiß nicht, wer Antonín Dvořák ist.

»Ein tschechischer Komponist. Brahms war sein Mentor. Und was lesen Sie?«

»Die Stücke von Eugene O'Neill. Jetzt lese ich gerade ›Der Eismann kommt‹.«

Er nickt.

»Sie kennen das Stück?«

»Ja.«

»Ich versuche, mir beim Lesen alles plastisch vorzustellen«, sagt sie. »O'Neill war Amerikaner irischer Abstammung.«

»Gefallen Ihnen die Sachen?«

»Er ist sehr düster und voll von Schmerz.«

»Unser nationales Erbe.«

»Sind Sie düster und voll von Schmerz?« Es soll ein Scherz sein.

»Manchmal.«

Graces abendliche Gespräche mit Aidan enden oft abrupt. Sie möchte so viel mehr sagen – fragen –, aber sie reden, ähnlich wie früher sie und Gene, in Häppchen. Anders als bei den Gesprächen mit Gene interessieren sie die Häppchen.

Grace nimmt einen Stapel Papiere aus einer Schublade in Merles Schlafzimmer, legt ihn aufs Bett und setzt sich daneben, den Rücken ans Kopfteil gelehnt. Sie möchte sich einen Überblick verschaffen über die Instandhaltung des Hauses und die Kosten. Auf einem Zettel, der mit einer Büroklammer an die erste Seite geheftet ist, steht »1947«, danach ist keine bestimmte Ordnung mehr erkennbar. Sie findet eine Rechnung vom Schuster unter einer Stromabrechnung, ohne einen Hinweis darauf, ob die Rechnungen bezahlt sind. Keine Mahnungen, kein Scheckbuch. Hat Merle immer nur bar bezahlt oder per Postanweisung? Sie stößt auf eine horrende Rechnung für ein goldenes Armband mit zehn einkarätigen Brillanten. Ein solches Armband ist ihr bisher nicht untergekommen, und sie vermutet, dass Merle ihren teuren Schmuck irgendwo versteckt hat. Vielleicht in einem Schließfach.

Mehrere Arztrechnungen sind zusammengeheftet – unten die von Dr. Franklin, dann die eines Krebsspezialisten, schließlich die des Krankenhauses. Musste Merle die bezahlen, während sie im Sterben lag? Es muss ein Testament geben, Bankkonten. Gene muss das gewusst haben. Merkwürdig, dass er immer nur von dem Haus gesprochen hat.

Sie entdeckt eine Rechnung für vier Kleider von Best & Co. in Boston, mit kurzer Beschreibung. »Satin, Gürtel mit Strassschließe«. »Dunkelblauer Rock, schräg geschnitten«. »Altrosa Fortuny-Rock, Seide, plissiert«. »Nerzkappe, Stil Turban, Futter kardinalrote Seide«. Wo hat Merle diese Sachen getragen? Den seidenen Fortuny-Rock vielleicht auf einer Cocktail-Party? Den schräg geschnittenen Rock beim Bridge? Das Satinkleid mit der Strassschließe zu einer Hochzeit im Winter?

Ganz unten liegen drei zusammengeheftete Rechnungen von drei aufeinanderfolgenden Monaten, jede für einen Karton Edgerton Pink Gin.

O'Neills Worte verschwimmen auf der Seite. Ihr gegenüber sitzt Aidan in einem gestreiften Hemd und einem schwarzen Pullover mit V-Ausschnitt. Ihr fallen die Manschettenknöpfe aus Onyx auf. Sie erfasst diese Einzelheiten mit kurzen Blicken.

Sie greift in ihre Tasche und holt ihre Zigaretten heraus, beugt sich ein wenig vor, um ihm eine anzubieten, bemerkt aber dann seine Packung, Camel, und eine Schachtel Streichhölzer auf dem Tisch neben ihm. Sie wünscht, sie könnte den Namen des Restaurants auf der Oberseite entziffern. Ist sie aus New York oder St. Louis?

Einmal wippt er kurz mit dem Fuß. Sie zieht lang an ihrer Zigarette. So vieles in diesem Zimmer hat sie nie bemerkt. Die Delfter Uhr. Die silbernen Dosen auf einem Schreibtisch. Das gedunkelte Porträt eines bedeutenden Mannes. Nein, eines Mannes, der sich für bedeutend hielt. Aber da hatte sicher der Maler ein Wörtchen mitgeredet. Vielleicht war dem Mann auf dem Gemälde gesagt worden, er solle mit erhobenem Haupt stehen, eine Hand unter den geknöpften Gehrock geschoben. In der anderen Hand hält er ein Buch, ein Detail, das sie veranlasst, ihre Vorstellung sowohl vom Porträtierten als auch vom Porträtisten zu ändern. Ein Buch, keine Bibel, lässt auf Gelehrtheit im Gegensatz zu Geld und Handel schließen. Als sie den Blick von dem Bild abwendet, bemerkt sie, dass Aidan sie anstarrt. Sie lächelt ein wenig.

»Hatten Sie einen guten Tag?«, fragt er.

»Ja. Ich glaube wenigstens, ich kann mich kaum erinnern.«

»Sie haben immer so viel zu tun.«

»Ja, wahrscheinlich. Ich habe mir gerade das Porträt angesehen und überlegt, was für einen Beruf der Mann hatte.«

Er betrachtet das Bild. »Er hat jedenfalls gelesen. Vielleicht war er ein Lehrer, der viel von sich gehalten hat. Ich nehme an, es ist ein Verwandter Ihres Mannes.«

»Was glauben Sie, aus welcher Zeit es stammt?«

»Der Kleidung und dem Schnauzbart nach müsste das Mitte bis spätes neunzehntes Jahrhundert sein. Er könnte der Großvater Ihres Mannes gewesen sein.«

»Sie wird man auch einmal porträtieren«, sagt sie.

»Warum sagen Sie das?«

»Sie werden ein bedeutender Musiker werden, und dann wird jemand Sie malen wollen.«

»Höchstens fotografieren vielleicht. Für ein Plakat.«

»Ich habe gerade gedacht, welch ein Talent in Ihren Fingern steckt.« Sie hat seine Finger so schnell über die Tasten fliegen sehen, dass sie vor ihren Augen verschwammen.

»Fingerfertigkeit muss natürlich da sein«, räumt er ein, »aber die Finger bringen nur hervor, was im Gehirn vorhanden ist.«

»So viel Musik im Gehirn. Es muss ja randvoll sein.«

Er lacht. »Oh, da ist noch Platz für viel mehr.«

Grace versucht sich wieder an ihrem Buch, liest aber denselben Satz dreimal hintereinander. »Waren Sie mal verheiratet?«, fragt sie, einen Fussel von ihrem taubenblauen Pullover zupfend.

»Nein, meine Arbeit ist Heiratsplänen nicht zuträglich. Ich bin zu viel unterwegs, zu viel Nachtarbeit.«

Ihre Hand zittert, als sie umblättert. Sie drückt ihre Finger fest auf das aufgeschlagene Buch. Bildet sie sich nur ein, dass zwischen ihnen eine Verbindung besteht? Nicht die zwischen Vermieterin und Mieter, die ja Tatsache ist. Nicht die zwischen zwei der Katastrophe Entkommenen, die ebenfalls Tatsache ist. Und auch nicht eine zwischen Freunden, wie sie zwischen ihr und Rosie bestanden hat. Grace ist verheiratet. Wieso vergisst sie das immer wieder?

Ihr Körper, denkt sie, würde sprechen, wenn er könnte: Berühre meine Hand. Lass mich deine Hand berühren. Leg deine Hand in meinen Nacken. Nicht mehr. Mehr darf ihr Körper nicht verlangen.

Ihre Mutter hat ihn gut aussehend genannt. Die gerade Stirn und die Augen, ein weiches Braun. Seine Haare wellen sich leicht, aber nur an manchen Stellen, als wären sie unschlüssig. Sein Mund ist gleichmäßig und scharf gezeichnet, in keiner Weise grausam, aber – ernst. Ja, sie würde sagen, dass er einen ernsten Mund hat.

»Ich mag dieses Haus«, sagt er.

»Wirklich?«

»Ich lebe immer aus dem Koffer. Das hier ist wunderbar, finden Sie nicht?«

»Ja, wahrscheinlich. In diesem Haus hat eine Frau gelebt, die mich gehasst hat, aber ich habe es langsam schätzen gelernt, ohne an sie denken zu müssen.«

»Nicht einmal Kinder konnten das Eis brechen?«

»Offenbar nicht.«

»Ihr Mann muss darunter gelitten haben.«

»Ja.« Aber hatte er gelitten? Vielleicht nicht.

In welcher Hinsicht hätte ihr Leben sich anders gestaltet, wenn sie Gene nicht geheiratet hätte? Wäre sie dann jetzt irgendwo Sekretärin? Eine unverheiratete Tochter, die bei ihrer Mutter lebt? Wäre sie vielleicht jemandem begegnet, der sie wahrhaft liebt?

»Woran denken Sie?«, fragt er. »Sie sehen nachdenklich aus.«

Soll sie es ihm sagen? »Ich habe mich gefragt, wie mein Leben geworden wäre, wenn ich Gene nicht begegnet wäre, aber ich musste sofort daran denken, dass ich dann meine Kinder nicht hätte, jedenfalls nicht diese hier, und damit war die Sache erledigt.«

Er schweigt.

»Stellen Sie sich manchmal ein anderes Leben vor?«, fragt sie.

»Nein, eigentlich nicht. Ich würde gar kein anderes Leben wollen.«

»Sie haben zu schwer gearbeitet.«

»Ja, so in etwa.«

Er kehrt zu seiner Lektüre zurück. Verschwimmen ihm auch die Wörter auf der Seite? Sie zündet sich eine zweite Zigarette an. Wenn sie so weitermacht, wird sie zur Kettenraucherin werden. Vor einem Jahr entdeckte Grace an einem hektischen Morgen, dass sie eine brennende Zigarette auf dem Rand des Waschbeckens abgelegt hatte, während in der Küche noch eine im Aschenbecher brannte. Das erschreckte sie, und sie schwor sich, vorsichtiger zu sein. Erneut blickt sie zu Aidan hinüber und entdeckt, dass er sie wieder anstarrt.

Sie lächelt, und er schaut weg.

Sie schlägt die Beine übereinander, nimmt seidiges Rascheln wahr, drückt ihre Zigarette aus. Sie sollte aufstehen.

»Was haben Sie morgen vor?«, fragt er.

»So ziemlich das Gleiche wie heute. Ich wollte eigentlich auf Arbeitssuche gehen, aber es heißt, der erwartete Sturm soll heftig werden. Ich möchte meine Mutter nicht mit den Kindern allein lassen.«

»Ich bin hier«, sagt er.

»Danke, aber ich glaube, ich warte bis Montag. Fange noch mal neu an.«

Als er die Ärmel herunterrollt, erkennt sie auf dem Zifferblatt seiner Uhr, dass es weit nach neun ist. Sie würde bis ein Uhr morgens bleiben, wenn er sie darum bäte. Er wünscht, sie möge bleiben, das spürt sie.

Aber nach einer weiteren Minute sagt Aidan: »Ich glaube, ich gehe jetzt mit meinem Buch zu Bett.«

Er steht auf und achtet darauf, sie nicht zu berühren.

Sie fühlt sich beraubt, noch ehe er das Zimmer verlassen hat.

Grace liegt in ihrem Himmelbett, die Kinder schlafen. Sie starrt zum Betthimmel hinauf und spürt, wie Hitze in ihr Gesicht flutet und wieder verebbt. Sie möchte ihre Lippen auf Aidans Haut drücken. Sie wünscht sich, er würde mit seinen Fingern durch ihre Haare streichen. Das ist alles. Muss es mehr sein? Ja, sonst würde sie sich nicht so fühlen. Sie weiß, es zu tun, mag falsch sein, es zu wünschen ist es nicht.

Am Morgen packt sie die Kinder warm ein, und sie und Claire gehen den gekiesten Weg hinunter. Sie zeigt Tom, den sie auf dem Arm trägt, das Meer. Sie fragt sich, ob er es aus der Brandnacht noch in Erinnerung hat, ob ihm für immer ein Rest Liebe zu oder Furcht vor dem Meer bleiben wird. Welche Wirkung wird die grauenvolle Nacht bei Claire hinterlassen? Oder wurde durch die Nähe der Mutter, die sie beide während der Katastrophe fest in den Armen hielt, eine schützende Hülle geschaffen, die ihnen immer eine Hilfe sein wird?

Die Eiskruste auf dem Schnee ist weich geworden, das macht die Fortbewegung leichter. Grace ermahnt Claire, nach beiden Seiten zu schauen, bevor sie die Küstenstraße überqueren, obwohl seit einer halben Stunde kein Fahrzeug vorbeigekommen ist. Auf der anderen Seite steigen sie über niedriges Stachelgebüsch, Gras und schneebedeckte Sandhügel. Claire verliert einen Stiefel, Grace hebt ihn auf und schiebt ihn über Claires nassen Socken. Es ist Niedrigwasser, auf dem Kies hat das Meer reichlich Treibgut hinterlassen. Als kleines Mädchen hat Grace am Strand immer geschliffene Glasscherben gesammelt. Sie zeigt Claire, wonach sie suchen muss, und bemerkt dabei, dass Hunderte von Smaragden unter den Ablagerungen verstreut sind. Bei näherem Hinsehen stellt sie fest, dass es kleine Stücke smaragdgrünen, vom Wasser geschliffenen Glases sind, jedes etwa von der Größe eines Schmucksteins in einem Ring. Andere Farben gibt es an diesem Tag nicht, auch keine anderen Formen. So eine Komposition hat sie noch nie gesehen. Woher diese einzigartige und einheitliche Auswahl?

»Claire«, sagt sie, »siehst du die kleinen Stückchen da? Das sind Meeresedelsteine. Sehr kostbar. Komm, wir suchen uns welche und sammeln sie in dem Taschentuch hier, und zu Hause machen wir Schmuck aus ihnen.«

Claire reißt die Augen auf. Sie hat die glänzenden Schmuckstücke auf dem Toilettentisch ihrer Mutter gesehen. Grace setzt Tom auf einen kleinen Sandhügel und lässt, während sie selbst nach Smaragden sucht, Claire nicht aus den Augen. Doch ihre Tochter scheint instinktiv zu wissen, dass Edelsteine nicht zum Essen da sind. Weil ihr die Fäustlinge beim Aufheben der Smaragde im Weg sind, lässt sie sie einfach fallen und sammelt an grünem Glas ein, was sie finden kann. Als sie ihre Schätze ihrer Mutter bringt, finden sich ebenso viele Kiesel wie glänzende Scherben unter ihnen. Tom ist mit einer Muschel beschäftigt. Grace richtet sich auf und streckt ihre Glieder und schaut dabei zum Haus auf dem Hügel hinauf, das sie noch nie von diesem Punkt aus gesehen hat. Ihr Blick fällt auf Aidan, der mit den Händen in den Hosentaschen zu ihr und den Kindern hinunterblickt. Sie winkt. Sie kniet sich neben ihre Tochter.

Als das Taschentuch voll ist und Claires Hände rot vor Kälte, knüpft Grace das Bündel zu und steckt es ein. »Komm, zieh deine Fäustlinge wieder an, dann gehen wir rauf und machen Schmuck. Wir lassen uns von Oma zeigen, wie es geht.«

Tom, der sich eine Muschel voll Strand über das Gesicht gekippt hat, klebt Sand in der Nase und auf der Zunge. Grace nimmt ihn auf den Arm und blickt noch einmal zum Turmfenster hinauf. Aidan ist nicht mehr da.

In einer Kramschublade in Merles Zimmer findet Grace eine alte Brosche, der die meisten der schmückenden Saatperlen fehlen. Sie nimmt sie mit nach unten und fragt ihre Mutter, ob sie irgendwo Klebstoff entdeckt habe. Oben, im Nähkasten, meint ihre Mutter. Grace und Claire beugen sich über die Brosche und kleben die Smaragde, die nicht an Claires Fingern kleben bleiben, in die silberne Fassung. Während sie noch bei der Arbeit sind, kommt Aidan in die Küche, um sich das belegte Brot zu holen, das Graces Mutter ihm gemacht hat. Er fragt Claire, was sie da tut, und Claire antwortet, dass sie Schmuck macht. Grace lächelt.

Am Nachmittag fragt Aidan Marjorie, ob es sie stören würde, wenn er den Nachmittag hindurch übt. Nein, sagt sie, aber vielleicht könne er ihr helfen, die Betten der Kinder ins Kinderzimmer im zweiten Stock zu bringen, wo sie besser schlafen können. Grace, die am Fuß der Treppe mitgehört hat, sieht zu, wie Aidan zuerst den Laufstall und dann das Kinderbett nach oben trägt. Ihre Mutter folgt mit dem Bettzeug.

Außer Sicht von Aidan hört Grace ihm beim Spielen zu. Es ist dasselbe Stück, das er übte, als sie in Merle Hollands Haus kam, und sein Spiel ruft ähnliche körperliche Empfindungen hervor wie an jenem Tag. Gelegentlich bricht Aidan ab, um eine Passage zu wiederholen oder die Klaviatur hinauf- und hinunterzufliegen, um Läufe zu üben. Dann geht er zu einem späteren Teil des Konzerts über. Grace lehnt den Kopf an den Sesselrücken und begleitet ihn.

Nachdem der Abwasch gemacht ist und die Kinder im Bett sind, geht Grace zögernd die Treppe hinunter. Gleich wird sie mit ihrem Buch ins Wohnzimmer treten. Sieht Aidan diesen Abenden mit der gleichen Erwartungsfreude entgegen wie sie? Als sie um die Ecke biegt und ihn wie immer in seinem Sessel sitzen sieht, ist sie zutiefst erleichtert.

»Wie ist die Brosche geworden?«, fragt er, als sie sich setzt.

»Nicht schlecht. Na ja… Haben Sie auf Ihre Anfragen etwas gehört?«

»Ja.«

Grace hebt den Kopf.

»Ich soll beim Boston Symphony Orchestra vorspielen.«

Eine Faust trifft ihre Brust. »Das ist ja wunderbar. Wann haben Sie es erfahren?«

»Heute Nachmittag auf der Post.«

»Oh«, sagt sie, als ihr klar wird, was diese Einladung zum Vorspielen bedeutet. »Und wann findet es statt?«

»Morgen.«

»Morgen? So bald?«

»Ja, sie brauchen sofort jemanden.«

Sie klappt ihr Buch zu. »Deshalb haben Sie den ganzen Nachmittag geübt.«

»Ich hoffe, ich habe nicht den Mittagsschlaf der Kinder gestört.«

Ihr fällt auf, dass er sein Buch nicht mitgebracht hat. »Nein, nein.«

»Grace, es war schön hier.«

Halt, würde sie am liebsten sagen. Sie hält seinen wehmütigen Ton nicht aus, diese Vorbereitung auf einen Abschied. Er steht auf und beginnt, hin- und herzugehen. Er geht einmal durch das ganze Zimmer und wieder zurück.

»Wie kommen Sie nach Boston?«, fragt sie.

»Mit der Bahn.«

»Es kann sein, dass es heute Nacht schneit.«

»Ja.«

»Heute Nachmittag sah es ganz danach aus«, fügt sie hinzu. »Wenn es heute Nacht schneit, fahren vielleicht keine Züge.«

»Nein, vielleicht nicht.«

Nur die Leselampen erhellen den Raum. Wenn er zur anderen Seite geht, kann sie ihn kaum erkennen. Immer wieder kehrt er zu ihr zurück. Als er des Wanderns müde ist, lehnt er sich an die Wand »Ich möchte hier nicht weg«, sagt er. »Ich möchte nicht von Ihnen weg.«

Sie sagt in leichtem Ton: »Vielleicht komme ich zu einem Ihrer Konzerte.«

»Im Pelz«, sagt er.

Sie wird nie eines seiner Konzerte besuchen. Sie kann sich kaum den Bus für die Arbeitssuche leisten, geschweige denn eine Reise nach Boston. Und sie könnte wohl kaum die Kinder mitnehmen. Genauso ausgeschlossen ist es, dass sie jemals einen von Merles

Pelzen tragen wird. Sie hat schon genug geräubert im Kleiderschrank ihrer Schwiegermutter. Und ist es nicht jetzt ihre Rolle, auf die Heimkehr ihres Ehemanns zu warten?

»Vielleicht komme ich ja wieder hierher«, sagt er.

Wann? In drei Monaten? In sechs? In einem Jahr? In zwei?

Sie hält den Kopf gesenkt und weiß, dass er sie betrachtet. Sie hat Angst, den Blick zu heben, sie wäre verloren. Sie beißt sich auf die Unterlippe.

»Wenn ich ganz leise spiele, würde das Ihre Mutter wecken?«, fragt er.

»Sie sind alle oben im zweiten Stock. Nachdem wir die Sachen für den Mittagsschlaf raufgehievt hatten, war's uns zu viel Mühe, alles wieder runterzuschleppen.«

Er nimmt sie bei der Hand und führt sie ins Turmzimmer. Sie setzt sich auf einen der »Zuhörerstühle«.

Er spielt gedämpft, um niemanden zu wecken. Die Töne kitzeln ihre Haut und beruhigen ihre Seele. Er will ihr etwas mitteilen, und sie versteht es, ja, wirklich, obwohl alles ohne Worte ist. Musik lässt sich nicht in Worte fassen. Sie spürt, wie die Klänge sie umhüllen, doch nicht so, wie eine Mutter vielleicht ihr Kind umhüllen würde.

Vier Wandleuchten spenden Licht. Sie stellt sich Aidan im Abendanzug auf einer Bühne vor. Das wird seine Welt sein – die Welt eines Mannes, der die Menschen aufhorchen lässt.

Die Musik ist fordernd und sinnlich. Kein Kind könnte eine solche Umarmung verstehen. Es ist etwas, wonach sie sich gesehnt hat, sich auch jetzt noch sehnt. Die Musik steigert sich in einem Crescendo und sinkt dann in sich zusammen, so sachte wie ein Kissen. Sie schließt die Augen und lässt sich von ihr an einen Ort tragen, an dem sie nie gewesen ist.

Das wird ihnen bleiben, diese nächsten Minuten, diese nächsten wenigen Takte. Sie weiß, dass sie nie vergessen wird, dass sie in Zukunft nur ein Bruchstück dieser Musik zu hören braucht, um sich in dieses Zimmer, an diesen Abend zurückversetzt zu fühlen. Sie öffnet die Augen und beobachtet ihn beim Spielen. Sein Blick scheint auf einen fernen Punkt draußen auf dem Meer gerichtet zu sein und fällt nur gelegentlich auf seine Hände.

Sie möchte jeden Ton aufsaugen, jede Kombination von Tönen. Sie will alles, vor allem die Intimität, die dem Augenblick innewohnt. Es ist nicht die unverschämte Lust, von der Rosie einmal gesprochen hat, aber es muss dem nahe sein. Oder vielleicht ist es ein noch gewaltigeres Gefühl, das sie der Freundin nie wird erklären können.

Grace wünscht sich, sie und Aidan hätten vom ersten Tag bis heute nie ein gesprochenes Wort getauscht. Wie wunderbar, wenn sie in den neun Tagen, die sie zusammen gehabt haben, nur die Musik hätten sprechen lassen. Sie hätte nicht bemerkt, wie gut er mit den Kindern umgeht oder dass er sie mit seinem Charme zum Lächeln bringen kann. Sie wüsste nicht, wer Dvořák war. Aber jeden Abend hätte sie, hilflos und verzaubert auf ihrem Stuhl sitzend, dies hier durch ihn erlebt.

Er spielt, und sie treibt an der Krümmung der Erde entlang.

Er spielt, und ihr Körper ertrinkt in Dankbarkeit.

Er spielt, und sie weiß, dass es dem Ende zugeht.

Als er innehält, kann sie nichts sagen. Worte würden den Bann brechen, trivial und abgedroschen klingen. Sie würde ihm alles Gute wünschen müssen, und er würde die Floskel erwidern. Vielleicht würde er sagen, dass er ihr schreiben wird. Und alles, was sie gerade erfahren haben, würde von diesem Gemeinplatz zerstört.

Als er an ihr vorübergeht, hält er ihr die Hand hin.

In der dunklen Bibliothek zündet er wortlos eine Kerze neben dem Bett an. Die Musik hat sie schon entkleidet, es scheint nichts bemerkenswert daran, wenn sie jetzt Rock und Pullover ablegt, Unterrock, Büstenhalter, Hüftgürtel und Strümpfe. Als sie nackt ist, betrachtet er sie im gedämpften Licht, und sie schämt sich nicht. Er schlägt die Decken zurück, und sie legt sich auf die seidigen, weichen Laken. Sie tut, was sie sich schon so lange wünscht, in der Umarmung ihrer beiden Körper bietet sie ihm den entblößten Nacken, und er küsst ihn, während sie seine Haut küsst. Er berührt sie am ganzen Körper, schiebt die Hand ihre Wade hinunter bis zum Fuß; von ihrer Brust abwärts über ihre Flanke. Beide sagen kein Wort.

In ihrem Kopf spielt immer noch die Musik, aber vielleicht ist dies ein ganz neues Stück, von dringlicherer Kraft, mit einem schnelleren Rhythmus unter fiebrigen Fingern. Er hält inne, zu ihrer beider Schutz, dann schlüpft er mühelos in sie hinein, und während er sich auf die Arme gestützt aufrichtet, hängt sein Blick an ihrem Gesicht. Sie hebt die Hüften und wölbt den Rücken, um ihn aufzunehmen. Sie umfasst seinen Rücken. Ein anderer Mann würde jetzt vielleicht sagen, dass er sie liebt, aber das braucht Grace nicht. Aidan lässt sich Zeit, und sie spürt, wie sich ganz langsam eine Art von Crescendo aufbaut. Es steigt durch ihre Zehen zur Innenseite ihrer Schenkel, ein Crescendo mit viel mehr Tönen als jedes Musikstück, das sich immer weiter steigert. Sie weiß, dass er ihn sehen kann, den Moment ihrer höchsten Lust, in dem sie das Gefühl hat zu schmelzen. Sie ist sich sicher, dass sie etwas gesagt hat, ein Wort der Ekstase in einer nur ihr eigenen Sprache, das ihn dazu bringt, sich auf sein eigenes Crescendo zu konzentrieren. Sein Blick hält ihren fest. Er stößt einen Laut aus und reißt den Kopf hoch.

Er zieht sie an sich, bis ihr Kopf in der Beuge seines Arms ruht. Sie schwebt in vollkommener Gelöstheit. Seine Atmung verändert sich, sie spürt den Moment, als er einschläft, und findet es wunderbar, ihn schlafend neben sich zu haben, als wären sie wirklich ein Paar, als hätten sie grenzenlos Zeit. Sie wird gehen, bevor er erwacht, damit keine Abschiedsworte gewechselt werden müssen.

Zum ersten Mal seit einer Woche schläft Grace so fest, dass die Kinder längst wach sind, als sie die Augen aufschlägt. Sie zieht ihren Morgenrock über und läuft nach unten.

»Er ist weg«, sagt ihre Mutter.

Grace schweigt.

»Mit seinem Koffer.«

Sie schweigt.

»Er hat sein Bett abgezogen«, fügt ihre Mutter hinzu.

SCHNEE

Vor den Fenstern fallen die pulvrigen Flocken in wehenden Schleiern. Der Wind donnert gegen die Fassade des Hauses, und aus manchen Zimmern kann Grace sein Heulen hören. Sie schichtet Holz für ein Feuer auf, das sie aber erst anzünden wird, wenn der Strom ausfällt, was bei einem heftigen Schneesturm hier an der Küste beinahe sicher ist. Ihre Mutter sucht alle Kerzen heraus, die sie finden kann, und stellt sie in Halter oder befestigt sie mit Wachs, das sie vom Docht herabtropfen lässt, auf Untertassen. Grace prüft die Vorräte in Schränken und Kühlschrank und stellt fest, dass Aidan gut vorgesorgt hat. Von dem, was da ist, können sie mindestens fünf Tage leben.

Aidan. Sie drückt die Stirn an das kalte Fensterglas. Am liebsten würde sie heulen wie der Wind.

Sie wird Aidans Bettzeug erst waschen, wenn der Sturm abgezogen ist. Sonst wird die Wäsche, falls wirklich der Strom ausfällt, womöglich tagelang in Seifenwasser liegen. Allein in einer dunklen Ecke hebt sie das Bündel zu ihrem Gesicht. Sie kann Aidan riechen. Würde sie auch sich selbst riechen können? Sie ist versucht, nach Spuren ihres Zusammenseins zu suchen, lässt die Bettwäsche dann aber auf den Boden fallen.

Sie stellt sich vor, wie ihn der Zug nach Boston trägt, weg vom nahenden Sturm. Dort, denkt sie, wird er zu Fuß zum Vorspielen gehen, wenn er kein Taxi bekommt. Sie sieht auf ihre Uhr. Elf Uhr zwanzig. Wie lang, seit er mit ihr geschlafen hat? Dreizehn Stunden?

Bis zwei Uhr nachmittags sind sechzig Zentimeter Schnee gefallen. Als die Sonne untergeht, ist der Schnee ums Haus herum fast einen Meter hoch. Grace hat den ganzen Tag immer wieder geschippt, um die Treppe und einen kurzen Fußweg frei zu halten, auch wenn sie keine Ahnung hat, was ihnen das nützen soll. Der Weg führt nirgends hin – nicht zu einem Auto, nicht zu einer Straße. Sie hätte vielleicht bis zum Schuppen räumen sollen, aber wozu?

Sie hat den unsinnigen und verzweifelten Wunsch, Mantel, Mütze und Handschuhe überzuziehen, zur Straße hinunterzuschlittern und dann Richtung Süden zu laufen, in der Hoffnung, dass ein Autofahrer sie nach Boston mitnimmt. Wäre das überhaupt möglich?

Der Schnee ist zu tief, sie könnte nicht einmal die Straße vom Strand unterscheiden. Am Ende würde sie ins Meer wandern. Oder der Sturm würde sie umreißen, sie würde in eine Schneewehe fallen und dort sterben.

Sie hat Kinder.

Der Abend beginnt ganz erträglich – der Schneefall ist
beständig –, doch gegen sieben frischt der Wind wieder
auf, und wenig später gehen alle Lichter aus. Ein Baum,
der vielleicht durch den Brand angegriffen war, ist auf
eine Stromleitung gestürzt.

»Jetzt geht's los«, sagt ihre Mutter.

Grace packt Claire in einen Sessel und sieht die Furcht in
ihren Augen. »Mami, bleib bei mir.« Grace kniet sich auf
den Boden und krault ihrer Tochter den Rücken, bis sie
einschläft. Für Tom und sich hat Grace vor dem Kaminschirm aus Decken und Kissen ein Nest gebaut. Ihrer
Mutter richtet sie auf dem Sofa ein Bett. Die hohe gepols-
terte Rückenlehne wird helfen, die Wärme zu stauen.

»Auf der hinteren Veranda ist einiges an Holz«, sagt
ihre Mutter. »Ich hoffe, es reicht, bis der Spuk vorbei ist.«

»Es muss reichen.«

Die Wasserleitungen fallen Grace ein. In der Küche
dreht sie den Hahn ein klein wenig auf und lässt das
Wasser laufen, so spärlich wie möglich, aber so, dass es
im Fluss bleibt. Sie möchte vermeiden, dass das Wasser gefriert und die Rohre platzen. Dann geht sie in die
Bäder, um dort die Hähne aufzudrehen, nachdem sie sich
vergewissert hat, dass Becken und Wannen nicht zuge-
stöpselt sind. Unten im Keller entdeckt sie im Schein
ihrer Kerze ein großes Spülbecken mit Hahn.

»Die Küche können wir zur Not mit dem Herd hei-
zen«, sagt Grace zu ihrer Mutter. »Die Kühlung ist kein
Problem – jedenfalls bis jetzt nicht.«

»Hätten wir nur vor dem Stromausfall Radio gehört:
Dann wüssten wir jetzt vielleicht, wie lang es noch
schneien wird.«

Und was hätte ihnen das geholfen?, fragt sich Grace. Es ist ja nicht so, dass sie eine Wahl hätten. Sie muss an die Familien in den Wellblechhütten denken. Nur Elektrizität, und wenn die nicht funktionierte … Sie hofft, dass die Leute evakuiert worden sind, bevor der Sturm lostobte.

Obwohl Grace todmüde ist, kriecht sie von Zeit zu Zeit aus dem Nest, zündet eine Kerze an und holt mit einem kleinen roten Wagen aus dem Kinderzimmer einen neuen Stapel Holz. Gegen die Kälte, die sie von diesen Ausflügen mit hereinbringt, facht sie dann das Feuer zu lodernden Flammen an. Wenn sie fertig ist, hält sie die oberste Decke nahe an den Kaminschirm und hüllt dann Tom und sich darin ein.

Sie essen in Mänteln und Mützen in der Küche, wo die Wärme des Herds sie davor bewahrt, bitter zu frieren. Marjorie, die findet, dass sie alle ein warmes Frühstück brauchen, macht Haferflockenbrei. Sie wärmt den Ahornsirup an, der von der Kälte ganz steif ist, und gießt ihn über den Brei. Dann drängt sie Grace unaufhörlich, ihre Schale ganz leer zu essen. »Sei nicht so pingelig. Das ist wirklich nicht der Zeitpunkt dafür.«

Grace würde ihrer Mutter gern sagen, dass ihr Appetitmangel andere Gründe hat.

»Ich habe eine Idee«, sagt Marjorie zu Grace. »Das Wohnzimmer ist riesengroß, da hält sich die Wärme nicht. Wir können in die Bibliothek umziehen, die ist kleiner. Sie hat einen offenen Kamin, und ein Bett ist auch da. In dem könntest du mit den Kindern schlafen, und für mich könnten wir das Sofa reinholen und an die Wand stellen. Wenn wir die Tür schließen, haben wir's da schön warm.«

Für Grace ist der Vorschlag ihrer Mutter ein Geschenk. In Aidans Bett zu schlafen, das bedeutet eine körperliche Verbindung mit ihm, wenn auch nur noch für ein paar Tage.

»Ich suche frische Bettwäsche raus«, meint ihre Mutter voll Unternehmungsgeist. »Decken haben wir genug, und für die Kinder können wir ein paar Spielsachen holen und Bücher, die man bei Kerzenlicht vorlesen kann.«

Zuerst macht Grace in der Bibliothek Feuer. Dann schleppt sie mit ihrer Mutter zusammen das Sofa herein, und ihre Mutter richtet zwei Betten, damit sie für die Nacht gerüstet sind, auch wenn es gerade mal zehn Uhr morgens ist. Als Grace ihre kleine Familie in der Bibliothek versammelt hat, möchte sie sich am liebsten aufs Bett legen und an Aidan denken.

Sie zieht die Kinder frisch an und geht dann ins eiskalte Badezimmer nebenan, um sich ebenfalls umzuziehen. Es ist so bitterkalt, dass es sie Überwindung kostet, sich aufs Klo zu setzen. Aus Merles Schrank hat sie sich einen Wollpullover, eine lange Hose und einen Schal mitgenommen. Nachdem sie auch noch Mantel und Handschuhe angezogen hat, setzt sie Merles Nerzturban auf; es muss eine Menge Holz hereingeholt und neben der Tür zur Bibliothek gestapelt werden. Ihrer Mutter hat sie die wärmsten und kleinsten Kleidungsstücke aus Merles Schrank mitgebracht, die sie finden konnte. Marjorie schwimmt in der Nerzjacke, aber sie lehnt sie nicht ab.

Bevor Grace aus dem Badezimmer geht, öffnet sie den Apothekerschrank, um zu sehen, ob Aidan etwas dagelassen hat. Doch die Metallborde sind leer.

Als es elf Uhr wird, haben Grace, Claire und Tom aus allen verfügbaren Kissen und Polstern eine Burg errichtet, in der sie in ihren Mänteln spielen, als befänden sie sich draußen im Freien und bauten ein Iglu. Marjorie hat sich in die klirrend kalte Küche gewagt und Löffel und kleine Teller geholt, damit Grace und Claire die »Küche« vom »Wohnzimmer« abgrenzen können. Tom, der sich der ungeteilten Aufmerksamkeit seiner Mutter und seiner Schwester bei diesem Spiel sicher ist, kriecht und rollt beglückt umher und lacht aus vollem Hals. Er setzt sich auf Teller, stößt Polster um und zieht damit den Zorn seiner Schwester auf sich. Als es Zeit für den Mittagsschlaf ist, kriecht Grace zu den Kindern in die Burg und liest ihnen vor. Den Kopf in der »Küche« schläft auch sie ein.

Vom Schnee geblendet, stolpert Grace nach draußen. Sie kneift die Augen gegen das grelle Sonnenlicht zusammen. Die Welt ist weiß, wie mit einem funkelnden Teppich zugedeckt, der ins Unendliche reicht. Selbst das Meer ist vor der Küste gefroren, erst etwa dreißig Meter weit draußen kann sie blaues Wasser erkennen. Diese Ausbrüche der Natur, die dem Leben so zusetzen, können bisweilen von großer Schönheit sein. Das Feuer war, für sich betrachtet, grandios; die stille schneebedeckte Welt um sie herum ist klar wie Glas.

Die Schönheit entflammt eine so schmerzliche Sehnsucht nach Aidan, dass es beinahe unerträglich ist. Sie lässt die Nacht, die sie miteinander hatten, Augenblick um Augenblick vor sich ablaufen. Wird er ihr ihr Leben lang fehlen?

Zwei Jungen mit Schippen rufen vom Ende der langen Auffahrt aus zu ihr hinauf. Sie versteht nicht, was sie sagen, aber sie nickt nachdrücklich. Ganz gleich, was sie verlangen, wenn sie oben ankommen, sie wird bezahlen. Sie geht ins Haus, um nach Münzen zu suchen.

Die Stille in den Räumen ist gespenstisch. Die Musik, der Zauber, ist verschwunden. Als sie das alte viktorianische Haus betrat, hörte sie Aidans Klavierspiel. Der Verlust hat sich in sie hineingebrannt, in ihre Haut, an ihrem Rückgrat entlang.

Grace holt die Kinder und zeigt ihnen die verzauberte Welt. Tom klatscht und lacht. Claire tritt in den Schnee, der sie verschlingt. Um Claire helfen zu können, setzt Grace Tom einen Moment auf den freigeschaufelten Weg, der eine Schlucht im Schnee ist. Sie bringt Claire wieder zum Lachen, indem sie einen Schneeball formt und ihr zeigt, wie man ihn wirft. Als sie sich umdreht, liegt Tom mit dem Gesicht im Schnee auf dem Weg. Sie klopft ihn ab und setzt sich mit ihm auf die Treppe. Claire macht kleine untaugliche Schneebälle, die kaum einen Abdruck in der Schneedecke hinterlassen.

Am folgenden Tag gibt es wieder Strom, aber sie merken es zunächst gar nicht. Erst als Grace um die Ecke ins Wohnzimmer geht, sieht sie dort im Schein einer Leselampe Aidan wie gewohnt im Sessel sitzen. Sie schreit auf vor Glück; er ist zu ihr zurückgekehrt. Doch die Illusion hält nur eine Sekunde lang: Sie schlägt die Hände vor die Augen und krümmt sich, um das bisschen Selbst zu schützen, das ihr geblieben ist.

Ein paar Minuten später geht sie in die Küche und knipst alle Lichter an.

»Oh, Gott sei Dank«, sagt ihre Mutter.

Grace würde vielleicht das Gleiche sagen, wäre sie nicht krank vor Sehnsucht.

An diesem Abend waschen Grace und ihre Mutter das ganze Bettzeug, trocknen es und beziehen die Betten frisch. Die Kinder schlafen anscheinend gern im zweiten Stock bei ihren Spielsachen und ihrer Großmutter. Marjorie freut sich darüber, und Grace ist erleichtert. Sie braucht eine Nacht für sich.

In ihrem Zimmer, Merles Zimmer, schaltet sie das Licht im begehbaren Schrank an, um nach wärmeren Sachen zu suchen, in denen sie sich bei der Arbeitssuche sehen lassen kann. Sie stößt auf ein braunes wollenes Kostüm, in den Hintergrund gedrängt von den anspruchsvolleren Kleidungsstücken rundherum. Sie probiert die Jacke an und meint, sie wird passen, wenn sie einen Pulli darunter trägt. Der Rock ist allerdings zu weit. Sie legt ihn aufs Bett, um ihn sich genauer anzusehen. Er hat im Bund ein Gummiband, wenn sie das vorsichtig rafft, könnte es gehen. An den Hüften wird sich der Stoff ein wenig bauschen, aber das lässt sich durch die Jacke kaschieren. Sie nimmt den braunen Rock vom Bügel und setzt sich mit ihm aufs Bett. Beim Prüfen des Saums stoßen ihre Finger auf harte Knubbel unter der Wolle. Gewichte. Bei schwereren Stoffen nähen Frauen sie manchmal in den

Saum eines Rocks ein, damit er besser fällt. Mit einer Nagelschere vom Toilettentisch beginnt Grace, den Saum aufzutrennen. Nach vielleicht dreißig Zentimetern dreht sie den Rock so, dass die Gewichte herausfallen müssen. Statt eines Gewichts fällt jedoch ein Ring in ihre geöffnete Hand.

Grace schleudert ihn auf den Bettüberwurf, als hätte sie sich die Finger an ihm verbrannt. Ein goldener Ring mit einem großen Saphir, in Brillanten gefasst. Er ist Grace zu weit, aber das interessiert sie gar nicht. Viel mehr interessiert sie, warum Merle es für nötig hielt, ihn im Saum eines langweiligen braunen Rocks zu verstecken.

Sie schüttelt alle Gewichte aus dem Saum heraus. Insgesamt sind es sechs Ringe: ein ausladender, in Gold gefasster Brillant, ein silberner Ring mit einem dicken Smaragd, ein von Perlen umkränzter Rubin, ein zweiter Brillantring mit je einem Saphir auf beiden Seiten und ein großer, oval facettierter Rubin in Goldfassung. Grace legt die Ringe nebeneinander auf dem Bettüberwurf aus. Sie hat nie davon gehört, dass jemand auf diese Art seinen Schmuck aufbewahrt. Hat Merle ihren Hausangestellten nicht getraut?

Schmuckstücke im Wert von Hunderten von Dollar blitzen auf dem Bett. Hat Gene von diesem Schatz gewusst? Hat Merle ihn auf ihrem Sterbebett eingeweiht? Zu denken, dass Grace Merles Sachen so leicht zur Heilsarmee hätte bringen können! Hat Merle jeweils die Säume aufgetrennt, wenn sie einen der Ringe tragen wollte? Der mit dem großen Brillanten, war das ihr Verlobungsring, den sie nach dem Tod ihres Mannes weggepackt hat? Und noch interessanter: Verbergen sich in dem Kleiderschrank weitere Schätze?

Grace steht auf und geht in Merles Zimmer auf und ab, von Zeit zu Zeit einen Blick auf die Schmuckstücke auf dem Bett werfend. Sie zieht eine Zigarette aus der Packung in ihrer Tasche, zündet sie an und inhaliert tief. Der Erlös aus den Ringen allein würde für eine Anzahlung auf ein Haus für ihre Mutter reichen. Grace könnte ein Auto kaufen. Aber der Schmuck gehört nicht ihr. Wenn, dann gehört er Gene, und solange Gene nicht für tot erklärt ist, vorausgesetzt, er ist wirklich umgekommen, hat er über den Schmuck zu entscheiden. Aber ist das wirklich ihre Überzeugung? Wenn sie davon ausgegangen ist, dass sie als Ehefrau eines Vermissten die rechtmäßige Eigentümerin eines Hauses ist, das er geerbt hat, hat sie dann nicht auch rechtmäßigen Anspruch auf das übrige Erbe?

Nein. Merles Haus hat sie aus Not und Verzweiflung in Besitz genommen. Ihren Schmuck zu verkaufen wäre ein stillschweigendes Anerkenntnis, dass Gene tot ist.

Grace weiß nicht, was im Testament ihres Mannes bestimmt ist, sie weiß nicht einmal, ob er eins gemacht hat. Sie hat nie ein solches Dokument gesehen, immer angenommen, sie würden irgendwann in der Zukunft gemeinsam ihre Verfügungen treffen. Aber hat Gene vielleicht im Hinblick auf sein Erbe, nach dem Tod seiner Mutter, doch ein Testament gemacht?

Merle hat ihren Schmuck sicher nicht in ihre besten Sachen eingenäht – zu groß die Gefahr, ein teures Stück zu beschädigen. Grace tritt in den begehbaren Schrank und tastet nacheinander die Säume der weniger spektakulären Kleider ab. Als sie mehrere Sachen beisammen hat, trägt sie sie zum Bett und legt die Ringe vorläufig in einen sauberen Aschenbecher. Dann greift sie zur Nagelschere.

Die Fundstücke legt sie in die Mitte des Betts. Eine Perlenschnur. Brillantohrringe. Ein goldenes Armband mit zehn Brillanten. Eine Smaragdbrosche. Eine Brosche mit Brillanten und Rubinen. Eine Hutnadel mit einem Brillanten. Ein schweres Brillantcollier von blendender Schönheit. Ein massives goldenes Armband. Ein Smaragdcollier mit zweiundzwanzig Steinen. Eine brillantbesetzte goldene Uhr. Mindestens ein Dutzend Paar Ohrringe mit Edelsteinen und Schräubchenverschluss.

Das Häufchen in der Mitte des Betts funkelt.

Das Häufchen in der Mitte des Betts verspricht eine ungeheure Summe Geld.

Das Häufchen in der Mitte des Betts gehört ihr nicht.

Grace dreht das goldene Armband mit den zehn Brillanten in den Fingern, das einzige Stück, für das sie einen Nachweis gefunden hat. Morgen wird sie mit dem Armband und der Rechnung nach Biddeford fahren und erklären, dass ihre Schwiegermutter gestorben ist und die Rechnung nun nicht mehr bezahlen kann. Wenn der Juwelier das Armband zurücknimmt, gut. Wenn ein Teil der Rechnung bezahlt ist, wird er vielleicht das Armband zurücknehmen und Grace einen kleinen Betrag dafür rückerstatten. Auch gut. Von den übrigen Stücken darf sie nichts nehmen. Sie gehören ihr nicht. Zum ersten Mal, seit sie in dieses Haus gezogen ist, wünscht sie sich von ganzem Herzen, Gene möge zu ihr zurückkommen.

Ihrer Mutter wird sie nichts von dem Brillantarmband sagen.

Die Fahrt nach Biddeford dauert eine Stunde länger als gewöhnlich. In einigen Straßen ist geräumt worden, in anderen nicht, was lange Umwege zur Folge hat. Ein paar Fahrgäste regen sich auf; Grace ist geduldig und genießt den Blick aus dem Fenster.

In der Stadt angekommen, steigt sie einen langen Hang hinauf, zu beiden Seiten stehen große Backsteinbauten, das müssen die Textilfabriken sein, denkt sie. Auf den Simsen und an den Seiten der hohen Fenster häuft sich immer noch der Schnee, und als sie nahe an den Fenstern vorbeigeht, kann sie den Lärm von drinnen hören: Das Geräusch hölzerner Weberschiffe klingt wie das metallische Klirren stählerner Maschinen, die gegeneinander kämpfen. Durch eine Scheibe erblickt sie kurz eine Wolke winziger Baumwollfädchen, die, freigesetzt, in die Luft schweben. In der Hoffnung, die Stadtmitte zu finden, überquert sie die Straße und sieht, dass sie schon angekommen ist. Von der Main Street zweigen Straßen mit Reihen mehrstöckiger Gästehäuser ab. Trambahnen mit elektrischer Oberleitung rattern vorbei, schneller als die Autos, die im Verkehr feststecken. Es ist lang her, dass Grace sich inmitten einer größeren Menschenmenge bewegt hat. Sie fragt eine Frau, die am Bordstein wartet, nach dem Juweliergeschäft. Die Frau nennt eine Straße und erklärt Grace den Weg.

Sie biegt an der Ecke ab, die die Frau ihr angezeigt hat, und stößt fünf Häuser weiter auf ein Schild mit der Aufschrift »Jensen, Juwelen für die Welt«. Ein kaum sichtbares Lädchen in der Seitenstraße einer kleinen Industriestadt, und dann »Juwelen für die Welt«? Da muss der Wunsch der Vater des Gedanken sein.

»Was kann ich für Sie tun?«, fragt der Juwelier.

Grace öffnet ihre Handtasche und legt das Armband auf die Glastheke.

»O ja, ich erinnere mich«, sagt der Juwelier. »Mrs Holland hat es eigens anfertigen lassen. Sie hatte es in einer Zeitschrift gesehen, glaube ich.«

Bevor der Mann fragen kann, wie sie zu dem Armband kommt, erklärt Grace: »Merle Holland war meine Schwiegermutter. Ihr Sohn, Gene Holland, ist mein Mann. Ich bin Grace Holland. Merle hat Gene das Armband als Geschenk für mich gegeben, und jetzt stecken wir wegen des Feuers in Schwierigkeiten. Wir haben zwei Kinder, und unser Haus ist abgebrannt. Ich möchte das Armband entweder an Sie zurückverkaufen oder es, falls es nicht bezahlt ist, zurückgeben. Die Rechnung habe ich da.«

Grace legt die Rechnung neben das glitzernde Armband.

»Ja, das ist von uns«, sagt der Juwelier. Er dreht die Rechnung um. »Aber das ist eine Schätzung. Mrs Holland hat ihren Schmuck immer sofort bezahlt, per Scheck. Sie war eine unserer besten Kundinnen. Wirklich traurig, ihr Tod.«

»Ja.« Grace räuspert sich. »Ich wollte fragen, ob Sie das Armband zurückkaufen würden.«

»Grundsätzlich tun wir so etwas nicht.«

Er klemmt eine Lupe vors Auge und begutachtet das Armband. »Hier ist es leicht eingedrückt – Gold ist weich –, und an einem der Brillanten hat sich irgendeine Substanz abgesetzt.« Pink Gin, denkt Grace. »Sie werden verstehen, dass ich Ihnen nicht den Betrag geben kann, den Mrs Holland dafür bezahlt hat. Es ist nicht mehr neu, und Brillantarmbänder sind derzeit nicht sehr gefragt. Die meisten Leute kommen ja kaum über die Runden. Aber nun ja, ich habe einen großen Kundenkreis.«

Bestimmt, denkt Grace.

»Haben Sie einen Ausweis?«, fragt der Juwelier. »Woher soll ich sonst wissen, dass Sie nicht ein Hausmädchen sind, das das Armband nach Mrs Hollands Tod gestohlen hat.«

»Ich bin kein Hausmädchen. Ich bin die Mutter von Merle Hollands beiden Enkelkindern. Meine Geburts- und meine Heiratsurkunde sind verbrannt.«

Der Schätzung zufolge ist das Armband elfhundert Dollar wert, eine atemberaubende Summe.

»Ich kann Ihnen nicht mehr als siebenhundertfünfzig dafür geben.«

Grace, der angesichts dieser für sie ebenfalls atemberaubenden Summe die Worte im Hals stecken bleiben, nickt.

»So viel Bargeld habe ich nicht im Laden«, erklärt er. »Ich muss erst zur Bank. Würde es Ihnen passen um – sagen wir – ein Uhr wieder herzukommen?«

»Ja.«

»Gut. Nehmen Sie Ihr Armband mit – warten Sie, legen wir es in ein Kästchen.«

Grace verlässt noch immer sprachlos den Laden.

Sie hat fast zwei Stunden Wartezeit vor sich. Wird der Juwelier sich an die Polizei wenden und sie überprüfen lassen? Wird man ihm sagen, dass Gene vermisst ist? Oder wird Jensen ihr bei ihrer Rückkehr in den Laden eröffnen, dass der Wert des Armbands auf siebenhundert Dollar gefallen ist? Was würde es ihr nützen, ihn darauf hinzuweisen, dass sie bereits eine Abmachung hatten? Sie würde die siebenhundert nehmen, natürlich. Sie muss sich ein Restaurant suchen und zu einem ausgedehnten Mittagessen setzen, auch wenn sie nur siebzig Cent in der Tasche hat. Die Busfahrt nach Hause, fünfundzwanzig Cent für das Mittagessen, da bleiben zwanzig Cent. Sie wird Äpfel für die Kinder besorgen.

Grace entscheidet sich, das Tagesmenü zu nehmen, drei Gänge für fünfundzwanzig Cent, und sich viel Zeit zu lassen. Mit einer Tasse Tee fängt sie an, dann löffelt sie bedächtig die Tomatensuppe mit Cheddar, knabbert danach an einem Schinkensandwich herum und nimmt zum Nachtisch Nusspudding und eine Tasse Kaffee, an der sie endlos trinkt.

Der Juwelier hält das Geld in einem dicken Umschlag bereit. Er zählt es ihr in Zehnern und Zwanzigern und einem gelegentlichen Fünfziger auf den Ladentisch. Er fragt, ob sie es nachzählen möchte, doch sie erwidert, dass das nicht nötig ist. Er drückt ihr den Umschlag in die Hand.

Die abgewetzte Ledertasche, die sie von ihrer Mutter geliehen hat (die sie wiederum von Gladys geliehen hat), glüht förmlich von dem vielen Geld in ihrem Inneren. Grace drückt sie an die Brust aus lauter Angst, jemand könnte sie ihr entreißen. Zu Hause wird sie den Umschlag ganz hinten im Schrank in einem Hutkoffer verstauen und nur dann Geld herausnehmen, wenn es absolut nötig ist.

Sie wird sich Arbeit suchen. Mit ihrer ersten Lohnzahlung wird sie die Speisekammer auffüllen, Kleidung für die Kinder kaufen und die Gas-, Strom- und Wasserrechnungen bezahlen, die sich in einem Korb in der Küche angesammelt haben. Wenn sie den zweiten Scheck bekommt, wird sie an den Hutkoffer gehen und ein gebrauchtes Auto kaufen. Sie wird sagen, sie habe es auf Raten gekauft. Sie kann nur hoffen, dass ihre Mutter von Finanzierungsgeschäften und Autopreisen keine Ahnung hat.

Am folgenden Morgen sucht Grace die Arztpraxis auf, um nach Arbeit zu fragen, und findet ein volles Wartezimmer und einen unbesetzten Empfang vor. Sie geht am Empfangstisch vorbei den Korridor hinunter und entdeckt gleich im ersten Raum Amy, die bei einem Kind Fieber misst, während die Mutter ungeduldig auf die Uhr schaut. Grace möchte nicht stören, doch sie bleibt noch einen Moment stehen. Amy dreht sich um, als sie das Thermometer herunterschüttelt, und ruft beinahe schreiend: »Grace!«

Grace geht von der Tür weg, um auf Amy zu warten.

»Geht es Ihnen gut? Was tun Sie hier?«, fragt Amy.

»Ich suche Arbeit.«

»Barbara ist nie zurückgekommen, sie hat sich Hüfte und Ellbogen gebrochen.«

Grace fragt nach Dr. Lighthart.

»Er ist hinten.«

Grace wartet. Sie sieht Dr Lighthart durch den Korridor eilen. Amy kommt mehrmals mit Patienten vorbei, ohne von Grace Notiz zu nehmen.

»Hallo«, sagt Dr. Lighthart etwas außer Atem. »Ich habe oft an Sie gedacht. Amy hat mir gesagt, Sie suchen Arbeit.«

»Das stimmt.«

»Wie geht es Ihrer kleinen Tochter?«

»Gesund und munter, vielen Dank.«

»Könnten Sie gleich anfangen?«

»Ja«, antwortete sie, »jederzeit.«

»Die Anmeldung vorn ist das reine Chaos. Meinen Sie, Sie könnten diese Papiermassen durchsehen und sortieren, damit ich nach der Arbeit einen Blick darauf werfen kann?«

»Sicher.«

»Gut.«

Er verschwindet so plötzlich, wie er gekommen ist. Grace geht zu Amy und fragt, ob sie weiß, in welcher Reihenfolge die Patienten gekommen sind und wer zuerst da war. Amy schüttelt den Kopf. »Sortieren Sie, wenn das möglich ist. Wenn jemand aussieht, als wäre er todkrank, nehme ich ihn zuerst dran. Und jedes Kind mit hohem Fieber.«

Grace schluckt.

Im Wartezimmer stellt Grace eine simple Frage: »Wissen Sie, wer zuerst gekommen ist?« Einen Moment bleibt es still, dann zeigt eine Frau zur anderen Seite des Raums. »Der Mann da.«

»Okay, ich nehme jetzt alle hier in der Reihenfolge auf, die Sie mir angeben. Nennen Sie mir nur Ihren Namen und Ihre Beschwerden.«

»Haben Sie Wehen?«, fragt sie eine Frau, die mit gespreizten Beinen dasitzt.

»Noch nicht, Miss, aber es ist mein sechstes Kind, und ich spür, dass was nicht in Ordnung ist.«

Die Frau gehört in ein Krankenhaus. Grace setzt sie

ganz oben auf die Liste und übergibt diese Amy, als sie vorbeikommt. Amy ruft die Schwangere auf, die kaum noch laufen kann.

Grace setzt sich an den Empfang und bemüht sich, professionell auszusehen in dem grauen Kostüm, das ihre Mutter so geändert hat, dass es ihr passt. Sie legt sich ein Blatt Papier zurecht, auf dem sie die Namen der Neuankömmlinge notieren kann, und türmt dann alle Papiere auf dem Empfangstisch zu einem großen Stapel. Sie fegt Münzen und Dollarscheine zusammen und verstaut sie in der obersten rechten Schublade. Als die Tischplatte frei ist, nimmt sie ein Bündel Unterlagen von dem großen Stapel und sortiert sie nach Datum. Rechnungen auf einen Haufen, Schecks auf einen zweiten, Dr. Lightharts Notizen, Briefe von Patienten, medizinische Zeitschriften, amtliche Formulare. Sie öffnet jeden Umschlag und versucht zu entscheiden, wohin das jeweilige Schreiben gehört, indem sie es überfliegt, ohne die Details zu lesen. Sie möchte nicht auch noch neugierig sein, wenn sie schon das Briefgeheimnis verletzt. Während sie vor sich hin arbeitet, kommen immer wieder neue Patienten zur Anmeldung, wo sie ihre Namen und ihre Beschwerden aufnimmt. Amy und Dr. Lighthart werden stundenlang ohne Pause zu tun haben.

Als Grace mit dem Ordnen fertig ist, läuft sie in die Küche und holt Teller, mit denen sie die einzelnen Stapel beschwert, damit die Papiere nicht auseinanderflattern, wenn jemand die Tür öffnet. Sie schreibt Zettel, um die Stapel zu kennzeichnen, und klebt sie auf die Teller. Professionell ist das alles nicht, aber sie hat keine andere Möglichkeit. Als auf dem Tisch alles geordnet ist, nimmt sie sich die Schubladen vor. Es sind fünf, jeweils zwei rechts und links von ihr und eine breitere in der Mitte. Die eine ist so vollgestopft, dass Grace sie ohne ein Messer nicht aufbekommt.

»Sie haben gar nicht Mittag gemacht«, sagt Amy.

»Ich hab die Zeit vergessen.«

»Sie können jetzt essen. Sie haben hier ja anscheinend alles im Griff.«

»Wenn Sie meinen«, sagt Grace und steht auf.

Sie nimmt ihre Tüte mit dem Erdnussbutterbrot mit in die Küche ganz hinten in dem Behelfsbau. Als sie eintritt, fällt ihr Blick auf Dr. Lighthart, der in einer Ecke mit dem Kopf auf den Armen an einem Tisch sitzt und schläft. Sie geht wieder hinaus und schält ihr Brot draußen aus dem Wachspapier, um ihn nicht durch das Knistern zu wecken. Sie traut sich nicht, sich ein Glas Wasser einlaufen zu lassen.

Die schon schräg stehende Sonne taucht die hohen, kahlen Bäume vor dem Fenster in Orange, ein Farbton, den sie liebt. Sie sieht auf ihre Uhr. Viertel nach drei. Sie hat keine Ahnung, wann sie Schluss machen soll. Der Bus zur Küstenstraße fährt um sechs.

Obwohl sie sich alle Mühe gegeben hat, leise zu sein, hebt Dr. Lighthart langsam den Kopf, streckt sich und steht auf. Dann erst bemerkt er sie am Fenster. Sie tritt zum Spülbecken, um sich ein Glas Wasser einlaufen zu lassen.

»Amy sagt, Sie sind unsere Retterin in der Not.«

»Sie übertreibt.«

»Amy? Niemals. Sie stammt aus einer alten Yankee-Familie.«

»Würden Sie mich fest anstellen?«

»Ja«, antwortet Dr. Lighthart.

Sie wagt nicht, nach der Bezahlung zu fragen. »Und meine Arbeitszeiten wären ...?«

»Versuchen wir's mit neun bis fünf, könnte allerdings manchmal auch etwas länger werden.«

»Mein Bus fährt um sechs.«

»Dann gehen Sie unbedingt rechtzeitig. Ich habe Barbara fünfunddreißig Dollar die Woche bezahlt. Wäre Ihnen das recht? Wir können immer noch mal darüber reden.«

»Das ist völlig in Ordnung«, sagt sie.

Er sieht sie aufmerksam an. »Ist Ihr Mann wieder zu Hause?«

»Nein, er ist nicht zurückgekommen.«

»Das tut mir leid«, sagt er.

Nach ihrem vierten Arbeitstag schläft Grace auf der Heimfahrt im Bus ein und muss vom Fahrer geweckt werden. Als sie sich den Hügel hinauf ins Haus schleppt, sitzt ihre Mutter mit den Kindern in der Küche, und das Essen steht auf dem Tisch. Sie sehen sie an wie eine Fremde. Claire rennt um den Tisch herum und umschlingt Graces Knie.

»Was ist denn passiert?«, fragt ihre Mutter.

»Nichts. Ich bin nur fertig. Von acht bis sieben, das ist ein langer Tag.«

»Ich habe Claire heute um vier etwas Kleines zu essen gemacht, damit sie bis zum Abendessen durchhalten kann, aber Tom kriegt nur seine geregelten Mahlzeiten.«

Grace nickt und setzt sich, ohne ihren Mantel abzulegen.

»Das heißt«, fährt ihre Mutter fort, »dass er in einer halben Stunde ins Bett muss.«

»Ich bin dir so dankbar«, kann Grace noch sagen, bevor sie zu weinen anfängt.

»Komm, komm. Jetzt füttern wir dich mageres Vögelchen erst mal.«

Grace ordnet die Akten in dem dunklen Eichenschrank, wird aber immer wieder von Patienten gestört, von denen einige ihre Symptome klar beschreiben, während andere nur sagen können, dass sie sich elend fühlen. Hin und wieder kommen Frauen mit ziemlich präziser Diagnose, die sie dann ausführlich darlegen. Es sind Frauen, vermutet Grace, die Erfahrung in der Pflege von Familienmitgliedern haben. Sie schreibt alles auf, wobei sie sich bisweilen mit einer Kurzfassung aus fünf Sätzen behilft, auf die sie, Amy und Dr. Lighthart sich geeinigt haben. Fast jedes Mal findet Grace auf Anhieb die richtige Akte. Sie heftet ihre Notizen an die erste Seite und übergibt alles Amy, wenn diese aus dem Behandlungszimmer kommt.

»Wir brauchen mehr Hefter«, sagt sie der Schwester.

»Wir haben eine Kasse für die laufenden Ausgaben in Dr. Lightharts Büro. Da können Sie sich nehmen, was Sie brauchen.«

Als Grace zum ersten Mal den Materialschrank hinter dem Empfangstisch öffnete, kam ihr ein solches Durcheinander entgegen, dass sie im ersten Moment nicht wusste, wozu der Schrank überhaupt dient. Nun, nachdem sie Ordnung geschaffen hat, stellt sie eine Liste all der Dinge zusammen, die besorgt werden müssen: Umschläge zum Verschicken der Rechnungen, Briefmarken, Büroklammern, Kugelschreiber, Briefpapier und ein neues Farbband für die Schreibmaschine. Als sie damit fertig ist, lehnt sie sich hinter ihrem aufgeräumten Schreibtisch zurück und freut sich an ihrem kleinen Reich, in dem sie aber alles so geordnet hat, dass Dr. Lighthart und Amy jederzeit mühelos finden können, was sie brauchen. Grace hat in fünf Tagen einen diagnostischen Blick entwickelt. Sie kann einen Patienten mit Lungenentzündung fast schon in dem Moment erkennen, wenn er zur Tür hereinkommt: eine bestimmte Art, die Schultern zu krümmen, als müsste die Lunge geschützt werden; der furchtbare Husten, der offen stehende Mund, der das Atmen erleichtern soll. Sie erkennt fieberkranke Kinder an den glasigen Augen und der Apathie. Auch schwangere Frauen, selbst wenn man ihnen die Schwangerschaft noch nicht ansieht, sind leicht zu erkennen: Sie halten fast immer die Hände auf den Bauch.

Um fünf Uhr geht Grace in Dr. Lighharts Büro. Erst dort fällt ihr ein, dass sie keine Ahnung hat, wo die Kasse mit dem Bargeld aufbewahrt wird. Und selbst wenn sie es wüsste, könnte sie das Geld nicht nehmen, ohne den Arzt gefragt zu haben, den sie im Augenblick nicht finden kann. Sie wartet vor seinem Schreibtisch, betrachtet die Fotografien, die darauf stehen. Eine, die Dr. Lighthart mit einer attraktiven blonden Frau zeigt, beide auf Skiern, in Skihosen und dicken Pullovern, weckt ihr Interesse. Es muss eine Freundin sein, da die beiden keinerlei Ähnlichkeit miteinander haben. Das Lachen der beiden ist strahlend, ihre Gesichter sind gerötet.

»Sie sind wegen Ihres Lohns hier«, stellt Dr. Lighthart fest, als er ins Zimmer kommt.

Grace spürt, dass sie rot wird.

»Nein, eigentlich nicht«, erwidert sie. »Ich wollte um Geld aus der Kasse bitten, um Material zu kaufen. Amy sagte mir, dass es eine gibt, aber ich wollte nicht suchen, ohne mit Ihnen gesprochen zu haben.«

Er zieht die rechte Schublade seines Schreibtischs auf. Der Anblick, der sich bietet, ist vertraut: ein Wust von Papieren, die über lange Zeit blind hineingestopft wurden.

»Das Bargeld ist ganz unten in einer Tabakdose. Es ist nicht genug, um einen Dieb zu reizen, ich sorge mich mehr um die Medikamente.«

Er spricht vom Inhalt eines Schränkchens, in einem hohen Küchenschrank versteckt, der nur mit einem Schlüssel geöffnet werden kann.

»Also, mal sehen«, sagt er. »Ich habe hier mindestens fünf Dollar. Reicht das?«

»Das will ich doch hoffen.«

»Ich habe mir angesehen, was Sie vorn gemacht haben«, bemerkt er, während er unter einem Papierhaufen auf seinem Schreibtisch herumsucht. »Beeindruckend. Wann waren Sie zuletzt angestellt?«

Sie faltet die Hände. »Ich war nie angestellt.«

»Ach was?« Er sieht sie erstaunt an. Er müsste sich mal die Haare kämmen. »Sie haben sich da hineinbegeben, als wären Sie völlig in, äh ... «

»– meinem Element«, vollendet sie. »Ich brauchte eine Herausforderung.«

»Sie meinen, das Feuer, die Sorge um Ihre Kinder, die Suche nach einer Unterkunft waren Ihnen nicht Herausforderung genug?«

»Eine geistige Herausforderung, meinte ich.«

»Ich weiß, dass ich mein Scheckbuch hier habe«, murmelt er frustriert.

Grace sieht das Scheckbuch auf dem Schreibtischrand vor ihr liegen. Soll sie ihn darauf aufmerksam machen? Oder würde das aufdringlich wirken, als hätte sie es eilig, bezahlt zu werden? Unsinn, wenn es sich doch direkt vor ihrer Nase befindet.

Sie hält es hoch. »Ist es das?«

Sie wartet, während er den Scheck ausschreibt, der erste Lohn, den sie je erhalten hat. Doch dann hält er inne. »Haben Sie ein Konto?«

»Noch nicht.«

»Gut, sagen Sie's mir, wenn Sie eins haben.« Er zerreißt den Scheck, greift in seine Hosentasche und zieht ein dickes Bündel Scheine heraus. Er zählt fünfunddreißig Dollar ab. Es ist ihr unangenehm, das Geld von ihm entgegenzunehmen.

»Ich wollte fragen«, sagt sie mit einer Handbewegung, die den Schreibtisch umfasst, »ob ich Ihren Schreibtisch und Ihr Büro vielleicht auch aufräumen soll. Wenn Sie hier persönliche Dinge liegen haben, dann sagen Sie es mir bitte, die werde ich natürlich nicht anrühren. Aber ich sehe von hier aus, dass viele der Papiere abgelegt werden müssen.«

Er mustert den Stapel. »Ich glaube nicht, dass da irgendetwas Persönliches dabei ist. Haben Sie die Patientenakten gelesen?«

»Nein, ich habe mir lediglich Namen und Adressen angesehen.«

»Tun Sie es. Die Daten sind vertraulich, aber Sie sollten eine Ahnung von der Krankengeschichte der Patienten haben. Ach, und wenn sie vorher woanders waren und zum ersten Mal kommen, lassen Sie sich bitte Namen und Telefonnummer des Arztes geben, bei dem sie vorher in Behandlung waren. Obwohl – Sie würden sich wundern, wie viele noch nie bei einem Arzt waren. Vor allem Männer.«

Grace nickt. »Ich geh jetzt besser. Ich muss noch die Sachen besorgen.«

»Das schaffen Sie heute nicht mehr«, sagt er mit einem Blick auf seine Uhr. »Frühestens Montagmorgen. Können Sie Auto fahren?«

»Ja, aber ich habe noch keinen Führerschein.«

Er lächelt. Seine Zähne sind sehr weiß. Nur Kinder haben ihrer Erfahrung nach so blendend weiße Zähne. »Nehmen Sie am Montagmorgen meinen Wagen. Dann können Sie Einkäufe und Führerschein auf einmal erledigen.«

»Und die Kontoeröffnung«, fügt sie hinzu.

Liebe Rosie,
ich nehme an, du weißt inzwischen, dass wir die Brände überlebt haben, dass Gene nicht wiedergekommen ist und dass ich das Kind verloren habe, das ich erwartete. Es kam tot zur Welt, und ich war sehr traurig, aber in diesem Brief will ich nicht auch noch über Trauriges schreiben. Ich habe schon genug davon erlebt. Die gute Nachricht ist, dass meine Mutter und ich mit Claire und Tom in Merle Hollands großes Haus am Wasser gezogen sind. Jetzt sind wir nicht mehr obdachlos. Ein Mann hatte sich im Haus eingenistet, als wir dort ankamen, aber eigentlich ist es nicht fair, das so zu beschreiben. Er hatte im Haus Zuflucht gesucht. Auf der Flucht vor dem Feuer hat er im oberen Turmfenster ein Klavier gesehen und ist direkt

*hingelaufen. Als ich zum ersten Mal ins Haus kam, habe ich
Musik gehört und den Mann entdeckt, der im ersten Stock
oben Klavier spielte. Er ist wieder ausgezogen, als er erfahren
hat, dass er beim Boston Symphony Orchestra vorspielen
sollte. Seither haben wir ihn nicht gesehen, ich nehme an, er
ist dort angenommen worden.*

*Sonst gibt's noch zu berichten, dass Claire Scharlach hatte
und ich deshalb mit ihr zu einem Arzt gefahren bin (ja,
Rosie! Ich kann Auto fahren!), der feststellte, was sie hatte,
und sie wieder gesund gemacht hat. Nachdem der Klavier-
spieler fort war und mir klar war, dass wir verhungern würden,
wenn ich mir nicht Arbeit suche, bin ich noch mal zu dem
Arzt gefahren und habe mich als Sprechstundenhilfe beworben.
Die Praxis war voll, als ich dort war, und sie haben mich
angestellt. Hier grassiert zurzeit irgendein Infekt, so eine Art
Lungenentzündung, die davon kommt, dass die Menschen
während der Brände Rauch und Asche eingeatmet haben. Es
ist ziemlich schlimm, deshalb dachte ich, ich erzähl's dir, für
den Fall, dass Tim Symptome zeigt − starker Husten, Teil-
nahmslosigkeit, Appetitlosigkeit. Aber da ich mir einen Tim,
der nicht isst, nicht vorstellen kann, bin ich ziemlich sicher,
dass er diese Krankheit nicht hat.*

*Ach, Rosie, mein Leben hat sich in drei Monaten so sehr
verändert, es ist kaum zu vergleichen mit meinem früheren
Leben, als du noch hier warst. Ich gehe arbeiten, meine Mutter
kümmert sich um die Kinder, wir leben in einem Haus, das
wir beide als »herrschaftlich« bezeichnet hätten. Ich habe neue
Leute kennengelernt − na ja, ein paar −, und ich fühle mich
ganz anders. Ich wollte, ich könnte dir genau erklären, was
ich meine, aber so was kann eine Frau nicht in einem Brief
beschreiben, wenn du verstehst, was ich meine. Hoffentlich
bist du jetzt nicht schockiert.*

Ein Gutes hat es, dass wir in Merles Haus leben (ich in Merles Haus – kannst du dir das vorstellen? Sie würde noch im Sarg Gift und Galle spucken): Wenn Gene irgendwann zurückkommt, sucht er uns vielleicht gleich hier. Nicht so gut, aus Merles Sicht, ist, dass ich ihren Kleiderschrank geplündert habe. Rosie, du hättest einen Schreikrampf gekriegt, wenn du den gesehen hättest. Er ist gesteckt voll mit sündhaft teuren Kleidern, mindestens fünfzig, und fünf Pelzmänteln. Ich habe jeden Tag ihre Nerzkappe auf. Ich kann mir nicht vorstellen, wo sie diese ganzen Sachen getragen hat. Ich hab sie jedenfalls nie darin gesehen. Wenn sie zu uns kam oder wir sie besucht haben, was ja fast nie der Fall war, war sie immer ganz einfach angezogen. Wahrscheinlich war das die Garderobe fürs »gemeine Volk«, oder sie hatte Angst, die Kinder würden sie beschmutzen. Ich habe die Frau nie gemocht und sie mich auch nicht, aber ich muss zugeben, ich kam mir vor wie eine Diebin, als ich an ihren Schrank ging. Jetzt ist es nicht mehr ganz so schlimm, weil ich die Kleider wirklich brauche. Meine Mutter strickt und näht in jeder freien Stunde, aber es macht ihr Spaß, also lass ich sie machen. Als ich diese Woche einmal abends heimkam, hatten die Kinder Sachen an, ein Kleid und einen Overall, die aus einem dunkelblauen Cordrock von Merle geschneidert waren. Die eleganten Kleider rühren wir nicht an, obwohl ich mich manchmal frage, warum nicht. Sie wird sie bestimmt nie wieder tragen. Ich glaube, ich würde eins von diesen Kleidern anziehen, wenn ich irgendwohin eingeladen wäre. Aber eine berufstätige Mutter mit zwei Kindern lädt sowieso keiner ein, da brauche ich mir also nicht den Kopf zu zerbrechen.

Ich versuche, mir euer Leben in Nova Scotia vorzustellen. Ich bin nicht gut in Geografie, aber gehört es nicht zu den Seeprovinzen? Kannst du das Meer sehen? Ist es schön? Lebt ihr

*alle zusammen in einem Haus oder habt ihr, du und Tim,
inzwischen etwas Eigenes gefunden? Bitte erzähl mir von den
Kindern – sie wachsen so schnell. Du würdest Tom nicht
wiedererkennen, und Claire ist schon die reinste Bohnenstange.
Meine Mutter macht breite Säume in ihre Kleider, damit man
sie auslassen kann.
Gott sei Dank, dass ich meine Mutter habe. Ich weiß nicht,
was ich ohne sie getan hätte.
Denkst du manchmal an euer früheres Leben, daran, wie
sicher es erschien? Kein Krieg mehr, und da dachten wir, alle
Gefahr wäre vorbei. Vor uns nichts als Wohlstand und langsames Großwerden der Kinder. Ich habe nie in meinem Leben
solche Angst gehabt wie in der Nacht, als es brannte. Nachdem
sie uns gerettet hatten, konnte ich meine Arme und Beine
nicht bewegen, sie mussten Claire und Tom unter meinen
Armen herausziehen. Bitte sag Tim, dass ich es den Feuer-
wehrleuten nicht nachtrage, dass sie euch zuerst gerettet haben.
Kein bisschen!
So, wie ich dich kenne, kreist du nur um einen einzigen Satz
in diesem Brief, und wenn du hier wärst, würdest du fragen,
wer ist es? Ich kann dir nur sagen, dass die Musik göttlich
war.
Gruß und Kuss
Grace*

*Liebe Grace,
du kennst mich so gut. Hast du wirklich nie wieder von dem
Musiker gehört? Er wird sich melden, ganz sicher. Aber für
dich wäre es das Beste, es passiert erst, wenn Gene für tot
erklärt worden ist – wie entsetzlich, so etwas zu hoffen.
Aber ich freue mich sehr für dich. Wenn du uns besuchst –*

diese herrliche Vorstellung gebe ich nicht auf –, musst du mir alles erzählen. Bis ins Kleinste.

Die Winter sind hart in Nova Scotia, das kann ich dir sagen. Wir haben uns immer über den Seewind in Maine beschwert. Hier bläst es im Winter zehnmal so stark. Wir müssen die Mützen unterm Kinn knöpfen und immer einen Gürtel um den Mantel tragen. Mit den Kindern traue ich mich nur raus, wenn sie an mir festgebunden sind. Tim ist jetzt Teilhaber an einer Ford-Vertretung, das Geld dazu haben ihm meine Eltern geschenkt. Wir mussten zwischen der Anzahlung auf ein Haus und dem Geschäft entscheiden und haben uns fürs Geschäft entschieden, weil wir uns überlegten, dass Tim genug verdienen würde, um in einem Jahr ein Haus anzuzahlen. Aber leider ist er zur falschen Jahreszeit in das Geschäft eingestiegen. Seit Weihnachten hat er nichts mehr verkauft, und in Nova Scotia wimmelt's, ehrlich gesagt, nicht gerade von Autos. Tim hofft, dass die Geschäfte im Frühling besser gehen und im Sommer dann richtig gut. Ich kann den Frühling nicht erwarten, Grace. Ich muss an letztes Jahr denken, als wir alle über den vielen Regen schimpften. Aber das war immer noch besser als dieses grässliche Heulen und Pfeifen hier. Ich weiß nicht, wie die Fischer es schaffen, bei jedem Wetter draußen auf dem Wasser zu sein. Und so viele kommen um. Sonntags, wenn er freihat, macht Tim mit uns Ausflüge, solange es nicht gerade Eis und Schnee regnet. Zum Glück hat Tims Mutter eine Waschmaschine und einen Trockner, ich konnte es kaum glauben. (Wie sehr wir uns jetzt auf unsere Mütter stützen!) Jetzt, wo die Kinder ein bisschen größer sind, habe ich meistens ein, zwei Stunden am Tag für mich. Dann lese ich, und nicht nur Zeitschriften. Tims Mutter bekommt keine Zeitschriften, aber sie hat viele Bücher. Auch Kinderbücher. Die lese ich Ian und Eddie vor. Auch wegen der Kinder kann ich den Frühling kaum erwarten. Sie brauchen Auslauf. Aber dann habe ich bestimmt Angst, dass sie ins Wasser fallen. Die Küste hier ist sehr felsig.

Ich beneide dich um deine Arbeit. (Ich glaube, auch ohne den Tipp am Ende deines Briefs hätte ich nicht auf den Arzt gesetzt. Zu brenzlig mit dem Chef.) Wäre ich froh, ich hätte ein neues Kleid und könnte jeden Tag morgens in ein Geschäft gehen und verkaufen – ich weiß nicht genau, was, Handschuhe vielleicht. Aber die meiste Zeit käme ich gar nicht erst dorthin, weil der Schnee hier so hoch ist, dass kein Auto es schafft. Ehrlich, Grace, ich hab nie in meinem Leben so fürchterlich gefroren.

Vermutlich bleiben wir für immer in Nova Scotia. Tim wird durch sein Geschäft jahrelang gebunden sein. Und jetzt, wo unsere Eltern uns wiederhaben, lassen sie uns sicher nicht widerstandslos wieder gehen. Und ganz ehrlich, irgendwie gefällt mir das Leben hier auch. Alles geht ein bisschen langsamer, und auch wenn ich mir manchmal wünsche, ich könnte nach Halifax fahren und ins Kino oder in ein Tanzlokal gehen, spüre ich irgendwie, dass unser Platz hier ist. Schon weil mein Karottenkopf nicht auffällt. Im Frühjahr muss ich in irgendeinen Club oder so was gehen, um Leute kennenzulernen.

Zu meinen schönsten Zeiten gehören die Stunden, als wir mit den Kindern draußen im Garten waren.

Alles Liebe,

deine Rosie

DR. LIGHTHART

»Wie war's beim Skilaufen?«, fragt Grace, als sie in der Praxis ihren Mantel auszieht. Es ist Montag, fast Mittag.

»Großartig. Wie haben Sie bei der Fahrprüfung abgeschnitten?«

»Ich darf jetzt offiziell Auto fahren.«

»Gut. Dann ziehen Sie am besten Ihren Mantel gleich wieder an. Hier sind die Wagenschlüssel. Sie haben eine Liste gemacht? Dumme Frage. Natürlich haben Sie eine gemacht.«

»Macht es Ihnen Spaß, hier den ganzen Laden zu schmeißen?«, fragt Dr. Lighthart am nächsten Tag in der Küche.

»Ich schmeiße ihn nicht, das tun Sie.«

»Unsinn«, entgegnet er. »Amy würde mir zustimmen.«

Amy und Dr. Lighthart können nicht gleichzeitig Mittagspause machen. Idealerweise sollte nur eine Person in der Pause sein, doch Grace war schon in der Küche, als Dr. Lighthart hereinkam, sich lange und gründlich die

Hände wusch und sie mit einem sauberen Geschirrtuch abtrocknete. »Ich will ja nicht wie ein Oberlehrer klingen, aber waschen Sie sich immer gründlich die Hände, bevor Sie hier essen und bevor Sie abends gehen?«

Sie lächelt. »Ich habe von der Keimtheorie gehört.«

»Das habe ich verdient.«

»Wer macht Ihnen Ihr Mittagessen?«, fragt sie.

»Ich habe eine Frau angestellt, die für die nötigen Vorräte in der Praxis sorgt. Sie bereitet mir mittags und abends meine Mahlzeiten zu, das Frühstück stelle ich mir selbst zusammen. Heute gibt es – Trommelwirbel – Roastbeef.«

Grace würde alles geben für ein Roastbeef-Sandwich. Mit Senf. »Sie wohnen immer noch hier.«

»Ich hatte keine Minute Zeit, um mir etwas zu suchen. Wahrscheinlich werde ich ewig hier kampieren.«

Die Art, wie er die Beine übereinanderschlägt, gefällt ihr. Er bewegt sich mit einer Eleganz, die entweder erlernt oder ererbt ist. »Sie müssen gut verdienen.«

»Na ja, sieht ganz so aus, jetzt, wo Sie unter dem ganzen Chaos vorn ungeahnte Schätze an Bargeld und Schecks freigelegt haben. Das meiste fließt zurück in die Praxis, für Material und dergleichen. Amys Gehalt.«

»Bleibt auch etwas für Sie?«

»Das hoffe ich.«

»Vielleicht besorge ich morgen mal eine Zeitung und sehe die Anzeigen für Sie durch. Dann könnte ich auch gleich anrufen und nachfragen.«

Er trinkt einen Schluck Wasser. »Ist das Ihr Ernst?«

»Was für eine Wohnung suchen Sie denn?«

»Ein Zimmer, nicht zu weit von hier, damit ich notfalls zu Fuß in die Praxis gehen kann. Ich hab's gern hell.

Und eben das Übliche – Heizung, heißes Wasser, Strom, möglichst ruhig, Bad, Küche.«

»Möbliert oder unmöbliert?«

»Möbliert.«

»Ich werd's mal versuchen«, sagt sie und schiebt den letzten Bissen ihres Brots in den Mund.

»Die Sowjets haben jetzt angefangen, die Sendungen von ›Voice of America‹ zu stören«, bemerkt er düster.

Grace verblüfft der abrupte Themenwechsel. »Ist das schlimm?«

»›Voice of America‹ hat Tausenden die Hoffnung auf Freiheit erhalten. Jetzt herrscht nur noch Schweigen.«

»Kann nicht die Regierung etwas gegen die Störungen tun?«

»Ich nehme an, wenn sie könnte, hätten wir das mitbekommen. Hören Sie Radio?«, fragt er.

»Ich habe in Ihrem Auto Radio gehört, als ich zum Einkaufen gefahren bin.«

Sie erzählt ihm nicht, dass sie sich klassische Musik erhofft hatte. Stattdessen gab es ein Hörspiel, und sie war schnell so gefesselt von der Handlung, dass sie erst einmal an der Schreibwarenhandlung vorbeifuhr. »Das Foto auf Ihrem Schreibtisch«, sagt sie, während sie das Wachspapier glättet, um es aufzuheben. »Ist das Ihre Freundin?«

»Nein, das ist die Frau meines Bruders, Elaine. Er hat das Foto aufgenommen. Ich fahre manchmal mit ihnen und ihren Kindern zum Skilaufen. Ein Bild von uns allen zu machen ist ein Ding der Unmöglichkeit. Sobald der Sessellift hält, sind die Jungs verschwunden.«

»Wo laufen Sie Ski?«

»In Gunstock oder Abenaki. Beides ungefähr zweieinhalb Stunden entfernt.« Er knüllt sein Wachspapier zusammen, zielt auf den Papierkorb, trifft.

»Fünf Stunden Fahrt. Das ist lang.«

»Mein Bruder hat ein Haus in der Nähe von Gunstock. Wenn ich die Zeit habe, übernachte ich bei ihnen.«

An klaren Tagen kann Grace vom obersten Stockwerk in Merles Haus aus im Westen den Mount Washington in New Hampshire sehen. Majestätisch bei Sonnenuntergang, wenn der schneebedeckte Gipfel in Flammen zu stehen scheint.

»Irgendwann kommen Sie mal mit zum Skilaufen«, sagt er.

»Das bezweifle ich sehr.«

»Ich habe das Foto aufgestellt, um Patienten, die mich verkuppeln wollen, den Wind aus den Segeln zu nehmen. Wenn sie fragen, ob das meine Freundin ist, sage ich Ja, und damit ist die Sache meistens erledigt.«

»Warum haben Sie es bei mir nicht so gemacht?«

»Hatten Sie vor, mich zu verkuppeln?«, fragt er scherzend. »Soweit ich mich erinnere, waren wir von Anfang an ehrlich zueinander. Deshalb habe ich Ihnen auch über das Bild die Wahrheit gesagt. Wissen Sie, wie selten das vorkommt?«

»Die Wahrheit sagen? Ja.«

»Es ist interessant. Am Anfang hatten wir diese Lungenentzündungen nicht. Wir hatten Verbrennungen in Rachen und Lunge und viel blutigen Husten, aber das war etwas anderes, das waren Notfälle. Wieso jetzt diese Lungenentzündungen?«

»Glauben Sie, dass die Substanzen, die die Männer

eingeatmet haben, sich in der Lunge abgelagert und erst kürzlich entzündet haben?«

»Möglich«, meint er nachdenklich, »aber die Entzündung hätte früher erfolgen müssen. Der Körper reagiert auf unerwünschte Fremdstoffe, indem er versucht, sie abzustoßen – daher Infektionen. Deshalb muss man zum Beispiel ein Geschoss so schnell wie möglich aus dem Körper entfernen.«

Sie denkt an die vielen Männer, die gegen das Feuer in den Kampf gezogen sind. Wie grausam, zum Dank für so viel Tapferkeit von einer Lungenentzündung befallen zu werden. Aber Grace weiß mindestens so gut wie jeder andere, wie grausam die Natur sein kann. »Sie könnten Schilder aushängen«, sagt sie.

»Wie meinen Sie das?«

»So etwas wie ›Haben Sie in vorderster Linie am Kampf gegen das Feuer teilgenommen? Leiden Sie an starkem Husten? Wenn ja, suchen Sie so bald wie möglich Ihren Arzt auf‹.«

»Und wo soll ich die aufhängen?«

»Hier zum Beispiel. In Postämtern, Lebensmittelgeschäften, Tankstellen, Kirchen, überall da, wo Männer hingehen.«

»Und wo Frauen hingehen, denn sie sind ja oft diejenigen, die ihre Männer zum Arzt schicken.«

Grace muss den Patienten im Wartezimmer mitteilen, dass Dr. Lighthart noch mindestens vierzig Minuten mit seinem gegenwärtigen Fall zu tun haben wird und dann gleich ein weiterer auf ihn wartet. Wenn sie also lieber gehen möchten, würde sie sie gleich für den nächsten Vormittag eintragen.

»Ich habe mir den Nachmittag extra freigenommen. Ich kann nicht noch mal weg.«

»Meine Mutter passt auf die Kinder auf. Da warte ich lieber.«

»Okay«, sagt ein Mann mit starkem Husten. »Aber morgen geht's nicht. Ich kann mir erst am nächsten Freitag wieder freinehmen.«

Grace bittet den Mann mit dem Husten, der gekommen sein muss, während sie hinten war, einen Moment zu warten. Nachdem sie ein freies Untersuchungszimmer gefunden hat, fordert sie ihn auf mitzukommen und führt ihn durch den Korridor in das Zimmer neben der Küche.

»Legen Sie sich doch ein bisschen hin«, schlägt sie vor.

»Ich kann mich nicht hinlegen. Da wird der Husten noch schlimmer. Nachts könnte ich höchstens im Sitzen schlafen, aber so kann ich nicht einschlafen.«

»Haben Sie Schmerzen beim Husten?«, fragt sie.

»Und wie.«

Seine Gesichtsfarbe sieht nicht gut aus; grau würde Grace sagen, wenn man sie fragte. Er ringt um Atem. Wieder ein Fall von Lungenentzündung.

»Ihr Name bitte?«

»Busby«, antwortet er krächzend. »Harry Busby.«

Sie wird noch einmal mit Dr. Lighthart wegen der Schilder reden müssen.

Am Abend wartet Grace, schon im Mantel, an den Türrahmen gelehnt, während Dr. Lighthart ihr einen Scheck ausstellt. Als sie das Bankkonto eröffnete, hat sie zehn Dollar eingezahlt. Er reicht ihr den Scheck, scheint aber zu hoffen, dass sie bleibt. Zum ersten Mal seit sie am frühen Morgen angefangen hat, ist das Wartezimmer leer.

»Das war ein harter Tag«, sagt er. »Danke für Ihre Hilfe.«

»Der Mann, der nach Mrs McPeek bei Ihnen war, hat Lungenentzündung, nicht?«

»Ich fürchte, wir haben es mit einer Epidemie zu tun, die den ganzen Staat betrifft. Wenn man die Männer nur dazu bringen könnte, früher zum Arzt zu gehen, es nicht so weit kommen zu lassen.«

»Muss der Mann sterben?«, fragt sie.

»Alles andere wäre ein Wunder. Er bekam ja kaum noch Luft, als er bei mir war. Im Krankenhaus können sie ihn besser beobachten, die sind dementsprechend ausgestattet. Wir brauchen ein Röntgengerät für die Praxis. Kommen Sie, ich fahre Sie nach Hause.«

»Das kann ich nicht annehmen.«

»Warum nicht?«

Ihr fällt keine gute Antwort ein.

Grace ist entschlossen, die Fahrt mit Dr. Lighthart in seinem Packard zu genießen. Sie weiß jetzt, warum er diesen Wagen gekauft hat – zwischen Fahrersitz und Pedalen ist reichlich Raum. Sie hat ihn nie im Anzug gesehen, immer nur in seinem weißen Kittel. Wenn sie morgens in die Praxis kommt, ist er schon da; und er ist noch da, wenn sie abends geht.

»Das ist viel luxuriöser als der Bus«, sagt sie.

»Das will ich hoffen. Ich habe den Eindruck, Sie haben aus weltanschaulichen Gründen etwas gegen Luxus.«

»Stimmt«, bestätigt sie, »wenn es Luxus ist, den ich

nicht verdient habe. Ich muss Sie allerdings warnen, das Haus, vor dem Sie mich nachher absetzen, ist eine herrschaftliche viktorianische Villa in einer sehr gepflegten Straße. Es gehört meiner Schwiegermutter.«

»Sie wartet sicher auch sehnsüchtig auf die Rückkehr ihres Sohnes.«

»Sie ist vor dem Brand gestorben. Ich bin dort mit den Kindern und meiner Mutter eingezogen, weil wir obdachlos waren.«

»Das ist kein unverdienter Luxus. Das ist eine Notwendigkeit.«

»Ja, so versuche ich es auch zu sehen. Die Nerzkappe gehört auch nicht mir. Ich habe sie mir aus ihrem Schrank genommen. Sie ist schön warm.«

»Auch eine Notwendigkeit.«

»Na ja, ich hätte mir auch eine Mütze stricken können.«

Er lacht. Der Wagen scheint über die Straße zu gleiten. Dr. Lighthart dreht das Radio auf einen Sender, den er offenbar mag. Vom dämmrigen Schein der Armaturenbeleuchtung und den Klängen des Jazzensembles umschmeichelt, kann sie kaum glauben, dass eine simple Autofahrt ein solcher Genuss sein kein. Morgen wird sie den Bus nach Biddeford nehmen und sich ein eigenes Auto kaufen, auch wenn es nicht an den Wagen herankommen wird, in dem sie gerade sitzt. Die Wärme der Heizung ist kuschelig. Wird ihr Auto überhaupt eine Heizung haben?

Sie bemüht sich, jede Minute auszukosten. Am liebsten würde sie die Augen schließen, aber dann würde sie womöglich einnicken. Und das wäre irgendwie ein Affront.

»Es war toll, Ihr Auto zu fahren«, sagt sie.

»Ich hatte vergessen, Ihnen zu zeigen, wie man den Sitz weiter nach vorn schiebt. Ich hoffe, Sie haben den Hebel gefunden.«

»Wenn nicht, hätte ich gar nicht losfahren können«, sagt sie. »Ich habe ihn hinterher wieder zurückgestellt. Der Wagen schnurrt richtig.«

»Grace, es ist mir ernst, wenn ich sage, dass Sie mir das Leben leichter machen. Und Amy genauso. Und ganz sicher auch all den Patienten, die vor dem Chaos im Wartezimmer geflohen sind. Und denen, denen es immer schlechter ging, während sie endlos warteten. Ich hätte das niemals so ausufern lassen dürfen.«

Grace lehnt den Kopf an das weiche Polster.

Jemand drückt ihre Hand, und sie fährt hoch. Dr. Lighthart sitzt neben ihr auf dem Fahrersitz und vor dem Fenster auf dem Hügel steht das Haus ihrer Schwiegermutter. Ach Mist, denkt sie, jetzt bin ich doch eingeschlafen.

»Tut mir leid«, sagt sie. Er lässt ihre Hand los. »Es ist einfach so gemütlich hier.«

»Das ist ein Kompliment.«

»Danke fürs Fahren«, fügt sie hinzu, bevor sie aussteigt.

»Jederzeit.«

Sie sieht den Rücklichtern nach, so lange sie kann.

»Du bist früh dran«, bemerkt ihre Mutter. Wie jeden Freitag sind Marjories Haare auf Lockenwickeln unter einem roten Tuch versteckt. Sie wäscht sich freitags die Haare, das war immer schon so, wahrscheinlich, denkt Grace, eine Gewohnheit aus der Zeit, als ihre Mutter und ihr Vater jung verliebt waren: frische Haare zum Ausgehen.

»Ich bin mitgenommen worden.«

»Von wem?«

»Von Dr. Lighthart, er musste zu einem Patienten hier in der Nähe.«

Grace, die sich nicht vorstellen kann, Dr. Lighthart zu belügen, belügt ohne mit der Wimper zu zucken ihre Mutter, die das wahrhaftig nicht verdient, die ohne zu klagen die Sorge für ihre Enkel und das Riesenhaus übernommen hat. Wenn Grace und ihre Mutter in Streit geraten, dann immer nur, weil es ihre Mutter aufregt, wie krampfhaft sie versucht, an dieser Ehe festzuhalten, die droht, den Hügel hinunter ins offene Meer zu rollen. Grace kann ihr das nicht übel nehmen.

Sie gibt ihrer Mutter einen flüchtigen Kuss auf die Wange.

»Wofür war der?«

»Nichts Besonderes«, sagt Grace.

Ihre Mutter kommt spät am nächsten Morgen herunter, als Grace den Kindern schon Teddybär-Pfannkuchen gemacht hat und Claire sich empört, weil ihrer nicht formgerecht ist.

»Ich hoffe, es ist nicht schlimm, dass ich nicht auf war, um das Frühstück zu machen.«

»Schlimm?«, fragt Grace. »Am Wochenende sollst du so lang schlafen, wie du willst. Ich bring dir das Frühstück ans Bett. Gleich morgen. Ich habe mir überlegt, dass ich mir heute vielleicht mal ein Auto ansehe.«

»Du willst ein Auto kaufen?«

»Ja, ich hoffe, es klappt.«

»Darf ich fragen, wovon?«

»Ich zahle einen Wochenlohn an. Ich habe gehört, man kann dann abzahlen, zehn Dollar die Woche reichen schon.«

»Aber das Geld ist so knapp.«

»Ich brauche ein Auto«, entgegnet Grace, während sie das Geschirr abtrocknet. »Das Einkaufen wird dann viel leichter, und ich spare mir bei der Arbeit eine Stunde Fahrzeit hin und her. Ich fahre hier um halb neun los und bin um halb sechs zu Hause. Dann hab ich mehr von den Kindern.« Grace weiß, dass dieses letzte Argument ihre Mutter überzeugen wird. »Ich dachte mir, ich fahre heute nach Biddeford. Ich hab dort einen Gebrauchtwagenhandel gesehen.«

»Wann warst du in Biddeford?« Die Frage trifft Grace unvorbereitet.

Sie überlegt schnell. »Matt war mit mir dort, um Stoff für die Kleider der Kinder zu besorgen.«

»Du solltest ihnen mal schreiben«, bemerkt Marjorie, als sie ihr den Wasserkessel zum Spülbecken bringt.

»Ja, das ist wahr.«

»Alle Gebrauchtwagenhändler sind Gauner.«

»Und das weißt du woher?«

»Das weiß jeder«, erklärt ihre Mutter. »Ach, übrigens, auf dem Telefontisch liegt ein Brief für dich.«

Grace nimmt den Brief an sich und sieht sich den Absender an. The Statler Hotel, Boston. Sie geht ins Wohnzimmer, reißt den Umschlag auf und liest.

Liebe Grace,

jeden Tag wollte ich dir schreiben, seit ich in den Zug nach Süden gestiegen bin. Ich bin verschwunden, ohne mich zu verabschieden, weil ich nicht anders konnte. Ich konnte einfach nicht anders. Ich hoffe, du verstehst das.

Ich habe ein Engagement für mehrere Soloauftritte beim Bostoner Symphonieorchester und werde bald nach New York und Chicago reisen.

Ich habe nicht das Recht zu hoffen, dass wir uns je wiedersehen werden.

Ich habe jeden Augenblick, den ich in deiner Gegenwart verbrachte, ausgekostet, und die Erinnerung an unsere letzte Nacht wird mich immer begleiten.

Mehr kann ich nicht sagen, so, wie auch du es nicht kannst. In tiefer Zuneigung und Liebe,
Aidan Berne.
(italienischer Akzent)

In ihrem Zimmer liest Grace den Brief ein halbes Dutzend Mal. Beim zweiten und dritten Mal tropfen ihre Tränen aufs Papier. Beim vierten Mal lacht sie über den Zusatz »italienischer Akzent«. Beim fünften Mal fühlt sie sich angesichts des Wortes »Liebe« wie ein Ballon, der abhebt. Nach dem sechsten Mal faltet sie den Brief und legt ihn in den Hutkoffer.

Grace steht vor dem Drahtzaun des Gebrauchtwagengeländes und tut so, als kramte sie nach irgendetwas in ihrer Handtasche.

»Der hier ist eine Pracht«, sagt der Händler zu einem jungen Paar, er mit langem graubraunem Mantel und Hut, sie fröstelnd in einem grünen Wollmantel. Der

Händler, nur im Anzug (um Stärke zu demonstrieren?), zeigt auf einen alten Ford. Er ist gewaschen und poliert, aber der Rost an der vorderen Stoßstange lässt sich ebenso wenig verbergen wie die Beule darüber. Allerdings steht der Wagen so dicht am Zaun, dass die Interessenten den Schaden vermutlich nur bemerken werden, wenn sie sich den Wagen herausfahren lassen. Grace würde ihnen am liebsten zurufen, sie sollen sich die Front des Autos ansehen, aber es ist wahrscheinlich besser, den Händler nicht zu verprellen. Sie will schließlich auch ein Auto kaufen.

»Er ist von einer jungen Frau«, erklärt der Händler, »die ihn brauchte, um regelmäßig ihre Mutter in Kennebunkport zu besuchen. Nach sechs Monaten hat sie ihn zurückgegeben, weil ihr eifersüchtiger Daddy ihr einen Lincoln gekauft hat. Kaum benutzt.«

Und wie viele andere Leute haben den Wagen vor der jungen Frau gefahren, wenn diese überhaupt existiert? Er muss mehr als zehn Jahre alt sein. Aber darüber fällt kein Wort. Grace braucht jemanden, der sich mit Autos auskennt.

Sie klopft, dann fällt ihr ein, dass man das hinten wahrscheinlich nicht hört. Sie klopft noch einmal, etwas fester. Der Wagen von Dr. Lighthart steht auf dem Parkplatz, er ist also noch nicht zum Skilaufen gefahren. Sie klopft ein drittes Mal, so laut sie kann.

Er ist angekleidet, aber ungekämmt. »Grace, alles in Ordnung?«

»Ja, ja, alles in Ordnung«, versichert sie schnell. »Entschuldigen Sie, dass ich Sie an Ihrem freien Tag störe. Aber ich brauche Rat, und ich weiß sonst niemanden, der mir helfen könnte.«

»Kommen Sie rein. Gehen wir nach hinten, ich mache uns Kaffee.«

»Ich dachte, Sie wären schon weg, zum Skilaufen«, sagt Grace, als sie durch den Flur zur Küche gehen.

»Ich habe abgesagt. Ich brauche Schlaf und muss endlich mal meinen Lesestapel abbauen.«

In der Küche setzt er den Kaffee auf. Grace zieht die Handschuhe aus, aber nicht den Mantel. »Ich muss ein Auto kaufen. Ich war bei einem Gebrauchtwagenhändler in Biddeford, und da hörte ich zufällig ein Gespräch zwischen einem jungen Paar und einem Verkäufer. Ich habe sofort gemerkt, dass er sie betrügen will. Am liebsten hätte ich sie gewarnt, aber ich war draußen am Zaun. Und mir ist plötzlich klar geworden, dass diese Leute dort eine Frau allein als leichte Beute betrachten würden. Natürlich würde ich mir das Auto vorfahren lassen und es mir genau ansehen, außen und innen. Ich würde vielleicht sogar eine Probefahrt machen. Aber ich kenne mich nicht gut genug aus, um zu prüfen, ob der Motor in Ordnung ist. Ich habe noch nie unter die Kühlerhaube eines Autos geschaut.«

»Ich könnte Ihnen draußen auf dem Parkplatz alles erklären, was Sie wissen müssen. Aber Sie haben mich neugierig gemacht. Ich möchte mir diesen schmierigen Händler doch mal ansehen. Ich glaub, ich mach den Kaffee einfach aus, und wir fahren hin.«

»Ich lade Sie danach zum Kaffee ein.«

»Einverstanden.«

»Bevor wir fahren, muss ich Ihnen noch etwas sagen. Ich habe ein Armband gefunden, das meiner Schwiegermutter gehörte, und habe es letzte Woche verkauft. Ich brauche das Geld für das Auto. Ich habe mir eingeredet, Merle hätte das Armband bestimmt Gene gegeben, damit er es mir schenkt. Also gehört es rechtmäßig mir.«

»Das kommt der Wahrheit sicher sehr nahe.«

»Nein. Merle hat mich gehasst. Sie hätte mir nie auch nur eins ihrer Schmuckstücke überlassen. Ich könnte argumentieren, dass Gene wahrscheinlich das Haus mit allem Inventar geerbt hat und wohl nichts dagegen hätte, dass ich ein Auto kaufe, damit ich für seine Kinder sorgen kann, aber genau genommen ist das auch nicht wahr. Ich habe siebenhundert Dollar in der Handtasche.«

»Bar?«, fragt er überrascht.

»Ja.«

»Ich dachte, Sie hätten ein Bankkonto.«

»Wozu hätte ich das Geld auf die Bank tragen sollen, wo ich doch wusste, dass ich es nur wieder abhebe.«

»Wenn jemand Ihre Handtasche stiehlt, wird es nichts mit dem Auto. Übrigens, Sie sind meine Schwester. Sie müssen mich duzen und John nennen.«

»John?«, fragt sie. »Das kommt mir ganz fremd vor.«

»Ich bin nicht als Dr. Lighthart zur Welt gekommen.«

Die Augen des Händlers blitzen, er hat den Packard hereinfahren sehen. »Was kann ich für Sie beide tun?«, fragt er, sobald Grace und John ausgestiegen sind. »Ralph Eastman«, fügt er hinzu und hält ihnen die Hand hin.

»Meine Schwester braucht ein Auto. Ich dachte an einen gebrauchten Buick.«

»Buick.« Der Händler überlegt, als müsste er sich ins Gedächtnis rufen, was er auf Lager hat. »Ich habe ein sensationelles senfgelbes Cabrio mit schwarzem Verdeck da, toller Wagen. Baujahr vierzig. Das letzte Cabrio, das Buick vor dem Krieg gebaut hat.« Er wartet. Keine Reaktion. »Und ich habe ein grünes Coupé. Eine Wucht.«

»Wie viele Sitze hat das Coupé?«, fragt John.

»Zwei, aber der Kofferraum ist geräumig.«

Grace schüttelt den Kopf.

»Haben Sie eine Limousine?«, fragt John.

»Eine, ja. Dunkelblau, einundvierziger Baujahr. Die Verchromung ist ein bisschen angerostet, aber das ist hier nicht zu vermeiden. Das Salz in der Luft.«

»Würden Sie uns den Wagen vorfahren, damit wir ihn uns ansehen können?«

»Ja, Sir.« Der aufgeblasene Ralph schnurrt in sich zusammen wie ein angestochener Ballon, er sprintet förmlich in den Verkaufsraum, um die Schlüssel zu holen. Als er den Buick vor John und Grace anhält, wirkt er hinter dem Lenkrad wie geschrumpft.

Grace überlässt es John, prüfend um den Wagen herumzugehen, unter die Kühlerhaube zu schauen, gegen die Reifen zu treten. »Wo kommt er her?«, fragt John den Vertreter.

»Ein Zweiundzwanzigjähriger hat ihn gekauft, aber nur sieben Monate gefahren, dann hat er sich freiwillig gemeldet. Der Wagen stand den ganzen Krieg über bei seiner Mutter in Biddeford Pool. Sie hatte keine Garage. Nach Kriegsende hat er ihn noch eine Zeit lang gefahren, aber der Rostfraß am Chrom hat ihn gestört, und er hat ihn zu uns gebracht. Kaum was auf dem Tacho drauf. Sehen Sie ja.«

»Ja«, meint John. »Ich finde, wir sollten eine Probefahrt machen, was denken Sie?«

»Ja, Sir. Sie fahren, ich fahre mit, und Ihre Schwester kann drinnen warten, wo es warm ist.«

»Nein, meine Schwester sitzt neben mir«, entgegnet John. »Und Sie gehen nach hinten, wenn's Ihnen nichts ausmacht.«

»Wie Sie wollen«, antwortet Ralph mürrisch. Wahrscheinlich lag ihm Teil zwei seines Verkaufsarguments schon auf der Zunge.

»Ich nehme die Route 9 und fahr ihn mal richtig aus«, sagt John. Er scheint auf das Innenleben des Wagens zu horchen, während er aus dem Ort hinausfährt. »Das Radio funktioniert?«

»Einwandfrei«, versichert der Händler und rutscht auf der Rückbank so weit nach vorn, dass sich sein Gesicht unmittelbar hinter dem Ohr seines Kunden befindet.

»Die Heizung?«

»Die können Sie mit dem Knopf hier einschalten. Drücken Sie doch mal auf den grünen Knopf, junge Frau, und drehen Sie den Suchknopf.«

John wählt genau diesen Moment, um das Gaspedal durchzutreten, und es schleudert Ralph nach hinten auf die Sitzbank. Grace würde gern lächeln, aber sie weiß, dass das den Verhandlungen nicht förderlich wäre. Außerhalb des Orts steigert John stetig die Geschwindigkeit, bis sie mit fünfundfünfzig Meilen pro Stunde auf der Route 9 dahinsausen. Der Tacho zeigt sechzig an, John jagt den Wagen auf fünfundsechzig hoch.

»Ich muss Sie an die Geschwindigkeitsbegrenzung erinnern«, krächzt Ralph von hinten.

»Ja, natürlich.« John bremst hinunter auf dreißig. Der Wagen scheint zu kriechen. Dabei sind sie, den Schildern zufolge, immer noch fünf Meilen über der Begrenzung. Ralph behält seine Warnungen klugerweise für sich.

Als sie zurück auf dem Parkplatz sind und aussteigen, fragt John nach dem Preis.

»Ich kann Ihnen dieses Prachtexemplar nicht für weniger als elfhundert geben.«

Drinnen ziehen die beiden Männer sich in ein Büro zurück. Grace lockt der Kaffee, aber eingedenk ihres Versprechens, Dr. Lighthart nach abgeschlossenem Geschäft zu einer Tasse einzuladen, setzt sie sich und wartet.

Bald schon kommt er wieder aus dem Büro. Er setzt sich neben Grace und sagt leise: »Ich habe ihn auf neunhundert runtergehandelt. Er ist bereit, jetzt die siebenhundert zu nehmen, den Rest können Sie in Raten von zwanzig Dollar pro Monat abzahlen. Auf Zinsen hat er verzichtet.«

»Wie haben Sie das denn geschafft?«

»Er hat es auf meinen Packard abgesehen. Da lohnt sich's, mich bei Laune zu halten. Der Buick fängt bei fünfundsechzig an zu schwimmen, fahren Sie also besser nicht über sechzig.«

Grace lacht. »Es wäre ein Wunder, wenn ich je über fünfunddreißig fahre.«

»Nachdem wir uns geeinigt hatten, hat er zugestimmt, noch Öl, Wasser und Benzin aufzufüllen. Sobald die Formalitäten erledigt sind, können wir Kaffee trinken gehen.«

»Ich lad Sie zum Mittagessen ein«, sagt sie.

Sie bestellen beide etwas, was sie in zwanzig Minuten gegessen haben können. »Ich habe ihm gesagt, wir sind in einer halben Stunde zurück.«

Grace nickt. Allein mit Dr. Lighthart in dem kleinen Imbiss fühlt sie sich gehemmt. Ihr Mund ist trocken. Sie weiß nicht, ob sie ihn weiter John nennen soll. Er lehnt sich zurück, zündet sich eine Zigarette an und fragt, ob sie auch eine will. Sie sagt ja, hauptsächlich, um ihre Nerven zu beruhigen. Wenn sie jetzt in der Praxis wären, gäb's keine Nerven. Es ist die andere Umgebung und vielleicht die Aufregung über den Kauf eines Autos, die sie unsicher machen.

»Sie lächeln«, sagt er.

»Ich musste an Rosie denken. Ich habe Ihnen von ihr erzählt. Sie bringt mich fast immer zum Lächeln.«

»Wie kommt das?«

»Sie ist ein bisschen verrückt und so lustig. Wenn sie noch neben mir wohnte und ich mit dem neuen Buick vorfahren würde, würde sie kreischen vor Vergnügen. Sie würde gleich unsere sämtlichen Kinder hinten reinstopfen wollen, um eine Spritztour zu machen. Wir würden unsere Haare im Wind flattern lassen und Zigaretten rauchen.«

»Sie fehlt Ihnen, hm?«

»Ja.«

Er legt Geld auf den Tisch.

»Nein, das geht auf mich«, sagt sie.

»Okay.« Er nimmt das Geld wieder an sich.

Grace sucht fünfundsiebzig Cent aus ihrem Geldbeutel heraus.

Er steht auf. »Kommen Sie, drehen wir eine Runde mit Ihrem neuen Auto. Ich lasse meins hier. Sie fahren.«

Nachdem sie den Sitz passend eingestellt hat, fährt sie los, aus dem Ort hinaus. Dr. Lighthart lehnt sich zurück.

»Wohin?«, fragt sie.

»Raus aus dem Ort und wieder auf die Route 9«, antwortet er. »Richtung Kennebunkport.«

Sie folgt seinen Anweisungen.

»Jetzt geben Sie Gas bis auf fünfunddreißig.«

»Ich will nicht gleich bei meiner ersten Fahrt einen Strafzettel bekommen.«

»Keine Sorge.«

Grace erhöht die Geschwindigkeit und lässt den Buick laufen. Sie ist zu nervös, um das Radio oder die Heizung einzuschalten. Sie hat das Gefühl, ihre Hände wären ans Lenkrad zementiert.

»Gehen Sie auf vierzig.«

»Strafzettel sind teuer.«

»Ich weiß. Glauben Sie mir. Wie fühlt sich das an?«

»Gut.«

Er lacht. »Sie sollten außer sich sein vor Vergnügen.«

»Ich bin zu nervös, um vor Vergnügen außer mir zu geraten.«

»Das sehe ich. Hier.« Er hält ihr eine angezündete Zigarette hin. Grace lässt widerstrebend das Lenkrad los, um sie zu nehmen und daran zu ziehen.

»Jetzt fünfundfünfzig«, sagt er. »Und kurbeln Sie Ihr Fenster runter.«

Sie umklammert das Lenkrad mit der rechten Hand, in der sie die Zigarette hält, und kurbelt das Fenster herunter. Die kalte Luft bläst ins Wageninnere und erfasst ihre Haare.

»Entspannen Sie sich«, sagt er. »Rauchen Sie Ihre Zigarette, lassen Sie die Haare flattern und denken Sie an Rosie.«

Als sie die Ortsgrenze von Kennebunkport erreichen, wendet Grace, um zurückzufahren.

»Warten Sie einen Moment.« John greift in seine Manteltasche. »Ich habe mir heute Morgen aus der Zeitung zwei Wohnungsangebote rausgeschrieben, die verheißungsvoll klangen. Wollen Sie nicht mitkommen? Ich könnte Ihre Meinung gebrauchen.«

Grace stellt sich vor, wie sie ihrer Mutter erzählt, dass so ein Autokauf sehr langwierig ist.

Das erste Haus war offensichtlich früher ein Gästehaus – schmucklose Tür, mindestens sechs Fahrzeuge in der Einfahrt. Es ist himmelblau gestrichen, die Läden sind rosa, und im Vorgarten liegen verrostete landwirtschaftliche Geräte und Kinderspielsachen herum.

»Was meinen Sie?«, fragt Grace. »Ist es einen Versuch wert?«

John zieht die Brauen hoch. »Ich glaube nicht, dass ich abends in ein blaues Haus mit rosa Läden heimkommen möchte, und nach dem Zeug im Vorgarten zu urteilen, wird's drinnen nicht viel besser sein.«

»Ich würde gar nicht erst reingehen«, sagt Grace.

»Gut«, sagt er und leitet sie zur zweiten Adresse weiter.

Grace hält am Ende einer Einfahrt an. Es ist schwer zu sagen, ob der Hof bewirtschaftet ist oder nicht. Die Gebäude sind gut in Schuss.

Drei Türen bieten sich ihnen an.

»Schöne Scheune«, murmelt Grace.

John geht auf das Wohnhaus zu. »Das muss die Tür zur

Küche sein. Auf dem Land ist das meistens die Haustür, weil die richtige Haustür nie benutzt wird.«

»Woher wissen Sie so viel über Bauernhöfe?«

»Als ich noch im Studium war, hat mich ein Arzt zu Hausbesuchen mitgenommen.« Auf Johns Klopfen hin wird die Tür von einer Frau mittleren Alters geöffnet, die Haare zum Zopf geflochten, das Gesicht gerötet (von der Hitze des Herds, vermutet Grace).

»Hallo, wir kommen wegen der Wohnung, die Sie zu vermieten haben«, erklärt John.

»Ah ja«, sagt die Frau und tritt zur Seite.

Die Küche würde Grace sofort mieten. Der Duft süßer Gewürze erfüllt den Raum. Sie atmet tief ein.

»Hier entlang.« Die Frau öffnet eine Tür. Grace hat den Eindruck, dass sie sich jetzt in einem Seitenflügel befinden, der in rechtem Winkel an die Küche anschließt. »Wir haben hier Schafzucht betrieben. Letzten Oktober, als die Schafe draußen auf der Weide waren, ziemlich weit von hier, kam das Feuer wie ein Drache den Hügel runtergedonnert, und sie sind fast alle verbrannt. Sie konnten nicht fliehen. Es roch wochenlang nach verbranntem Fleisch. Deshalb vermieten wir jetzt, um über die Runden zu kommen.«

»Das Haus hat nichts abbekommen«, sagt Grace.

»Nein.«

»Sie hatten Glück.«

»Mir kommt's nicht so vor.« Sie bleibt stehen. »Hier sind wir«, sagt sie mit einer kleinen Geste.

Grace mustert das Zimmer, groß genug für ein kleines Sofa, einen Sessel, einen Tisch und zwei Stühle. Die Frau hat sich bemüht, aus einer ehemaligen Gerätekammer ein gemütliches Wohnzimmer zu machen. Blickfang ist der offene Kamin. Als die Frau Graces Blick bemerkt, sagt sie: »Der Schornstein zieht gut. Die Kochplatte hab ich hier nur reingestellt, damit Sie sich, wenn Sie wollen, selbst Ihren Kaffee machen können. Sie können jederzeit in die Küche, ich koche dreimal am Tag. Die Mahlzeiten sind im Mietpreis inbegriffen. Sie können mit uns essen oder sich Ihr Essen mit hier rausnehmen. Mit der Zeit werde ich schon merken, was Sie mögen. Wollen Sie Kinder?«

Grace und John sehen einander an.

»Wir sind nicht verheiratet«, sagt John. »Grace ist meine Schwester, und ich bin John Lighthart.« Er reicht ihr die Hand. »Entschuldigen Sie, ich hätte uns gleich vorstellen sollen. Die Wohnung ist für mich allein.«

»Ich hab nur gefragt, weil ich an Familien nicht vermiete. Gleich nebenan sind Schlafzimmer und Bad. Der Wasserdruck ist gut. Sie haben Elektroheizung, und wenn Ihnen wirklich mal kalt ist, machen Sie einfach ein großes Feuer.«

Zu der kleinen Wohnung gehört eine Veranda mit Blick auf Weideland. Als John aus dem Schlafzimmer kommt, geht Grace hinein. Eine frische gelb-weiß gestreifte Tapete, ein weißes Eisenbett, eine weiße Kommode, ein Schreibtisch und zwei Fenster. Hinter einem Vorhang verbirgt sich ein Alkoven, der als Schrank dient. Sie wirft einen Blick ins Bad. Alt, aber sauber. Reichlich Wäsche.

Als sie aus dem Schlafzimmer zurückkehrt, tritt John ihr in den Weg. »Was meinen Sie?«, fragt er leise.

»Mir gefällt's. Die gemeinsamen Mahlzeiten, ich weiß nicht.«

»Es ist ideal. Ich kann nicht kochen und hab auch nicht die Zeit dazu.«

»Sie hätten jedenfalls viel Licht, vier große Fenster. An Ihrer Stelle würde ich es nehmen. Mieten Sie erst mal kurzfristig, für den Fall, dass der Ehemann unerträglich ist.« Sie dreht sich um. »Ja, ich glaube, das ist das Richtige für Sie. Schauen Sie, es gibt Bücherregale. Sie werden hier allerdings die Kochdünste abkriegen, da Sie ja neben der Küche sind. Und irgendwann müssen Sie ihnen sagen, dass Sie Arzt sind und abends immer erst spät kommen. Aber ich würde die Wohnung nehmen«, sagt sie.

»Eine Hand wäscht die andere«, meint er. »Sie haben meinen Rat befolgt. Jetzt folge ich Ihrem.«

Dr. Lighthart geht auf die Frau zu. »Ich glaube, ich nehme sie«, sagt er, »wenn wir uns einigen können.«

»Sie kostet fünfundsechzig Dollar im Monat mit Mahlzeiten, Heizung, Heißwasser, Strom und Wäsche. Die Miete ist am Monatsersten fällig. Wir leben so, wie wir leben. Sie hören bestimmt Geräusche aus der Küche, und Sie hören die Autos auf dem Hof, aber das Haus hat dicke Mauern. Es ist 1720 erbaut worden, der Anbau hier 1790. War eigentlich als Durchgang vom Stall zum Haus gedacht. Der Mann sollte sich erst mal sauber machen, bevor er in die Küche kam. Ich mag keine dreckige Küche, und meine Mutter war genauso.«

»Gut, können wir einfach annehmen, dass heute der Monatserste ist?«, fragt Dr. Lighthart, während er die Scheine abzählt.

»Sie wollen gleich heute einziehen?«

»Eigentlich schon, ja. Ich hab nicht viel Zeug.«

»Was sind Sie von Beruf?«

»Ich bin Arzt. Ich arbeite in einer Praxis in North Kennebunkport.«

Sie nickt. »Dann wollen Sie heute Abend auch hier essen.«

»Ja, wenn Sie genug dahaben. Wann gibt's denn Abendessen?«

»Um fünf. Auf die Minute.«

»Oh«, sagt Dr. Lighthart, »während der Woche könnte ich frühestens um sieben hier sein. Halb sieben, wenn nicht viel los ist in der Praxis.«

»Na gut, dann heb ich Ihnen Ihr Abendessen auf. Ein paar Milchbrötchen kann ich immer rausbacken, falls die anderen nichts mehr sind.«

»Ich bin heute um fünf zum Essen da. Und morgen auch«, sagt er und schüttelt der Frau die Hand.

Grace lächelt der Frau zu, als sie John nach draußen folgt. Sie reden nicht gleich, sie fänden es unhöflich, das unter den Augen der Vermieterin zu tun.

Doch im Auto sagt Grace: »Ich glaube, Sie haben es gut getroffen. Sie scheint mir nicht der Typ zu sein, der in anderer Leute Angelegenheiten rumschnüffelt. Mir hat die Wohnung gefallen. Sie ist gemütlich, und im Frühling wird's da ganz herrlich sein.«

»Sie malen ein hübsches Bild.«

Zurück in Biddeford parkt Grace neben dem Packard. Er bleibt eine Sekunde länger als nötig bei ihr im Wagen. »Vielleicht könnten wir nächstes Wochenende wieder rausfahren, zum Rodeln mit den Kindern. Ich kenne einen tollen Rodelberg.«

»Hört sich gut an.«

»War ein schöner Tag, Grace«, sagt er. Dann steigt er aus.

Sobald Grace in dem dunkelblauen Buick neben dem Haus hält, reißt ihre Mutter die Hintertür auf. »Ach du meine Güte!«, ruft sie und drückt die Hände auf die Brust, als fürchte sie, ihr Herz könnte bersten.

»Bist du böse?«, fragt Grace.

»Böse? O nein!«

Ihre Mutter steht in Ehrfurcht erstarrt an der Tür, als wäre ihre Märchenkutsche vorgefahren, um sie abzuholen, als wären alle Verehrer ihrer Jugend genau im richtigen Moment erschienen, genau dann, wenn ihre Haare perfekt sitzen.

Graces Aufgabenbereich in der Praxis weitet sich aus. Sie wird mit der Rechnungsstellung und der Buchhaltung betraut. Wenn das Wartezimmer überfüllt ist, obliegt es ihr, einzelne Patienten schon einmal in Behandlungszimmer zu bringen, wo sie ihre Temperatur misst, sie auf die Waage stellt, ihnen wenn nötig einen Kittel gibt und ihre körperlichen Beschwerden notiert. So können die Patienten in einem Raum für sich auf Dr. Lighthart warten.

Mitte der Woche fragt sie den Doktor, ob genug Geld da ist, um Beistelltische und Lampen zu kaufen und die beiden Zeitschriften *Time* und *Life* zu abonnieren. Sie möchte das Wartezimmer freundlicher gestalten.

»Klar«, sagt Dr. Lighthart. »Passt Ihnen Samstagnachmittag? Ich könnte gleich nach dem Mittagessen, sagen wir um eins?«

Überrascht, dass er sich einfach selbst zu der Fahrt eingeladen hat, erwidert sie, sie müsse es nur noch mit ihrer Mutter klären.

»Ihr Wagen oder meiner?«

»Ich hole Sie ab.« Unmöglich, dass Dr. Lighthart vor Merles Haus aufkreuzt.

Grace denkt sich für den Sonntag einen Ausflug mit ihrer Mutter und den Kindern aus: Sie werden mit dem Auto an irgendeinen malerischen Ort fahren und dort ein Picknick machen. Nachdem sie ihren Plan vorgebracht hat (zum großen Vergnügen ihrer Mutter), fügt sie hinzu, dass sie am Samstagnachmittag ein paar Stunden braucht, um Möbel für die Praxis zu kaufen.

»Doch nicht neue Möbel!«, ruft ihre Mutter.

»Ich suche mir einen guten Laden, der gebrauchte Möbel verkauft. Es geht ja nur um Beistelltische. Sie sollen anständig aussehen und einigermaßen zu den Stühlen passen, die wir haben.«

»Und wie sehen die aus?«

»Holz, Mahagoni, gebeizt.«

»Wenn ich denke – ich hätte genau die passenden gehabt«, überlegt ihre Mutter.

»Ich hätte dir doch nicht deine Tische weggenommen.«

»Vielleicht solltest du auch einen Couchtisch kaufen«, meint ihre Mutter. »Um Blumen draufzustellen.«

»Wir abonnieren *Time* und *Life*.«

»Nehmt lieber auch *Good Housekeeping*.«

Am Freitagabend wartet Grace, die den für den nächsten Tag geplanten Ausflug bestätigen möchte, an der Tür von Dr. Lighthaus Büro. Er reicht ihr einen Scheck. »Es bleibt also bei morgen?«, fragt er.

»Ja. Wie fühlen Sie sich in Ihrem neuen Zuhause?«

»Das Essen ist vorzüglich. In einem der oberen Zimmer im Haupthaus wohnt eine Witwe, nebenan ein Vertreter für Schuhe. Ich hab so das Gefühl, er schenkt ihr Muster.« Er zuckt mit den Augenbrauen, und Grace lacht. »Ich bin nicht viel dort. Die Heizung funktioniert überraschend gut. Das Bett ist bequem.«

Das Bett scheint wirklich bequem zu sein, denn der Doktor wirkt zum ersten Mal, seit sie ihn kennt, ausgeruht. Ein weiteres Wochenende in seiner Wohnung wird ihm vielleicht noch wohler tun. Was Grace angeht, so kann sie sich nicht vorstellen, allein zu leben. Manchmal möchte sie es sich vorstellen, aber das hieße, Claire und Tom wegzudenken. »Ich kenne zwei Geschäfte, wo wir unser Glück versuchen können«, sagt sie.

»Sonst bleibt immer noch die Heilsarmee.«

»Die sind inzwischen bestimmt leer geräumt«, sagt sie.

Am Samstagmorgen kürzt Grace in Merles Zimmer einen hellen Wollrock, den sie zu der Einkaufsfahrt anziehen will. Das Zimmer flirrt im Sonnenlicht, das funkelnd vom Schnee zurückgeworfen wird, doch der blendende Glanz lässt die Gegenstände im Raum dunkler erscheinen. Sie probiert den Rock an und stellt sich vor den Spiegel. Sie beschließt, ihre Haare, die von der trockenen Winterluft spröde sind, hochzustecken. Vielleicht eine Spur Lippenstift, um ihren blassen Teint zu betonen. Der Rock gehört zu einem Kostüm aus Merles Kleiderschrank, er sitzt nach wie vor lose, aber wenn sie ihn noch stärker einnähme, würde er verschnitten wirken. Sie legt die Hände auf die Hüften, dreht sich langsam und stellt fest, dass sie nicht mehr ganz so dünn ist wie in der Zeit, als Aidan bei ihnen gewohnt hat. Sie schiebt die Hände aufwärts bis zu ihren Brüsten, fühlt aber so gut wie nichts durch den festen Büstenhalter und die weiße Bluse. Mit dem Hüfthalter ist es das Gleiche: Die Hände, die über ihren Rock gleiten, ahnen nicht einmal etwas von den Konturen darunter.

Der Schrei ist so gellend, so aus tiefsten Tiefen kommend, so unkindlich und doch so sehr der eines Kindes, dass Grace mit Claires Namen auf den Lippen die Treppe hinunter in die Küche stürmt. Als Erstes fällt ihr Blick auf die entsetzliche Erscheinung, dann auf ihre Mutter, die, in der Ecke stehend, Tom und Claire umfasst hält und ihre Gesichter in ihren Rock drückt. Claires Overall ist nass.

So ruhig, wie es ihr möglich ist, bittet Grace ihre Mutter, die Kinder nach oben zu bringen. Als sie sich ihrem Mann zuwendet, hat sie Mühe, gerade stehen zu bleiben und nicht die Hand auf den Mund zu schlagen.

Er bietet einen grauenvollen Anblick.

Seine linke Gesichtshälfte sieht aus, als stünde sie immer noch in Brand, die Haut wie auf einem abschreckenden Bild in einem medizinischen Lehrbuch. Das linke Ohr fehlt, die Kopfhaut ist rot und entzündet, das Auge scheint weggeschmolzen zu sein. Das rechte Auge und der Mund wirken halbwegs normal, obwohl der linke Mundwinkel wie verwischt ist. Er trägt einen Seidenschal um den Hals, und sie bemerkt, dass der Ärmel seines zerrissenen Mantels leer ist. Sie kann sich nicht vorstellen, wie sein Oberkörper aussieht.

»Hast du Schmerzen?« Die ersten Worte, die sie an ihren Mann richtet.

»Ja.«

»Wie kann ich dir helfen?«

Er versucht, den gesunden Arm aus dem Mantel zu ziehen, und sie versteht, er will den Mantel loswerden. Ohne ihm ins Gesicht zu schauen, beginnt sie, den leeren Ärmel von seiner Schulter zu streifen. Er schreit auf – sie muss ihn zu unbedacht angefasst haben. Sie lässt den Mantel zu Boden fallen, dann hebt sie ihn auf und hängt ihn über die Rückenlehne eines Stuhls.

»Setz dich.« Sie starrt auf den hochgeklappten Ärmel.

»Kann nicht sitzen.«

»Kannst du liegen?«, fragt sie.

Er nickt. »Ich brauche Wasser.«

Sie gießt an der Spüle ein Glas Wasser ein und reicht es ihm. Er hebt es zum Mund, mindestens die Hälfte rinnt ihm links übers Kinn und tropft auf sein Hemd, das aus einem ungewöhnlich dünnen Stoff ist.

»Komm mit«, sagt sie.

Die Ironie dieses Vorgangs, dass sie jetzt ihren Mann durch das Haus seiner Kindheit führt, entgeht Grace nicht. Und gewiss auch ihm nicht.

Mit zitternder Hand schiebt sie den Ärmel über ihrer Uhr hoch. In einer Stunde sollte sie Dr. Lighthart abholen, was nun ausgeschlossen ist. Sie weiß die Telefonnummer des Hofs nicht, und sie kann sich nicht erinnern, ob sie ihm je Merles Nummer gegeben hat. Wie lange wird er warten, bevor ihm klar wird, dass sie nicht kommen wird? Wird er es dann wagen, einfach zu ihr zu fahren? Sie hofft inständig, dass er nicht auf diese Idee kommt.

Sie deutet auf das Sofa. Mit einer Folge unverkennbar quälend schmerzhafter Bewegungen schafft es Gene, sich auf die rechte Seite zu legen. Sie holt ein Kissen und schiebt es ihm unter den Kopf. In dem Moment, als sie sich von ihm wegbewegt, bricht das ganze Konstrukt ihres Lebens zusammen. Sie wird mit diesem invaliden Mann auf dem Sofa in diesem Haus zusammenleben, bis einer von ihnen stirbt. Sie wird nie wieder zur Arbeit fahren. Sie wird nie wieder mit einem Mann schlafen. Sie wird keine Freunde haben. Langsam sinkt sie unter der schrecklichen Last ihrer Zukunft in einen Sessel.

GENE

»Ich muss nach Claire und Tom sehen«, sagt Grace zu Gene. Er bewegt kaum den Kopf. Er hat diesen nach innen gekehrten Blick, den sie von Patienten aus der Praxis kennt – in Erwartung des Schmerzes.

Sie findet ihre Familie oben in ihrem Schlafzimmer. Zuerst geht sie zu Claire und nimmt sie in die Arme. »Du hast dich erschreckt, nicht?«, sagt sie zu ihrer Tochter, die frische Kleider trägt.

Claire nickt, ohne den Daumen aus dem Mund zu nehmen.

»Kannst du dich an Daddy erinnern?«

Claire nickt wieder, übertrieben.

»Schau mal, Daddy hat in der Nacht, als es überall gebrannt hat, anderen Menschen geholfen, und dabei hat er sich auch verbrannt. Das da unten war Daddy mit den Brandwunden.«

Claire rutscht der Daumen aus dem Mund. Sie reißt die Augen auf und starrt ins Leere, ihr Blick voller Furcht und Nichtbegreifen.

»Dein Daddy ist ein Held. Und manchmal kommen

Helden mit Schrammen und Beulen wieder heim. So ist es ihm ergangen.« Sie zieht Claire auf ihren Schoß, damit sie ihr leichter ins Gesicht sehen kann. »Möchtest du runtergehen zu ihm? Er hat sich hingelegt.«

»Neieiein«, jammert Claire und schüttelt heftig den Kopf.

Tom, der auf dem Bett herumkrabbelt, hält inne und horcht.

»Ist ja gut.« Grace drückt ihre Tochter an sich und reibt ihr den Rücken. Sie sieht ihre Mutter an und liest in ihrem Blick Angst und Verzweiflung, und Hinnahme.

»Wir müssen einiges überlegen«, sagt Grace.

»Bleibt er?«

»Wir müssen ihm die Bibliothek einrichten. Ich glaube nicht, dass er die Treppen steigen kann.«

»Die Polizei hat gesagt, dass er im Koma war. Vor einer Woche ist er in einem Krankenhaus in New Hampshire aufgewacht, aber erst gestern konnte er sich an seinen Namen erinnern.«

»Wie geht es Claire?«, fragt Gene vom Sofa, als Grace sich ihm gegenübersetzt.

»Es geht ihr gut«, antwortet Grace. »Sie braucht nur ein bisschen Zeit.«

»Meine eigenen Kinder haben mich nicht erkannt.«

»Das tut mir leid«, sagt sie.

»So ist es nun mal.« Mit dem gesunden Auge sieht er sich im Zimmer um. »Ich durfte nie hier rein. Ich durfte nur in meinem Zimmer und in der Küche spielen. Nur wenn wir Besuch hatten, wurde ich zum Guten-Tag-Sagen geholt und musste gleich wieder verschwinden.«

»Das tut mir leid.«

»Bitte hör auf, das zu sagen. Was tut ihr überhaupt hier?«

Grace verschränkt die Arme vor der Brust. »Hier? In diesem Haus? Unser eigenes Haus ist abgebrannt.«

»Ja, das hab ich gehört. Aber im Haus meiner Mutter?«

»Deine Kinder waren obdachlos. Meine Mutter auch. Ich hatte keine Wahl.« Sie schweigt einen Moment. »Warst du im Koma?«

»Mir ist erst eine Woche, nachdem ich aufgewacht bin, wieder eingefallen, wer ich bin. In dieser Woche wollte ich nicht mehr leben.«

Sie wartet.

»Wegen dem Arm, aber vor allem wegen der Schmerzen.«

»Warum haben sie dir den Arm abgenommen?«, fragt sie, unfähig, den Blick von dem hochgesteckten Ärmel zu wenden.

»Wundbrand.«

»Oh, Gene. Sag mir, was ich wissen muss, damit ich mich richtig um dich kümmern kann.«

Er schließt das Auge. »Du wirst das nicht tun wollen. Ich brauche ein paar Sachen.«

»Was denn?«

»Gaze, Vaseline, Jod, eine Bettpfanne.« Er beobachtet sie. »Unmengen Handtücher. Das Bett muss jeden Tag frisch bezogen werden. Ein Gummilaken.«

Grace stockt der Atem.

»Ich sagte ja, du wirst es nicht tun wollen.«

»Wir tun, was getan werden muss.«

»Und Tabletten. Ich habe entsetzliche Kopfschmerzen. Wo schläfst du?«

»Im ersten Stock.«

»Im Bett meiner Mutter?«

Grace nickt.

Er senkt den Blick zu Graces Rock. »Und wenn ich nicht irre, trägst du auch ihre Kleider.«

»Wir hatten nichts, als wir hier ankamen.«

Aus Genes Hemd quillt Flüssigkeit. Sie läuft aus dem Zimmer, holt ein frisches Handtuch und breitet es vorsichtig über seine linke Seite. »Es tut mir leid, wenn ich dir wehtue.«

»Bitte bemitleide mich nicht.«

»Das tu ich nicht.« Aber sie tut es.

»Du hast das Kind verloren«, sagt er.

»Ja.«

»War es schlimm?«

»Es war in der Nacht, als es gebrannt hat.«

Er dreht den Kopf zur Seite. Einen Moment fragt sich Grace, ob er weint. Aber nein, er ist wütend. »Wenn sie uns nur heimgeschickt hätten. Dann hätte ich euch da rausgeholt.«

»Kannst du eine halbe Stunde hier liegen bleiben?«, fragt sie.

»Du willst mich allein lassen?«

»Nur um den Arzt zu holen.«

»Den alten Doktor Franklin.«

»Der hat aufgehört. Nachdem sein Haus abgebrannt war. Wir haben einen neuen Arzt. Doktor Lighthart.«

Ein paar Sekunden schweigt Gene. Dann schnalzt er mit den Fingern. »Indianer!«, sagt er.

»Was?«

»Er ist Indianer. Man erkennt das immer an den Namen. Zwei zusammengesetzte Wörter. Whiteman.

Yellowhair. Manygoats. Watchman. Ich kannte im Krieg
welche und später beim Straßenbau.«

Die hohen Wangenknochen. Der kräftige Teint. Die
glatten schwarzen Haare. Indianerblut, und noch etwas
anderes. Vieles andere vielleicht. Was spielt es für eine
Rolle?

»Er ist ein guter Arzt«, sagt sie.

Graces Hände zittern so stark, dass sie kaum die Gang-
schaltung betätigen kann. Sie lässt den Wagen rückwärts den Hang hinunterrollen und rutscht unten in
die schneebeladenen Büsche. Wenn ich so weitermache,
lande ich im Graben, denkt sie.

Als sie von der Landstraße, an der der Hof liegt, in
die Auffahrt einbiegt, geht John Lighthart schon war-
tend vor dem Haus auf und ab. Sie hat eine halbe Stunde
Verspätung.

»Hallo«, sagte er mit einem Lächeln, als er die Wagen-
tür öffnet und einsteigt.

Grace wendet sich ihm zu und hebt die Hand. »John.«
Sie hält inne, sie muss sich erst einmal fassen. »Heute
Morgen ist Gene zurückgekommen, mein Mann. Er hat
entsetzliche Verbrennungen, die noch nicht verheilt sind.
Er kann nicht sitzen. Ich wollte Sie bitten, mitzukommen und ihn zu untersuchen und mir zu sagen, was ich
tun muss. Aber nur, wenn Sie dazu bereit sind.«

Er sieht sie forschend an. »Wie geht es Ihnen? Sie sind
ganz weiß.«

»Das ist nur der Schock.«

»Sie sollten eigentlich nicht fahren, aber ich nehme
besser meinen eigenen Wagen. Fahren Sie ruhig vor, ich

komme nach. Ich muss noch ein paar Sachen einpacken.«

»Danke«, sagt Grace. »Bitte erwähnen Sie nicht, dass ich bei Ihnen arbeite. Ich habe es ihm noch nicht gesagt, und ... ich weiß nicht, ob ich weiter in die Praxis kommen kann.«

»Oh, hoffentlich.«

»Er ist grob. Er ist nicht er selbst.«

»Fahren Sie los. Ich komme gleich nach.«

Grace stellt den Wagen ab und geht widerwillig ins Haus. Ihre Mutter steht in einer gelben Schürze mitten in der Küche. »Ich weiß nicht, was ich ihm zu essen machen soll«, platzt sie heraus.

»Gleich ist der Arzt da.«

»Mich hätte fast der Schlag getroffen, als die Polizei kam. Es ist grauenhaft.«

Das klare Licht, das durch das Fenster fällt, hebt jeden Defekt in Genes Gesicht scharf hervor. Grace zieht die Vorhänge ein Stück zu.

»Woher hast du den schnieken Buick?«, fragt er.

»Den hat mir eine Freundin geliehen.«

»Rosie?«

»Nein, eine andere. Rosie und Tim sind nach Nova Scotia gezogen. Kannst du mit mir in die Bibliothek gehen? Da steht ein Bett.«

»Wieso?«, fragt er.

»Wir hatten vier Tage lang Stromausfall. Da haben wir im Kamin Feuer gemacht und alle dort geschlafen.«

Sie wartet, während er sich mühsam nach oben quält. Dann tritt sie zu ihm, um ihm zu helfen.

Doch er hinkt ihr voraus, um sie wissen zu lassen, dass er jetzt Herr des Hauses ist.

Grace empfängt Dr. Lighthart ohne ein Wort. Sie muss daran denken, wie Dr. Franklin stets einfach eintrat und schnurstracks in das Zimmer ging, wo der Patient lag. Eine andere Welt. Ein anderes Land.

»Gene, das ist Dr. Lighthart«, stellt sie vor.

»Sie können uns allein lassen, Mrs Holland«, sagt Dr. Lighthart.

Grace schließt die Tür.

Mrs Holland.

Sie lässt sich auf einen gepolsterten Stuhl im Flur fallen, der genau zu diesem Zweck hier stehen könnte: dass man sich setzt und wartet, bis man gerufen wird. Innerhalb von weniger als zwei Stunden hat ihr Leben sich völlig verändert. Eigentlich sollte sie jetzt zusammen mit Dr. Lighthart, einem freundlichen, anständigen Mann, Beistelltische und Lampen für die Praxis aussuchen. Sie hatte vorgehabt, ihm irgendeine originelle oder nützliche Kleinigkeit als Einstandsgeschenk zu kaufen.

Sie hört Gemurmel, einen kurzen Aufschrei, dann herrscht Stille hinter der geschlossenen Tür. Als sie sich öffnet, bedeutet Dr. Lighthart Grace, dass er mit ihr sprechen will, und sie führt ihn ins Wohnzimmer.

»Das sind schwere Verbrennungen«, sagt er auf dem Weg dorthin. »Er wird ständige Pflege brauchen. Er muss weite seidene Pyjamas tragen und auf Seidenwäsche liegen, die jeden Tag gewaschen werden sollte. Ich habe die Verbrennungen behandelt, aber keine Gaze aufgelegt. Ich möchte, dass sie unter dem Pyjama, den ich mitgebracht habe, an der Luft trocknen.« Er hält einen Moment inne.

»Ich sehe nach, was ich noch dahabe und Amy mitgeben kann. Alles, was er die nächsten zwei, drei Tage braucht, habe ich auf die Kommode gelegt. Amy bringt dann mehr mit. Das Wichtigste ist im Moment, die Wunden sauber zu halten und dafür zu sorgen, dass er viel trinkt. Wenn Sie bei ihm sind, sorgen Sie immer dafür, dass er trinkt. Wasser, Apfelsaft und noch mehr Wasser. Ich würde ihm einen kleinen Tisch ans Bett stellen und darauf einen Teller mit Speisen, die er mit den Fingern essen kann. Das ist einfacher für ihn, als beispielsweise Suppe zu löffeln. Da kann er sich etwas nehmen, wann immer ihm danach ist. Amy versucht morgen, das Aufsetzen mit ihm zu üben. Sie wird streng sein, und Ihr Mann wird furchtbar schreien. Sie müssen dann selbst mit diesen Übungen weitermachen, wenn Sie körperlich dazu in der Lage sind.« Er seufzt. »Grace, es ist unfair, ich weiß. Ich fände es gut, wenn Sie eine Pflegerin oder einen Pfleger nähmen, wenigstens halbtags. Besser wäre natürlich ganztags.«

Sie schüttelt den Kopf. »Er würde wissen wollen, woher ich das Geld nehme.«

»Sie haben doch noch Schmuck«, sagt er leise.

»Ich weiß nicht. Er ist sehr misstrauisch.«

»Ja, das habe ich bemerkt.«

»Es tut mir leid, dass ich nicht mehr bei Ihnen arbeiten kann. Es hat mir so viel Freude gemacht.«

»Und ich war froh, dass Sie da waren. Wirklich.«

Auf dem Weg zur Tür nimmt er seinen Hut, den er beim Kommen abgelegt hat, und zieht einen Zettel aus der Tasche. »Das ist die Telefonnummer auf dem Hof. Rufen Sie mich jederzeit an. Wenn ich nicht selbst kommen kann, schicke ich jemanden. Das darunter ist die Nummer des Rettungsdiensts. Ein Notfall wären so unerträgliche Schmerzen, dass er, sagen wir, fünfzehn Minuten lang nicht aufhören kann zu schreien, übermäßige Absonderungen aus den Wunden, Anzeichen von Blut aus den Wunden und Fieber. Ich konnte heute nichts gegen seine Kopfschmerzen tun, weil ich noch nicht weiß, wo die Ursache liegt. Es könnte einfach Flüssigkeitsmangel sein.«

»Danke, dass Sie gekommen sind. Sie sind mir ein guter Freund gewesen.«

»Ich hoffe, wir bleiben gute Freunde.« Er legt ihr die Hand auf die Schulter, bevor er den Türknauf dreht. »Ich möchte mit dem Mann Mitleid haben.«

Dr. Lighthart hat ein Glas mit einem geknickten Trinkhalm auf der Mahagonikommode stehen gelassen, sodass Gene, in seinem neuen Seidenpyjama, Wasser trinken kann, ohne sich aufsetzen zu müssen. Sie registriert, dass er sich im Badezimmer gewaschen hat. Die gesunde Gesichtshälfte glänzt, und seine Fingernägel sind sauber.

»War jemand hier?«, fragt er.

Im ersten Moment glaubt sie, er sei verwirrt. »Der Arzt war hier.«

»Nein, vorher, meine ich.«

»Ich verstehe nicht.« Sie stellt einen kleinen blauen Teller mit mundgerecht geschnittenen Stücken eines Schinkenbrots und Apfelschnitzen auf den Nachttisch.

»Im Bad liegt eine Rasierklinge auf dem Boden, halb unter dem Badewannenfuß. Ich konnte mich nicht bücken, um sie aufzuheben. Da könnte sich jemand schneiden.«

»Ich mach das gleich«, sagt sie.

»Aber von wem ist sie?«

»Ich habe keine Ahnung.«

»Na, es war doch offensichtlich ein Mann hier. Mein Vater ist seit Jahren tot.«

»Gene, wirklich, woher soll ich das wissen?«

Sie zieht einen Stuhl ans Bett. Gene riecht nicht mehr so unangenehm wie vor dem Arztbesuch. »Brauchst du eine Zahnbürste?«, fragt sie.

»Ich brauche alles.«

Sie hält ihm den Trinkhalm an die Lippen.

Nachdem Grace auf Claires Bitte hin mit den Kindern Cowboys und Indianer gespielt hat, geht sie wieder zu Gene und sieht, dass er angestrengt versucht, irgendwie aus dem Bett zu kommen.

»Warte, ich helfe dir«, sagt sie. Sie schlägt die Bettdecke zurück. Mit der rechten Hand stößt er sich vom Bett ab. Auf dem Laken sind Flecken.

»Was möchtest du?«, fragt sie.

»Was ich möchte?«, wiederholt er, als er auf den Beinen steht. »Ich möchte wieder ein normaler Mensch sein. Ich möchte wieder arbeiten. Ich möchte in ein Klo scheißen. Ich möchte am Tisch sitzen und eine Schale Suppe essen. Ich möchte nicht ständig Angst haben, eine falsche Bewegung zu machen, die höllisch wehtut. Ich möchte mein Gesicht wiederhaben. Reicht das?«

Genes Bitterkeit, so berechtigt auch immer, könnte Mauern durchfressen.

Er sagt, er möchte ins Turmzimmer, er sei sicher, er habe dort etwas liegen gelassen. Wieder geht er voraus, und Grace folgt gehorsam.

»Da!«, ruft er. »Ich wusste doch, dass was nicht stimmt.«

»Wieso? Was denn?«

»Wie kommt das Klavier hierher?«, fragt er.

Sie schaut auf das Klavier, auf dem sich Staub sammelt. Ihr bleibt nichts anderes übrig als zu lügen und immer weiter zu lügen. »Das hat doch seit jeher hier gestanden.«

»Nein, nein, nein, nein! Es hat im ersten Stock gestanden. Im Turmzimmer oben. Gleich neben dem Schlafzimmer meiner Mutter.«

»Bist du sicher? Wer würde ein Klavier ins obere Stockwerk stellen?«

»Verdammt noch mal, ich muss es wissen. Ich habe jahrelang darauf geübt. Ich kenne dieses Haus weit besser als du.«

»Natürlich«, stimmt sie zu.

Das mit der Bettpfanne ist entsetzlich. Er erklärt ihr, wie sie ihn mithilfe von Kissen unter Kopf, Rücken und Knien vom Laken heben und die Bettpfanne unter ihn schieben soll. Dann muss sie gehen und die Tür hinter sich schließen. Sie würde am liebsten geradewegs zur Haustür hinausgehen und rennen, rennen, bis sie umfällt.

Der Anblick der Kinder, als sie sie zu Bett bringt, ist ein Lichtschimmer in einer finsteren Höhle. Eines von ihnen in jedem Arm, legt sie sich auf den Boden und singt ein Dutzend Strophen von *Hush, Little Baby*, deren Text sie sich beim Singen ausdenkt. Aus dem Augenwinkel sieht sie ihre Mutter umhereilen, wie sie Wäsche faltet und

Spielsachen einsammelt. Grace singt, bis die Kinder in ihren Armen schwer werden, dann trägt sie sie mit ihrer Mutter zusammen zu ihren Betten. Am liebsten würde sie sich zwischen die Kinder auf den Boden legen und sich von ihrer Mutter zudecken lassen.

Amy trifft mit einem riesigen grünen Koffer voller Sachen ein. Zum ersten Mal sieht Grace das Ausmaß der Verbrennungen, die Genes Oberkörper, seine Hüfte und seinen Oberschenkel verwüstet haben. Ihr wird übel. Ununterbrochen redend, erklärt Amy ihr, wie man die Wunden reinigt, um sie dann an der Luft trocknen zu lassen: wie man, je nach Bedarf, Vaseline oder Jod aufträgt; dass sie regelmäßig Fieber und Blutdruck messen und seine Haut untersuchen muss; wie sie ihm am besten den Rücken wäscht und ihm beim Ankleiden hilft. Sie legt eine Liste mit Anweisungen zu den Dingen, die sie mitgebracht hat.

»Jetzt der schwierige Teil«, sagt Amy. »Er muss so beweglich wie möglich bleiben, ohne dass die schützende Hautschicht, die sich bildet, reißt. Deshalb habe ich die Vaseline so dick aufgetragen. Später tupfen wir sie ab.«

Sie wendet sich Gene zu. »Wollen Sie wieder auf einem Stuhl sitzen können?«

»Ja.«

»Möchten Sie auf dem Boden kriechen und mit Ihren Kindern spielen können?«

»Ach, hören Sie auf«, sagt er. »Was soll das Verhör?«

»Ich muss wissen, wie stark Ihr Wunsch ist, all das wieder tun zu können, Mr Holland. Denn wenn Ihnen wirklich etwas daran liegt, werden Sie hart arbeiten müssen.«

Grace sieht zu, wie sie Gene hilft, sich flach aufs Bett zu legen, hört, wie er stöhnt, als seine linke Seite mit dem Laken in Berührung kommt. Dann umfasst Amy sein linkes Bein, mit einer Hand die Wade, mit der anderen das Knie. Sie beugt das Knie und schiebt es seinem Gesicht entgegen, vor und zurück, vor und zurück. Gene beißt die Zähne zusammen. Alle Übungen, denen sie seine linke Körperseite unterzieht, wiederholt sie auf der rechten. Sie fordert Gene auf, ein Stück im Bett hinunterzurutschen. Dann klettert sie oben beim Kopfteil auf das Bett und bittet ihn, Kopf und Schultern zu heben, so weit er kann. Sobald er sich aufrichtet, schiebt sie beide Arme unter ihn und stemmt ihn langsam immer höher, bis sein Oberkörper sich in einer Schräghaltung von beinahe dreißig Grad befindet. Er schreit auf, versucht, sich zu drehen und vom Bett zu springen.

»Grace, drücken Sie seine Beine an den Knöcheln aufs Bett.«

Grace beugt sich über das Fußteil und presst die Füße ihres Mannes auf den Bettüberwurf.

Als Genes Schreie eine gewisse Tonhöhe erreichen, erlaubt Amy ihm, sich zu erholen. Grace hofft, dass ihre Mutter mit den Kindern im zweiten Stock und die Tür geschlossen ist.

»Gut gearbeitet, Mr Holland«, sagt Amy. »Jetzt rasten wir eine Minute, dann versuchen wir es noch einmal.«

»Kommt nicht infrage.«

»Wollen Sie eines Tages wieder auf die Toilette gehen können, statt die Bettpfanne zu benutzen? Denn darum geht es hier doch. Dass Sie Ihre Selbstständigkeit zurückgewinnen. Wollen Sie das?«

»Ja, schon.«

»Nein, im Ernst, Mr Holland. Ist das wirklich Ihr Wunsch?«

»Herrgott noch mal«, sagt er lauter.

»Dann heben Sie Kopf und Schultern, so weit es geht, und wir versuchen es noch einmal.«

Ohne auf eine Aufforderung zu warten, hält Grace die Fesseln ihres Mannes, während Amy die Übung wiederholt. Grace weiß, dass sie allein diese Übung niemals mit ihrem Mann wird machen können, zum einen, weil sie nicht gleichzeitig seine Füße festhalten und von hinten drücken kann, und zum anderen, weil sie nicht über Amys Körperkraft verfügt.

Nach der dritten Übung sagt Gene zu Grace: »Schaff mir dieses Miststück vom Hals.«

»Sie müssen härter werden.«

»Ich habe nicht Ihre Kraft.«

»Sie haben Angst vor ihm«, sagt Amy, während sie ihren dicken Wollmantel überzieht.

»Ich habe immer Angst vor ihm gehabt«, bekennt Grace.

»Wollen Sie ihm den Rest seines Lebens die Bettpfanne bringen? Wenn er nämlich noch länger nichts tut, wird er sich nie wieder aufsetzen können. Es ist sowieso schon zu viel Zeit vergangen.«

Grace schlägt die Arme über dem Kopf zusammen.

»Grace«, sagt Amy, »Sie müssen in sich eine Quelle finden, die Ihnen die Kraft gibt. Ein schlimmer Monat, aber wenn alles gut geht, wird es von Tag zu Tag besser werden. Sie müssen jetzt unerbittlich sein, lieben können Sie ihn später.«

Werde ich aber nicht, möchte Grace sagen. Ich werde ihn nicht lieben.

Grace wird zur unwilligen Pflegerin während einer Reihe von Tagen, von denen jeder einzelne endlos erscheint, jeder dem gleichen Muster folgt. Sie steht morgens früh auf, um Genes Frühstück zu machen, bevor er in die Küche kommt und es dort im Stehen zu sich nimmt. Harte Eier und klein geschnittener Toast sind für ihn am einfachsten zu essen. Ihre Mutter bleibt mit den Kindern oben bis halb acht, wenn Grace Gene aus der Küche hinauslotst, entweder in sein Zimmer oder zum Sofa im Wohnzimmer. Mit Rücksicht auf seine Schmerzen und seine Langweile bemüht sie sich, den Tag in drei Blöcke aufzuteilen: die Vormittage, an denen sie ihm manchmal aus der Zeitung vorliest oder ihn allein im Wohnzimmer ruhen lässt; die Nachmittage, die der Körpertherapie vorbehalten sind (in den ersten Tagen, bevor sie Gene dazu bewegen konnte mitzumachen, musste Grace ihre Mutter bitten, seine Füße festzuhalten, die hinterher jedes Mal weinte); und die Abende, die er im Wohnzimmer zubringt, mit einem Teller mundgerecht angerichteter Speisen neben sich. Oft setzt sich Grace zu ihm. Sie schweigen, während sie näht oder strickt, oder er stellt ihr Fragen. Es ist unfassbar für sie, dass dieser Raum, in dem sie widerwillig bei ihrem invaliden Mann sitzt, derselbe ist, in dem sie Aidan Berne lieben lernte. Dieses reine Glück damals, und jetzt diese tiefe Verzweiflung.

Ihre Pflichten als Pflegerin ihres Mannes und das Gefühl, alle Freiheit, die sie je besaß, verloren zu haben, zermürben Grace. Beinahe jeden Abend ist sie völlig erschöpft und muss sich am Geländer festhalten, wenn sie hinaufgeht in ihr Schlafzimmer (ihr Schlafzimmer jetzt, nicht Merles; das wenigstens hat sie sich verdient). Die Bemerkungen ihrer Mutter, sie müsse besser auf sich achten, sie lasse sich gehen, sie laufe manchmal sogar in schmuddeligen Kleidern herum, sind ihr keine Hilfe. Immer häufiger bleibt Marjorie mit den Kindern oben und kommt nur noch herunter, um das Mittag- oder Abendessen zu machen. Grace sieht sehr wohl, dass auch ihre Mutter eine Gefangene ist.

Der Winter lässt den kommenden Frühling ahnen, nicht die Temperaturen, sondern die Qualität des Lichts. In den gestohlenen Minuten, die Grace in ihren Wintermantel gehüllt auf der Hintertreppe sitzt, gewinnt sie Hoffnung. Ist sie denn wirklich schlechter dran als die Frauen von Hunts Beach, die allen Besitz verloren haben, oder jene Frauen, die ihre verwundeten Geliebten nach dem Krieg wieder aufpäppeln und zu Ehemännern machen mussten?

»Wir dachten, wenn wir einen Graben ausheben, der breit genug ist, könnten wir das Feuer aufhalten«, erklärt Gene, und Grace nickt. »Wir waren dumm. Keiner von uns hatte die geringste Erfahrung im Umgang mit Feuer. Wir befolgten einfach die Anweisungen der Feuerwehr. Der Sinn des Ganzen war, den Ort vor dem Feuer zu schützen.« Er öffnet sein Auge. »Kannst du mir noch mal höher helfen?«

Grace hebt seine rechte Seite an, sodass er gerade an der Rückenlehne des Sofas sitzt, jedoch in einem Fünfundvierzig-Grad-Winkel mit Kissen unter den Schultern und dem Rücken. Sie müssen neunzig Grad erreichen, wenn er auf einem Stuhl sitzen soll; mehr, wenn er fähig sein soll aufzustehen. Es geht langsam voran, und oft gibt es Rückschläge.

»Wir hatten den ganzen Tag gegraben, bis in die Nacht rein, da bemerkten wir, dass der Wind aus Osten kam, und machten Pause. Wir dachten, wir wären gerettet. Aber wir haben unseren Posten nicht verlassen, weil die uns gesagt hatten, wir sollten bleiben. Kannst du mir da noch ein Kissen in den Nacken schieben?«

Grace steht auf und hantiert mit dem Kissen, bis er nickt.

»Wir waren ziemlich sicher, dass sie uns einen Lastwagen mit Kaffee und was zu essen schicken oder uns sogar nach Hause fahren würden. Nach einer Weile setzten wir uns hin, auf Felsbrocken oder an Baumstümpfe, und ich weiß, dass ich eingenickt bin. Dann haben mich Schreie geweckt.«

Wie Claires Schreie Grace geweckt hatten.

»Als ich aufsprang, stand das Feuer schon auf dem Merserve Hill und raste runter zu uns. Feuerkugeln sprangen den Hang runter, nahmen Bäume mit und ließen andere aus, und der Wind hinter dem Feuer war gewaltig. Ich weiß noch, dass ich dachte, Feuer wäre in Wirklichkeit rosa und rot, nicht orange. Innerhalb von Minuten haben wir die Hitze gespürt und sahen Tiere auf der Flucht vorbeijagen. Zwei von den Männern rannten mit den Tieren, die anderen blieben bei mir. Dann zerrte Jack mich am Ärmel und schrie, wir sollten abhauen. Ich hatte was anderes vor. Ich konnte erkennen, dass hinter der Feuerwalze die Erde schwarz war – so schnell bewegte sich das Feuer. Tim und Jack gruben Löcher in die Erde, sie wussten, dass das Feuer sie einholen würde. Als es so nahe kam, dass es unerträglich wurde, sah ich einen freien Raum, der ungefähr so lang war wie ein Laster, und rannte durch, so schnell ich konnte. Mein Fehler war, dass ich nichts auf dem Kopf hatte. Ich spürte die unglaubliche Hitze und merkte, dass mein Ärmel und meine Haare Feuer gefangen hatten. In meiner Panik bin ich gestolpert und versuchte, die Flammen mit Schlägen zu löschen. Ich fiel auf meine linke Seite, der Boden war so heiß, dass ich den Schmerz nicht aushalten konnte. Dann hab ich das Bewusstsein verloren.«

»Es tut mir so leid«, sagt Grace. Es gibt keine anderen Worte.

Zuerst zeigen sich die Krokusse, lila und weiß, und bald gesellt sich das leuchtende Gelb von Narzissen und Forsythien dazu. Wenn Grace durch den Garten geht, hellt ihre Stimmung sich auf beim Anblick des grünenden Rasens, der Knospen an den Obstbäumen und der Tulpenstängel, die durch die Erde stoßen. Nach den Wintermonaten hält die Erde eine Fülle von Überraschungen bereit, neu erblühende Blumen jeden Tag oder jede Woche, kleine Geschenke für Grace. Sie wird die Knospen sehen, die Farbe der Blüten jedoch erst Tage später entdecken. Sie ist neugierig, ob der Flieder tieflila sein wird oder lavendelblau oder weiß. Sie hat keine Ahnung, welche Formen und Farbtöne die Rosen hervorbringen werden. Bald wird sie mit frischen Sträußen den sauren Geruch im Haus zurückdrängen können – diesen Geruch, der, so vermutet sie, von Gene ausgeht und sich nicht vertreiben lässt, ganz gleich, wie oft sie seine Bettwäsche und Kleider wäscht.

Gene ist der Name der Versicherungsgesellschaft wieder eingefallen, sogar der des Vertreters. Grace ruft an und erklärt ihre Situation, dass sie nahezu völlig mittellos sind. Aber als der Schadensregulierer kommt und sich im Haus umsieht, ist er nicht bereit, über Leistungen zu reden. Grace weist daraufhin, dass das Haus nicht ihnen gehört, dass sie kein Geld für Nahrungsmittel und Kleidung haben, dass Gene nicht arbeiten kann und der riesige Heizöltank leer ist. Sollte eine Reihe kalter Tage kommen, wüsste sie nicht, was tun. Außerdem fügt sie klar und energisch hinzu, braucht ihr Mann, der bei dem Brand schwer verletzt wurde, ärztliche Behandlung, die sie nicht bezahlen können. Als der Versicherungsvertreter so dreist ist, den Verkauf einiger der offensichtlich kostbaren Möbelstücke vorzuschlagen, wird sie laut. Hat er alle nötigen Unterlagen? Ja, die hat er. Hat Gene Holland je eine Zahlung versäumt? Nein, nie. Gut, sagt Grace, sie brauchen das Geld, um sich ein Haus zu bauen, auf das sie ein Recht haben, und sie brauchen einen zusätzlichen Betrag für ihre Lebenshaltungskosten. Sie bleibt hart und lässt sich nicht beirren. Doch erst als sie den Mann zu Gene führt, als der gerade seine Augenklappe nicht trägt, stellt ihr der Regulierer einen Scheck über fünfundsiebzig Dollar aus, um die Zeit zu

überbrücken, bis ein zweiter Vertreter mit einem weit
höheren Scheck vorbeikommen wird.

Eines Morgens, nachdem sie ihr Bett gemacht hat, starrt
Grace reglos auf die glatte Tagesdecke. Dann wirft sie
sich auf das Bett und trommelt mit beiden Fäusten auf
die Decke ein. Sie schlägt zu, bis ihr die Hände weh-
tun. Sie hält inne und sieht ihre Finger an. Sie versucht krampfhaft, sich zu erinnern, was sie gefühlt hat,
als Gene damals um sie warb – anders kann man die
braven gelehrsamen Ausflüge und Spaziergänge in den
Hügeln, wo sie sich manchmal zusammen niederlegten,
nicht beschreiben. Sie kann sich jetzt nicht an ein einziges Wort der Liebe erinnern. Einer von ihnen muss doch
etwas gesagt haben. Am Tag, als sie geheiratet haben?

Gene wird seltsam reizbar, als erfüllte auch ihn kaum
verhohlene Wut. Man könnte seine Wut als Folge des
grausamen Schicksalsschlags sehen, der ihn getroffen
hat, doch Grace vermutet, dass seine Wut mit ihr zu tun
hat. Gene ist ebenso wie alle anderen ein Gefangener
in diesem Haus, mehr noch aufgrund seiner Invalidität.
Auslassen kann er diese Wut nur an seiner Frau, die ihm
die Last der ständigen Schmerzen und der Hilflosigkeit
nicht abnehmen kann. Eines Tages, als sie mit den Kör-
perübungen beginnen will und ihn auffordert, den Kopf
zu heben, weigert er sich.

»Nein«, sagt er.

»Was soll das heißen, nein?«, fragt Grace.

»Ich mag nicht.«

»Nur heute nicht oder nie mehr?«

»Nie mehr.«

»Wenn du jetzt aufhörst, machst du alles, was die Therapie dir gebracht hat, wieder kaputt. Dann kannst du in einem Jahr nicht einmal mehr die kleinsten Dinge tun.«

»Kann schon sein, aber du kannst sie für mich tun«, entgegnet er.

»Soll ich dir den Rest deines Lebens den Hintern abwischen?«

Mit einem Ruck fährt Grace vor Gene zurück, mindestens so entsetzt wie er über ihre gemeine Frage, ihren Zynismus, ihre Wut. Aber sie wird nicht sagen, dass es ihr leidtut. Als sie aus dem Zimmer läuft, wird ihr klar, dass ihre Worte an ihn immer verletzender werden, dass sie ganz leicht die Kontrolle verlieren kann. Und wer würde darunter leiden? Die Kinder. Bald werden sie hören können, was sich in der Bibliothek, im Wohnzimmer, in der Küche abspielt. Sie drückt die Stirn an die Wand. Das will sie Claire und Tom nicht antun, dass sie sich jedes Mal ducken, wenn sie eine laute Stimme hören, dass sie so tun müssen, als hörten sie eine Gemeinheit nicht, dass sie nur noch wünschen, ihren Eltern fern zu sein, was auf lange Sicht heißt, das Haus zu verlassen. Sie hat es bis jetzt mit den Kindern gut hinbekommen, vor allem mithilfe ihrer Mutter, aber sie weiß nicht, ob sie über die Selbstbeherrschung verfügt, es weiter durchzuhalten.

Grace überlegt, eine Tagespflegerin zu engagieren, dann hätte sie wenigstens acht Stunden für ihre Kinder. Wenn es sich machen ließe, würde sie eine Pflegerin nehmen, die im Haus lebt, dann würde sie ihren Mann so erleben, wie die Kinder ihn erleben – bei unbeschwerten Besuchen. Sie könnte es sich leisten, so jemanden einzustellen, aber dann wird Gene wissen wollen, woher das Geld dafür stammt. Da sie von der Versicherung lediglich fünfundsiebzig Dollar gekriegt haben, wird er schnell darauf kommen, dass sie Gegenstände aus dem Haus verkauft, um die Pflege zu bezahlen. Sie bezweifelt, dass er von dem Schmuck weiß, es sei denn, Merle hat ihn des Öfteren in seinem Beisein getragen. Trotzdem, er würde Grace Fragen stellen und nicht lockerlassen, und das Leben würde noch unerträglicher werden, als es schon ist. Irgendwann würde sie vielleicht zuschlagen, eine Vorstellung, die sie entsetzt. Oder ihn einfach zu Boden fallen lassen. Das wäre so einfach. Sie hat ihn seit seiner Rückkehr schon mindestens ein Dutzend Mal halten müssen, wenn er das Gleichgewicht verlor.

Sie holt tief Luft. Sie darf solche Albtraumszenen nicht denken.

»Hallo, hier ist Grace Holland. Kann ich Dr. Lighthart sprechen?«

»Grace, hier ist Amy.«

»Oh, hallo, Amy. Vielleicht ist es sowieso besser, ich spreche mit Ihnen.«

»Okay.«

»Ich brauche Hilfe.« Die Worte sind in so vielerlei Hinsicht wahr, dass Grace beinahe lacht.

»Ja?«

»Ich brauche eine Pflegerin für Gene, die jeden Tag kommt. Ich schaffe das allein nicht.«

»Das dachte ich mir schon. Ich kenne eine Organisation, an die Sie sich wenden können. Moment, ich habe die Nummer hier. Aber wie geht es Ihnen überhaupt?«

Die Wahrheit, denkt Grace. »Ich weiß nicht mehr weiter.«

»Die Pflege ist zu viel für Sie. Das wusste ich.«

»Es ist nicht nur das. Zwischen uns ist es – schwierig. Das macht es fast unmöglich, sich richtig um ihn zu kümmern.«

»Was macht Ihre Gesundheit?«

»Meine Gesundheit? Keine Ahnung.«

»Passen Sie auf, ich telefoniere gleich morgen früh und seh zu, dass man Ihnen jemanden schickt. Kommen Sie so lange zurecht?«

»Ja. Und Amy? Es muss jemand sein, der energisch ist. Und kräftig.«

Grace beobachtet, wie draußen eine stattliche Frau mit weißem Häubchen und dunkelblauem Cape aus einem Wagen voller Rost und Beulen steigt, der aussieht, als hätte er mit knapper Not einen kriegerischen Angriff überstanden. Einen Austausch höflicher Floskeln gibt es nicht; Judith, die Pflegerin, lässt Grace kaum Zeit genug, ihr zu erklären, welcher Art ihre Schwierigkeiten bei Genes Pflege sind. Mit Mühe hält Grace mit ihr Schritt und schafft es, die Tür zu Genes Zimmer kurz vor ihr zu erreichen. »Warten Sie hier«, sagt sie, um die Frau aufzuhalten.

»Wozu warten? Er merkt es doch sowieso.«

Grace lässt sie vorbei und verweilt lange genug, um zu hören, wie Judith sich vorstellt und Gene mitteilt, dass sie geschickt worden ist, um nach ihm zu sehen. Grace, die gar nicht mehr hören will, geht, wagt sich aber nicht weiter als bis zum Wohnzimmer, für den Fall, dass die

Pflegerin sie braucht. Von Zeit zu Zeit wird es laut in der Bibliothek, doch sie versucht gar nicht, Genaueres zu hören. Sie will es nicht wissen.

Nach einer Weile geht sie hinauf zu Merles Schrank und holt Aidans Brief aus dem Hutkoffer. Und während sie ihn in der Hand hält, beginnt sie, sich an die Musik zu erinnern, die er einmal gespielt hat, und merkt erschrocken, dass sie manche Passagen nicht mehr vollständig im Kopf hat. Sie drückt den Brief an ihre Brust. Wird die Zeit die Töne auslöschen, die ihr kostbarer sind als Edelsteine?

In aller Lebhaftigkeit sieht sie den Tag vor sich, an dem sie Aidan das erste Mal begegnet ist, und empfindet wieder ihre körperliche Reaktion auf sein Klavierspiel. Sie erinnert sich, wie glücklich sie war und wie naiv zu glauben, der Zustand würde ewig anhalten. Sie wird ein Grammofon kaufen und das Haus mit klassischer Musik füllen. Die Kinder werden sich freuen und sich an die Tage erinnern, als Aidan hier war – an eine Zeit, als ihre Mutter viel gelächelt hat.

Zurück im Wohnzimmer, wird Grace vom Knall einer heftig zuschlagenden Tür aufgeschreckt. Als sie den Kopf hebt, steht Judith vor ihr.

»Ich komme nicht wieder«, sagt sie, sich die Hände an einem Handtuch trocknend.

Grace steht auf. »Das tut mir leid. Was ist denn passiert?«

»Ich habe ihn hart rangenommen, das gebe ich zu. Sie haben ihn wahrscheinlich brüllen hören. Und für meine Mühe hat er mich angespuckt.«

Grace möchte sich für ihren Mann entschuldigen, möchte erklären.

»Sie scheinen ja eine nette Person zu sein, aber Ihr Mann ... Bei dem stimmt was nicht. Und ich rede nicht von den Verbrennungen.«

»Es tut mir leid, dass Ihnen das passieren musste.«

»Offen gestanden lasse ich Sie nur ungern mit ihm allein.«

»Keine Sorge«, sagt Grace, die sich wieder gefasst hat. »Er war nur wütend auf mich, weil ich hinter seinem Rücken eine Pflegekraft eingestellt habe.«

Die Pflegerin mustert Grace. »Ist Ihnen klar, wie verrückt das ist? Die meisten Männer in seiner Situation wollen gesund werden.«

»Männer haben Stolz.«

»Ich hab meine Erfahrungen mit Stolz und Sturheit, glauben Sie mir. Das hier ist etwas anderes.«

Als Grace zu ihrem Mann geht, findet sie ihn gedämpft. »Ich brauche nichts«, sagt er leise.

Am nächsten Nachmittag kommt Grace mit einem gebrauchten Plattenspieler nach Hause, den der Verkäufer im Musikgeschäft ihr angesteckt hatte, damit sie ein Mozartstück hören konnte. Er brauchte nicht auf die Qualität hinzuweisen; Grace konnte sie mit eigenen Ohren hören. Er half ihr bei der Auswahl von Stücken von Chopin und Brahms, Beethoven und Bach. Überglücklich mit ihrem Kauf, bittet sie ihre Mutter, die Kinder herunterzuholen. Sie steckt das Gerät an, legt eine Platte auf und lässt zum ehrenvollen Empfang ihrer Mutter, Claires und Toms, als diese die Treppe herunterkommen, Chopins Musik durchs Haus schallen.

»Ich habe ein Grammofon gekauft«, ruft sie strahlend. »Jetzt haben wir Musik.«

»Es ist so schön«, sagt ihre Mutter, die Hände an ihre Wangen gelegt. Claire versteht die Musik als Aufforderung zu tanzen. Tom hält sich am Couchtisch fest und versucht, mit wackelnden Hüften und Knien seine Schwester nachzuahmen. Grace und ihre Mutter lachen. Marjorie bittet Grace zum Tanz. Sie halten sich an den Händen, und Grace erinnert sich an ihre kindliche Freude, als sie für Aidan tanzte. Da weder sie noch ihre Mutter feste Schritte zu dieser Art Musik kennen, versuchen sie, in ihren Bewegungen einfach dem Rhythmus zu folgen, wobei sie öfter zu schnell sind für die getragenen Töne. Lächelnd gehen sie aufeinander zu, Grace wirbelt ihre Mutter herum, lässt sie am langen Arm davonfliegen, um sie gleich wieder zurückzuholen.

»Was ist hier los?«

Grace, ihre Mutter und die Kinder halten inne wie vom Donner gerührt. Der Pianist spielt unbeirrt weiter.

»Was ist das?«, fragt Gene, den Arm zum Plattenspieler ausgestreckt.

Wegen der Kinder zügelt Grace ihren Sarkasmus. »Ich habe ein Grammofon gekauft«, sagt sie.

»Du hast ein Grammofon gekauft, obwohl du weißt, wie sehr ich laute Geräusche hasse, obwohl du weißt, dass ich ständig Kopfschmerzen habe, obwohl du weißt, dass ich zu jeder Zeit Ruhe brauche.«

»Hast du es denn gehört?«, fragt Grace nicht ganz so unschuldig.

»Ob ich es gehört habe?« Er reagiert mit dem Ansatz eines wütenden Kopfschüttelns zum Zeichen, wie idiotisch er diese Frage findet. Claire und Tom flüchten sich zu ihrer Großmutter, die sie fürsorglich aus der Küche hinausführt.

»Die Kinder brauchen Musik«, entgegnet Grace, so ruhig sie kann.

»Hattest du Musik, als du aufgewachsen bist?«

»Es gibt etwas, das Fortschritt heißt«, sagt sie. »Und etwas, das Schönheit heißt. Und etwas Drittes, das Freude heißt. Und ob du es glaubst oder nicht, man hat eine Wahl.«

»In meinem Haus nicht«, sagt er. »Bring das Ding weg.«

Grace schiebt die Hände in die Taschen ihres Kleids. »Bring du es weg.«

»Du weißt genau, dass ich nicht ins Auto steigen und es dahin zurückbringen kann, wo es hergekommen ist.«

»Dann schlag es meinetwegen kaputt.‹

Marjorie gesteht Grace, dass sie sich nicht wohlfühlt.

»Ist es dein Magen?«, fragt Grace und legt ihrer Mutter den Handrücken an die Stirn.

»Ich weiß es nicht. Mir tut alles weh. Und ich bin müde.«

»Natürlich bist du müde.«

»Ich will nicht, dass die Kinder sich womöglich anstecken.«

»Das wird schon nicht passieren. Geh nach oben und leg dich hin.«

Grace sieht ihrer Mutter nach, die langsam die Treppe hinauf geht, und merkt dabei, dass Claire und Tom an ihrem Kleid zupfen, als wäre sie jetzt für das Unterhaltungsprogramm zuständig. Sie schließt die Augen, aber ihr fällt nicht ein einziges Spiel ein, das sie früher zusam-

men gespielt haben. Hat sie den Teil ihres Gehirns ein-
gebüßt, der automatisch funktioniert hat? »Gehen wir
rauf ins Kinderzimmer und schauen mal nach, was es da
gibt?«, fragt sie in übertrieben munterem Ton.

Claire schüttelt den Kopf. Grace kniet sich vor sie.
»Sag das Wort.«

»Nein«, sagt Claire.

»Warum nicht?«

»Langweilig.«

»Wir könnten malen«, schlägt Grace vor.

»Langweilig.«

»Wir könnten kochen.«

»Langweilig.«

»Ich weiß was! Wir gehen rauf und hüpfen auf meinem Bett herum.«

»Ja!«, ruft Claire, schon auf dem Weg zur Treppe.
Grace folgt langsamer hinter Tom, der in letzter Zeit
darauf besteht, alles »lein« zu machen. Als Tom und sie
ins Schlafzimmer kommen, springt Claire schon wie ein
Gummiball auf dem Bett. Ihre Haare fliegen. Sie lässt
sich absichtlich auf den Po fallen und schnellt gleich
wieder in die Höhe.

Meine kleine Turnerin, denkt Grace. Sie zieht die
Schuhe aus und steigt ebenfalls aufs Bett. Vorsichtig, wegen des Leuchters, springt sie im Rhythmus mit
Claire und achtet darauf, Tom nicht anzustoßen, der auf
der schwankenden Unterlage nur schwer das Gleichgewicht halten kann. Sie triumphiert innerlich bei dem
Gedanken an dieses unbotmäßige Spiel, das sie erfunden
hat. Erschöpft hört sie vor Claire auf, doch selbst ihre
Tochter muss irgendwann verschnaufen.

»Das war gut«, sagt Claire außer Atem.

Das Spiel auf dem Bett ärgert Gene. Macht ihn wütend.

»Das Bett hat meiner Mutter gehört.«

»Wir haben doch nur herumgealbert.‹

»Welche Mutter lässt ihre Kinder auf dem Bett rumspringen?«

»Ich.«

»Wenn die Federung kaputtgeht, hast du kein Bett mehr. Verdammt noch mal, Grace. Was ist los mit dir?«

Grace sieht ihren Mann an. »Was nicht mit mir los ist, wäre die bessere Frage.«

In Momenten der Ruhe denkt Grace daran, dass Gene an die Feuerfront gefahren ist, um seine Bürgerpflicht zu tun. Beinahe wäre er bei dem Brand ums Leben gekommen. Die Schmerzen, die er aushalten muss, würden hundert Menschen ein ganzes Leben reichen. Er ist so schwer entstellt, dass er nicht aus dem Haus gehen will. Wenn er sein Wort wahr macht und die tägliche Therapie sein lässt, wird er ein bettlägeriger Invalide werden.

Wer würde so ein Leben wollen?

Wenn man einen Menschen liebt, denkt Grace, wäre man wahrscheinlich bereit, alles für ihn zu tun. Und wenn sie Gene liebte, würde sie ihn vielleicht berühren, ihn trösten oder aufmuntern. Sie würde jede freie Minute bei ihm im Zimmer bleiben, vielleicht sogar ein Bett hineinstellen, um an seiner Seite schlafen zu können. Sie würde ihm gut zureden, seine Übungen zu machen, und ihn für jeden kleinsten Fortschritt loben. Sie würde ihn auf die gesunde Seite seines Gesichts küssen und, wenn er das wollte, einen plastischen Chirurgen suchen, der möglicherweise sein Äußeres ansehnlicher machen könnte. Sie würde den ganzen Schmuck verkaufen, damit sie beide für ihr Leben gesichert wären, einander Gefährten sein könnten und, eines Tages, wieder ein Liebespaar. Sie würde im Frühling mit ihm spazieren gehen. Sie würden zusammen unter dem Kirschbaum sitzen, der bald blühen wird, und sie würden sich an den Händen halten und miteinander lachen.

Sie denkt an Aidan.

Die Zeit vergeht so langsam, dass Grace das Erwachen hasst. Jede Minute, die sie länger schläft, ist eine Minute weniger, die sie herumbringen muss. Jeder einzelne Tag hat so viele davon. Als Aidan hier war, hat sie die Zeit gar nicht wahrgenommen. Als sie bei Dr. Lighthart gearbeitet hat, hatte sie so viel zu tun, dass sie oft erstaunt war, wenn sie auf die Uhr schaute und sah, dass es schon halb sechs war. Jetzt kommt es ihr vor, als zöge sich die Zeit endlos bis zum Abend, wenn sie mit Anstand zu Bett gehen kann.

Grace kann nicht mehr lesen, kann nicht einmal am Küchentisch einen Zeitungsartikel zu Ende lesen. Sie kann sich nicht konzentrieren. Sie liest Gene nicht mehr vor, aber dem scheint das nichts auszumachen.

Sie fragt sich, was in seinem Kopf vorgeht.

Als sie meint, es wäre an der Zeit, die Kinder wieder mit ihrem Vater zusammenzuführen, redet sie lange mit beiden, bevor sie zu dritt Genes Zimmer betreten. Noch ehe sie überhaupt das Bett erreicht haben, fährt Gene seine Tochter an: »Was zum Teufel hast du mit deinen Haaren angestellt?«

»Das war Mami«, antwortet Claire mit zitternder Stimme.

»Ich habe deine langen Locken geliebt«, beklagt sich Gene. »Sie waren so schön.«

Claire beginnt zu weinen.

Eine Stunde später platzt Grace aufgebracht in Genes Zimmer herein. »Kannst du mir nur eine Frage beantworten?«

Er dreht den Kopf auf dem Kissen, Unsicherheit spricht aus seinem Gesicht.

»Warum hast du mich geheiratet?«, fragt sie.

»Du bist schwanger geworden, das weißt du doch«, antwortet er gereizt.

»Ja. Aber vorher. Du warst verliebt, du hast mich umworben.«

»Ach ja? Ich finde, wir sollten nicht über Vergangenes reden.«

»Aber ich will es wissen.«

»Du warst doch dabei.«

»Aber ich konnte nicht in dich hineinschauen.«

»Ich könnte dich belügen.«

»Tu es nicht.«

Auf den rechten Ellbogen gestützt, richtet er sich auf. »Du hast mich an meine große Liebe erinnert«, sagt er.

Im ersten Moment versteht Grace nicht. »Ich habe dich an – deine große Liebe erinnert?«

Und da gibt er ihr die Antwort, die sie haben zu wollen glaubte, die Antwort, von der sie wünschen wird, sie hätte sie nie verlangt. »Du hast mich an die Frau erinnert, die ich liebte, als ich an der Front war.«

Er wartet, um zu sehen, wie Grace seine Erklärung aufnehmen wird, doch sie reagiert nicht.

»Sie war Französin«, fügt er hinzu. »Du siehst ihr sehr ähnlich. Ich konnte sie nicht dazu bewegen, mit mir in die Staaten zu kommen. Ich habe meiner Mutter von ihr geschrieben und ihr auch einmal ein Foto von uns beiden geschickt. Ich habe ihr geschrieben, das sei die Frau, die ich heirate.« Er hält einen Moment inne. »Deshalb hat sie dich nicht gemocht.«

Die Erklärung trifft Grace wie ein Schlag ins Gesicht. Sie läuft aus der Bibliothek, rennt die Treppe zu ihrem Schlafzimmer hinauf und wirft sich aufs Bett.

Amy kommt vorbei, um nach Gene zu sehen und die Vorräte an Verbandszeug und Medikamenten aufzustocken. Nach ihrem Besuch bei Gene spricht sie mit Grace, die vor seinem Zimmer gewartet hat.

»Ich habe gehört, das mit der Pflegerin war ein Fiasko«, sagt sie.

»Was genau hat sie gesagt?«

»Nur dass Ihr Mann jede Mitarbeit verweigert hat. Was ist aus den Übungen geworden? Er ist schlaff wie ein Fisch.«

»Er macht nichts mehr.«

»Sie müssen ihn dazu zwingen. Das ist Ihre Aufgabe.«

»Ich habe meine Grenzen«, entgegnet Grace.

»Sie sehen schrecklich aus. Was ist denn passiert?«

Grace zuckt nur mit den Schultern.

»Ich gehe jetzt zu ihm rein und geige ihm die Meinung«, sagt Amy.

»Viel Glück.«

Als Amy wieder fährt, geht Grace die Auffahrt hinunter, greift in den Briefkasten und holt die Post heraus. Zwischen der Stromrechnung und einem letzten Scheck von Dr. Lighthart bemerkt sie einen cremefarbenen Umschlag. Als Absender ist ein Hotel in New York angegeben.

Liebe Grace,
du dachtest, ich schliefe, aber ich habe nicht geschlafen. Ich hörte dich vom Bett aufstehen und brauchte meine ganze Kraft, um dich nicht zurückzuholen. Bleib, habe ich in Gedanken gerufen. Aber nicht du hast ja dieses Haus verlassen, ich war es, und wahrscheinlich ist mir nie im Leben etwas schwerer gefallen.
Du bist immer bei mir.
A.

An den Briefkasten gelehnt, schließt Grace die Augen. Ein Brief. Etwas Greifbares. Er denkt noch an sie. Sie ist immer bei ihm.

Zwei Briefe jetzt, die sie wieder und wieder lesen, an ihr Herz drücken, Wort für Wort in ihrem Gedächtnis bewahren kann.

Zwei Briefe, die sie berühren, deren Worte sie nachzeichnen kann. Zwei Zeichen, dass das, was sie mit Aidan Berne erlebt hat, real war. Sie möchte den Moment auskosten.

Doch noch ehe sie die Auffahrt hinaufgegangen ist, weiß sie, was sie nun zu tun hat, und schon der Gedanke ist eine Qual.

In ihrem Zimmer setzt sie sich mit Papier und Füller an Merles Toilettentisch. Sie schreibt ihm an seine Hoteladresse und fügt hinzu »Bitte nachsenden«.

Lieber Aidan,

ach, hättest du mich nur festgehalten. Eine Stunde mehr wäre das Risiko wert gewesen. Ich denke jeden Tag an dich. Mein Mann, Gene, ist nach Hause gekommen. Er hat bei dem Brand schwere Verbrennungen erlitten und lag fast drei Monate im Koma. Erst jetzt beginnt er langsam, sich zu erholen. Wir sind eine in vielerlei Hinsicht geschädigte Familie, aber wir sind eine Familie. Ich muss meinen Kindern Geborgenheit geben und mich um meinen Mann kümmern. Ich wünsche dir in allem, was du tust, das allergrößte Glück.
Grace

Die Endgültigkeit des Briefs martert sie. Sie schlingt die Arme um ihren Oberkörper und versucht, sich Aidans Reaktion vorzustellen, wenn er ihn liest. Wird er ihn zusammenknüllen und in den Papierkorb werfen? Wer würde einen solchen Brief aufheben wollen?

Sie weiß, sie muss den Brief sofort abschicken, sonst wird sie ihn zerreißen. Nachdem sie zwei widerspenstige Kinder zum Buick hinausgeschleppt hat, lässt sie den Wagen rückwärts die Auffahrt hinunterrollen und fährt zur Post. Wie ein Soldat, der unter Befehl handelt, marschiert sie zum Briefkasten. Sie hält den Brief lange in der Hand, bevor sie ihn schließlich durch den Schlitz schiebt.

»Mami, deine Augenwimpern glitzern«, sagt Claire, als Grace sich wieder hinter das Lenkrad setzt.

»Ach, ich hab nur was im Auge«, antwortet sie, räuspert sich und schaut in den Rückspiegel.

Es ist möglich, dass Aidan ihren Brief nie bekommt. Niemand ist verpflichtet, ihn nachzusenden.

»Wer will auf den Spielplatz?«, fragt sie.

Am nächsten Morgen schafft Grace es nicht aus dem Bett. Wenn sie lange genug still liegen bleibt, denkt sie, kann sie vielleicht wieder einschlafen, und welch ein Luxus das wäre. Sie vergisst ihre Kinder. Sie vergisst ihren Mann. Sie starrt zu dem Stuckmedaillon an der Decke hinauf und hofft, es wird sie hypnotisieren.

Als sie sich endlich aufrafft, schlüpft sie in ihren Morgenrock und geht in die Küche, um Kaffee zu machen. Claire sitzt, halb stolz, halb gekränkt, vor einer überfüllten Schale Rice Krispies mit Milch, von der ein Teil auf den Tisch und dann aufs Linoleum getropft ist. Tom, der von trocknen Krispies umgeben auf dem Boden hockt, isst nur die, die in seine feuchte Windel gerutscht sind, weil er sie leichter fassen und in den Mund schieben kann.

Wie leicht hätte Claire die Milchflasche aus der Hand fallen und auf dem Boden in Scherben zerspringen können.

In Zukunft wird Grace sich den Wecker stellen und jeden Morgen um Punkt halb sieben in der Küche sein.

In der Nacht schreit Gene laut auf. Grace fährt in die Höhe und horcht angespannt. Sie vernimmt keine Worte, nur einen markerschütternden Schrei aus der Tiefe seiner Albträume. Er hat sie gewarnt, dass so etwas vorkommen kann. Sie legt sich wieder hin und drückt sich ein Kissen über den Kopf.

Drei Nächte lang geht das so.

Grace zieht mit den Kindern in die zweite Etage, wo sie zusammen im Kinderzimmer schlafen. Grace auf einem Feldbett, das sie ins Zimmer stellt.

Das Haus, das Aidan einmal »wunderbar« genannt und das Grace schätzen gelernt hat, nimmt einen sauren Geruch an. Das Haus, in dem einmal Musik zu Hause war, wird still und bedrohlich. Ganz gleich, wie weit sie die Vorhänge zurückschiebt, sie bekommt einfach nicht genug Licht hinter diesen Wänden. Sie sagt sich, dass der Geruch und die Düsternis nur in ihrem Kopf existieren, dass ein Haus ein Haus ist und sich, abgesehen von leichten Verfallserscheinungen, nicht verändert. Doch der Verfall geht erschreckend schnell voran. Sie lässt die Fenster offen, damit sie atmen kann.

Marjorie erscheint förmlicher als üblich gekleidet zum Frühstück. »Grace, ich muss mit dir reden«, flüstert sie über die Köpfe der Kinder hinweg.

Bis die Kinder mit dem Frühstück fertig und zum Spielen hinausgegangen sind, hat Grace es schon erraten. »Du willst ausziehen«, sagt sie zu ihrer Mutter.

»Ich kann nicht mein Leben lang da oben sitzen und Kinder hüten, auch wenn ich die Kinder von Herzen liebe«, erklärt Marjorie. »Ich war gern bereit, das für den Anfang zu tun, aber jetzt ...«

»Jetzt fühlst du dich da oben eingesperrt.«

»Ich muss raus, meine Freunde sehen.«

»Das verstehe ich. Wirklich. Aber weißt du schon, wo du hinwillst?«, fragt Grace, an die Arbeitsplatte gelehnt.

»Vorläufig wohne ich bei Gladys und Evelyn. Bis ich etwas finde. Ich möchte wieder für mich leben. Natürlich besuche ich euch, so oft ich kann, aber ich muss atmen können«, sagt sie. »Ich habe ein schrecklich schlechtes Gewissen, dich einfach so sitzen zu lassen.«

»So etwas darfst du nicht sagen. Du hast mir sehr geholfen. Ich kann mich um die Kinder und den Haushalt kümmern. Das habe ich doch früher auch getan. Gene wird immer selbstständiger, und ich habe das Gefühl, er wird jeden Tag kräftiger. Außerdem können die Kinder jetzt draußen spielen.« Sie senkt den Blick. Sie hat sich ein Geschirrtuch um Hand und Handgelenk gewickelt wie einen Verband.

»Du machst es mir zu leicht.«

»Ich kann es dir nicht leicht genug machen.«

Als Marjorie sie umarmt, riecht sie den Duft ihrer Mutter in ihren Kleidern, einen natürlichen Duft, der sie immer getröstet hat. »Wann ziehst du um?«, fragt sie, als sie sich voneinander lösen.

»Heute Nachmittag.«

Grace ist überrascht und bestürzt, lässt es sich jedoch nicht anmerken. »Es ist eine schreckliche Situation, Mutter, aber sie betrifft nur Gene und mich. Kein Mensch will in solchem Unglück leben.«

»Ich habe dafür gesorgt, dass die Kinder glücklich waren.«

»Und das werde ich auch tun«, verspricht Grace.

Während die Kinder ihren Mittagsschlaf machen, geht Grace ins Zimmer ihrer Mutter. Sie ist seit Wochen nicht mehr hier gewesen. Ihr Blick wandert über den Nähkorb ihrer Mutter, einen kleinen Stapel Bücher auf dem Nachttisch, einen Aschenbecher aus Glas, der mit Lakritzdrops gefüllt ist.

Sie setzt sich auf die Patchworkdecke. »Ich möchte ihn verlassen«, sagt sie zu ihrer abwesenden Mutter.

»Wie soll das gehen?«

»Ich ertrage es nicht. Es liegt nicht an seiner körperlichen Beeinträchtigung – es liegt an seinem Hass. Auf mich, auf seine Situation. Er ist unerträglich geworden.«

»Du musst bleiben«, sagt ihre Mutter ruhig.

»Warum?«

»Ihr seid verheiratet.«

Grace erinnert sich an eine Frau mit Lockenwickeln und einer Brille, die zum stürmischen Meer hinausblickte und ihr sagte, sie solle ihren Mann festhalten.

»Wie man sich bettet«, fügt ihre Mutter hinzu.

»Dieses Bett habe ich nicht gemacht«, sagt Grace.

Es kommt Grace vor, als wären Jahre vergangen, seit sie das letzte Mal den milden Junisonnenschein erlebt hat, das Wunder leuchtender Blumenpracht, das Rascheln der Vögel, die in der Hecke Radau machen. Sie pflückt einen Strauß Pfingstrosen und Flieder und stellt ihn in einer Vase auf den Küchentisch. Dann trägt sie die Vase spontan in Genes Zimmer und stellt sie dort auf den Schreibtisch.

»Was ist das?«, fragt er vom Bett aus.

»Frühlingsblumen. Ich dachte, sie würden das Zimmer ein bisschen freundlicher machen.«

»Schaff sie raus.«

Grace ist bestürzt. Wer hat etwas gegen Blumen?

»Ich bekomme Heuschnupfen, weißt du das nicht mehr?«

Nein, Grace weiß es nicht mehr. Sie bringt die Vase zurück in die Küche.

Die Blumen sind eine Freude.

An einem chaotischen Nachmittag in der Küche, während Claire und Tom sich um einen Spielzeugfeuerwehrmann streiten und Gene aus seinem Zimmer brüllt, sie sollen leise sein, lässt Grace den Kopf in die Hände sinken. Zum ersten Mal, soweit sie sich erinnern kann, sieht Tom ängstlich aus, seine Lippen beben. Sie möchte zu ihren Kindern gehen und sie trösten, aber sie kann nicht. Sie zieht sich allein in den dritten Stock zurück und lässt sich auf ihr Feldbett fallen. Auf die Seite gedreht, krümmt sie sich zusammen wie ein Embryo und weint und denkt daran, dass sie sich vorher nur ein einziges Mal so verhalten hat – nachdem sie das Kind verloren hatte. Es wundert sie, dass sie weinen kann, dass der Brunnen nicht leer ist. Die meiste Zeit ist sie wie betäubt, lässt keinen Gedanken an die Zukunft aufkommen. Doch jetzt sieht sie die Realität, die sie sich vom Leib gehalten hat: Sie und die Kinder werden hier über Jahre Gefangene sein.

Sie setzt sich auf. Sie hat die Kinder unten allein gelassen. Als sie in die Küche kommt, liegen Claire und Tom Hand in Hand bäuchlings auf dem Linoleum, sie sind noch wach, aber sie reden nicht. Grace stellt Fragen, doch sie antworten beide nicht. Sie sind ihr böse – ja, natürlich –, welche Mutter vergisst einfach ihre Kinder? Tom dreht den Kopf, als wollte er Grace zulächeln, aber Claire, die kleine Despotin, flüstert »Pscht«, und Tom lässt den Kopf wieder auf das Linoleum sinken. Grace versucht, sich zu erinnern, wann sie es zuletzt gewischt hat.

An diesem Abend öffnet Grace im Schlafzimmer der Kinder, das jetzt auch ihres ist, alle Fenster und setzt die Fliegengitter ein, die sie im Schrank entdeckt hat. In ihrem Sommernachthemd legt sie sich auf das Feldbett und lässt sich, statt die Decke hochzuziehen, von der milden Luft zudecken. Sie fühlt sie in ihrem Gesicht, auf ihren Armen und Beinen, und es ist, als treibe sie über der Erde durch die Nacht, sanft gewiegt von süßen Sommerlüften. Ihre Kinder sind bei ihr, fest schlafend in ihren Pyjamas. Sie drängt alle Gedanken zurück, überlässt sich einfach dem Gefühl. Das ist Frieden. Ich kann ihn spüren. Ich kann ihn genießen. Sie treibt dahin und dem Schlaf entgegen. Das ist wunderbar, denkt sie, als sie zu träumen beginnt.

Ein Mann steht über ihr. Sie fährt aus dem Schlaf wie eine Besessene, unterlässt es aber instinktiv zu schreien, denn die Kinder sind ja im Zimmer. Sie zieht die Decke hoch und tastet nach Claire und Tom. Sie sind da, ungestört, kleine schlafende Gestalten in der Dunkelheit. Der Mann flüstert: »Komm raus in den Flur. Ich muss mit dir reden.«

»Gene?«

»Komm einfach.«

Grace zieht das Laken vom Feldbett und wickelt es um sich herum, bevor sie zur Tür tappt und ihrem Mann in den Flur folgt. Warum brennt kein Licht?

»Wie bist du hier heraufgekommen?«, fragt sie atemlos.

»Es war nicht leicht.«

»Was ist los?«

»Ich wollte nur, dass wir mal miteinander reden.«

»Jetzt? Mitten in der Nacht?«

Sein Kuss ist nass, sein Atem schal. Sie wendet das Gesicht ab, jedoch nicht rechtzeitig. Seine Zunge stößt tief in ihren Mund. Mit dem rechten Arm stützt er sich ab, seine Hand ist dicht an ihrem Ohr. Sie reißt den Kopf zur Seite.

»Komm schon, Grace, gibt deinem Mann einen Kuss.« Er überfällt sie von Neuem und trifft diesmal ihr Auge. Er hat keine zweite Hand, mit der er sie überwältigen könnte. Glaubt er im Ernst, sie wird irgendetwas dazu tun, dass er mit ihr schlafen kann?

»Nur einen kleinen Kuss«, beharrt er und packt sie hinten an den Haaren, um ihren Kopf gegen die Wand zu drücken. »Wir können neu anfangen«, schmeichelt er, »die Vergangenheit wegwischen.«

»Gene, lass das. Du stürzt noch.«

»Aber du fängst mich doch auf, oder, Täubchen?«

Der alte Kosename, den sie seit mehr als einem Jahr nicht gehört hat, rührt sie nicht. Sie schüttelt seine Hand ab und weicht vor ihm zurück. »Gene, du musst wieder nach unten gehen. Die Kinder sind gleich nebenan.«

»Du solltest gut zu mir sein. Ich bin dein Mann.«

»Komm, ich bring dich nach unten. Wir können uns in dein Bett legen. Da hören Claire und Tom nichts«, erklärt sie. »Du willst doch nicht, dass sie uns hören, oder?«

»Du hilfst mir?«

»Natürlich helfe ich dir.‹

»Du liebst mich doch, oder?«, fragt er wie ein Kind.

Sie knipst das Licht an. »Konzentrieren wir uns erst mal auf die Treppe. Du hättest nicht so weit laufen sollen.«

»Ich musste auf dem Bett meiner Mutter rasten«, sagt er, die Augen gegen das elektrische Licht zusammengekniffen.

Wie spät ist es?, fragt sie sich. Wie lang hat er gebraucht, um in den zweiten Stock zu gelangen? Sie nehmen die Biegung zur Treppe und steigen Stufe um Stufe hinunter. Bemüht, ihn nicht zu hetzen, begleitet sie ihn zu seinem Zimmer.

»So«, sagt sie, »jetzt legst du dich erst mal hin, und dann komme ich zu dir.«

»Und du lässt dich dann auch von mir küssen?«, fragt er und grapscht nach ihrer Hand.

»Ja.« Sie schiebt ihre Finger zwischen seine.

Ein Mann hat sexuelle Bedürfnisse. Sie ist seine Frau. Sie schlägt die Decke zurück und legt sich neben Gene. Er hat die Pyjamahose von seinem erigierten Penis heruntergezogen. »Fass ihn an«, sagt er.

Es wird kein Reden geben, keine liebevollen Worte. Sie umfasst ihn und schiebt ihre halb geöffnete Faust vor und zurück. Er stöhnt. Er kommt in weniger als einer Minute, und sein Sperma ergießt sich über ihre Hand und das Laken. Er macht die gleichen unwillkürlichen

Bewegungen, die sie manchmal in ihrem Leib gespürt hat, wenn er fertig war. Sie wischt ihre Hand und ihren Unterarm am Laken ab und starrt ihren Mann an.

Er ist erschöpft, nahezu bewusstlos. Es hätte jede beliebige Frauenhand sein können. Alles in ihr sträubt sich, wenn sie daran denkt, dass sie ihn berühren musste, dass sexuelle Bedürftigkeit einen schrecklichen und gemeinen Menschen zum hündischen Bettler gemacht hat. Alles in ihr sträubt sich, wenn sie daran denkt, dass er das von ihr verlangen kann.

Nein, falsch. Es stimmt nicht, dass jede beliebige Frauenhand es getan hätte – es musste ihre Hand sein. Seine Forderung und ihre Hand.

Er berührt sie nicht. Er nennt sie nicht Täubchen. Er gibt durch nichts zu erkennen, dass er auch nur ihre Anwesenheit wahrnimmt.

Sie gleitet vom Bett herunter und geht zur Treppe. Zwei Stufen auf einmal nehmend, rennt sie in den zweiten Stock hinauf. Im Zimmer hebt sie den Arm zum Riegel oben an der Tür und schiebt ihn krachend zu. Sie lehnt sich an die Wand. Sie drückt die Hand auf ihre Brust. Darunter kann sie das Hämmern ihres Herzens spüren. Den Rücken an der Wand, rutscht sie zum Boden hinunter, und so bleibt sie sitzen bis zum Morgen.

Grace sieht zu, dass sie Gene das Frühstück bringt, bevor er aufsteht und in die Küche kommt. Er erwacht in einem Nebel der Benommenheit. Sie lässt ihm nicht die Gelegenheit, die vergangene Nacht zu erwähnen.

In der Küche sinkt sie auf einen Stuhl. Unschlüssigkeit lähmt sie. Ihre Gedanken wirbeln wie flatternde Bänder durcheinander. Zu versuchen, einen festzuhalten, um ihn näher zu betrachten, erscheint ihr wie ein Spiel, das zu schwierig für sie ist. Wenn sie nur vernünftig denken könnte.

Claire steht im Pyjama an der Küchentür. »Was. Ist. Hier. Los?«, fragt sie laut, die Hände in die Hüften gestemmt.

Sie äfft ihren Vater nach.

»Wo ist unser Frühstück?«, schimpft sie. Sie ballt die kleinen Hände zu Fäusten und stemmt sie wieder in die Hüften. Hinter ihr versucht Tommy, den Blick angestrengt auf seine Finger gerichtet, ebenfalls Fäuste zu machen. Dann gibt er auf und schlägt sich seitlich auf seine Windel.

Claire entgeht nichts.

Mittags findet Grace ihren Mann mit einem Berg Kissen im Rücken auf dem Sofa im Wohnzimmer vor. Sie stellt ihm sein Essen – klein geschnittene Hühnerbrust, Pommes frites und eine saure Gurke – auf einen Beistelltisch, wo er es mühelos erreichen kann.

»Ich könnte dich vor ein Scheidungsgericht schleppen«, sagt Gene, als hätte er im Schlaf ihre Gedanken aufgenommen. »Danach wirst du erledigt.« Er lacht beinahe. »Kannst du dir vorstellen, was deine Mutter sagen würde? Und erst ihre Freundinnen«, fügt er süffisant hinzu.

»Bitte«, sagt sie.

Es könnte heißen, bitte tu das nicht, es könnte aber auch heißen, bitte tu's doch. Sie findet, Gene kann sich das selbst überlegen.

Ein Sommermorgen, der Tag wird heiß werden. Schon früh um acht spürt Grace, als sie von Baumschatten zu Baumschatten geht, die überraschende Hitze, die aus dem Gras aufsteigt. Sie bläst ein Planschbecken auf, das sie vor Kurzem gekauft hat, und stellt sich dann mit dem Schlauch davor, um es mit Wasser zu füllen. Tom und Claire springen in ihren neuen Badesachen voller Erwartungsfreude um sie herum. Grace hat sich vorgenommen, darauf zu achten, dass die Kinder immer in ihrer Nähe sind. Sie würde es Gene zutrauen, dass er eines von ihnen mit Gewalt festhält und als Geisel benutzt. Allein bei dem Gedanken wird ihr übel.

Wie ist Gene in den zweiten Stock hinaufgekommen? Er kann stehen und gehen, aber er kann nicht aufrecht sitzen. Er muss bei jeder Treppenstufe humpelnd das linke Bein nachgezogen haben, um es gerade zu halten. Ist er so auch hinuntergestiegen? Sie weiß nur noch, dass es ewig dauerte.

Als das Wasser bis zum Rand reicht, steigt Claire ins Becken, holt einmal tief Atem und setzt sich hin. Sie vollführt eine große Wischbewegung, um Tom zu verbieten, ihr zu folgen.

»Claire«, sagt Grace, »du weißt, was wir beide besprochen haben. Wegen Tom, dass du nett sein und mit ihm teilen sollst? Das Planschbecken ist für euch beide. Wenn du das nicht begreifst, muss ich dich rausholen.«

Claire schmollt, aber sie lässt Tom ins Becken steigen. Er fällt hin, und Claire bekommt einige Spritzer ab. »Mama, Tom hat mich vollgespritzt«, beschwert sie sich.

»Er konnte doch nichts dafür. Sei froh, dass du älter bist und nicht mehr so leicht hinfällst.«

Die Kinder werden den ganzen Vormittag im Planschbecken toben. Bis das Mittagessen fertig ist, werden Gras und Erde und Spielsachen darin herumschwimmen, und das Wasser wird mindestens zur Hälfte verspritzt sein. Grace gönnt sich einen Moment, um sich auf einen Liegestuhl zu setzen und den Kindern beim Spiel zuzusehen. Sie trägt keinen Badeanzug. Sie weiß, dass Gene ans Küchenfenster kommen und hinausschauen wird.

Als sie und die Kinder eines Vormittags spät vom Spielplatz nach Hause zurückkehren, versperrt Gene im schwarzen Seidenpyjama die Eingangstür. »Wo warst du?«, fragt er. »Ich hätte dich gebraucht.«

»Claire, geh mit deinem Bruder in den Garten«, sagt Grace. »Ich ruf euch dann zum Mittagessen.«

Claire braucht keine Anweisungen.

»Lass mich rein«, sagt Grace ruhig. Gene tritt zur Seite. »Wir waren auf dem Spielplatz.«

»In Nylons, Pumps und einem schicken Kleid?«

»Daran ist nichts schick«, entgegnet sie, an dem durchgeknöpften dunkelblauen Kleid hinunterblickend. »Ich wollte eigentlich auf dem Heimweg noch einkaufen.«

»Hast du aber nicht getan.«

»Nein, ich hatte Hunger. Ich wollte erst etwas zu Mittag machen. Man soll nicht einkaufen gehen, wenn man hungrig ist.«

Er stützt sich mit der Hand an der Wand ab. Er ist barfuß, trägt aber seine Augenklappe. Ein kleines Zugeständnis an die Kinder.

»Was hättest du denn gebraucht?«, fragt Grace.

»Ich brauchte dich, um mir beim Anziehen zu helfen.«

»Du hast doch gelernt, dich selbst anzuziehen.«

»Es ist umständlich. Ich wollte einfach ein bisschen Hilfe, ist das zu viel verlangt?«

»Ich kann dir jetzt nicht helfen«, murmelt sie.

Er packt sie hinter der Schulter am Kleid. Sie spürt an der plötzlichen Belastung, dass er sie benutzt, um das Gleichgewicht zu halten. Dass er sie absichtlich zwingt, ihm zu helfen.

»Gene, bitte lass das Kleid los«, sagt sie, ohne die Stimme zu erheben.

»Warum sollte ich?«

»Sei nicht albern. Ich brauche mein Kleid in der Küche. Bitte lass los.«

Sie entspannt die Schultern. Das Kleid hat fünf große weiße Knöpfe. Sie öffnet sie mit flinken Fingern. Mit einer fließenden Bewegung lässt sie das Kleid hinter sich und geht im Unterrock in die Küche. Sie schließt die Tür und lässt sich schwer auf einen Stuhl fallen.

Nach dem Mittagessen wird sie ihr Kleid auf dem Boden vorfinden. Aber vielleicht wirft er es auch in den Mülleimer. Oder vielleicht behält er es und breitet es neben sich auf dem Bett als eine gruslige Attrappe ehelicher Harmonie aus.

Was würde passieren, wenn sie einfach zur Steinmauer liefe und um Hilfe riefe? Würde jemand kommen?

Gene spricht kein Wort mit ihr, als sie das Abendessen bringt. Sein Gesicht ist ausdruckslos, als wäre sie eine Pflegerin, die er nicht besonders mag. Sie fragt ihn, ob er etwas braucht.

Einen Moment lang gibt er vor, sie nicht gehört zu haben. »Oh«, sagt er dann. »Ob ich etwas brauche? Von dir? Lass mich überlegen. Nein.«

Sie steht im Morgenrock am Fenster und isst ein Stück Toast, als sie durch das Fenster ihren Mann auf der etwa hüfthohen Steinmauer liegen sieht, vor der tieflila Akelei, blaue Iris und rosafarbener Phlox leuchten. Über die beschädigte Seite seines Gesichts hat er einen Kissenbezug gelegt.

Natürlich hat er jedes Recht, die Sonne genießen zu wollen. Es ist Monate her, seit er das letzte Mal längere Zeit im Freien war, und wäre der Mann nicht gerade Gene, so würde sie zu ihm hinausgehen und fragen, ob er ein Glas Wasser möchte. Sie würde ihm vielleicht eine stabile Gartenliege kaufen, auf die er seinen Körper hinuntermanövrieren könnte. Sie würde ihn vielleicht lachend mit Wasser aus dem Planschbecken bespritzen. Aber der Mann ist Gene, und Grace weiß, dass er nur auf der Steinmauer liegt, um sie und die Kinder aus dem Garten zu vertreiben. Er weiß, dass Grace freiwillig keinen Ort betreten wird, an dem er sich aufhält.

Die Temperatur steigt auf zweiunddreißig Grad, und der Wind, der aus Südwesten weht, ist heiß. Im Haus wird es drückend und schwül, die Kinder sind knatschig. Um sie aus ihrer Übellaunigkeit zu reißen, verspricht Grace jedem ein Eis. Das bringt sie immerhin dazu, sich hinten in den Buick zu setzen. Doch als Grace losfahren will, springt der Wagen nicht an. Sie versucht es erneut. Es ist nicht der Anlasser, den kann sie surren hören. Es ist der Motor, der nicht in Gang kommt. Vielleicht ist die Luftfeuchtigkeit schuld, denkt sie, und versucht es noch einmal. Diesmal zündet der Motor, stirbt aber gleich wieder ab. Hat sie vielleicht kein Benzin mehr? Sie steigt aus und geht um den Wagen herum, um den Tankdeckel abzunehmen und nachzusehen. Im hellen Sonnenlicht kann sie Reflexe einer Flüssigkeit erkennen. Nein, reichlich Benzin. Was dann? Sie versucht es von Neuem, obwohl sie weiß, wenn sie so weitermacht, wird bald die Batterie leer sein.

»Kinder«, sagt sie, »wie wär's, wenn wir reingehen und selber Eislollis machen?«

Sie erwartet Gezeter und bekommt es. »Wir wollen richtiges Eis«, mault Claire und stimmt gleich einen Sprechgesang an.

»Jetzt pass mal auf.« Grace dreht sich zu Claire um. »Das Auto springt nicht an. Fertig. Ich muss es reparieren lassen. Du kannst entweder hier im heißen Auto sitzen bleiben und jammern, dass du kein ›richtiges Eis‹ kriegst, oder du kannst mit Tom und mir reinkommen, ich schalte den Ventilator an, und wir machen Eislollies.«

Mit einem Flunsch, der filmreif ist, stößt Claire die hintere Autotür auf und steigt aus.

Während die Kinder mit den Eislollies beschäftigt sind, sieht Grace zu, wie ein Mann den Buick an einen Abschleppwagen koppelt und langsam die Auffahrt hinunterlotst.

Ohne Auto kann Grace die Kinder nicht zum Einkaufen mitnehmen. Sie kann nicht mit ihnen auf den Spielplatz gehen oder ihre Mutter besuchen. Sie ist jetzt tatsächlich eine Gefangene, nicht nur ihrem Gefühl nach. Aber Moment. War sie nicht immer eine Art Gefangene? In Hunts Beach hatten sie ein Auto, doch Grace konnte es nicht fahren. Gene musste sie jeden Donnerstagabend zum Einkaufen chauffieren. In Hunts Beach hatte sie jedoch wenigstens Nachbarn, Rosie zum Beispiel. Und sie hatte Gardiners Lebensmittelgeschäft, wo sie Kleinigkeiten besorgen konnte. Und sie konnte zu Fuß zu ihrer Mutter gehen.

Stell dich nicht an, sagt sie sich, eine Woche ist nichts.

Am fünften autolosen Tag stehen in der Speisekammer nur noch Dosenravioli, ein Karton Makkaroni, sechs Dosensuppen, ein Glas Marmelade und ein halber Karton Cornflakes. Grace ruft ihre Mutter an und bittet sie, ihr Milch vorbeizubringen.

Von Gladys gefahren, trifft ihre Mutter mit einem Karton mit frischem Obst und Gemüse, Fleisch, Milch, Brot und von ihr selbst gebackenen Keksen ein. Grace nimmt die Gaben entgegen wie ein verzweifelter Flüchtling. Sie setzt Teewasser auf, und die zwei älteren Frauen, beide in ärmellosen Kleidern, die ihre weißen, schlaffen Arme zeigen, setzen sich an den Tisch. Claire klettert auf den Schoß ihrer Großmutter, und Tom nähert sich neugierig Gladys. Die holt zwei Schlüsselbunde aus ihrer Tasche und schwenkt sie vor dem Jungen hin und her, bis er zugreift und sich ihr zu Füßen niederlässt, um mit ihnen zu spielen.

»Schlimm ohne Auto«, sagt Gladys zu Grace.

»Besonders jetzt, wo die Badeanstalt aufgemacht hat«, fügt ihre Mutter hinzu.

Grace stellt sich vor, wie wunderbar es wäre, ins Wasser zu springen und es über sich zusammenschlagen zu lassen.

»Wobei«, meint Gladys, »mit zwei Kindern, die nicht schwimmen können, in der Badeanstalt – da hast du es wahrscheinlich zu Hause leichter.«

»Aber wir kämen wenigstens raus«, sagt Grace, während sie den Tee zusammen mit Eiswürfeln in Gläser gießt. Sie packt den Teller mit den selbst gebackenen Keksen ihrer Mutter aus.

Das ist Hilfe, denkt sie. Das ist die Art von Hilfe, die sie vielleicht gerettet hätte, wenn sie sich an die Steinmauer gestellt und geschrien hätte. Hier ist sie, direkt in ihrer Küche. Und da die Kinder beschäftigt sind, kann sie jetzt vielleicht sogar Gladys und ihrer Mutter ihre Angst um ihre Sicherheit und die ihrer Kinder begreiflich machen. Gladys würde sie für überreizt halten, ihre Mutter würde ihr versichern, dass sie sich wieder ganz normal fühlen werde, sobald sie das Auto wiederhabe. Beide würden abschließend sagen, es sei nur eine Sache der Zeit.

Welcher Zeit?, würde sie fragen wollen.

Am siebenten Tag ruft Grace in der Werkstatt an. »Hallo, hier ist Mrs Holland. Konnten Sie mein Auto reparieren?«

»Ja, alles tipptopp.«

»Was war denn nicht in Ordnung?«, fragt Grace neugierig.

»In Ihrem Benzintank war ein Haufen Wasser.«

»Wasser?« Wie in Zeitlupe sinkt Grace auf den Stuhl

neben dem Telefontischchen und beugt sich vornüber, um nicht ohnmächtig zu werden. Ihr Gesicht und ihre Hände sind mit einem Schlag schweißnass, und sie hat das Gefühl, sich übergeben zu müssen.

Sie sieht es klar und deutlich vor sich. Ein Mann. Ein Gartenschlauch. Ein Buick.

»Sind Sie noch dran?«, fragt der Mann von der Werkstatt.

»Ja, ich bin noch dran«, antwortet sie. »Können Sie den Wagen hier vorbeibringen? Dann bezahle ich, was ich Ihnen schulde.«

»Ach so … äh … hat's Ihr Mann Ihnen nicht gesagt? Wir haben ihn verkauft.«

Grace springt auf. »Sie haben ihn verkauft?«, fragt sie ungläubig. »Aber es war mein Wagen. Das war mein Auto!«

»Sie sind doch verheiratet, oder?«, fragt der Mann.

»Ja, schon.«

»Tja, dann war's wohl auch seins, nehme ich an. Ich hab bei Ihnen angerufen, um Bescheid zu sagen, dass der Wagen fertig ist, und da hat er sich gemeldet und gesagt, wir sollen ihn verkaufen. Das haben wir getan. Jetzt ist er weg.«

Grace schluckt. Ihre Ungläubigkeit wird zu steinerner Härte.

Grace läuft die Auffahrt hinunter, über die Straße, über Kies und gemähtes Gras, und schreit in die donnernde Brandung.

An diesem Abend, nachdem sich die Kinder die Zähne geputzt haben, stellt sie sich der Realität. Sie mag nicht hinter Gittern gefangen sein, doch sie ist eine Gefangene in einem Haus, in dem das Leben jetzt unerträglich geworden ist. Jeden Abend wird sie mit ihren Kindern bei verriegelter Tür im Kinderzimmer schlafen müssen. Die Gemeinheit, die Gene an den Tag legt, wird schlimmer werden. Was sie an guten Zügen in sich trägt – als Mutter, als Mensch –, wird in der Gefangenschaft verkümmern.

Grace liest den Kindern vor, wartet, bis sie eingeschlafen sind, und streckt sich dann auf ihrem Feldbett aus. Sie kann die Fenster mit den Fliegengittern wahrscheinlich gefahrlos offen lassen, aber sie weiß, dass sie sich keine Blöße geben, sich keinesfalls dem Genuss der sanften Lüfte hingeben darf, von dem sie sich in der Nacht, als Gene sie aus dem Schlaf riss, verführen ließ. Sie versucht, in einem Zustand ständiger Aufmerksamkeit zu bleiben. Sie horcht auf jedes Geräusch im Haus, doch alles, was sie hört, ist das Donnern der Wellen, die jenseits der Straße an die Felsen schlagen.

In ihrem Traum ist sie wieder ein Kind, und ihre Mutter klopft an die Tür. Nein, es ist ihr Geburtstag, und ihre Mutter trommelt an die Tür, damit sie ihre Geburtstagsfeier nicht versäumt. Grace setzt sich auf. Sie weiß, dass die Person auf der anderen Seite der Tür Gene ist. Er hämmert laut dagegen, und die Kinder wachen auf. Er lärmt weiter wie ein Wahnsinniger. Claire springt aus dem Bett und rennt zu Grace. Tom, der aufgestanden ist, versucht, aus dem Gitterbett zu klettern. Gene brüllt: »Grace! Grace! Ich brauch dich.« Und wieder kracht die Faust auf die Tür, immer wieder, unablässig. Grace hebt die Kinder zu sich auf das schmale Feldbett und drückt sie fest an sich, damit sie nicht hinunterfallen. Tom kriecht auf sie drauf. Claire flüstert: »Ist das Daddy? Warum tut er das?«

»Ich weiß es nicht.«

»Mami, bitte mach, dass es aufhört.«

»Schsch«, macht Grace.

Gene beginnt zu jammern, leise zuerst, dann lauter, bis die Töne zu einem gespenstischen Heulen anschwellen. Es ist so unheimlich, dass sie die Kinder noch fester an sich drückt und ihre freien Ohren zuhält.

Ja, vielleicht steht es Gene zu, seinen Jammer herauszuheulen. Aber nicht hier und nicht jetzt. Vielleicht will er sein altes Leben zurückhaben, aber das wird nie geschehen. Grace weiß, dass er sie nur dazu bringen will, die Tür zu öffnen.

Sie hat seine Wut, seine Bitterkeit, seine Arglistigkeit kennengelernt. Sie traut ihm alles zu. Er würde auch den Kindern etwas antun, wenn er glaubte, es würde Graces Leben zerstören. Er würde Grace zweifellos schlagen, das weiß sie nun. Wenn sie ihm aufmacht, wird er dem ruhigen Ton ihres Vorschlags, in sein Zimmer zu gehen, wo sie diesmal vielleicht miteinander schlafen könnten, nicht noch einmal glauben.

Er heult immer weiter. Sie wünscht, sie könnte sich selbst die Ohren zuhalten. Claire drängt sich an ihre Mutter, als wollte sie in sie hineinschlüpfen. »Mach, dass es aufhört«, bettelt sie.

»Es wird gleich aufhören«, versucht Grace, ihre Tochter zu trösten. »Ich beschütze dich, ganz gleich, was passiert. Versuch einfach zu schlafen.«

»Ich kann nicht schlafen. Mach, dass er aufhört.«

»Schsch«, flüstert Grace innerlich zitternd.

Sie ist noch nicht zur Tür hinaus, da packt er sie schon am Oberarm. Fest. An den oberen Geländerpfosten gestützt, reißt er sie mit sich. Sie weiß, wenn er das Gleichgewicht verliert, wird auch sie stürzen.

»Ich will Antworten«, herrscht er sie an.

»Nicht so laut. Die Kinder haben Todesangst.«

»Es war das einzige Mittel, dich da rauszukriegen.«

»Sind sie dir denn völlig egal?«

Sein Gesicht ist rot, und seine Haare sind schmuddelig. Der gelbe Pyjama hat Flecken. Er sieht nicht aus wie ein Mann, der ruhig in seinem Bett gelegen hat.

»Ich habe nach der Rasierklinge gefragt, und du hast mir nie geantwortet«, sagt er.

Sie antwortet ihm auch jetzt nicht.

»Ich habe nach dem Klavier gefragt, und du hast mich abgewimmelt. Ein Klavier schwebt nicht von selbst eine Treppe runter.«

»Und ein Benzintank füllt sich nicht von selbst mit Wasser!«, ruft sie wütend und weiß sofort, dass es ein Fehler war, den Wagen zu erwähnen.

»Wie hast du ihn überhaupt gekauft?« Er schüttelt ihren Arm.

»Ich habe dafür gearbeitet«, antwortet sie, beide Füße zur Abwehr fest in den Boden gestemmt.

Er scheint erstaunt zu sein, doch sein Griff lockert sich nicht. »Du hast gearbeitet? Das glaub ich dir nicht. Wo denn?«

»In einer Arztpraxis.«

»Bei dem Indianer?« Er kneift die Augen zusammen.

»Ja, bei diesem Mann.«

»Jetzt versteh ich. Die Rasierklinge war von ihm.«

»Nein. Ich weiß nicht, von wem die Klinge ist. Glaubst du im Ernst, ich suche mir eine Arbeit und hole mir dann den Chef als Geliebten ins Haus? Ich mach mir wirklich Sorgen um dich, Gene.«

»Du hast mich die ganze Zeit angelogen«, fährt er sie an. »Wieso konntest du deinem eigenen Mann nicht sagen, dass du gearbeitet hast?«

»Wieso konntest du deiner eigenen zukünftigen Frau nicht sagen, dass du sie nur heiratest, weil sie deiner großen Liebe ähnlich sieht?«, kontert sie.

»Das ist Schnee von gestern«, sagt er.

»Für mich nicht«, entgegnet sie. »Für mich ist es eine neue Verletzung.«

»Willst du jetzt darüber diskutieren?«

Grace bemerkt, dass sich hinter Gene die Tür öffnet und Claire vorsichtig herausschaut. Sie schüttelt übertrieben heftig den Kopf und sagt ein lautes »Nein!«, das nicht Gene gilt, sondern ihrer Tochter.

»Ich habe eheliche Rechte«, erklärt Gene, aber Grace ist unfähig zu reagieren. Sie betet darum, dass Claire ins Zimmer zurückgeht. Geh rein und mach die Tür zu, fleht sie lautlos.

»Du kannst das nicht einfach ignorieren«, fügt er hinzu.

Mit wachsendem Entsetzen beobachtet Grace, wie Claire aus dem Schlafzimmer kommt und auf sie zuläuft.

»Lass Mami los!«, schreit das Kind und stößt Gene mit beiden Händen.

Grace stürzt so schnell und so leicht, dass ihr für Angst gar keine Zeit bleibt. Die Schwerelosigkeit ist erschreckend, das Haus totenstill. Hat Claire geschrien? Möglicherweiße. Von Gene hört Grace nichts. Ist er ebenfalls gestürzt?

Sie schlägt mit dem Fuß gegen eine Stufe, mit Hüfte und Oberschenkel gegen eine weitere und landet dann in der Ecke des Treppenabsatzes. Sie liegt reglos. Erste Schmerzen melden sich. Sie greift nach dem Geländer und versucht, sich hochzuziehen. Sie kann nicht aufstehen, aber sie kann den Körper weit genug drehen, um zu sehen, dass Claire nicht mehr da ist. Unter sich hört sie deutlich humpelnde Schritte. Gene, der langsam die Treppe hinuntersteigt.

Als Grace es geschafft hat, über die Treppe ins Schlafzimmer zu kriechen, findet sie dort Claire auf ihrem Feldbett vor. Sie liegt unter ihrer eigenen Decke, das Gesicht nach oben. Tom schläft mit dem Daumen im Mund, an seine Schwester gekuschelt. Plötzlich setzen die Schmerzen ein. Im linken Handgelenk, im rechten Fuß, feurige Schmerzen in ihrer rechten Hüfte und dem Oberschenkel. Sie robbt neben das Feldbett und streckt sich auf dem Boden aus. Sie muss jetzt nicht gleich etwas unternehmen. Sie braucht die Kinder noch nicht aus ihrer Ruhe zu reißen.

Claire ist bedrückt, sagt aber nichts von der vergangenen Nacht, auch nicht als Grace in der Küche Eiskompressen auf ihren Knöchel legt. Im Badezimmer hat Grace festgestellt, dass sich ein bläulicher Bluterguss von ihrer Hüfte bis zu ihrem Knie ausgebreitet hat. Ihr linkes Handgelenk ist geschwollen und braucht Kühlung, sobald sie ihren Fuß verarztet hat.

Wie soll man einem Kind begreiflich machen, dass ein Stoß, der den einen Menschen trifft, einen anderen umwerfen kann? Was Claire wie Hexerei erscheint, muss ihr erklärt werden. Sie vermutet, dass Claire sich am Sturz ihrer Mutter schuldig fühlt. Nicht eine Stunde länger kann sie ihr Kind einer solchen Verwirrung der Gefühle überlassen.

»Claire«, sagt sie lächelnd, »ich muss mal mit dir reden.«

Scheu kommt ihre Tochter zu ihr. Grace streicht ihr über die Haare und hebt ihr Kinn an, sodass sie einander in die Augen sehen können.

»Hör zu, die letzte Nacht war schrecklich, da musstest du Angst kriegen«, sagt Grace. »Aber dein Daddy wollte mir nichts tun.«

»Doch, wollte er. Ich hab's gesehen.«

»Er hat mich am Arm festgehalten, weil er wollte, dass ich ihm genau zuhöre. Ich verstehe, warum du aus dem Schlafzimmer gekommen bist – du warst neugierig, und du hattest Angst um mich. Das ist beides gut und richtig. Und was du getan hast, war völlig in Ordnung. Du hast Daddy gestoßen, damit er mich loslässt. Und genau das ist passiert. Er hat mich losgelassen. Aber dabei habe ich das Gleichgewicht verloren und bin die Treppe runtergefallen. Dein Daddy hat mich nicht gestoßen. Es war ein Unfall. Verstehst du das?«

Claires Antwort besteht darin, dass sie sich näher an Grace drängt, den Kopf auf ihren Schoß legt und beide Arme um ihre Oberschenkel schlingt.

Nachdem sie ihren Fuß versorgt hat und die Kinder in den Garten gegangen sind, nimmt Grace Block und Bleistift zur Hand. Sie weiß aus langer Erfahrung, dass manchmal eine Liste der einzige Weg von der einen Seite auf die andere ist.

Sie wartet zwei Tage, bis die pochenden Schmerzen in ihrem Fuß nachlassen und sie ihn wieder belasten kann. Sie kleidet die Kinder in gleiche Sommeranzüge und erzählt ihnen, dass sie mit dem Bus in die Stadt fahren werden. Claire, die die schlimme Nacht vergessen zu haben scheint, folgt Grace, während diese sich fertig macht, von der Kommode zum Schrank und wieder zur Kommode und will alles über den Bus wissen. Sitzen wir da weit oben? Sitzen wir mit anderen Leuten zusammen? Kann man im Bus Bonbons kaufen?

Als die Kinder sich um den Platz am Fenster streiten, lässt Grace sie beide auf dem Sitz knien, damit sie hinausschauen können. Seit sie die Treppe hinuntergestürzt ist, hat sie Kopfschmerzen. Sie würde sich am liebsten einfach hinlegen und schlafen, aber was sie vorhat, verlangt ihre volle Aufmerksamkeit, außerdem muss sie aufpassen, dass die Kinder nicht vom Sitz fallen.

Sie fahren an brachliegendem Land vorüber, wo noch keine Häuser wiederaufgebaut sind, jedoch Wildblumen und hohe Gräser so etwas wie eine saftige Landschaft geschaffen haben. Der Ruß war ein wirkungsvoller Dünger. Beide Kinder werden stumm, als sie die Stadt erreichen: Es gibt zu viel zu sehen. Tom hinterlässt Schweißabdrücke seiner Hände auf der Fensterscheibe.

An der Haltestelle nimmt Grace die Kinder an der Hand und überquert mehrere Straßen auf der Suche nach »Jensen, Juwelen für die Welt«. Der Juwelier begrüßt Grace mit fragendem Blick. Claire ist wie geblendet von all den Uhren, Ringen, Armbändern und Halsketten in den Vitrinen. In Graces Handtasche liegt schwer die Ernte aus Merles Kleidersäumen, und als sie den Schmuck auf die Glasplatte gleiten lässt, fühlt sie sich mehr denn je als Diebin. Jensen ist anfangs skeptisch und mustert Grace, als würde er sie verdächtigen, eine Hehlerin zu sein, während sie sich bemüht, sich nichts von ihren Schuldgefühlen anmerken zu lassen.

»Ich muss mit meiner Familie nach Boston umziehen, um Arbeit zu finden«, erklärt sie Jensen. »Wir haben kein Haus, das wir verkaufen könnten, wir besitzen nur diesen Schmuck, den mein invalider Mann von seiner Mutter geerbt hat. Sie erinnern sich vielleicht vom letzten Mal.«

»Ja, natürlich.« Er starrt so lange auf den Schmuck, dass Grace fürchtet, er könnte das Testament verlangen. Als er aufsieht, leuchtet sein Gesicht.

»Machen wir zuerst eine Bestandsaufnahme«, meint er.

Grace sieht nach den Kindern. Claire hält Tom hoch, damit er die Brillantringe sehen kann.

Grace vergleicht die Bestandsliste mit den Stücken auf dem Tresen. Jensen geht zur Ladentür und dreht das Schild von »Offen« auf »Geschlossen«. Als er zurückkommt, beginnt er, jedes Stück mit einer Zahl zu versehen, die er Grace mitteilt. Insgesamt sind es siebenundfünfzig Schmuckstücke. Jensen rechnet mit seiner Addiermaschine zusammen. Er reißt den Zettel ab und legt ihn auf die Glasplatte, um Grace die Summe zu zeigen.

45 655 Dollar.

Wenn Jensen sie beschwindeln sollte, ist es ihr egal.

»Ich muss die Sachen aber erst verkaufen, bevor ich Ihnen das Geld geben kann«, sagt er.

»Ich brauche aber jetzt etwas.«

»Ich könnten Ihnen heute höchstens einen Scheck über fünftausend Dollar geben. Den Rest schicke ich Ihnen, sowie ich die Stücke verkaufe.«

Grace mustert den Mann, dann trifft sie ihre Entscheidung. »Ich vertraue Ihnen«, sagt sie. »Ich nehme heute einen Scheck über siebentausend Dollar und schicke Ihnen in ein, zwei Wochen meine Adresse. Ich hätte aber gern eine Quittung über alles.«

Über den von Edelsteinen funkelnden Tresen hinweg reichen sich Jensen und Grace die Hände, um die Abmachung zu besiegeln.

»Claire, was meinst du, wollen wir uns das Mittagessen mit einem Eis verderben?«

»Ja, ja, ja!«, ruft Claire.

Tom, der merkt, dass etwas Verheißungsvolles in der Luft liegt, klatscht in die Hände und schmatzt mit den Lippen.

In der Bank bleiben die gesättigten Kinder brav auf den für wartende Kunden vorgesehenen Stühlen sitzen, während Grace nach dem Filialleiter fragt und ihm nach seinem Erscheinen aus einem Hinterzimmer erklärt, was genau sie braucht.

Die Handtasche jetzt, da der Schmuck in Papiergeld verwandelt ist, leichter an ihrem Arm, geht Grace mit den Kindern zum Gebrauchtwagenhändler Ralph Eastman eilt in einem fleckigen Seersuckeranzug heraus, um sie zu begrüßen.

»Ich kenne Sie«, sagt er und zeigt mit dem Finger auf Grace. »Die kleine Schwester. Möchte die kleine Schwester wieder ein Auto kaufen? Was ist aus dem alten geworden?«

»Der Buick läuft wunderbar«, antwortet sie, »und ich bin hergekommen, um jetzt den Rest zu bezahlen.«

»Oh, Kindchen, Sie kommen wie gerufen. Hab nicht viele Kunden wie Sie. Das sind Ihre Kinder?«

Claire, plötzlich schüchtern, sieht den Autohändler nicht an. Ein gutes Gespür, denkt Grace.

»Ich möchte einen Wagen für meine Mutter kaufen«, erklärt sie. »Ich bin zufrieden mit dem, den Sie mir verkauft haben, und jetzt will sie einen eigenen. Etwas Kleines. Nicht so teuer wie meiner.«

Ralph tut, als überlegte er. »Ich hab einen sechsundvierziger Ford, der genau das Richtige sein könnte.«

»Wie viel?«

»Für Sie siebenhundert.«

Sie kann ihn wahrscheinlich auf sechs herunterhandeln. »In Ordnung, bringen Sie ihn her.«

Eastman steigt aus einem schwarzen Ford und nennt Grace Schätzchen. Nach einer kurzen Probefahrt, während der er Grace als Kindchen, braves Mädchen und liebe Mami bezeichnet, kauft Grace den Wagen für sechshundert Dollar. Der Ford riecht nach verschüttetem Bier und schmutzigem Aschenbecher, worüber Claire und Tom sich sogleich beschweren. Gut, denkt Grace. Wenn Claire schimpft, geht es ihr wieder bestens.

Mit immer noch schmerzendem rechtem Fuß fährt Grace mit den Kindern nach Hause, parkt jedoch eine Straße von der grünen viktorianischen Villa entfernt, deren Eigentümer Gene Holland ist. Als Claire sich darüber wundert, erklärt Grace, dass am Morgen die Leute kämen, um die Auffahrt zu reinigen, und sie gebeten hätten, den Raum frei zu halten. Sie hofft inständig, dass Gene ihnen nicht in den Weg läuft und Claire dann, um ihn abzulenken, womöglich ruft: »Mami hat ein neues Auto gekauft!«

Aber eigentlich glaubt sie nicht, dass Claire überhaupt etwas zu ihrem Vater sagen wird. Eher wird sie ihn meiden.

Am Nachmittag, während die Kinder in Merles Bett schlafen, greift Grace zu dem Telefon auf dem Toilettentisch. Sie redet leise, um Claire und Tom nicht zu wecken. Als sie die Praxis erreicht, fragt sie nach Dr. Lighthart.

»Grace«, sagte er überrascht.

»Hallo. Ich muss mit Ihnen sprechen.«

»Schießen Sie los.«

»Könnten Sie zu mir kommen?«

»Ich kann in zwanzig Minuten da sein.«

»Fahren Sie nicht zum Haus hinauf. Halten Sie irgendwo unten auf der Straße, ich warte auf Sie.«

Der schnittige Packard rollt an den Bordstein, und Grace steigt ein.

»Was ist passiert?«, fragt John Lighthart. Einen Arm auf dem Lenkrad, wendet er sich ihr zu. Er trägt seinen weißen Kittel, und sie bemerkt einen winzigen Blutfleck auf dem Ärmel.

»Ich muss eine Pflegerin für Gene einstellen, und ich kann nicht mehr zu der Agentur gehen. Ich hoffte, Sie wüssten vielleicht jemanden.«

»Tagsüber? Ganztags?«

»Rund um die Uhr.«

»Da bin ich aber froh«, sagt er. »Das ist sehr vernünftig.«

»Nein«, entgegnet sie und sieht ihm direkt in die Augen. Sie vertraut ihm. »Ich verlasse Gene.«

»Weiß er es?«, fragt Dr. Lighthart.

»Nein.« Sie macht eine Pause. »Helfen Sie mir?«

»Das wissen Sie doch«, antwortet er. »Aber sind Sie sich wirklich sicher in dem, was Sie tun?«

»Nein, aber ich muss es versuchen.«

»Sie nehmen die Kinder mit?«, fragt er.

»Ja.«

Er blickt die Straße hinunter, während er überlegt. »Neulich war eine junge Frau bei uns, die Arbeit suchte. Ich konnte sie nicht einstellen, obwohl ich's gern getan hätte. Ich weiß, dass sie schon als Pflegerin gearbeitet hat.«

Grace sieht die mit Stärke gepaarte Güte in seinen Augen. Die Kinder können jeden Moment erwachen, wenn sie nicht schon wach sind.

»Ich rufe sie gleich an, wenn ich wieder in der Praxis bin«, sagt er.

»Ich brauche sie morgen früh.«

Er zieht die Augenbrauen hoch. »Das ist aber plötzlich.«

»Ich muss gehen, bevor ich den Mut verliere.«

»Also, rund um die Uhr, Kost und Logis und so weiter?«

»Und achtzig Dollar die Woche«, fügt Grace hinzu.

»Das ist viel«, sagt er.

»Es ist auch für Material und Lebensmittel. Ich stelle außerdem eine Haushälterin ein.«

»Hm, das ist ein Angebot, das sie kaum ausschlagen wird, denke ich. Sie heißt Sarah Brody.«

»Bitte sagen Sie ihr, sie möchte morgen früh um sieben an der Küchentür sein.«

Er sieht sie forschend an. Er berührt ihre Hand. »Als Sie in der Praxis gearbeitet haben, habe ich eine Weile einfach verdrängt, dass Sie verheiratet sind. Ich sah Sie als unverheiratete Frau.«

»So ging's mir manchmal auch.«

»Vergessen Sie nur nicht, wie stark Sie sind«, sagt er.

Nachdem Grace die Kinder zu Bett gebracht hat, geht sie in das Zimmer, in dem ihre Mutter gewohnt hat. Die Bücher und die Lakritzdrops sind noch da. Vielleicht wird Sarah sich hier umsehen, die Drops finden und sie lutschen.

»Ich werde etwas Schreckliches tun«, sagt sie, die Worte wieder an ihre abwesende Mutter gerichtet.

Lieber Gene,

ich schreibe dir, um dir zu sagen, dass ich mit den Kindern weggefahren bin. Ich weiß nicht, wann ich zurückkomme. Du hast ja inzwischen Sarah kennengelernt, und ich hoffe, du wirst unter ihrer Pflege schneller wieder gesund werden. Sie ist sehr tüchtig und hat die besten Empfehlungen. Ich habe außerdem eine Haushälterin namens Peggy eingestellt. Wenn du über die letzten Tage nachdenkst, wirst du mir sicher zustimmen, dass die Atmosphäre zwischen uns vergiftet war und die Kinder darunter zu leiden begannen. Ich werde dafür sorgen, dass sie dich bald besuchen, und ich werde dir niemals dein Recht streitig machen, sie zu sehen, wenn es sich machen lässt.

Ich habe meine Bank angewiesen, die Löhne für Sarah und Peggy zu bezahlen, ebenso alle Rechnungen, du brauchst dich also um nichts zu kümmern.

Ich glaube, wenn es den Brand nicht gegeben hätte, wären wir weiter die kleine Familie geblieben, die wir waren. Mit der Zeit, glaube ich, hätten wir zu einem kameradschaftlichen Umgang miteinander gefunden. Aber mit dem Brand hat sich alles verändert.

Ich hoffe, du wirst wieder glücklicher werden und deine Wunden werden heilen.

Grace

Liebe Mutter,

wenn du diesen Brief bekommst, bin ich schon mit den Kindern unterwegs. Ich könnte es eine kleine Urlaubsreise nennen, aber das werde ich nicht tun. Die Wahrheit ist, dass ich Gene verlasse und die Kinder mitnehme. Das Leben mit ihm ist unerträglich geworden, er macht uns allen Angst. Ich habe wirklich allen Anlass zu fürchten, dass wir in Gefahr sind. Ich weiß, du wirst das melodramatisch finden, aber bitte glaub mir. Ich habe eine erfahrene Pflegerin eingestellt, die ins Haus zieht und sich um ihn kümmern wird. Ich hoffe, fern von mir und dem hässlichen Ton, der sich zwischen uns entwickelt hat, wird er schnellere Fortschritte machen und glücklicher sein. Ich habe übrigens auch eine Haushälterin engagiert. Sobald ich mich irgendwo niedergelassen habe – ich weiß im

Moment noch gar nicht genau, wohin ich will –, rufe ich dich
an oder schicke dir Telefonnummer und Adresse. Ich kann dir
nicht genug dafür danken, dass du dich so liebevoll um die
Kinder gekümmert hast, während ich meinen Weg suchte. Und
dass du dich so liebevoll um mich gekümmert hast, sollte ich
hinzufügen.
Mach dir keine Sorgen um mich, Mutter. Seit dem Brand –
vielleicht auch erst in letzter Zeit – weiß ich, dass ich innere
Kräfte besitze, auf die ich mich verlassen kann.
Der Scheck ist für dich, für die Anzahlung auf ein Haus. Ich
kann es ganz bezahlen. In meinem nächsten Brief erkläre ich
dir alles.
In Liebe,
Grace

Sie muss dreimal ansetzen, ehe sie es schafft, den Brief in
den Umschlag zu schieben.

Grace liegt auf dem Feldbett im Kinderzimmer. Morgen
früh wird sie überall die Wäsche wechseln. Merles Zimmer ist schon von ihren persönlichen Dingen befreit.

Soll sie nach Süden fahren und versuchen, Aidan zu
finden? Wenn sie die Kinder nicht hätte, würde sie das
tun. Sie würde ihn aufspüren und überraschen in der
Hoffnung, dass er ihre Gefühle erwidert. Doch einen
Pianisten ausfindig zu machen, der bei einem Orchester spielt, würde vermutlich Wochen dauern. Und wenn
es ihr gelänge, wären sie und die Kinder eine Bürde,
ganz gleich, wie sehr er sie liebte. Doch der Drang, nach
Süden zu fahren, ist stark.

Die Fahrt nach Westen würde sie schnell zu John

Lighthart und seiner Praxis führen. Sie würde gern wieder arbeiten und sich seine Freundschaft erhalten. Aber sie kann nicht gleichzeitig arbeiten und die Kinder versorgen, und sie will Claire und Tom nicht einem Kindermädchen überlassen. Sie selbst muss sie großziehen und ihnen Geborgenheit geben. Außerdem ist die Praxis nicht so weit von Merles Haus entfernt, dass Gene nicht irgendwie von ihrem Verbleib erfahren könnte. Würde man sie wegen Kindesentführung festnehmen können? Der Gedanke kommt ihr absurd vor, aber Gene scheint zu allem fähig zu sein.

Der Weg nach Osten führt ins Meer.

Sie wird ohne festes Ziel losfahren müssen. Sie wird sich nicht auf einen Ort fixieren, an dem sie sich niederlassen könnte; es geht jetzt in erster Linie um Befreiung.

Sarah erscheint am Morgen um Punkt sieben in ihrer Tracht. Sie hat dunkelblonde Haare, blaue Augen und strahlt Selbstvertrauen aus. Grace hat für sie und die Kinder ein großes Frühstück vorbereitet. Als die Kinder mit sich selbst beschäftigt sind, bittet sie Sarah, Gene nach dem Mittagessen ihren Brief zu geben. Claire erklärt sie, dass sie jetzt eine kleine Urlaubsreise machen und Sarah, eine Pflegerin, sich inzwischen gut um Daddy kümmern wird. Claire ist angetan von der Urlaubsidee und fragt: »Gibt's da neue Spielsachen?«

»Ja«, sagt Grace.

Während die Kinder in der Küche mit Sarah schwatzen, geht Grace zur Bibliothek und starrt auf die getäfelte Walnusstür. In diesem Zimmer haben sie und Aidan sich

einmal geliebt. Sie hat nie akzeptiert, dass dies nun das
Zimmer ihres Mannes ist, in dem nicht mehr Liebe und
Leidenschaft zu Hause sind, sondern Trauer und emo-
tionaler Aufruhr. Die Hand zum Messingknauf ausgestreckt, zögert sie. Nur mit den Fingerspitzen berührt
sie das Metall. Da drinnen liegt Gene und schläft, ruhig
und schmerzfrei, oder er wartet auf den Beginn seines
Tages. Tut ihm irgendetwas leid? In einem Moment der
Anteilnahme und der Großzügigkeit hat Grace sich vorgestellt, sie würde in sein Zimmer gehen, sich in einen
Sessel setzen und versuchen, mit ihm über die Angst und
den Schrecken zu sprechen, in die er die Kinder in jener
Nacht versetzt hat. Sie hatte nicht die Absicht, von sich
zu sprechen, denn das war ja sein Ziel gewesen – sie zu
bestrafen, Macht über sie auszuüben.

Sie zieht die Finger zurück, um nicht versehentlich
den Knauf zu drehen.

Wie angestoßen von ihrer bloßen Berührung öffnet
sich die Tür, und Gene steht vor ihr. Grace erschrickt
so heftig, dass sie sich an einem Stuhl festhalten muss.
Sein Gesicht ist hart, er trägt einen sauberen dunkelblauen Seidenpyjama und seine Augenklappe. »Wo willst
du hin?«, fragt er.

Fassungslos über ihr Pech kann Grace nur den Kopf
schütteln.

»Du wolltest doch zu mir ins Zimmer, oder?«

Sie drückt eine Hand auf die Brust, und ihr fällt ein,
dass sie ein gutes Kleid trägt. Und falsche Perlen an den
Ohren.

Sie ist wie gelähmt.

»Gehst du aus?« Eine ganz andere Frage als seine erste.

»Ich wollte dich wecken«, antwortet sie mit dünner Stimme. »Ich möchte dich mit jemandem bekannt machen. Warte hier.«

Um Atem ringend läuft sie in die Küche, wo Sarah mit den Kindern zusammensitzt. »Sarah, ich würde Sie gern einen Moment sprechen. Claire, du bleibst hier und passt auf deinen Bruder auf. Du bist jetzt schon groß.«

Als Sarah aufsteht, fallen Grace ihr gerader Rücken und ihre stämmigen Beine auf. Sie sieht aus wie eine Frau, die sich zu wehren weiß. Die Zeit reicht nicht für nähere Erklärungen, es bleibt nur ein wenig erfolgversprechender Moment, um sie mit Gene bekannt zu machen.

»Gene, ich möchte dir Sarah Brody vorstellen. Sie ist eine hoch qualifizierte Pflegerin und wird dich in Zukunft betreuen. Sarah, das ist mein Mann, Gene.«

Es bleibt lange still. Sarah lächelt. Gene neigt abwägend den Kopf zur Seite.

Begreift er? Weiß er, dass er gleich ein Leben gegen ein anderes eintauschen wird, und dass das andere eventuell das bessere ist?

Immer noch mustert er Sarah. Dann sieht er Grace an, als kenne er ihre Pläne. Aber noch ehe er ein Wort sagen kann, schiebt sich Sarah vor Grace und manövriert ihn mit zwei geschickten Handbewegungen in sein Zimmer zurück.

Sarah ist willkommen. Im Gegensatz zu einem Blumenstrauß. Zu einer Ehefrau.

Grace nimmt Tom auf den Arm und befiehlt Claire, mitzukommen. Sie nimmt noch einen der Koffer mit und läuft dann mit den Kindern die Auffahrt hinunter und weiter bis zur nächsten Straßenecke, wo der Ford steht.

»Wartet hier«, sagt sie zu Claire. »Rührt euch nicht von der Stelle.«

Geduckt hetzt sie mit ihrem schmerzenden Fuß die Auffahrt wieder hinauf, um den zweiten Koffer zu holen.

Mit zitternden Knien und einem hohlen Gefühl im Magen fährt Grace langsam die Küstenstraße entlang, als warte sie nur darauf, dass Gottes Hand den Wagen ergreift und zu Merle Hollands Haus zurückversetzt. Sie muss an den alten Kinderwagen denken, der verbrannt ist, der mit dem dunkelblauen Chassis und dem weißen Lederbesatz, und einen Moment lang sieht sie sich, wie sie Claire und Tom mit eiserner Entschlossenheit in diesem Kinderwagen aus der Stadt schiebt. An einem Stoppschild kurbelt sie das Fenster herunter, streckt den Arm hinaus und beugt ihn am Ellbogen. Sie fährt nach Norden.

EPILOG
1950

Grace

»Was machst du da auf dem Boden?«, fragt Rosie.

»Ich versuche, die Sterne zu fotografieren.« Grace späht durch den Sucher des Fotoapparats, den Rosie und Tim ihr zu Weihnachten geschenkt haben. »Sie sind heute Abend so klar.«

Rosie breitet ein Handtuch auf einem Liegestuhl aus Teakholz aus und setzt sich.

»Mit den Augen kann ich sie erkennen, aber durch den Sucher sehe ich gar nichts«, fügt Grace hinzu.

»Der Apparat ist nicht perfekt.«

»Doch, er ist perfekt. Du hast doch die Fotos von den Kindern gesehen.«

»Ja, schon«, sagt Rosie, »aber sind die Sterne nicht wahnsinnig weit weg?«

»Ich verstehe es nicht. In dem Apparat ist eine Linse.

Mein Auge ist eine Linse. Die Sonne ist von beiden gleich weit entfernt, und die Sonne kann ich fotografieren. Na ja, so in etwa. Die Sterne sind von beiden gleich weit entfernt, aber ich finde nicht einen einzigen funkelnden Punkt im Sucher.«

»Nicht genug Licht«, meint Rosie und zieht an ihrer Zigarette. »Jetzt komm hoch. Du holst dir noch den Tod.«

Grace stützt sich auf ihren Arm und steht auf. »Das hat meine Mutter immer gesagt, als ich klein war.«

Rosie breitet ein zweites Handtuch auf einem zweiten Liegestuhl aus.

»Danke.« Grace legt den Apparat wieder in seine Tasche. »Ist dir aufgefallen, wie sehr Claire sich für die Fotografie interessiert? Gestern habe ich ihr erlaubt, den Apparat selbst zu halten, durch den Sucher zu schauen und den Auslöser zu drücken. Ich kann's kaum erwarten, den Film entwickeln zu lassen, damit sie ihre Aufnahmen sehen kann. Ich hätte große Lust, ihr das Fotografieren beizubringen, das Grundlegende jedenfalls.«

»Lass den Apparat nur nicht in Ians Nähe liegen. Er würde ihn sofort auseinandernehmen.«

»Und dann wieder zusammensetzen. Er wird bestimmt mal Ingenieur.«

»Sie schlafen beide?«

»Ja. Und deine?«, fragt Grace.

»Ich hab das ganze Gute-Nacht-Ritual Tim überlassen.« Rosie lacht. »Das wird ihm guttun. Er hat das schon seit Ewigkeiten nicht mehr gemacht. Und wenn ich noch ein einziges Mal *The Poky Little Puppy* vorlesen muss, schrei ich.«

Als Grace im Sommer 1948 vor dem Haus von Rosie und Tim in Nova Scotia anhielt, blieb sie mit dem Kopf auf dem Lenkrad im Wagen sitzen, während Rosie und Tim, außer sich vor Freude und Überraschung, Tom und Claire ins Haus trugen. Grace, die ohne Pause durchgefahren war, konnte sich vor Erschöpfung kaum noch aufrecht halten. Sie hatte nicht gewagt haltzumachen, weil sie fürchtete, dass der Mut sie verlassen würde.

Sie war unterernährt und dehydriert. Zwei Wochen lang lag sie von Reue und Schuldgefühlen und einer Art Gewissensangst gequält in einem der Gästezimmer im Bett. Bis eines Tages Rosie, die sich mit liebevoller Fürsorge um sie gekümmert hatte, mit Tim in ihrem Zimmer erschien. Tim setzte sich in einen Sessel und erklärte, jetzt sei Schluss mit der Reue. Sie habe ein neues Leben vor sich, sagte er, und sie habe zwei gesunde Kinder. Dann nahm Rosie Grace mit auf einen Spaziergang, sie setzten sich auf die Felsen am Meer und redeten. In dieser Stunde spürte Grace, wie ihr Körper heilte. Rosie behauptete, es sei der Meeresluft zu verdanken, dass sie endlich wieder einen klaren Kopf bekommen habe.

Graces erster Akt der Selbstständigkeit war der Entwurf eines Hauses für sich und die Kinder. Es wurde auf dem Stück Land erbaut, das an das von Tim und Rosie anschließt, ein schlichtes Haus mit Giebeldach, im ersten Stock drei Zimmer, weiß gestrichen und schnörkellos: weiße Tür- und Fensterrahmen, keine Läden. Zum Inventar gehören eine Waschmaschine, ein Trockner, eine Badewanne, eine Dusche und ein Plattenspieler – Luxus, den sie zum Leben braucht, wie sie festgestellt hat. Die beiden Häuser, Rosies und Graces, stehen auf dem Land, das Rosies Mutter gehört.

Graces Mutter kommt zweimal im Jahr zu Besuch, an Weihnachten und im Sommer. Da die Fahrt mit Bahn und Bus drei Tage dauert, nutzt Marjorie sie als Urlaubsreise, indem sie in Hotels übernachtet, die ihr besonders gefallen. Jetzt wurde ein Projekt auf den Weg gebracht, das eine Fährverbindung von Bar Harbor nach Yarmouth in Nova Scotia vorsieht. Dadurch würde die Reisezeit halbiert werden.

Die Liegestühle stehen auf einer unsichtbaren Grenzlinie zwischen Graces und Rosies Grundstück, damit die beiden Frauen die Kinder hören können. Sie genießen den ersten warmen Abend nach einem Winter, den Grace nur als grau beschreiben kann. Ihrer Meinung nach sollte Grau eine Jahreszeit für sich sein, die von Anfang Januar bis Ende April dauert. »Fröhliches Grau« könnte sie jemandem auf einer Grußkarte schreiben.

»Eistee!«, ruft Tim von der Veranda.

»Das ging aber schnell«, sagt Rosie, als er zu ihnen kommt.

»Ich hab ihnen einfach gesagt, sie sollen ins Bett hüpfen.«

»Und das haben sie getan?«

Tim lächelt. »Na ja, ich hab das Ungewohnte der Situation ausgenutzt. Ich hab das Baden weggelassen und ihnen nur eine kurze Geschichte erzählt. Dann hab ich sie in die Luft geworfen und in ihre Betten fallen lassen.«

»So war es aber nicht ausgemacht!«, ruft Rosie. »Jetzt muss ich sie morgen früh baden. Sie waren völlig verdreckt.«

»Ach, es wird sie schon nicht umbringen. Aber ich bin eigentlich rausgekommen, weil ich euch eine Idee unterbreiten wollte.«

Grace hebt ihr Glas. »Der erste Eistee des Jahres«, sagt sie zu beiden.

»Trink ihn langsam«, warnt Tim. »In Wirklichkeit ist es ein ›Dark and Stormy‹ mit etwas Wasser.«

»Was ist der Anlass?«, fragt Rosie, an ihrem Getränk schnuppernd.

»Ich finde, ihr braucht mal Erholung.«

»Erholung?«, fragt Rosie, als hätte sie das Wort nie zuvor gehört.

»Eine kleine Reise. Ihr könntet übers Wochenende zusammen nach Halifax fahren.«

»Alle beide?«, fragt Grace. »Und wer passt auf die Kinder auf?«

»Sollen sich doch die Großmütter darum streiten.«

Rosie trinkt einen großen Schluck aus ihrem Glas. »Ich muss sagen ... ich könnte wirklich Erholung gebrauchen. Es war ein verdammt langer Winter. Was meinst du, Grace?«

Rosie und Tim fahren einmal im Jahr nach Halifax, Grace ist noch nie dort gewesen. Abgesehen von ihren halbjährlichen Reisen zu Gene ist sie nicht viel weiter gekommen als bis zum nächsten größeren Ort, der im Wesentlichen aus einer kurzen Hauptstraße mit Geschäften besteht.

Halifax. Eine Stadt. Nur sie und Rosie.

»Ja«, sagt sie.

Als Grace das erste Mal mit den Kindern zu Gene gefahren ist, diesmal mit Übernachtungspausen, schaffte sie es kaum die Treppe zur Haustür hinauf. Ihr graute vor dem, was womöglich dahinter auf sie wartete. Sarah, die Pflegerin, die keine weiße Tracht mehr trug, führte sie und die Kinder in ein Zimmer, in dem es nach Blumen duftete, obwohl keine Blumen da waren. Gene saß aufrecht in einem Sessel. Das verlorene Auge war durch ein Glasauge ersetzt worden. Die Haut der linken Gesichtshälfte sah nicht mehr rot und entzündet aus, sondern narbig, und das war irgendwie besser. Er trug eine Mütze und die Haare so kurz geschnitten, dass sein Kopf nicht mehr so asymmetrisch wirkte wie früher. Die erstaunlichste Veränderung jedoch offenbarte sich, als er sich in seinem Sessel vorbeugte und aufstand. In tadellos gebügeltem Hemd und Hose mit Bügelfalte nahm er Tom bei der Hand und ging mit ihm und Claire in die Küche, wo, wie Grace vermutete, ein Imbiss wartete.

»Er hat sich ja unglaublich erholt!«, rief Grace unwillkürlich.

»Er arbeitet auch hart daran«, antwortete die Pflegerin.

»Offensichtlich.«

Grace vermutete, dass das alles Sarahs Werk war. »Wie sieht es mit dem Geld aus?«, fragte sie. »Brauchen Sie etwas?«

Die Pflegerin errötete. »Wir brauchen nichts. Gene hat ja sein Erbe.«

Wir.

Erbe.

Grace verriet nicht, dass sie von einem Erbe nichts

gewusst hatte. Während sie Sarah beobachtete, sagte sie sich, dass Gene und seine Pflegerin vielleicht zu einer beiderseits befriedigenden Beziehung gefunden hatten. Gene hatte eine »Ehefrau«; Sarah eine finanziell gesicherte Zukunft. Oder liebte sie Gene wirklich? Den Mann, der Grace seit ihrer Ankunft nicht eines Wortes gewürdigt, ja, überhaupt keine Notiz von ihr genommen hatte?

Das war der Moment, als Grace begriff, dass sie für Gene gestorben war. Eine schwere Last fiel ihr von der Seele.

Grace ist zufrieden. Manchmal glücklich. Selten unruhig oder ängstlich, es sei denn, die Kinder sind krank. Sie weiß, dass das Geld, das sie mit Merles Schmuck erlöst hat, irgendwann zu Ende gehen wird, aber sie hofft, dass Claire im Herbst in die Schule aufgenommen wird, dann könnte sie sich eine Arbeit suchen, um etwas dazuzuverdienen. Für Tom, der natürlich weiterhin zu Hause sein wird, kann sie vielleicht für diese Zeit einen Babysitter finden. Zunächst hat sie daran gedacht, nach einer Stelle als Sprechstundenhilfe in einer Arztpraxis Ausschau zu halten, doch nach Weihnachten und dem Fotoapparat träumt sie davon, Fotografin bei einer Lokalzeitung zu werden. Ihr ist aufgefallen, dass die Zeitungen häufig Archivbilder verwenden, manche davon Jahre alt, um ihre Artikel zu begleiten. Sie hat keine Ahnung, was man für eine derartige Arbeit kriegt, aber sie braucht nicht viel. Essen und Kleidung, einen Babysitter, Benzin für das Auto, Strom und Heizung und natürlich Filme für den Apparat. Das Haus und der Wagen sind bezahlt.

Selbst wenn sie nur dreißig Dollar die Woche verdiente, könnte sie wahrscheinlich über die Runden kommen. Zu manchen Aufträgen könnte sie die Kinder mitnehmen.

Grace überlegt, was sie für die Reise einpacken soll. Auf jeden Fall ihre besten Sachen, Halifax ist bestimmt eleganter als ihr kleines Dorf hier. Bei den wechselhaften Temperaturen sollte sie unterwegs am besten ihren kakifarbenen gefütterten Regenmantel tragen. Sie kann ihn ja mit einer roten Handtasche und roten Pumps etwas aufhellen. Keinesfalls wird sie in der Stadt in Gummistiefeln herumlaufen. Neben einer dunkelblauen Handtasche packt sie ihre halbhohen weißen Pumps mit der braunen Kappe und den braunen Absätzen ein, für den Fall, dass sie sich die roten Schuhe ruiniert. Seltsam, nur für eine Person zu packen.

Als sie fertig ist, stellt sie den Koffer neben die Haustür. Sie wollen in aller Frühe aufbrechen, um den dreitägigen Urlaub voll auszunutzen.

Der Kessel auf dem Herd beginnt zu pfeifen. Sie setzt sich mit ihrem Tee an ihren Lieblingsplatz, einen Holzstuhl am Küchentisch, den sie so gestellt hat, dass sie zu ihrem Garten hinausschauen kann. Die ersten Narzissen zeigen an, dass der Frühling endlich da ist, und sie kann schon die Stellen aufbrechender Erde erkennen, wo als Nächstes die Tulpen wachsen werden. Das Gras ist noch graubraun mit grünen Flecken hier und dort, und in der Ecke des Gartens treibt der Rhabarber aus. Beim Anblick der roten Triebe kommt ihr ein Gedanke. Sie wird den Garten jeden Tag fotografieren, eine Aufnahme pro Tag, und die Bilder datieren. Geburt, Leben, Verfall, Tod: ein vollständiges Protokoll. Mindestens wird die Serie, wenn auch kostspielig, sie im nächsten Winter erfreuen.

Als der gelb-weiße Bus eintrifft, gibt Tim Rosie noch schnell einen Kuss, während Grace dem Fahrer ihren Koffer reicht. Sie hat Brote gemacht, denn die Fahrt dauert immerhin fünf Stunden.

Rosie trägt einen schicken kornblumenblauen Frühjahrsmantel und dazu passende Pumps.

»Der Mantel ist toll«, bemerkt Grace. »Wo hast du den denn her?«

»Du wirst es nicht glauben, meine Mutter hat ihn mir gemacht.«

»Doch, das glaube ich.«

»Ich hab das Bild in einer Zeitschrift gesehen. Sie hat den Mantel nicht nur geschneidert, sie hat auch das Schnittmuster angefertigt, nur nach dem Bild.« Rosie hat falsche Smaragde in den Ohren, die in wunderbarem Kontrast zu ihren roten Haaren stehen. Grace kommt sich spießig vor in ihrem Regenmantel.

Rosie frischt nach Tims Kuss ihren Lippenstift auf.

»Vielleicht kaufe ich mir in Halifax einen schicken Mantel«, meint Grace, die genau weiß, dass sie das nicht tun wird, weil sie ihr Geld sparen will. »Ich freue mich auf einen richtigen Schaufensterbummel.«

»Ich habe eine Liste mit den besten Kaufhäusern. Na ja, es sind nur zwei. Aber in der Barrington Street gibt es kleinere Geschäfte, in denen wir stöbern können.«

»Ein komisches Gefühl, so ganz ohne Kinder«, sagt Grace nachdenklich.

»Ich finde es großartig.«

»Meinst du, es geht ihnen gut?«

»Solang sie noch leben, wenn wir zurückkommen, reicht mir das vollkommen.«

»Du hast schon mal im Lord Nelson gewohnt?«, fragt Grace.

»Ja. Du wirst begeistert sein. Der Fünfuhrtee dort ist göttlich. Aber ich habe uns für heute Abend einen Tisch im Prince George reserviert.«

Lord Nelson. Prince George. Göttlicher Fünfuhrtee. Wie weit scheint das alles von Hunts Beach entfernt. Dr. Lightharts Prognose war richtig. Grundstücke an der Küste werden nun laut ihrer Mutter zu hohen Preisen verkauft. Einige der Blechbaracken stehen noch, und die Häuser, die der Staat neu erbaut hat, sind klein und bescheiden, alle ohne offenen Kamin. Wie lange werden die stehen?

»Zuerst lassen wir uns die Nägel machen«, verkündet Rosie.

»Die Nägel? Gerade jetzt, wo ich den Garten umgraben muss?«

»Pass mal auf, Grace, drei Tage lang sind wir jetzt weder Mütter noch Gartenumgräberinnen noch Haushälterinnen. Wir sind Damen.«

Sobald sie im Hotel angekommen sind, schmückt Grace ihre Ohren mit Strassclips und schminkt sich die Lippen passend zu Schuhen und Handtasche.

»Hübsch«, sagt Rosie, als sie aus dem Bad kommt.

Nach der Maniküre bummeln sie stundenlang durch die Geschäfte, machen nur einmal eine Teepause. Rosie zieht ihre Schuhe aus und schiebt sie zwischen das halbe

Dutzend Tüten unter dem Tisch. »Das meiste, was ich gekauft habe, ist für die Kinder«, sagt sie seufzend.

»Wirklich schade, dass das minzgrüne Satinkleid mit der tollen Taille schon verkauft war. Der Schalkragen hat dir so gut gestanden.«

»Aber wo hätte ich so was anziehen sollen?« Rosie schüttelt eine Zigarette aus der Packung. »Willst du eine?«

»Rosie, du spielst das Spiel nicht richtig. So was kauft man, weil es schön ist und man vielleicht eines Tages Gelegenheit hat, es zu tragen.« Grace nimmt die angezündete Zigarette und zieht daran. »Das sind übrigens deine eigenen Regeln. Ich habe nicht ein Stück für die Kinder gekauft und habe ein ganz schlechtes Gewissen.«

»Morgen ist auch noch ein Tag.«

»Die Scones sind in der Teestube immer besser als die, die man zu Hause bäckt«, meint Grace und beißt ein großes Stück ab. Die Schinkenbrote, die sie im Bus verzehrt haben, waren kaum ein Ersatz für das Mittagessen.

»Mach Sahne und Marmelade drauf«, rät Rosie. »Dann schmecken sie noch besser.«

»Du isst nichts?«

»Oh, das kommt schon noch. Jetzt muss ich erst mal meine Füße strecken.«

Grace tun die Füße auch weh, aber der Stolz verbietet ihr, in der Öffentlichkeit die Schuhe auszuziehen.

»Siehst du den Mann da drüben auf der Bank?«, fragt Rosie leise. »Schau nicht gleich hin. Ich finde, er sieht unglaublich gut aus.«

»Du solltest gar nicht auf so was achten«, sagt Grace sanft tadelnd. »Du bist verheiratet.«

»Ich gucke ja nicht für mich.«

»Etwa für mich?«, fragt Grace überrascht.

»Du brauchst einen Mann«, erklärt ihre Freundin.

»Ich dachte, wir wären uns einig, dass du das lässt.«

»Die Schonfrist ist abgelaufen.«

»Ich will keinen Mann«, sagt Grace. »Glaub's mir. Und schon gar nicht will ich verheiratet sein.«

»Jetzt hör mal«, sagt Rosie, »du hast eine schlechte Erfahrung gemacht. Du musst sie überwinden.«

»Ich habe sie überwunden. Ich habe nur keine Lust auf die Komplikationen.«

»Du hast Angst, dass du wieder eine Niete ziehst.«

»Ich habe keine Angst. Ich bin gern alleinerziehende Mutter. Ich habe keine Sehnsucht nach einem Mann oder der Ehe. Ich schlafe gern allein. Ich bin stolz auf das, was ich aus meinem Leben gemacht habe.«

Sie spazieren durch einen Park von so üppigem Grün, dass Grace es kaum glauben kann. Ihre Absätze klappern auf dem Pflaster und bleiben im Kies stecken. Um sie herum konkurriert die exotische Pracht der Tulpen mit den bunten Kleidern flanierender Frauen. Sie begegnen einem Jungen mit roter Mütze und Querbinder, einem dunkelhäutigen Mann im taubenblauen Leinenanzug. Grace und Rosie tragen Kleider mit weiten schwingenden Röcken und müssen deshalb etwas mehr Abstand voneinander halten, als sie das normalerweise täten. Grace bewundert den Park – wie könnte sie nicht? –, doch sie hat eine Aversion dagegen entwickelt, die Natur in künstliche Formen zu zwingen. Beete, in denen Tulpen wie Soldaten stehen, präzise gestutzte Hecken, konisch angelegte Labyrinthe aus Rosenbüschen, die noch nicht geblüht haben, können sie nicht mehr entzücken wie früher. Sie zieht ihren Garten zu Hause vor, der dem Meer so nahe ist, dass der Wind jeden Busch und Strauch nach seinem Willen beugt. Sie zieht ihre wilde Forsythie den adrett gestutzten Kugelformen vor, zwischen denen sie hindurchwandern.

Mit dem Sonnenuntergang wird es kalt, und Grace wünscht sich, sie hätte etwas Wärmeres mitgenommen als ihren Pulli. Sie ist durchgefroren und ausgehungert, als sie den Speisesaal betreten, wo ein Feuer brennt; das Wetter in Halifax schwankt in dieser Jahreszeit zwischen Extremen. Nachdem sie ihren Tisch gefunden haben, bestellen sie Cocktails – Manhattans; für den sommerlichen Gin Fizz sind sie noch nicht bereit.

Grace sieht sich im Saal um. Die Kleidung der Gäste ist im Schnitt nicht so modisch und von den Stoffen her nicht so luxuriös wie die Kleider in Merle Hollands Schrank (hängen sie dort überhaupt noch?), doch auf jeden Fall anspruchsvoller als bloßer Sonntagsstaat. Gelber Chiffon fällt ihr auf, eine goldene Uhr, Ohrringe, die so sehr funkeln, dass es echte Brillanten sein könnten. Überall sieht sie Hände mit langen, lackierten Fingernägeln. Auch ihre eigenen Nägel sind rot, passend zu ihren Schuhen, und manchmal, wenn ihr Blick ihre Hand streift, erschrickt sie beinahe vor der leuchtenden Farbe. Das Klicken der Nägel auf der glatten Tischplatte hört sich befriedigend an.

»Ausgehabend«, bemerkt Rosie und trinkt von ihrem Cocktail.

»Glaubst du nicht, dass es Touristen sind wie wir?«

»Ein bisschen zu früh für Touristen. Das Wetter ist noch zu wechselhaft. Die Leute kommen erst Mitte Juni.

Wenn Tim und ich hier sind, versuchen wir immer so zu tun, als hätten wir ein Rendezvous, aber es funktioniert nicht richtig. Meistens reden wir nur von den Kindern oder trinken zu viel, weil wir richtig feiern wollen.«

»Ihr beide versteht euch doch so gut.«

»O ja. Aber weißt du, Ehe ist eben Ehe.«

»Mich wundert's, dass wir noch nicht von den Kindern geredet haben«, sagt Grace.

»Das kommt erst morgen. Oder vielleicht nicht mal morgen.«

Rosie bietet Grace eine Zigarette an, doch die schüttelt den Kopf. »Das nimmt mir den Appetit, und heute Abend will ich richtig schlemmen.« Sie bestellt einen Krabbencocktail, eine Schale Vichyssoise und ein Steak, halb durch, mit Kartoffelgratin, Karotten und Erbsen. Zum Nachtisch teilen sie und Rosie sich ein Omelette surprise.

»Danach sollten wir mindestens tausend Schritte tun«, stöhnt Rosie. »Ich platze gleich aus meinem Kleid.«

»Dann müssen wir aber Tempo machen«, meint Grace im Hinblick auf die abendliche Temperatur.

»Wir könnten dem Kellner sagen, er soll uns ein Taxi holen.«

»Ach komm«, sagte Grace, schon im Aufstehen, »wir sind aus härterem Holz geschnitzt.«

Sie treten mit gesenkten Köpfen in einen kalten Wind, der vom Wasser her weht.

»Wollen wir tanzen gehen?«, fragt Rosie.

»Morgen vielleicht. Es war ein langer Tag. Ich bin seit vier Uhr auf. Konnte nicht schlafen.«

»Reisefieber?«

Der Wind frischt auf. Das Gespräch besteht aus abgerissenen Sätzen, die von Böen davongetragen werden.

Als sie an einem großen Granitbau vorüberkommen, bleibt Grace stehen. Eine Hand an eine Säule gestützt steht sie in gekrümmter Haltung, unfähig, sich aufzurichten.

Sobald Rosie, die weitergegangen ist, ihre Abwesenheit bemerkt, kehrt sie um. »Was ist?«, ruft sie im Laufen.

Grace, die nicht sprechen kann, nicht sprechen will, schüttelt den Kopf. Sie weiß, dass Rosie verstanden hat, als diese sagt: »Ach Gott.«

Grace richtet sich auf, nimmt sich zusammen. »Ich möchte es sehen«, sagt sie. »Ich möchte es hören.«

Rosie sieht auf ihre Uhr, dann auf das Plakat. »Es ist zur Hälfte vorbei. Ich schau mal, ob wir reinkommen.«

Grace folgt Rosie in ein prunkvolles Foyer. Obwohl sie halb von Sinnen ist, bemerkt sie die schweren Türen, das Parkett und einen Kassenschalter, vor dem Rosie steht und gestikuliert.

»Wir können in der Pause rein«, sagt Rosie, als sie zu Grace zurückkommt. »Aber«, fügt sie hinzu, und es klingt vorsichtig, ja, skeptisch, »möchtest du dir das wirklich antun?«

»Ja.«

Hohe Türen werden geöffnet, Zigaretten angezündet, eine Menschenmenge strömt zur Bar. Rosie führt Grace durch eine der Türen und sucht nach Plätzen nebeneinander. Es ist ein prachtvoller Saal mit vergoldeten Schnitzereien, Logen in rotem Samt und einem gewaltigen Kristalllüster. Grace starrt auf den großen Flügel, der auf das Podium geschoben wird.

»Atme«, befiehlt Rosie, als sie sitzen.

»Mir geht's gut.«

Rosie zieht eine Augenbraue hoch, holt eine Puderdose aus ihre Handtasche und frischt ihren Lippenstift auf. Grace krampft die zitternden Hände ineinander.

Die Lichter erlöschen langsam. Der Dirigent schreitet unter Applaus zwischen den Orchestermusikern hindurch. Dann setzt sich der Solist, im schwarzen Smoking, das volle Haar länger, als sie in Erinnerung hat, an den glänzenden schwarzen Flügel.

Atemlose Erwartung.

»Atme«, flüstert Rosie wieder.

Grace hört die eindringlichen, berührenden Töne eines Horns und die schöne Antwort des Klaviers. Sie hat sich die Schallplatte Dutzende Male angehört. Sie kann Aidans Körper und Hände nicht sehen, nur sein Gesicht und seine Schultern.

Er beginnt zu spielen, und Gänsehaut überzieht ihre Arme. Sie spürt die Töne in ihrem Nacken, genau wie an jenem ersten Tag, als sie in Merle Hollands Haus kam. Sie könnte die Melodien mitsingen. Rosie neigt sich zu ihr und greift nach ihrer Hand.

Aidan nimmt eine schwierige Passage in Angriff, die sie in lebhafter Erinnerung hat. Sie kann die Wiederholungen des ersten Themas erkennen, jede Einführung eines neuen. Jetzt fällt ihr auf, wie bewegt das Stück ist, wie oft auf die heftige Bewegung Momente der Ruhe folgen. In eben dieser Kombination liegt die Schönheit.

»Dein Gesicht«, flüstert Rosie.

Ja, natürlich spiegelt ihre Verzücktheit sich in ihren Zügen, aber der Solist, ruft Grace sich ins Gedächtnis, gehört nicht ihr. Er gehört dem Orchester, dem Publikum. Der Konzertsaal ist jetzt sein Türmchen, sein Wohnzimmer, seine Bibliothek.

Das hier ist sein Leben, reisen von Stadt zu Stadt, auftreten in Konzertsälen, Menschen begeistern.

Das Konzert ist ungeheuer facettenreich. Sie hört zu, und manchmal stockt ihr der Atem. Sie hört zu und schließt die Augen. Sie hört zu und weiß, dass es zu Ende geht und dass sie es auch dieses Mal nicht verhindern kann.

Die Menschen sind aufgesprungen, applaudieren, Rosie und Grace mit ihnen. Aidan Berne verbeugt sich drei, vier Mal, jedes Mal mit einer Geste, die das Orchester einschließt. Als er das letzte Mal vom Podium geht, flammen die Lichter auf.

»Du weinst«, sagt Rosie.

»Es war so schön.«

»Es war atemberaubend.«

Es dauert ein paar Minuten, ehe sie den Saal verlassen können. Sobald sie dem allgemeinen Trubel entkommen sind, sieht Rosie Grace an. »Das ist er, richtig?«

Grace umarmt Rosie.

»Er ist großartig«, flüstert Rosie ihr ins Ohr. »In jeder Hinsicht. Du Glücksmädchen, du.« Sie nimmt Grace bei der Hand. »Komm mit.«

Sie führt Grace zum Hinterausgang der Konzerthalle, wo sich schon eine Menge versammelt hat. Männer und Frauen warten mit Programmen und Stiften in den Händen. Grace wird ein letzter Blick auf den Mann vergönnt sein, der einmal ihr Geliebter war.

Während sie warten, dringt die Kälte durch Graces Schuhe und kriecht unter ihren Pullover. Sie fröstelt vor Kälte und Nervosität. Sie schafft es jetzt nicht, eine

Zigarette herauszufummeln, umschlingt stattdessen ihren Oberkörper fest mit beiden Armen.

Das Gemurmel wird lauter, und Grace sieht, wie die Bühnentür sich öffnet. Ein Mann erscheint, nicht Aidan, und winkt jemanden von drinnen heraus. Aidan tritt vor und bleibt auf dem Treppenabsatz hinter dem Geländer stehen. Aus dem allgemeinen Gemurmel erheben sich einzelne Stimmen mit der Bitte um ein Autogramm. Grace bemerkt den Moment, als Aidan auf sie aufmerksam wird. Er wird blass, dann kehrt die Farbe in sein Gesicht zurück. Er geht die Treppe herunter und bahnt sich durch die Menge einen Weg zu ihr, und in der Zeit, die er braucht, um sie zu erreichen, erkennt Grace, dass ihr Leben vor einer Wandlung steht.

Sie hat alles vor sich. Den überraschten, aber glücklichen Blick. Den Kuss, die gemeinsame Nacht. Die Versprechen, die sie sich geben, die Pläne, die sie machen werden. Er wird fliegen lernen, wird er sagen, damit er sie häufiger sehen kann. Grace wird, wann immer möglich, zu seinen Konzerten reisen, wird sie sagen, und sie wird einen warmen Mantel tragen. Aidan wird zu ihr kommen, und die Kinder werden sich vielleicht an den Mann erinnern, der Musik machte und mit ihnen spielte. Aidan wird ein Klavier kaufen und es in Graces Haus stellen, damit er üben kann, wenn er zu Hause ist. Sie wird ein Leben führen, wie sie es sich niemals hätte vorstellen können, ein ganz anderes Leben als alle anderen. Sie werden sich lieben, wann und wo sie können. Sie werden nie getrennt sein, ganz gleich, welche Entfernungen zwischen ihnen liegen.

Er steht vor ihr und umschließt mit seiner Hand ihren Unterarm. »Hallo«, sagt er.

Grace sieht ihn an. »Aidan, das ist meine Freundin Rosie.«

»Hallo, Rosie«, sagt er mit einem Lächeln.

Rosie lacht. »Ihr Konzert war hinreißend.«

Aidan lädt die beiden Frauen zum Essen ein. Bevor Grace erklären kann, dass sie schon gegessen haben, entschuldigt sich Rosie. »Ich habe seit heute Nachmittag Kopfschmerzen. Bei Ihrem Konzert sind sie wunderbarerweise verflogen, aber jetzt sind sie wieder da. Ich glaube, ich gehe besser ins Hotel und lege mich hin.«

Grace wendet sich Rosie zu. »Es wird vielleicht spät«, flüstert sie.

»Na hoffentlich.«

Während sie der davongehenden Rosie nachsieht, schießt Grace der Gedanke durch den Kopf, dass sie sich geirrt haben könnte, dass all das, was sie sich gerade ausgemalt hat, eventuell gar nicht wahr werden wird. Sie und Aidan werden zusammen essen und reden, er wird sie zum Hotel begleiten und versprechen, ihr Bescheid zu geben, wenn er das nächste Mal in Halifax spielt, wozu es nie kommen wird.

Doch er hält ihre Hand ganz fest.

DANKSAGUNG

Ich danke meiner Lektorin Jordan Pavlin und meiner Agentin Jennifer Rudolph Walsh, die mir beim Schreiben dieses Buchs mit ihrer Brillanz, Weisheit und Ermutigung zur Seite standen.